O GUERREIRO SOLITÁRIO

FSC
www.fsc.org
MISTO
Papel produzido
a partir de
fontes responsáveis
FSC® C019498

A marca FSC é a garantia de que a madeira utilizada na fabricação do papel deste livro provém de florestas de origem controlada e que foram gerenciadas de maneira ambientalmente correta, socialmente justa e economicamente viável.

HENNING MANKELL

O GUERREIRO SOLITÁRIO

TRADUÇÃO
George Schlesinger

COMPANHIA DAS LETRAS

Grafia atualizada segundo o Acordo Ortográfico da Língua Portuguesa de 1990, que entrou em vigor no Brasil em 2009.

Título original:
Villospår
Traduzido da versão inglesa *Sidetracked*,
de Steven T. Murray

Capa:
Elisa v. Randow

Foto de capa:
Jonn/ Johnér Images/ Corbis (DC)/ LatinStock

Preparação:
Cacilda Guerra

Revisão:
Erika Nakahata
Valquíria Della Pozza

Dados Internacionais de Catalogação na Publicação (CIP)
(Câmara Brasileira do Livro, SP, Brasil)

Mankell, Henning
O guerreiro solitário / Henning Mankell ; tradução George Schlesinger. — São Paulo : Companhia das Letras, 2010.

Título original: Villospår.
ISBN 978-85-359-1656-0

1. Ficção policial e de mistério (literatura sueca) 2. Romance sueco I. Título.

10-03073 CDD-839.737

Índice para catálogo sistemático:
1. Romances : Literatura sueca 839.737

2010

EDITORA SCHWARCZ LTDA.
Rua Bandeira Paulista, 702, cj. 32
04532-002 — São Paulo — SP
Telefone: (11) 3707-3500
Fax: (11) 3707-3501
www.companhiadasletras.com.br

Para Jon

Tentar dobrar, em vão, tentar abalar
as velhas, rijas barras, impossíveis de mover?
Elas não se esticarão, não se quebrarão,
pois as barras estão rebitadas e forjadas dentro de mim
e não ruirão enquanto eu não ruir também.

Gustaf Fröding, "En ghasel"

REPÚBLICA DOMINICANA

1978

PRÓLOGO

Pouco antes do amanhecer, Pedro Santana acordou. A lâmpada de querosene havia começado a soltar fumaça. Quando abriu os olhos, não sabia onde estava. Fora despertado de um sonho no qual vagava através de uma paisagem peculiar, rochosa, em que o ar era muito rarefeito, e percebeu que todas as suas lembranças estavam prestes a abandoná-lo. A fumaça da lâmpada de querosene havia penetrado na sua consciência como o cheiro distante de cinza vulcânica. Mas de repente havia algo mais: um som humano, atormentado, ofegante. Então o sonho evaporou e ele foi forçado a retornar ao quarto escuro onde até agora havia passado seis dias e seis noites sem dormir mais do que alguns minutos a cada vez.

A lâmpada de querosene apagara-se. Ele permaneceu deitado, completamente imóvel. A noite estava muito quente. Ele cheirava a suor. Já se passara um longo tempo desde a última vez que conseguira se lavar. Cauteloso, levantou-se do chão de terra batida e apalpou o solo buscando o jarro plástico de querosene perto da porta. Devia ter chovido enquanto ele dormia. O chão estava úmido sob seus pés. Ao longe, ouviu um galo cantar. O galo de Ramirez. Era sempre o primeiro a cantar na aldeia, antes da aurora. Aquele galo era como uma pessoa impaciente. Como alguém que morasse na cidade, alguém que parecesse sempre ter muito a fazer, mas que nunca fazia nada além de satisfazer sua própria pressa. A vida não era assim na aldeia: ali tudo se movia tão devagar quanto a própria vida.

Por que as pessoas haveriam de se apressar quando as plantas que as alimentavam cresciam tão lentamente?

Achou o jarro de querosene e arrancou o pedaço de pano embolado que tampava a boca. O arquejo que preenchia a escuridão foi ficando mais e mais irregular. Encontrou a lâmpada, tirou a rolha e com cuidado derramou querosene no recipiente. Acendeu um fósforo, ergueu a cápsula de vidro e observou o pavio começar a arder.

Então forçou-se a se virar. Não suportava ver o que estava à sua espera. A mulher deitada na cama perto da parede ia morrer. Ele sabia disso agora, mesmo que por um bom tempo tivesse tentado se convencer de que ela se recuperaria. Sua última tentativa de fugir fora no seu sonho. Mas uma pessoa nunca pode escapar da morte. Nem da sua própria, nem da de alguém que ama.

Ele se acocorou junto à cama. A lâmpada de querosene lançava chamas inquietas pelas paredes. Olhou para ela. Ainda era jovem. Mesmo com a face pálida e encovada, era linda. A última coisa a abandonar minha esposa será sua beleza, pensou ele, os olhos se enchendo de lágrimas. Tocou-lhe a testa. A febre voltara a subir.

Deu uma olhada rápida pela janela quebrada, remendada com um pedaço de papelão. Ainda não amanhecera. Se pelo menos o dia nascesse logo, pensou. Que ela tenha a força de continuar respirando até clarear. Assim ela não me deixará sozinho no meio da noite.

De repente, os olhos dela se abriram. Ele agarrou sua mão e tentou sorrir.

"Onde está a nenê?", ela perguntou, com uma voz tão débil que ele mal pôde entender.

"Dormindo na casa da minha irmã", respondeu. "É melhor assim."

Ela pareceu tranquilizada pela resposta.

"Há quanto tempo estou dormindo?"

"Há muitas horas."

"Você ficou aí sentado o tempo todo? Devia descansar. Daqui a alguns dias não vou mais precisar ficar deitada aqui."

"Eu dormi um pouco", ele retorquiu. "Logo você vai estar boa."

Ele se perguntou se ela sabia que ele estava mentindo, se sabia que jamais se levantaria outra vez. Estariam ambos mentindo um para o outro em seu desespero? Para tornar o inevitável mais fácil?

"Estou tão cansada", ela se queixou.

"Você precisa dormir para melhorar", ele disse ao mesmo tempo que virava a cabeça, para que ela não visse seu rosto.

Em pouco tempo a primeira luz do dia começou a se infiltrar. Ela mergulhara novamente na inconsciência. Ele estava tão cansado que não conseguia mais controlar os pensamentos.

Conhecera Dolores quando tinha vinte e um anos. Ele e o irmão, Juan, haviam caminhado pela longa estrada que levava a Santiago de los Treinta Caballeros, para ver o Carnaval. Juan, que era mais velho, já visitara a cidade certa ocasião. Mas essa era a primeira vez de Pedro. Tinham levado três dias para chegar. Esporadicamente pegavam uma carona por alguns quilômetros com um carro de boi. Mas haviam caminhado a maior parte do tempo.

Finalmente chegaram ao destino. Era um dia de fevereiro e o Carnaval estava a toda. Atônito, Pedro observava as espalhafatosas fantasias e as aterradoras máscaras de demônios e animais. A cidade inteira dançava ao ritmo de milhares de tambores e violas. Juan o conduzia pelas ruas e vielas. À noite, dormiram nos bancos do Parque Duarte. Pedro temia que Juan desaparecesse no turbilhão de gente girando. Sentia-se como uma criança assustada, com medo de se perder dos pais. Mas não deixava transparecer. Tinha receio de que Juan risse dele.

Na última noite, Juan realmente sumiu entre as pessoas fantasiadas que dançavam. Não haviam combinado um local de encontro para o caso de se separarem. Pedro procurou o irmão a noite inteira. Ao romper do dia parou junto à fonte da plaza de la Cultura.

Uma garota mais ou menos da sua idade sentou-se ao seu lado. Era a menina mais linda que ele já vira. Ficou observando enquanto ela tirava as sandálias e esfregava os pés machucados. Quando ela percebeu seu olhar, ele baixou os olhos, constrangido.

Foi assim que conhecera Dolores. Tinham ficado sentados na fonte e começaram a conversar. Dolores estivera procurando trabalho como doméstica, indo de casa em casa no bairro rico, sem sucesso. Ela também era filha de um *campesino*, e sua aldeia não ficava longe da de Pedro. Saíram da cidade juntos, assaltaram bananeiras para matar a fome e passaram a caminhar cada vez mais devagar à medida que se aproximavam da aldeia onde ela morava.

Dois anos depois estavam casados e se mudaram para uma casinha no vilarejo de Pedro. Ele trabalhava numa plantação de cana-de-açúcar, enquanto Dolores cultivava verduras para vender. Eram pobres, mas felizes.

Só uma coisa não era como deveria ser. Depois de três anos, Dolores ainda não tinha engravidado. Nunca falavam nisso, mas Pedro percebia a crescente ansiedade da mulher. Sem contar ao marido, ela visitou algumas *curiositas* na fronteira com o Haiti, em busca de ajuda.

Oito anos se passaram. Então, quando Pedro voltava da plantação certa tarde, Dolores foi ao seu encontro na estrada e lhe disse que estava grávida. No final do oitavo ano de casamento, ela deu à luz uma menina. Ao ver a criança pela primeira vez, Pedro pôde perceber imediatamente que ela havia herdado a beleza da mãe. Naquela noite, foi até a igreja da aldeia e fez uma doação: as joias de ouro que sua mãe lhe dera. Voltou para casa cantando com tanta força e fervor que as pessoas que encontrou pelo caminho acharam que ele bebera rum demais.

Dolores dormia. Estava respirando com mais dificuldade e se agitava, inquieta.

"Você não pode morrer", sussurrou Pedro, agora incapaz de controlar o desespero. "Você não pode morrer e abandonar a mim e a nossa filha."

Duas horas depois, estava tudo acabado. Por um breve momento a respiração dela ficou absolutamente tranquila. Ela abriu os olhos e olhou para ele.

"Você precisa batizar nossa filha", pediu. "Precisa batizá-la e cuidar dela."

"Logo você vai estar boa. Vamos batizá-la juntos."

"Eu não existo mais", ela disse, e fechou os olhos.

Dolores se fora.

Duas semanas depois Pedro deixou a aldeia, carregando a filha num cesto atado às suas costas. Juan o seguiu estrada abaixo.

"O que você está fazendo?", perguntou o irmão.

"O que precisa ser feito."

"Por que você precisa ir até a cidade para batizar sua filha? Por que não pode batizá-la aqui na vila? Aquela igreja tem servido bem para nós. E para os nossos pais, antes da gente."

Pedro parou e olhou para o irmão.

"Por oito anos nós esperamos uma criança. Quando nossa filha finalmente nasceu, Dolores morreu. Ela não tinha nem trinta anos. Ela teve que morrer. Porque nós somos pobres. Por causa das doenças da pobreza. Agora vou voltar para a grande catedral na praça onde nós nos conhecemos. Minha filha vai ser batizada na maior igreja que há neste país. É o mínimo que posso fazer por Dolores."

Não esperou a resposta de Juan. Mais tarde nessa noite, ao chegar à aldeia de onde Dolores viera, parou na casa da mãe dela. Explicou mais uma vez aonde estava indo. A velha mulher balançou a cabeça com tristeza.

"Essa aflição vai deixar você louco."

Bem cedo na manhã seguinte, Pedro retomou a viagem. Enquanto caminhava, contou à filha tudo que conseguia se lembrar de Dolores. Quando não tinha mais nada a dizer, recomeçava do início.

Pedro chegou à cidade numa tarde em que pesadas nuvens de chuva se juntavam no horizonte. Sentou-se para esperar nas escadarias da catedral, Santiago Apóstolo, e observou os padres de batina preta passando. Pareciam ou jovens demais, ou apressados demais para merecerem batizar sua filha. Ele esperou muitas horas. Finalmente, um velho padre veio andando lentamente em direção à catedral. Pedro se levantou, tirou o chapéu de palha e estendeu os braços segurando a filha. O velho padre escutou pacientemente sua história. Então fez um meneio de cabeça.

"Vou batizá-la", disse. "Você veio de longe por algo em que acredita. Isso é raro nos nossos dias. As pessoas dificilmente caminham longas distâncias pela sua fé. É por isso que o mundo está do jeito que está."

Pedro seguiu o padre na penumbra da catedral. Sentia que Dolores estava ao seu lado ao se aproximarem da pia batismal.

"Qual será o nome da menina?", o padre perguntou.

"Ela vai se chamar Dolores, como a mãe. E María. Dolores María Santana."

Após o batismo, Pedro saiu em direção à praça e sentou-se no lugar onde conhecera Dolores dez anos antes. A filha dormia no cesto. Ele ficou sentado completamente imóvel, imerso em pensamentos.

Eu, Pedro Santana, sou um homem simples. Não herdei nada a não ser pobreza e miséria sem fim. Não tive nem o direito de ficar com minha esposa. Mas juro que nossa filha vai ter uma vida diferente. Vou fazer tudo por ela. Eu prometo a você, Dolores, que sua filha vai viver uma vida longa, feliz e digna.

Nessa noite Pedro deixou a cidade com sua amada filha, Dolores María Santana. A criança tinha oito meses de idade.

SKÅNE

21-24 DE JUNHO DE 1994

1

Antes do amanhecer ele deu início à sua transformação.

Havia planejado tudo meticulosamente, de modo que nada pudesse sair errado. Levaria o dia inteiro, e não queria correr o risco de que o tempo não fosse suficiente. Pegou o primeiro pincel e o segurou à sua frente. No gravador de fita cassete que estava no chão podia ouvir a batida de tambores que havia gravado. Estudou seu rosto no espelho. Então desenhou as primeiras linhas pretas ao longo da testa. Notou que a mão estava firme. Bem, ao menos não estava nervoso. Ainda que fosse a primeira vez que estivesse usando sua pintura de guerra. Até esse momento ela fora meramente uma fuga, sua maneira de se defender das injustiças às quais estava continuamente sujeito. Agora estava passando pela transformação a sério. A cada traço pintado na face, ele parecia estar deixando para trás sua vida pregressa. Não havia volta. Nessa mesma noite o jogo estaria terminado para sempre, ele partiria para a guerra, e pessoas iriam morrer.

A luz no quarto era bem clara. Ele arrumara os espelhos cuidadosamente, de maneira que o brilho não lhe atingisse os olhos. Após ter trancado a porta atrás de si, havia primeiro se certificado de que tudo estava onde deveria estar: os pincéis bem limpos, as pequenas vasilhas de porcelana contendo tinta, as toalhas e a água, e junto ao pequeno tear suas armas, enfileiradas sobre um pano preto — três machados, facas com lâminas de diversos comprimentos e latas de spray. Essa era a única decisão que ainda precisava ser tomada. Antes do anoitecer ele teria de escolher qual levar consigo. Não podia levar tudo. Mas sabia que a escolha se faria por si só uma vez que houvesse iniciado sua transformação.

Antes de se sentar no banco e começar a pintar o rosto, tinha testado o fio dos machados e das facas. Estavam todos afiados ao máximo. Não pudera resistir à tentação de pressionar uma das facas com um pouco mais de força. O dedo começara a sangrar. Ele havia enxugado o sangue e limpado a faca com uma toalha. Então se sentara diante de um dos espelhos.

Os primeiros traços na testa deviam ser pretos. Foi como se ele estivesse fazendo dois cortes profundos, abrindo o cérebro e esvaziando-o das memórias e pensamentos que o tinham assombrado a vida toda, atormentando-o e humilhando-o. Em seguida, as faixas vermelhas e brancas, os círculos, os quadrados, e finalmente as formas sinuosas nas bochechas. Nenhuma parte de sua pele branca deveria ficar visível. Então a transformação estaria completa. O que estava dentro dele teria ido embora. Ele nasceria de novo sob o aspecto de um animal, e jamais falaria como ser humano outra vez. Cortaria a língua se fosse necessário.

Pouco depois das seis da tarde, ele estava pronto. A essa altura, escolhera o maior dos três machados. Enfiou o cabo no grosso cinto de couro, no qual já havia duas facas em suas bainhas. Deu uma olhada geral no quarto. Nada fora esquecido. Meteu as latas de spray dentro dos bolsos do casaco.

Olhou para sua face no espelho uma última vez, e estremeceu. Cuidadosamente, colocou o capacete de moto na cabeça, apagou a luz e saiu, descalço, exatamente como entrara.

Às nove e cinco da noite, Gustaf Wetterstedt baixou o som da TV e ligou para a mãe. Era um ritual noturno. Desde que se aposentara como ministro da Justiça mais de vinte e cinco anos antes, deixando para trás todas as suas ocupações políticas, assistia aos noticiários com repugnância. Não conseguia se conformar com o fato de que não estava mais envolvido. Durante seus anos como ministro, um homem no centro absoluto do olhar público, havia aparecido na TV pelo menos uma vez por semana. Cada aparição sua fora meticulosamente convertida de filme para vídeo por um secretário e as fitas agora cobriam toda uma parede de prateleiras em seu escritório. De vez em quando ele as assistia de novo. Era uma grande fonte de satisfação ver que nem uma única vez em todos aqueles anos como ministro da Justiça ele perdera a compostura quando confrontado por uma pergunta inesperada feita por algum repórter malicioso. Recordava-se com irrefreável escárnio de quantos de seus colegas ficavam aterrorizados com os repórteres de televisão, como gaguejavam e se emaranhavam em contradições. Isso jamais lhe acontecera. Os repórteres nunca o haviam vencido. Tampouco haviam descoberto seu segredo.

Ele ligara a TV às nove para ver as principais chamadas. Então, baixou o volume. Puxou o telefone e ligou para a mãe. Ela estava agora com noventa e quatro anos, mas com uma mente clara e cheia de energia. Morava sozinha num grande apartamento na região central de Estocolmo. Toda vez que Gustaf erguia o fone e discava o número, rezava para que ela não atendesse. Ele próprio já passara dos setenta, e começara a ter medo que ela lhe sobrevivesse. Não havia nada que quisesse mais do que a morte dela. Então estaria sozinho e em paz. Não precisaria mais lhe telefonar, e em pouco tempo esqueceria até sua aparência.

O telefone tocou no outro lado da linha. Ele assistia ao âncora sem som. No quarto toque começou a ter esperança de que ela tivesse morrido. Então ela atendeu. Ele suavizou a voz ao falar. Perguntou como ela estava se sentindo, como fora seu dia, mas agora que sabia que ela ainda estava viva queria tornar a conversa o mais breve possível.

Finalmente desligou e sentou-se com a mão pousada sobre o telefone. Ela não vai morrer nunca, pensou. Não vai morrer nunca, a não ser que eu a mate. Tudo que conseguia ouvir era o rugido do mar, e então uma solitária bicicleta motorizada passando nas proximidades da casa. Caminhou até a grande janela do terraço de frente para o mar. O pôr do sol estava lindo. A praia abaixo de sua gigantesca propriedade estava deserta. Todo mundo sentado na frente da TV, pensou. Houve uma época em que se sentavam e me assistiam fazer picadinho dos repórteres, quando eu era ministro da Justiça. Eu deveria ter sido nomeado ministro do Exterior. Mas nunca fui.

Puxou as pesadas cortinas, certificando-se de que não restavam frestas. Embora tentasse viver da maneira mais discreta possível nessa casa localizada um pouco a leste de Ystad, bisbilhoteiros ocasionais ficavam a espiá-lo, curiosos. Apesar de já fazer vinte e cinco anos desde que deixara o cargo, não fora totalmente esquecido. Dirigiu-se até a cozinha e se serviu de uma xícara de café da garrafa térmica que comprara durante a visita oficial à Itália no final dos anos 1960. Lembrava-se vagamente de que havia ido discutir os esforços para impedir a propagação do terrorismo na Europa. Por toda a casa havia recordações da vida que levara. Às vezes pensava em jogar tudo fora, mas o esforço parecia não valer a pena.

Voltou ao sofá com o café na mão. Desligou a TV com o controle remoto e ficou sentado no escuro, repassando os fatos do dia. Pela manhã recebera a visita de uma jornalista de uma das grandes revistas mensais do país. Ela estava escrevendo uma série de artigos sobre pessoas famosas aposentadas, mas ele não conseguia realmente atinar a razão pela qual fora escolhido. Ela trouxera consigo um fotógrafo e tinham tirado fotos na praia e dentro de casa. Ele decidira de antemão que passaria a imagem de um velho simpático, reconciliado com seu passado. Descreveu sua vida atual como muito feliz. Vivia em reclusão de forma que pudesse meditar, disse, e deixou escapar com fingido embaraço que estava pensando em escrever suas memórias. A jornalista, que estava na casa dos quarenta, ficara impressionada e fora claramente respeitosa. No final, ele os havia acompanhado até o carro, acenando quando eles partiram.

Não dissera uma única verdade durante toda a entrevista, pensou com satisfação. Essa era uma das poucas coisas que ainda tinham algum interesse para ele. Enganar sem ser descoberto. Continuar com o fingimento. Após todos os seus anos como político, compreendeu que tudo que restara era a mentira. A verdade disfarçada como mentira ou a mentira vestida como verdade.

Bebeu lentamente o resto de café. Sua sensação de bem-estar cresceu. O fim da tarde e a noite eram as melhores horas. Era quando seus pensamentos acerca de tudo que perdera submergiam, e ele se lembrava apenas daquilo que ninguém podia lhe roubar. A coisa mais importante. O segredo máximo.

Às vezes ele se visualizava como uma imagem num espelho ao mesmo tempo côncavo e convexo. Ninguém jamais vira nada a não ser a superfície: o eminente jurista, o respeitado ministro da Justiça, o gentil aposentado passeando na praia em Skåne. Ninguém teria adivinhado sua dupla identidade. Ele havia saudado reis e presidentes, havia se curvado com um sorriso, mas com seus botões pensava: *Se você ao menos soubesse quem eu realmente sou e o que penso de você.* Sempre que ficava diante das câmeras de TV mantinha o pensamento *Se vocês ao menos soubessem quem eu realmente sou e o que penso de vocês* em primeiro plano na mente. Seu segredo. Que ele detestava e desprezava o partido que representava, as políticas que defendia e a maioria das pessoas com quem se encontrava. Seu segredo permaneceria oculto até sua morte. Ele havia enxergado através do mundo, identificado todas as suas fraquezas, compreendido a ausência de sentido da existência. Mas ninguém conhecia sua percepção, e era assim que as coisas iriam ficar.

Sentiu um crescente prazer em relação ao que estava por vir. No dia seguinte seus amigos chegariam à sua casa pouco depois das nove da noite, no Mercedes preto com vidros escuros. Entrariam com o carro diretamente na garagem e ele os esperaria na sala de estar com as cortinas fechadas, exatamente como agora. Podia sentir sua própria onda de expectativa enquanto começava a fantasiar sobre como seria a menina que lhe trariam. Ele lhes dissera que ultimamente houvera loiras demais. Algumas também eram muito velhas, com mais de vinte anos. Dessa vez queria uma garota mais nova, de preferência mestiça. Seus amigos esperariam no porão, onde ele tinha instalado uma TV; ele levaria a jovem consigo para o quarto. Antes do amanhecer todos teriam ido embora, e ele já estaria imerso em devaneios sobre a garota que lhe trariam na semana seguinte.

Pensar na noite que o aguardava o deixou tão excitado que ele se levantou do sofá e foi até o escritório. Antes de acender a luz, fechou as cortinas. Por um momento viu a sombra de alguém lá embaixo, na praia. Tirou os óculos e esforçou-se para enxergar. Às vezes caminhantes noturnos paravam no limite de sua propriedade. Em várias ocasiões ele tivera de chamar a polícia de Ystad para reclamar de jovens acendendo fogueiras na areia e fazendo barulho.

Ele tinha um bom relacionamento com a polícia de Ystad. Eles atendiam imediatamente ao chamado e retiravam qualquer um que o estivesse perturbando. Jamais podia ter imaginado o conhecimento e os contatos que adquirira como ministro da Justiça. Não só aprendera a compreender a mentalidade que reina dentro da força policial como tinha feito amigos em postos estratégicos na máquina judiciária sueca. Igualmente importantes eram todos os contatos que fizera no mundo do crime. Havia criminosos inteligentes, indivíduos que trabalhavam sozinhos, assim como líderes de grandes organizações criminosas, de quem se tornara amigo. Mesmo que muita coisa tivesse mudado desde que deixara o cargo, ainda apreciava esses velhos contatos. Especialmente os amigos que providenciavam que a cada semana ele recebesse a visita de uma menina de idade adequada.

A sombra na praia fora produto da sua imaginação. Ajeitou as cortinas e destravou um dos compartimentos da escrivaninha que herdara do pai, um distinto professor de jurisprudência. Tirou uma pasta cara e lindamente decorada e a abriu diante de si sobre a mesa. Bem devagar, reverentemente, folheou sua coleção de fotos pornográficas dos primeiros tempos da fotografia. O retrato mais antigo era uma raridade, um daguerreótipo de 1855 que ele tinha adquirido em Paris, e mostrava uma mulher nua abraçando um cachorro. A coleção era famosa no discreto círculo de homens que partilhavam esse interesse. Sua série de fotos de Lecadre da década de 1890 era sobrepujada apenas pela coleção de um idoso magnata do aço no Ruhr. Foi virando lentamente as páginas plastificadas do álbum. Demorava-se mais naquelas em que as modelos eram bem jovens e podia-se ver nos olhos delas que estavam sob o efeito de drogas. Ele muitas vezes lamentara não ter começado a se dedicar pessoalmente à fotografia mais cedo. Se o tivesse feito, seria então proprietário de uma coleção sem rival.

Ao terminar, trancou o álbum novamente na escrivaninha. Tinha arrancado dos amigos a promessa de que, quando morresse, eles ofereceriam as fotografias a um antiquário em Paris especializado na venda desses artigos. O dinheiro seria doado a um fundo de bolsas de estudo que ele já havia criado para jovens estudantes de direito, e que seria anunciado após sua morte. Apagou a lâmpada da escrivaninha e permaneceu sentado na sala às escuras. O som da maré estava muito fraco. Mais uma vez pensou ter ouvido uma bicicleta motorizada passando.

Apesar da idade, ainda achava difícil imaginar a própria morte. Durante viagens aos Estados Unidos, em duas ocasiões conseguira presenciar execuções anonimamente, a primeira na cadeira elétrica, a segunda na câmara de gás, o que mesmo na época era bastante raro. Assistir a pessoas sendo mortas fora uma experiência curiosamente prazerosa. Mas sua própria morte ele não era capaz de contemplar. Saiu do escritório e se serviu de um cálice de licor no bar da sala. Já era quase meia-noite. Uma breve caminhada perto do mar era tudo que lhe restava fazer antes de ir para a cama. Vestiu o casaco no hall de entrada, meteu os pés num par de tamancos gastos e saiu.

Do lado de fora reinava a calma. Sua casa era tão isolada que ele não conseguia ver as luzes de qualquer um de seus vizinhos. Os carros na estrada para Kåseberga rugiam ao longe. Ele seguiu o caminho que descia através do jardim até o portão trancado que dava para a praia. Para seu aborrecimento, descobriu que a luz do poste próximo ao portão estava apagada. A praia esperava por ele. Pescou as chaves e destrancou o portão. Percorreu a curta distância até a areia e parou na beirada da água. O mar estava tranquilo. Ao longe viu as luzes de um barco rumando para oeste. Abriu a braguilha e mijou na água enquanto continuava fantasiando sobre a visita que teria no dia seguinte.

Embora não tivesse ouvido nada, de repente soube que havia alguém parado atrás dele. Retesou-se, tomado de terror. Então se virou.

O homem ali parado parecia um animal. Estava só de shorts. O velho olhou o rosto dele, apavorado. Não conseguiu ver se era deformado ou se estava oculto atrás de uma máscara. Numa das mãos o estranho segurava um machado. Em sua confusão, o velho notou que a mão em torno do cabo era muito pequena, que o homem parecia um anão.

Ele soltou um grito e saiu correndo de volta rumo ao portão do jardim.

Morreu no instante em que a lâmina do machado atingiu sua coluna, logo abaixo das espáduas. E não sentiu dor alguma quando o homem, que talvez fosse um animal, ajoelhou-se e fez um corte na sua testa, e com um puxão súbito arrancou do seu crânio a maior parte do couro cabeludo.

Passava pouco da meia-noite. Era terça-feira, 21 de junho.

Uma bicicleta motorizada deu a partida em algum lugar das proximidades, e momentos depois sumiu.

Tudo estava calmo novamente.

2

Por volta do meio-dia de 21 de junho, o inspetor Kurt Wallander deixou a delegacia de polícia de Ystad. A fim de que ninguém notasse sua saída, caminhou até a entrada da garagem, pegou o carro e dirigiu até o porto. O dia estava quente, de modo que deixara o paletó pendurado na sua cadeira. Qualquer pessoa que o procurasse nas próximas horas acharia que ele estava em algum lugar do prédio. Wallander estacionou ao lado do teatro, percorreu a pé o cais interno e sentou-se no banco perto da cabana vermelha que pertencia ao serviço de salvamento. Trouxera consigo um de seus cadernos, mas se deu conta de que esquecera a caneta. Aborrecido, quase jogou o caderno na água. Isso, porém, ele não podia fazer. Seus colegas jamais o perdoariam.

Apesar de seus protestos, eles o haviam indicado para fazer em nome de todos, às três da tarde nesse dia, um discurso para Björk, que estava renunciando ao cargo de chefe de polícia de Ystad.

Wallander nunca fizera um discurso formal em toda a sua vida. O mais perto que tinha chegado disso foram as inúmeras entrevistas coletivas que havia sido obrigado a dar durante investigações criminais.

Mas como agradecer a um chefe de polícia que estava renunciando ao cargo? Na realidade, agradecer o quê? Tinham eles algum motivo para serem gratos? Wallander teria preferido manifestar seu desconforto e ansiedade em relação aos amplos, e aparentemente irrefletidos, cortes e medidas de reorganização aos quais a força estava sendo cada vez mais submetida. Saíra da delegacia a fim de poder pensar em paz no que iria dizer. Ficara sentado na cozinha de casa até tarde da noite, sem conseguir chegar a lugar nenhum. Mas agora não tinha escolha. Em menos de três horas as pessoas se reuniriam para dar o presente de despedida a Björk, que começaria no dia seguinte a trabalhar em Malmö como chefe do departamento distrital de imigração.

Wallander levantou-se do banco e caminhou ao longo do cais até o café do porto. Os barcos de pesca balançavam de leve nos ancoradouros. Lembrou-se preguiçosamente de que uma vez, sete anos antes, estivera envolvido num caso em que um corpo fora pescado da água nesse cais. Mas expulsou a lembrança. Nesse momento, o discurso que devia fazer para Björk era mais importante. Uma das garçonetes emprestou-lhe uma caneta. Ele se sentou à mesa com uma xícara de café e se forçou a escrever algumas frases. À uma da tarde havia conseguido produzir meia página. Olhou para o papel melancolicamente, sabendo que aquilo era o melhor que podia fazer. Acenou para a garçonete, que veio encher novamente sua xícara.

"Parece que o verão está próximo", Wallander disse.

"Talvez acabe nem chegando aqui", retrucou a moça.

À parte a dificuldade do discurso para Björk, Wallander estava de bom humor. Sairia de férias daí a poucas semanas. Havia muitas razões para ficar contente. Fora um inverno longo, estafante. Ele sabia que precisava muito de um descanso.

Às três da tarde reuniram-se na cantina da delegacia, e Wallander fez seu discurso. Svedberg deu a Björk uma vara de pesca de presente, e Ann-Britt Höglund lhe deu flores. O inspetor procurou embelezar seu minguado discurso improvisando um relato de algumas das trapalhadas que vivera com o homenageado. Todos acharam graça quando ele recordou a queda de ambos num tanque de adubo líquido quando um andaime em que estavam cedeu e caiu. Em sua resposta, Björk desejou boa sorte à sua sucessora, uma mulher chamada Lisa Holgerson. Ela vinha de um dos maiores distritos policiais de Småland e assumiria no final do verão. Nesse meio-tempo, Hanson atuaria como chefe interino em Ystad. Quando a cerimônia terminou e Wallander havia retornado a sua sala, Martinson bateu na porta entreaberta e entrou.

"Foi um grande discurso", disse. "Eu não sabia que você era capaz desse tipo de coisa."

"Não sou", retrucou Wallander. "Foi um discurso vagabundo. Você sabe tão bem quanto eu."

Martinson sentou-se com toda cautela na cadeira de visitas quebrada.

"Eu me pergunto como vai ser com uma chefe mulher", disse.

"Por que não haveria de ir bem?", perguntou Wallander. "Em vez disso, você deveria era se preocupar com o que vai acontecer com todos esses cortes."

"Foi exatamente por isso que vim falar com você. Há um boato por aí de que haverá redução de pessoal nas noites de sábado e domingo."

Wallander olhou para Martinson com ceticismo.

"Não vai dar certo", disse. "Quem vai lidar com as pessoas que temos nas celas?"

"O boato diz que vão pegar guardas de firmas de segurança particulares para esse serviço."

Wallander deu um olhar intrigado a Martinson.

"Firmas de segurança?"

"Foi o que ouvi."

O inspetor balançou a cabeça. Martinson se levantou.

"Achei que você devia ficar a par dessas coisas", disse. "Você tem alguma ideia do que vai acontecer com a força policial?"

"Não", disse Wallander. "Juro por Deus."

Martinson estava se demorando demais na sala.

"Alguma coisa mais?"

Martinson tirou um pedaço de papel do bolso.

“Como você sabe, começou a Copa do Mundo. A Suécia empatou com Camarões por 2 a 2. Você apostou 5 a 0 para Camarões. Com esse resultado, você está em último.”

“Como é que eu estou em último? Ou aposto certo ou errado, não é?”

“Nós fazemos uma estatística para mostrar como cada um está em relação a todos os outros.”

“Meu bom Deus! Qual é o sentido disso?”

“Um policial foi o único que marcou 2 a 2”, disse Martinson, ignorando a pergunta de Wallander. “Agora, para o próximo jogo. Suécia e Rússia.”

Wallander era absolutamente desinteressado de futebol, embora vez ou outra tivesse assistido aos jogos do time de handebol de Ystad, que diversas vezes estivera ranqueado como o melhor da Suécia. Mas ultimamente o país inteiro parecia estar obcecado pela Copa do Mundo. Não se podia ligar a TV ou abrir um jornal sem ser bombardeado com especulações sobre o possível desempenho do time sueco. Ele sabia não ter escolha a não ser participar do bolão esportivo. Se não o fizesse, os colegas o julgariam arrogante. Tirou a carteira do bolso traseiro.

“Quanto?”

“O mesmo que da outra vez. Cem coroas.”

Wallander estendeu a nota para Martinson, que assinalou seu nome na lista.

“Não tenho que adivinhar o resultado?”

“Suécia e Rússia. Quanto você acha que vai ser?”

“4 a 4”, disse Wallander.

“É bem raro haver um placar com tantos gols no futebol”, Martinson comentou, surpreso. “Parece mais hóquei no gelo.”

“Tudo bem, digamos, então, 3 a 1 para a Rússia”, disse Wallander. “Esse resultado serve?”

Martinson anotou.

“Quem sabe podemos aproveitar e pegar o jogo do Brasil”, prosseguiu Martinson.

"3 a 0 para o Brasil", disse Wallander depressa.

"Você não tem grandes expectativas em relação à Suécia", disse Martinson.

"Não quando se trata de futebol, de qualquer maneira", respondeu Wallander, estendendo outra nota de cem coroas.

Martinson saiu e Wallander passou a refletir sobre o que ele havia lhe contado, mas acabou desprezando os boatos com irritação. Em breve descobriria o que era verdade e o que não era. Já eram quatro e meia da tarde. Puxou uma pasta contendo material sobre uma quadrilha que exportava carros roubados para países do antigo bloco socialista da Europa oriental. Ele estivera trabalhando nessa investigação por vários meses. Até agora a polícia tinha conseguido apenas identificar algumas partes da operação. Ele sabia que esse caso o atormentaria ainda por muito tempo. Durante suas férias, Svedberg assumiria o comando, mas Wallander desconfiava que pouca coisa iria acontecer enquanto estivesse fora.

Houve uma batida na porta, e Ann-Britt Höglund entrou. Usava um boné preto de beisebol.

"Como estou?", perguntou ela, sentando-se.

"Parece uma turista", Wallander respondeu.

"É assim que vão ser os novos bonés. Imagine só a palavra POLÍCIA aqui na frente. Já vi fotos deles."

"Nunca vão me fazer botar um desses na cabeça", disse Wallander. "Suponho que deva ficar satisfeito por não ter mais de usar uniforme."

"Talvez um dia a gente descubra que Björk foi realmente um bom chefe", ela disse. "Acho que o que você disse lá foi ótimo."

"Eu sei que o discurso não foi grande coisa", contrapôs Wallander, começando a ficar aborrecido. "Mas todos vocês são responsáveis por terem me escolhido."

Höglund se levantou da cadeira e olhou pela janela. Ela conseguira corresponder à expectativa que precedera sua chegada quando viera para Ystad no ano anterior. Na academia de polícia havia demonstrado grande aptidão para o trabalho policial, e evoluíra ainda mais desde então. Tinha preenchido parte do vazio deixado pela morte de Rydberg, alguns anos antes. Rydberg era o detetive que ensinara a Wallander a maior parte do que ele sabia, e às vezes este sentia que era sua tarefa guiar Höglund da mesma maneira.

"Como está indo o caso dos carros?", ela perguntou.

"Continuam sendo roubados", disse Wallander. "A organização parece ter um número incrível de ramos."

"Vamos conseguir abrir uma brecha nela?"

"Vamos rachá-la de vez", replicou Wallander. "Mais cedo ou mais tarde. Vai haver uma pausa por alguns meses. Depois começará tudo de novo."

"Mas não vai acabar nunca?"

"Não, não vai acabar nunca. Por causa da localização de Ystad. A apenas duzentos quilômetros daqui, do outro lado do Báltico, há uma quantidade ilimitada de gente que quer aquilo que temos a oferecer. O único problema é que eles não têm dinheiro para pagar."

"Eu me pergunto quantos bens roubados são embarcados em cada balsa", ela disse, pensativa.

"Nem queira saber", disse Wallander.

Foram juntos pegar café. Höglund deveria entrar de férias naquela semana. Wallander sabia que ela iria passá-las em Ystad, uma vez que seu marido, um instalador de maquinário pesado com o mundo inteiro como mercado, estava atualmente na Arábia Saudita.

"O que você vai fazer?", ela perguntou quando começaram a conversar sobre a folga próxima.

"Vou para a Dinamarca, para Skagen", disse Wallander.

"Com a mulher de Riga?" Höglund deu um sorriso.

Wallander levou um susto.

"Como você sabe dela?"

"Ah, todo mundo sabe", ela disse. "Você não percebeu? Pode chamar de resultado de uma investigação interna em andamento."

Wallander jamais comentara com ninguém sobre Baiba, que conhecera durante uma investigação. Ela era viúva de um policial letão assassinado. Passara o Natal em Ystad, quase seis meses antes. No feriado da Páscoa, Wallander a visitara em Riga. Mas nunca falara a seu respeito nem a apresentara a nenhum dos colegas. Agora perguntava-se por quê. Embora a relação deles fosse recente, Baiba o arrancara da melancolia que havia marcado sua vida desde que se divorciara de Mona.

"Tudo bem", ele disse. "Sim, estaremos na Dinamarca juntos. Depois vou passar o resto do verão com meu pai."

"E Linda?"

"Ligou faz uma semana, contou que está fazendo um curso de teatro em Visby."

"Achei que ela ia ser estofadora de móveis!"

"Eu também. Mas agora ela meteu na cabeça que vai fazer uma espécie de performance com uma amiga."

"Parece excitante, não?"

Wallander assentiu dubiamente.

"Espero que ela venha para cá em julho", disse. "Faz muito tempo que não a vejo."

Separaram-se diante da porta de Wallander.

"Dê uma passada para dar um alô durante o verão", ela disse. "Com ou sem a mulher de Riga. Com ou sem sua filha."

"O nome dela é Baiba", disse Wallander. Ele prometeu que passaria para uma visita.

Depois que Ann-Britt se foi, ele trabalhou no arquivo durante um bom tempo. Telefonou duas vezes para a polícia de Göteborg, tentando sem sucesso contatar um detetive que trabalhava na mesma investigação. Às 5h45, resolveu sair para comer. Beliscou a barriga e notou que ainda estava perdendo peso. Baiba havia se queixado de que ele estava gordo demais. Depois disso, não tivera o menor problema em controlar a dieta. Chegara a se enfiar num agasalho e correr algumas vezes, por mais que achasse o jogging entediante.

Vestiu o paletó. Escreveria a Baiba nessa noite. O telefone tocou justamente quando estava prestes a sair da sala. Por um instante ponderou se deveria simplesmente deixar tocar. Porém voltou à sua mesa e ergueu o fone.

Era Martinson.

"Que belo discurso você fez", ele disse. "Björk pareceu genuinamente comovido."

"Você já disse isso", retrucou Wallander. "O que é? Estou indo para casa."

"Acabei de receber uma ligação meio estranha", disse Martinson. "Pensei que devia falar com você."

Wallander esperou que o outro prosseguisse, impaciente.

"Era um fazendeiro, dos arredores de Marsvinsholm. Ele se queixou de que havia uma mulher agindo de forma esquisita no seu campo de colza."

"Só isso?"

"Sim."

"Uma mulher agindo de forma esquisita num campo de colza? O que ela estava fazendo?"

"Se entendi direito, não estava fazendo nada. A coisa esquisita era que ela estava lá fora, no campo."

Wallander refletiu por um momento antes de responder.

"Mande uma viatura. Parece uma coisa específica para eles."

"O problema é que todas as unidades parecem estar ocupadas neste momento. Houve dois acidentes de carro quase ao mesmo tempo. Um na estrada para Svarte, o outro na frente do Hotel Continental."

"Sérios?"

"Nenhum ferido em estado grave. Mas tudo indica que foi uma confusão danada."

"Eles podem ir até Marsvinsholm quando tiverem tempo, nao?"

"O fazendeiro deu a impressão de estar bastante inquieto. Não consigo explicar direito. Se eu não tivesse que pegar meus filhos, iria eu mesmo."

"Tudo bem, eu me encarrego disso", disse Wallander. "Encontro com você na entrada para pegar o nome e o endereço."

Alguns minutos depois Wallander saiu de carro da delegacia. Virou a esquerda no trevo e pegou a estrada para Malmö. No assento ao seu lado havia um bilhete escrito por Martinson. O nome do fazendeiro era Salomonson, e Wallander sabia que estrada tomar. Quando saiu para a E65, baixou o vidro da janela. Os campos amarelos de colza se estendiam de ambos os lados da estrada. Não conseguia se lembrar da última vez que se sentira tão bem quanto agora. Colocou no toca-fitas *As bodas de Fígaro*, com Barbara Hendricks cantando como Suzana, e pensou no encontro com Baiba em Copenhague. Quando chegou à estrada secundária para Marsvinsholm dobrou à esquerda, passou pelo castelo e pela igreja do castelo, e novamente à esquerda. Espiou as indicações de Martinson e pegou uma estradinha estreita que atravessava os campos. Ao longe pôde ver o mar de relance.

Salomonson morava em uma antiga casa de fazenda de Skåne, muito bem preservada. O inspetor desceu do carro e olhou em volta. Para todo lado que olhava, via apenas campos amarelos de colza. O homem parado nos degraus da frente era muito velho. Segurava um binóculo. Wallander achou que ele podia ter imaginado a coisa toda. Com muita frequência, pessoas idosas solitárias que viviam no campo deixavam sua imaginação vagar desenfreada. Caminhou até os degraus e fez um meneio.

"Kurt Wallander, da polícia de Ystad", disse.

O homem nos degraus tinha a barba por fazer e os pés estavam enfiados num par de tamancos gastos.

"Edvin Salomonson." O homem estendeu uma mão esquelética.

"Conte-me o que aconteceu", disse Wallander.

O homem apontou para o campo de colza à direita da casa. "Eu a descobri esta manhã", começou. "Eu levanto cedo. Ela já estava lá às cinco. Primeiro pensei que fosse um cervo. Então olhei pelo binóculo e vi que era uma mulher."

"O que ela estava fazendo?"

"Estava parada."

"Só isso?"

"Estava parada, olhando."

"Olhando o quê?"

"Como é que eu vou saber?"

Wallander suspirou. Provavelmente o velho tinha *de fato* visto um cervo. E aí sua imaginação assumira o controle.

"Sabe quem é ela?", perguntou.

"Nunca a vi antes", replicou o homem. "Se eu soubesse quem ela é, por que haveria de chamar a polícia?"

"O senhor a viu pela primeira vez de manhã bem cedo", ele prosseguiu, "mas só chamou a polícia agora, no fim da tarde?"

"Eu não quis chamar vocês sem ter um motivo", o homem respondeu simplesmente. "Imagino que a polícia tenha muita coisa para fazer."

"O senhor a viu pelo binóculo", disse Wallander. "Ela estava lá fora no campo e o senhor nunca a viu antes. O que o senhor fez?"

"Eu me vesti e saí para dizer a ela que fosse embora. Ela estava pisoteando a colza."

"E o que aconteceu então?"

"Ela correu."

"Correu?"

"Se escondeu no campo. Ficou agachada, para eu não poder vê-la. Primeiro achei que ela havia ido embora. Aí eu a descobri de novo, pelo binóculo. Isso aconteceu várias vezes. No fim eu me cansei e chamei vocês."

"Quando a viu pela última vez?"

"Um pouco antes de telefonar."

"O que ela estava fazendo?"

"Estava parada, olhando."

Wallander examinou o campo. Tudo que conseguiu ver foi a colza ondulante.

"O policial com quem o senhor falou disse que o senhor parecia inquieto", disse Wallander.

"Bem, o que está fazendo uma pessoa parada olhando no meio de um campo de colza? Deve haver algo de estranho nisso."

Wallander decidiu que deveria terminar a conversa o mais depressa possível. Para ele, estava claro que o velho havia imaginado a coisa toda. Entraria em contato com o serviço social no dia seguinte.

"Na verdade, não há muito que eu possa fazer", disse Wallander. "A essa altura, ela provavelmente já foi embora. E, nesse caso, não há nada com que se preocupar."

"Ela não foi embora, de jeito nenhum", disse Salomonson. "Eu posso vê-la bem agora."

Wallander virou-se. Olhou para onde o dedo de Salomonson apontava.

A mulher estava cerca de cinquenta metros dentro do campo de colza. Wallander pôde ver que tinha o cabelo escuro. Ele sobressaía intensamente contra o fundo amarelo.

"Vou lá falar com ela", disse Wallander. "Espere aqui."

Ele tirou um par de botas do carro e as calçou. Então caminhou rumo ao campo, sentindo-se como se houvesse sido apanhado em algo surreal. A mulher estava completamente imóvel, observando-o. Ao se aproximar, viu que ela não só tinha longos cabelos pretos, mas também a pele escura. Ergueu uma das mãos e acenou. Ela permaneceu imóvel. Embora ainda estivesse bastante longe dele e a ondulação da colza de vez em quando ocultasse seu rosto, Wallander teve a impressão de que a mulher devia ser muito bonita. Berrou para que ela viesse na sua direção. Quando viu que ela não se moveu, deu um passo plantação adentro. Ela sumiu num instante. Aconteceu muito rápido, como se ela fosse um animal assustado. Ele sentiu que estava ficando bravo. Continuou a andar campo adentro, olhando para todas as direções. Ao vê-la novamente, ela havia se deslocado para o canto leste da plantação. Então ela não iria fugir, e ele começou a correr. Ela se movia com agilidade, e em pouco tempo Wallander já estava sem fôlego. Quando conseguiu chegar a cerca de vinte metros dela, estavam bem no meio da plantação. Ele berrou: "Polícia! Pare onde está!". E começou a caminhar na sua direção. Então se deteve.

Tudo aconteceu muito depressa. Ela ergueu um recipiente de plástico acima da cabeça e começou a derramar um líquido incolor sobre o cabelo, rosto e corpo. Passou pela cabeça de Wallander que ela devia estar carregando o recipiente o tempo todo. Pôde ver que ela estava aterrorizada. Olhos arregalados, olhava diretamente para ele.

"Polícia!", gritou de novo. "Eu só quero conversar com você."

No mesmo instante ele sentiu um cheiro de gasolina vindo em sua direção. De repente ela estava com um isqueiro aceso numa das mãos e o encostou no cabelo. Wallander soltou um grito enquanto ela pegava fogo. Paralisado, observou-a cambalear pela plantação enquanto o fogo tomava conta de todo o seu corpo. Wallander podia ouvir-se berrando. Mas a mulher em chamas permaneceu em silêncio. Mais tarde, não conseguia se lembrar de ter ouvido um só grito dela.

Quando fez menção de correr para chegar perto da mulher, a plantação explodiu em chamas. Subitamente, Wallander se viu cercado de fumaça e fogo. Manteve as mãos diante do rosto e correu, sem saber em que direção estava seguindo. Quando chegou na beirada da plantação, tropeçou e caiu na valeta. Virou-se e a viu pela última vez antes de ela tombar e desaparecer de vista. Estava de braços estendidos, como que implorando piedade. Todo o campo estava em chamas.

Em algum lugar atrás de si pôde ouvir Salomonson se lamuriando. Wallander se levantou, com as pernas trêmulas. Então virou-se para o outro lado e vomitou.

3

Depois Wallander se lembraria da moça queimando no campo de colza da mesma maneira como nos lembramos, com grande relutância, de um pesadelo distante a ser esquecido o quanto antes. Se ele pareceu manter ao menos uma calma aparente pelo resto da tarde e noite adentro, mais tarde não conseguia se lembrar de nada a não ser detalhes triviais. Martinson, Hanson e especialmente Ann-Britt Höglund haviam ficado estarrecidos com sua calma. Mas não podiam enxergar através do escudo que ele havia erguido para se proteger. Em seu interior reinava a devastação, como uma casa desmoronada.

Ele chegou de volta ao seu apartamento depois das duas da manhã. Só então, ao sentar-se no sofá, ainda com as roupas imundas e as botas enlameadas, o escudo de proteção veio abaixo. Wallander serviu-se de um copo de uísque. As portas do terraço estavam abertas, deixando entrar o frescor da noite, e ele chorou feito um bebê.

A moça havia sido criança. Ela lhe recordou sua própria filha, Linda. Durante seus anos de policial aprendera a estar preparado para qualquer coisa que pudesse estar à sua espera ao chegar em um lugar onde alguém encontrara a morte de maneira súbita ou violenta. Vira pessoas que tinham se enforcado, enfiado um revólver na boca ou se arrebentado em pedaços. De alguma forma, aprendera a suportar o que via e a afastar a imagem da mente. Mas não quando havia crianças ou jovens envolvidos. Então se tornava tão vulnerável quanto no início da carreira policial. Ele sabia que muitos de seus colegas reagiam da mesma maneira. Quando crianças ou jovens morriam violentamente, sem nenhuma razão, as defesas erguidas pelo hábito ruíam. E assim seria para Wallander enquanto continuasse trabalhando como policial.

Ele completara a fase inicial da investigação de modo exemplar. Com resquícios de vômito ainda grudados na boca, havia corrido até Salomonson, que, perplexo, via sua plantação ardendo, e perguntou onde ficava o telefone. Uma vez que o homem deu mostras de não entender a pergunta — talvez não a tivesse ouvido —, Wallander passou correndo por ele e, assaltado pelo cheiro acre do velho sem banho, entrou na casa. No hall de entrada encontrou o telefone. Discou 90-000, e a telefonista disse mais tarde que Wallander parecera bastante calmo ao descrever o que tinha acontecido, pedindo que fosse enviada uma equipe completa.

As chamas da plantação reluziam pelas vidraças como holofotes iluminando a noite de verão. Ele telefonou para Martinson em sua casa, falando primeiro com sua filha e depois com sua esposa, até que o colega fosse chamado no quintal dos fundos. Da maneira mais sucinta possível, descreveu o que havia acontecido e pediu a Martinson que também chamasse Hanson e Höglund. Então foi até a cozinha e lavou o rosto na torneira da pia. Quando voltou para fora, Salomonson ainda estava enraizado no mesmo ponto, como que hipnotizado. Um carro chegou trazendo alguns de seus vizinhos mais próximos. Mas Wallander lhes gritou que se mantivessem afastados, não permitindo que se aproximassem de Salomonson. Ao longe ouviu as sirenes dos bombeiros, que quase sempre eram os primeiros a chegar. Logo em seguida, apareceram duas viaturas de policiais fardados e uma ambulância. Peter Edler, um homem em quem Wallander tinha total confiança, dirigia o combate ao fogo.

"O que está acontecendo?", ele perguntou.

"Eu explico depois", disse Wallander. "Mas não fiquem andando à toa pelo campo. Há um corpo por aí."

"A casa não corre perigo", disse Edler. "Vamos nos concentrar em conter o fogo."

Edler virou-se para Salomonson e perguntou qual era a largura das trilhas do trator e das valas entre os vários campos. Um rapaz da equipe da ambulância se aproximou. Wallander já o tinha encontrado antes, mas não conseguiu se lembrar do nome.

"Há alguém ferido?"

Wallander sacudiu a cabeça.

"Uma pessoa morta", respondeu. "Está deitada aí na plantação."

"Então vamos precisar de um rabecão", disse o motorista da ambulância. "O que aconteceu?"

Wallander não teve ânimo de responder. Em vez disso, virou-se para Norén, o policial que ele conhecia melhor.

"Há uma mulher morta no meio do campo", disse. "Até o fogo ser apagado, não podemos fazer nada a não ser bloquear a passagem."

Norén assentiu.

"Foi acidente?", perguntou.

"Foi mais um suicídio."

Alguns minutos depois, com a chegada de Martinson, Norén lhe estendeu um copo de papel com café. Wallander olhou suas mãos e se admirou por elas não estarem tremendo. Hanson e Ann-Britt Höglund chegaram no carro de Hanson, e ele contou aos colegas o que havia acontecido.

Não se cansava de repetir a mesma frase: *Ela ardeu como uma tocha.*

"É simplesmente terrível", disse Höglund.

"Foi pior do que você pode imaginar", disse Wallander. "Não ser capaz de fazer nada. Espero que nenhum de vocês jamais tenha de experienciar uma coisa como essa."

Em silêncio, observaram os bombeiros em ação. Um grande grupo de espectadores havia se juntado, mas a polícia os mantinha afastados.

"Como ela era?", perguntou Martinson. "Você chegou a vê-la?"

Wallander fez que sim. "Alguém deveria ir falar com o velho", disse. "O nome dele é Salomonson."

Hanson levou o velho para a cozinha. Höglund foi falar com Peter Edler. O fogo tinha começado a ceder. Quando ela voltou, disse-lhes que em breve o incêndio estaria apagado. "A colza queima rápido", prosseguiu. "E o campo está molhado. Ontem choveu."

"Ela era jovem", disse Wallander, "de cabelo preto e pele escura. Usava um casaco amarelo. Acho que estava de calça jeans. Não vi os pés dela. E estava apavorada."

"Com o quê?", perguntou Martinson.

Wallander pensou por um momento.

"Ela estava apavorada por minha causa", retrucou. "Não tenho certeza absoluta, mas acho que ficou ainda mais assustada quando eu disse que era da polícia e mandei que ela parasse. Mas, além disso, não tenho ideia."

"Ela entendeu tudo que você disse?"

"Ela entendeu pelo menos a palavra 'polícia'. Disso tenho certeza."

Tudo que restava do fogo era um grosso manto de fumaça.

"Não havia mais ninguém aí no campo?", perguntou Höglund. "Tem certeza de que ela estava sozinha?"

"Não", disse Wallander. "Não tenho certeza nenhuma. Mas não vi mais ninguém além dela."

Ficaram parados em silêncio. *Quem era ela?*, Wallander perguntava a si mesmo. *De onde veio? Por que ateou fogo em si mesma? Se queria morrer, por que escolheu se torturar?*

Hanson retornou da casa, onde estivera conversando com Salomonson.

"Nós deveríamos fazer como nos Estados Unidos", disse. "Ter menta para esfregar debaixo do nariz. Porra, o cheiro que está ali... Velhos não deveriam ter autorização para viver mais que suas esposas."

"Peça a um dos rapazes da ambulância que lhe pergunte como está se sentindo", disse Wallander. "Ele deve estar em estado de choque."

Martinson se afastou para passar o recado. Peter Edler tirou o capacete e ficou ao lado de Wallander.

"Está quase apagado", disse. "Mas vou manter um caminhão aqui esta noite."

"Quando vamos poder entrar no campo?", perguntou Wallander.

"Dentro de uma hora. Ainda haverá fumaça por algum tempo. Mas o solo já começou a esfriar."

O policial puxou Peter Edler de lado.

"O que é que eu vou ver?", perguntou. "A moça derramou um galão de cinco litros de gasolina sobre si mesma. E o jeito como tudo explodiu em volta dela, ela já devia ter derramado mais no chão."

"Não vai ser nada bonito", retorquiu Edler candidamente. "Não vai ter sobrado muita coisa."

Wallander não disse nada. Virou-se para Hanson.

"Não importa como olhemos para isso, sabemos que foi suicídio", disse Hanson. "Temos a melhor testemunha que poderíamos desejar: um policial."

"O que Salomonson contou?"

"Que nunca a tinha visto antes de ela aparecer, às cinco da manhã de hoje. Não há motivo para pensar que ele não esteja dizendo a verdade."

"Então não sabemos quem ela é", disse Wallander, "e também não sabemos do que estava fugindo."

Hanson olhou para ele, surpreso.

"Por que ela haveria de estar fugindo de alguma coisa?", perguntou.

"Ela estava apavorada", explicou Wallander. "Estava se escondendo. E quando um policial chegou ela ateou fogo em si mesma."

"Nós não sabemos o que ela estava pensando", disse Hanson. "Você pode estar imaginando que ela estava apavorada."

"Não", replicou Wallander. "Já vi medo suficiente na minha vida para saber reconhecê-lo."

Um dos rapazes da ambulância veio andando na direção deles.

"Vamos levar o velho conosco para o hospital", disse. "Ele parece estar em péssimo estado."

Wallander assentiu.

Daí a pouco chegou a equipe forense. Wallander tentou indicar onde, no meio da fumaça, poderia estar localizado o corpo.

"Talvez você devesse ir para casa", disse Höglund. "Você já viu o bastante esta noite."

"Não", Wallander respondeu. "Vou ficar."

A fumaça acabou se dissipando, e Peter Edler disse que poderiam começar a examinar o terreno. Embora a noite de verão ainda estivesse clara, Wallander ordenara que fossem trazidos holofotes.

"Pode haver algo aí além do corpo", alertou. "Vejam onde pisam, e todo mundo que não tenha trabalho a fazer deve ficar afastado."

Ele percebeu então que na verdade não queria fazer o que precisava ser feito. Teria preferido pegar o carro e ir embora, deixando a responsabilidade para os outros. Entrou no campo sozinho. Os demais ficaram observando. Estava com medo do que poderia ver, medo de que o nó que tinha no estômago arrebentasse.

Ele chegou até ela. Os braços haviam ficado rijos no movimento de esticar, que ele a vira fazer antes de morrer, cercada pelas chamas raivosas. O cabelo e a face, junto com as roupas, estavam totalmente queimados. Tudo que restava era um corpo enegrecido que ainda irradiava terror e desolação. Wallander olhou em torno e caminhou de volta pelo solo carbonizado. Por um instante, teve medo de desmaiar.

Os técnicos forenses começaram a trabalhar sob o feixe ofuscante dos holofotes, no qual esvoaçavam mariposas. Hanson tinha aberto a janela da cozinha de Salomonson para expulsar o cheiro. Eles puxaram as cadeiras e se sentaram em volta da mesa. Por sugestão de Höglund, fizeram café no velho fogão de Salomonson.

"Ele só tem café em pó", ela disse, após vasculhar as gavetas e armários. "Tudo bem?"

"Tudo bem", disse Wallander. "Contanto que seja forte."

Pendurado na parede atrás dos velhos armários com portas de correr havia um relógio antigo. Wallander notou que ele havia parado. Já vira um relógio desses antes, no apartamento de Baiba, em Riga, também com um par de ponteiros imóveis. Era como se estivessem tentando impedir os fatos que ainda não tinham acontecido parando o tempo, pensou. O marido de Baiba havia morrido num assassinato do tipo execução, numa noite gelada no porto de Riga. Uma moça solitária aparece como que naufragada num mar de colza e tira a própria vida infligindo-se a pior dor imaginável.

Ela ateara fogo em si mesma como se fosse sua própria inimiga, ele pensou. Não era dele, o policial agitando os braços, que ela quisera fugir. Era dela mesma.

Foi arrancado de seu devaneio pelo silêncio em torno da mesa. Os outros estavam olhando para ele, esperando que tomasse a iniciativa. Pela janela, podia ver os técnicos se movimentando lentamente sob a luz dos holofotes. O flash de uma câmera fotográfica espocou, depois outro.

"Alguém chamou o rabecão?", perguntou Hanson.

Para Wallander, foi como se alguém o tivesse golpeado com uma marreta. A simples e casual pergunta do colega o trouxe de volta para a dolorosa realidade.

As imagens oscilavam na sua cabeça. Ele se visualizou guiando pela linda tarde de verão sueca, a voz de Barbara Hendricks forte e clara. Aí uma moça some de repente no meio da alta plantação de colza, feito um bicho assustado. Desaba a catástrofe. Acontece algo que não deveria acontecer. O rabecão a caminho de levar embora o próprio verão.

"Prytz sabe o que fazer", informou Martinson, e Wallander reconheceu o motorista da ambulância, cujo nome havia esquecido anteriormente.

Ele sabia que precisava dizer alguma coisa.

"O que nós sabemos?", tentou começar, como se cada

palavra oferecesse resistência. "Um fazendeiro idoso, que vive sozinho, levanta cedo e descobre uma mulher estranha no seu campo de colza. Ele tenta chamá-la, fazer com que ela vá embora, já que não quer sua plantação destruída. Ela se esconde e reaparece, repetidas vezes. Ele nos chama no final da tarde. Eu venho até aqui, uma vez que os policiais regulares estão todos ocupados. Para ser honesto, tenho dificuldade em levá-lo a sério. Resolvo ir embora e contatar o serviço social, já que ele parece confuso. Mas de repente a mulher aparece de novo no meio da plantação. Então eu tento me aproximar, e ela foge. Ergue um recipiente de plástico sobre a cabeça, empapa-se de gasolina e toca fogo em si mesma com um isqueiro. O resto vocês sabem. Ela estava sozinha, tinha um galão de gasolina e tirou a própria vida." Ele interrompeu o relato abruptamente, como se não soubesse mais o que dizer. Um instante depois, continuou: "Nós não sabemos quem ela é. Não sabemos por que se matou. Posso dar a vocês uma descrição bastante boa dela. Mas só isso".

Ann-Britt Höglund pegou algumas xícaras de café trincadas no armário. Martinson saiu para dar uma mijada. Quando voltou, Wallander prosseguiu com seu cauteloso resumo.

"O mais importante é descobrir quem ela era. Vamos dar uma busca em todas as pessoas desaparecidas. Já que acho que ela tinha pele morena, podemos começar focalizando um pouco mais a verificação de refugiados e dos campos de refugiados. Então teremos de esperar o que surge nas análises dos técnicos forenses."

"Em todo caso, sabemos que nenhum crime foi cometido", interveio Hanson. "De modo que nosso trabalho é determinar quem ela era."

"Ela deve ter vindo de algum lugar", disse Höglund. "Chegou até aqui a pé? De bicicleta? Onde arranjou a gasolina?"

"E por que aqui, justo aqui?", perguntou Martinson. "Por que nas terras do Salomonson? A fazenda fica bem longe da estrada principal."

As perguntas ficaram suspensas no ar. Norén entrou na cozinha e disse que haviam chegado alguns repórteres querendo saber o que acontecera. Wallander sabia que era ele quem deveria ir. Levantou-se. "Eu falo com eles."

"Diga a verdade", recomendou Hanson.

"E há outra opção?", Wallander replicou, surpreso.

Ele saiu até o pátio e reconheceu os dois repórteres. Um era uma jovem que trabalhava para a *Gazeta de Ystad*, o outro, um homem mais velho do *Diário Trabalhista.*

"Parece uma cena de filme", disse a moça, apontando para os holofotes no campo carbonizado.

"Não é", retrucou Wallander.

Eles lhes contou o que tinha acontecido. Uma mulher morrera num incêndio. Não havia suspeita de atividade criminosa. Uma vez que ainda não sabiam quem era a mulher, ele não queria dizer nada mais nesse momento.

"Podemos tirar algumas fotos?", perguntou o homem do *Diário Trabalhista.*

"Podem tirar quantas fotos quiserem", respondeu Wallander. "Mas vão ter de tirá-las daqui. Ninguém tem permissão de entrar na área do incêndio."

Os repórteres foram embora em seus carros. Wallander estava prestes a voltar para a cozinha quando viu um dos técnicos que estavam trabalhando lhe fazer um aceno. Wallander foi até ele. Era Sven Nyberg, o rude mas brilhante chefe dos técnicos. Pararam na beirada da área coberta pelos holofotes. Uma leve brisa veio soprando do mar através do campo. Wallander evitou olhar para o corpo, com seus braços estendidos.

"Acho que encontramos algo", disse Nyberg.

Nas mãos ele segurava um pequeno saco plástico. Entregou-o a Wallander, que se postou sob a luz de um dos holofotes. No saquinho havia um colar de ouro com um minúsculo pingente.

"Há uma inscrição nele", prosseguiu Nyberg. "As letras D. M. S. e uma imagem da Virgem Maria."

"Por que não derreteu?", perguntou Wallander.

"Um incêndio no campo não gera calor suficiente para derreter joias", respondeu Nyberg. Sua voz soava cansada.

"Isto é exatamente o que nós precisávamos."

"Estaremos prontos para retirá-la em breve", Nyberg disse, apontando com a cabeça para o rabecão preto à espera nos limites da plantação.

"Como está o corpo?", Wallander perguntou, cauteloso.

Nyberg deu de ombros.

"Os dentes devem nos dizer alguma coisa. Os patologistas são excelentes. Vão conseguir descobrir qual era a idade dela. Com a tecnologia do DNA vão poder dizer também se nasceu aqui, filha de pais suecos, ou se veio de algum outro lugar."

"Há café na cozinha", disse Wallander.

"Não, obrigado", disse Nyberg. "Vou acabar aqui logo mais. De manhã vamos passar pelo campo inteiro. Já que não houve crime, podemos esperar até lá."

Wallander voltou para a casa. Pôs o saco plástico contendo o colar em cima da mesa da cozinha.

"Agora temos algo com que prosseguir", informou. "Um pingente, uma madona. Com a inscrição das iniciais D. M. S. Sugiro que agora todo mundo vá para casa. Vou ficar aqui mais um pouco."

"Vamos nos reunir amanhã de manhã, às nove", disse Hanson, levantando-se.

"Eu me pergunto quem ela era", comentou Martinson. "O verão sueco é muito lindo e muito breve para acontecer uma coisa dessas."

Eles se separaram em frente à casa. Höglund demorou-se um pouco mais.

"Agradeço por não ter precisado vê-la", disse. "Acho que entendo o que você está passando."

"Até amanhã", disse Wallander.

Quando os carros se foram, ele se sentou nos degraus diante da casa. Os holofotes pareciam brilhar sobre um palco vazio onde fora apresentada uma peça, sendo ele o único espectador.

O vento tinha começado a soprar. Ainda estavam à espera do calor do verão. O ar da noite estava frio, e Wallander percebeu que estava congelando sentado nos degraus. Como ansiava intensamente pelo calor do verão! Esperava que chegasse logo.

Após algum tempo, levantou-se, entrou na casa e lavou as xícaras.

4

Wallander teve um sobressalto. Alguém estava tentando arrancar um dos seus pés. Quando abriu os olhos, viu que o pé estava preso na pezeira quebrada da cama. Virou-se de lado para soltá-lo. Depois, ficou deitado quieto. A luz da aurora filtrava-se através da persiana retorcida. Olhou o relógio no criado-mudo. Eram quatro e meia da manhã. Mal tinha dormido e estava muito cansado. Viu-se novamente no meio do campo. Agora podia ver a moça com muito mais clareza. Não era de mim que ela estava com medo, pensou. Ela não estava se escondendo de mim nem de Salomonson. Havia mais alguém lá.

Levantou-se e arrastou-se para a cozinha. Enquanto esperava o café entrou na bagunçada sala de estar e verificou a secretária eletrônica. A luz vermelha estava piscando. Apertou o botão de replay. O primeiro recado era de sua irmã, Kristina. "Preciso falar com você. De preferência nos próximos dois dias." Devia ser algo relacionado com o pai. Embora ele tivesse se casado com sua governanta e não morasse mais sozinho, ainda era imprevisível em suas mudanças de humor.

Havia uma mensagem rascante, muito baixa, do *Diário de Skåne*, perguntando se ele estava interessado em fazer uma assinatura. Estava prestes a voltar para a cozinha quando ouviu a mensagem seguinte: "É Baiba. Estou indo para Tallinn. Estarei de volta no sábado".

Ele foi tomado pelo ciúme. Por que ela estava indo a Tallinn? Não lhe dissera nada da última vez que tinham se falado. Serviu-se de uma xícara de café e ligou para o número dela em Riga, mas não houve resposta. Discou de novo. Sua inquietação cresceu. Ela dificilmente teria saído para Tallinn às cinco da manhã. Por que não estava em casa? Ou, se estivesse, por que não atendia?

Pegou a xícara, abriu a porta do terraço que dava para a Mariagatan e se sentou. Mais uma vez viu a moça correndo pelo campo de colza. Por um instante, ela se pareceu com Baiba. Ele se forçou a aceitar que seu ciúme era injustificado. Haviam concordado em não complicar o novo relacionamento com promessas de fidelidade. Ele se lembrava de como tinham conversado madrugada adentro na véspera de Natal sobre o que desejavam um do outro. Acima de tudo, Wallander queria que se casassem. Mas, quando Baiba falou de sua necessidade de liberdade, ele havia concordado. Em vez de perdê-la, aceitaria os termos dela.

O céu era de um azul límpido e o ar já estava quente. Ele bebeu o café em goles lentos e tentou não pensar na moça. Ao terminar o café, entrou no quarto e o vasculhou por um bom tempo até achar uma camisa limpa. A seguir, juntou todas as roupas esparramadas pelo apartamento. Fez uma grande pilha no meio da sala. Teria de lavar a roupa suja.

Às 5h45 saiu do apartamento e desceu para a rua. Entrou no carro e lembrou-se de que teria de mandá-lo para revisão no final de junho. Desceu pela Regementsgatan e depois pela Österleden. Num impulso momentâneo, virou na rua que levava para fora da cidade e parou no novo cemitério de Kronoholmsvägen. Saiu do carro e caminhou pelas filas de túmulos. Aqui e ali deparava com um nome vagamente familiar. Quando via um ano de nascimento igual ao seu, desviava o olhar. Alguns rapazes de macacão azul estavam descarregando um cortador de grama de um carrinho. Quando chegou ao bosquezinho memorial, sentou-se num dos bancos. Não estivera ali desde aquele outono de muito vento quatro anos antes, quando haviam espalhado as cinzas de Rydberg. Björk também comparecera à cerimônia, além dos distantes e anônimos parentes de Rydberg. Muitas vezes Wallander tivera a intenção de voltar lá. Uma lápide com o nome do colega inscrito teria sido bem mais simples, pensou. Um foco para as minhas lembranças sobre ele. No bosque, cheio de espíritos dos mortos, não consigo ver nenhum traço dele, pensou.

Percebeu que tinha dificuldade de se lembrar da aparência de Rydberg. Ele está morrendo dentro de mim, pensou. Em breve, até minhas memórias terão desaparecido.

Levantou-se, subitamente aflito. Não parava de ver a moça pegando fogo. Dirigiu direto para a delegacia, entrou na sua sala e fechou a porta, forçando-se a preparar um resumo da investigação de roubo de carros que devia enviar a Svedberg. Colocou as pastas no chão para que a mesa ficasse completamente vazia.

Ergueu o mata-borrão da escrivaninha para ver se havia se esquecido de algum item. Achou um bilhete de raspadinha que comprara vários meses antes. Esfregou o bilhete com a régua até surgirem os números, e viu que tinha ganhado vinte e cinco coroas. Do saguão, pôde ouvir a voz de Martinson, depois a de Ann-Britt Höglund. Recostou-se na cadeira, pôs os pés em cima da mesa e fechou os olhos. Quando acordou estava com uma câimbra na barriga da perna, porém não havia dormido mais do que dez minutos. O telefone tocou. Era Per Åkeson, do escritório do promotor. Cumprimentaram-se e trocaram algumas palavras acerca do tempo. Haviam trabalhado juntos por muitos anos, e desenvolvido aos poucos uma camaradagem próxima da amizade. Frequentemente discordavam quanto ao fato de uma detenção ser ou não justificada, ou se era razoável ou não manter um infrator preso. Mas havia também uma profunda confiança, embora quase nunca passassem algum tempo juntos fora do contexto de seus deveres profissionais.

"Li no jornal sobre a garota que queimou até morrer no campo perto de Marsvinsholm", disse Åkeson. "Alguma coisa para mim?"

"Foi suicídio", respondeu Wallander. "Tirando um fazendeiro chamado Salomonson, eu fui a única testemunha."

"O que raios você estava fazendo lá?"

"Salomonson chamou. Normalmente, uma viatura teria ido tratar do assunto. Mas estavam todas ocupadas."

"Não deve ter sido uma visão muito bonita."

"Foi pior do que você pode imaginar. Temos que descobrir quem ela era. A central telefônica já começou a receber ligações de pessoas preocupadas com parentes desaparecidos."

"Então você não suspeita de crime disfarçado?"

Sem entender por quê, Wallander hesitou antes de responder.

"Não", disse então. "Não consigo pensar num jeito mais evidente de tirar a própria vida."

"Você não parece totalmente convencido."

"Tive uma noite ruim. Foi como você disse — uma experiência horrível."

Ambos silenciaram. Wallander sentiu que Åkeson queria conversar sobre algo mais.

"Há outro motivo para eu estar ligando", disse o colega finalmente. "Mas fica entre nós."

"Geralmente sei manter a boca fechada."

"Você se lembra de que eu lhe disse alguns anos atrás que estava pensando em alguma outra coisa para fazer? Antes que fosse muito tarde, antes de eu ficar velho demais?"

"Lembro que você falou de refugiados e da ONU. Era o Sudão?"

"Uganda. E efetivamente recebi uma proposta. Que resolvi aceitar. A partir de setembro vou tirar um ano sabático."

"O que sua mulher acha disso?"

"É por isso que estou ligando. Preciso de apoio moral. Ainda não discuti o assunto com ela."

"É para ela ir com você?"

"Não."

"Então desconfio que ela vai ficar um pouco surpresa."

"Você tem alguma ideia de como eu poderia dar a notícia a ela?"

"Infelizmente, não. Mas acho que você está fazendo a coisa certa. Deve haver algo mais na vida além de meter pessoas na cadeia."

"Conforme as coisas evoluírem, vou pondo você a par."

Estavam prestes a desligar quando Wallander se lembrou de que tinha uma pergunta.

"Isso significa que Anette Brolin vai voltar como sua substituta?"

"Ela mudou de lado: agora está trabalhando como advogada criminalista em Estocolmo", disse Åkeson. "Você não andou meio apaixonado por ela?"

"Não", disse Wallander. "Só fiquei curioso." E desligou. Sentiu uma pontada de inveja. Ele próprio gostaria de viajar para Uganda, de fazer uma mudança completa na vida. Nada poderia desfazer o horror de ver uma jovem atear fogo em si mesma. Teve inveja de Per Åkeson, que não deixaria seu desejo de escapar se contentar com meras fantasias.

A alegria que sentira na véspera se fora. Ficou parado na janela olhando a rua. A grama em volta da velha torre de água ainda estava verde. Wallander pensou no ano anterior, quando tinha tirado uma longa licença por doença após ter matado um homem. Agora ele se perguntava se havia realmente conseguido se recobrar daquela depressão. Preciso fazer algo como Åkeson, pensou. Deve haver uma Uganda para mim em algum lugar. Para Baiba e para mim.

Ficou na janela por um longo tempo, depois voltou para sua mesa e tentou falar com a irmã. Diversas vezes obteve o sinal de ocupado. Passou a meia hora seguinte redigindo um relatório sobre os fatos da noite anterior. Depois ligou para o departamento de patologia em Malmö, mas não conseguiu encontrar um médico que lhe dissesse nada acerca do cadáver queimado.

Um pouquinho antes das nove, pegou um copo de café e entrou numa das salas de reunião. Höglund falava ao telefone, e Martinson estava folheando um catálogo de equipamentos de jardinagem. Svedberg, no seu lugar habitual, coçava a nuca com um lápis. Uma das janelas estava aberta. Wallander parou imediatamente ao lado da porta com uma forte sensação de déjà vu. Martinson levantou os olhos do seu catálogo e fez um meneio, Svedberg murmurou algo ininteligível, enquanto Höglund pacientemente explicava alguma coisa a um de seus filhos. Hanson entrou na sala. Segurava um copo de café numa das mãos e na outra um saco plástico com o colar encontrado no campo.

"Você nunca dorme?", perguntou Hanson.

Wallander sentiu que ficava eriçado com a pergunta.

"Por que está perguntando?"

"Tem se olhado no espelho ultimamente?"

"Só cheguei em casa de manhã cedo. Dormi o suficiente."

"São esses jogos de futebol, transmitidos no meio da noite", disse Hanson.

"Eu não assisto", disse Wallander.

"Achei que todo mundo ficasse acordado para assistir."

"Não me interesso", admitiu Wallander. "Sei que não é muito comum, mas, até onde sei, o chefe nacional de polícia não mandou nenhuma instrução dizendo que é obrigação de serviço assistir aos jogos."

"Essa talvez seja a última vez que vamos ter a oportunidade de ver." O tom de Hanson era sombrio.

"Ver o quê?"

"A Suécia jogar uma Copa do Mundo. Só espero que nossa defesa não vire uma peneira."

"Entendo", disse Wallander polidamente. Höglund ainda falava ao telefone.

"Ravelli", prosseguiu Hanson, referindo-se ao goleiro da seleção sueca.

Wallander esperou que ele continuasse, mas ele se calou.

"O que é que há com ele?"

"Estou preocupado."

"Por quê? Ele está doente?"

"Acho que ele é inconstante. Não jogou bem contra Camarões. Sai para chutar a bola em horas estranhas, tem um comportamento esquisito na área."

"Policiais também podem ser inconstantes", disse Wallander.

"Não dá para comparar", replicou Hanson. "Pelo menos nós não tomamos decisões intempestivas sobre se devemos sair do gol ou ficar atrás da linha esperando."

"Diabos, quem sabe?", disse Wallander. "Talvez haja alguma semelhança entre o policial que corre para a cena do crime e o goleiro que sai afobado do gol."

Hanson lhe dirigiu um olhar desanimado. A conversa morreu. Ficaram sentados em torno da mesa esperando Höglund terminar a ligação. Svedberg, que tivera dificuldade em aceitar policiais mulheres, batucava o lápis na mesa com ar aborrecido, para que ela soubesse que estavam esperando por ela. Logo Wallander teria de dizer a ele que parasse com esses cansativos protestos. Höglund era uma boa policial, sob muitos aspectos mais talentosa do que Svedberg.

Uma mosca zumbiu em volta do seu copo de café. Eles esperaram.

Finalmente Höglund desligou e se sentou à mesa.

"A corrente da bicicleta", ela disse. "As crianças têm dificuldade de entender que suas mães podem ter coisas mais importantes para fazer do que simplesmente voltar para casa para consertá-la."

"Vá até lá", sugeriu Wallander num impulso. "Podemos fazer essa recapitulação sem você."

Ela fez que não com a cabeça. "Elas já se acostumaram", disse.

Hanson pôs o saco plástico com o colar sobre a mesa à sua frente.

"Uma mulher comete suicídio", começou. "Não foi cometido nenhum crime. Tudo que temos a fazer é descobrir quem ela era."

Hanson estava começando a agir como Björk, pensou Wallander, fazendo força para se conter e não cair na gargalhada. Seu olhar cruzou com o de Ann-Britt. Ela parecia estar pensando a mesma coisa.

"Começamos a receber ligações", informou Martinson. "Pus um homem cuidando disso."

"Vou dar a ele a descrição da moça", disse Wallander. "Vamos ter que nos concentrar nas pessoas dadas como desaparecidas. Ela pode ser uma delas. Se não estiver na lista, alguém vai dar por sua falta em breve."

"Eu cuido disso", disse Martinson.

"O colar", prosseguiu Hanson, abrindo o saco plástico. "Uma madona e as letras D. M. S. Acho que é ouro puro."

"Há um banco de dados de abreviações e acrônimos", disse Martinson, que entendia bastante de computadores. "Podemos entrar com essas letras e ver se conseguimos alguma coisa."

Wallander estendeu a mão para pegar o colar. Ainda estava manchado de fuligem.

"É lindo", ele disse. "Mas a maioria das pessoas na Suécia usa uma cruz, não é? As figuras da Virgem são mais comuns em países católicos."

"Você parece estar se referindo a uma refugiada ou uma imigrante", disse Hanson.

"Estou falando sobre o que o medalhão representa", retorquiu Wallander. "Em todo caso, ele precisa ser incluído na descrição da garota, e a pessoa que estiver atendendo às ligações tem que saber como ele é."

"Vamos soltar uma descrição?", perguntou Hanson.

Wallander sacudiu a cabeça. "Ainda não."

Ele tinha pensado nisso na noite anterior. Sabia que não desistiria até descobrir o que havia feito com que aquela moça queimasse até morrer sozinha num campo de colza. Estou vivendo num mundo onde jovens tiram a própria vida porque não aguentam mais viver, pensou.

Tenho de entender por quê, se quiser continuar sendo policial.

Teve um sobressalto. Hanson havia dito algo.

"Há mais alguma coisa para discutir neste momento?", Hanson perguntou novamente.

"Eu me encarrego do patologista em Malmö", Wallander disse. "Alguém entrou em contato com Sven Nyberg? Se não, vou de carro até lá e falo com os dois."

A reunião terminara. Wallander foi para sua sala e pegou o paletó. Hesitou por um momento, perguntando-se se deveria fazer outra tentativa de achar a irmã. Ou Baiba em Riga. Mas resolveu que não faria nenhuma das duas coisas.

Foi primeiro até a fazenda de Salomonson. Havia policiais desmontando os holofotes e enrolando os cabos. A casa estava trancada, e ele se lembrou de que deveria verificar como Salomonson estava passando. Talvez tivesse se lembrado de algo que pudesse ser útil.

Saiu andando pelo campo. O solo enegrecido pelo fogo sobressaía agudamente contra as plantações amarelas em volta. Nyberg estava ajoelhado no barro. Ao longe, Wallander viu dois outros técnicos que pareciam estar fazendo buscas nos limites da área queimada. Nyberg fez um meneio lacônico para Wallander. O suor escorria-lhe pela face.

"Como está indo?", perguntou Wallander. "Encontrou alguma coisa?"

"Ela devia ter um bocado de gasolina", Nyberg disse levantando-se. "Encontramos cinco recipientes semiderretidos. Aparentemente estavam vazios quando o fogo irrompeu. Se você traçar uma linha ligando os pontos onde os encontramos, pode ver que ela tinha se cercado deles."

"O que você quer dizer?", Wallander perguntou.

Nyberg estendeu um dos braços num gesto de varredura.

"Quero dizer que ela construiu uma fortaleza ao seu redor. Derramou gasolina por um largo círculo. Era como um fosso à sua volta, e não havia como entrar na fortaleza. Ela estava parada bem no meio, com o último recipiente, que tinha guardado para si mesma. Talvez estivesse histérica ou deprimida. Talvez estivesse louca ou seriamente doente. Eu não sei. Mas foi isso que ela fez. E sabia muito bem o que estava fazendo."

"Você pode me dizer alguma coisa sobre como ela chegou aqui?"

"Mandei chamar uma unidade de cães", disse Nyberg. "Mas provavelmente não conseguirão pegar a pista dela. O cheiro de gasolina está permeando todo o chão. Os cães ficarão confusos. Não achamos nenhuma bicicleta. Também não havia nada nos caminhos de trator que levam até a E65. Ela podia ter aterrissado aqui de paraquedas." Nyberg tirou um rolo de papel higiênico de um dos seus sacos de equipamento e enxugou o suor do rosto. "O que os médicos disseram?"

"Nada ainda", disse Wallander. "Acho que eles têm uma tarefa difícil pela frente."

"Por que alguém faria uma coisa dessas?", perguntou Nyberg. "Alguém teria realmente motivos tão fortes para pôr fim à vida torturando-se o máximo possível?"

"Eu me fiz essa mesma pergunta", comentou Wallander.

Nyberg sacudiu a cabeça. "O que está acontecendo?", perguntou.

Wallander não tinha resposta.

Ele voltou para o carro e ligou para a delegacia. Ebba atendeu. Para evitar ter de responder às suas perguntas, fingiu estar com pressa.

"Vou ver o fazendeiro", disse. "Estarei de volta à tarde."

Ele voltou a Ystad. Na lanchonete do hospital, tomou um café e comeu um sanduíche. Então procurou a ala onde Salomonson estava. Parou uma enfermeira, apresentou-se e disse a que vinha. Ela lhe dirigiu um olhar intrigado.

"Edvin Salomonson?"

"Não me lembro se o nome dele era Edvin", Wallander disse. “Ele deu entrada na noite passada, após o incêndio nos arredores de Marsvinsholm?”

A enfermeira fez que sim.

“Eu gostaria de falar com ele”, disse Wallander. “Quer dizer, se não estiver debilitado demais.”

“Ele não está debilitado”, replicou a enfermeira. “Ele morreu.”

Wallander lançou-lhe um olhar perplexo.

“Morreu?”

“Esta manhã, dormindo. Aparentemente foi um ataque cardíaco. Seria melhor falar com um dos médicos.”

“Eu só passei para ver como ele estava passando”, disse Wallander. “Agora tenho a resposta.”

Deixou o hospital e saiu andando sob o sol do dia. Não tinha a menor ideia do que fazer em seguida.

5

Wallander dirigiu para casa sabendo que precisava dormir se quisesse ser capaz de algum dia pensar com clareza novamente. Ninguém podia ser culpado pela morte do velho fazendeiro. A pessoa que poderia ter sido considerada responsável, que tinha incendiado sua plantação de colza, também já morrera. Eram os próprios acontecimentos, o simples fato de terem ocorrido, que o deixavam de coração apertado. Tirou o fio do telefone da tomada e deitou-se no sofá da sala com uma flanela sobre os olhos. Mas o sono não vinha. Após meia hora, desistiu. Plugou de novo o telefone, pegou o fone e discou o número de Linda em Estocolmo. Havia uma folha de papel junto ao aparelho com uma longa lista de números, todos riscados. Linda mudava de casa com frequência e, com isso, seus números de telefone também viviam mudando. Wallander deixou tocar por um bom tempo. Então discou o número da irmã. Ela atendeu quase de imediato. Não se falavam com regularidade, e dificilmente sobre algum assunto que não fosse o pai. Às vezes Wallander achava que o contato entre eles cessaria totalmente quando o pai morresse.

Trocaram as habituais gentilezas, sem de fato estarem interessados nas respostas.

"Você ligou", Wallander disse.

"Estou preocupada com papai", ela respondeu.

"Aconteceu alguma coisa? Ele está doente?"

"Não sei. Quando você o visitou pela última vez?"

Wallander procurou se lembrar.

"Faz mais ou menos uma semana", ele disse, sentindo-se culpado.

"Você não consegue mesmo dar um jeito de vê-lo com mais frequência?"

"Estou trabalhando quase vinte e quatro horas por dia. O departamento está com falta de pessoal. Vou visitá-lo sempre que posso."

"Conversei com Gertrud ontem", ela prosseguiu, ignorando o que Wallander tinha acabado de dizer. "Achei que ela deu uma resposta evasiva quando perguntei como papai estava."

"Por que ela faria isso?", Wallander indagou, surpreso.

"Não tenho ideia. É por isso que estou ligando."

"Ele estava como sempre", disse Wallander. "Chateado porque eu estava com pressa e não pude ficar muito tempo. Mas enquanto estive lá ele ficou o tempo todo sentado pintando seu quadro e se comportando como se não tivesse tempo de falar comigo. Gertrud estava alegre, como sempre. Tenho de admitir que não entendo como ela consegue conviver com ele."

"Gertrud gosta dele", disse a irmã. "É uma questão de amor. Então dá para conviver com muita coisa."

Wallander queria encerrar a conversa o mais depressa possível. À medida que ia ficando mais velha, a irmã recordava-lhe cada vez mais sua mãe. Wallander jamais tivera uma relação feliz com a mãe. Na infância, era como se a família se dividisse em dois campos: a irmã e a mãe contra ele e o pai. Wallander sempre fora muito próximo do pai até o final da adolescência, quando resolveu entrar para a polícia. Então abrira-se uma fenda. O pai nunca havia aceitado a decisão do filho, mas não conseguia lhe explicar por que se opunha tanto à sua carreira, ou o que desejava que ele fizesse em lugar disso. Depois de Wallander terminar o treinamento e começar a fazer ronda em Malmö, a fenda se alargara, transformando-se num abismo. Alguns anos depois sua mãe tivera câncer. A doença havia sido diagnosticada no ano-novo e ela morrera em maio.

A irmã Kristina tinha saído de casa no mesmo verão e ido morar em Estocolmo, onde arranjara emprego numa companhia conhecida na época como L. M. Ericsson. Ela se casara, divorciara e casara de novo. Wallander fora apresentado ao primeiro marido certa ocasião, mas não tinha a menor ideia de como era a cara do marido atual. Sabia que Linda visitara a casa deles em Kärrtorp algumas vezes, mas tinha a impressão de que as visitas nem sempre davam muito certo. Wallander sabia que a rachadura da infância e da juventude ainda estava lá, e que no dia em que o pai morresse ela iria se abrir de vez.

"Vou visitá-lo hoje à noite", disse Wallander, pensando na pilha de roupa suja no meio da sala.

"Eu gostaria que você me telefonasse", ela disse.

Wallander prometeu fazê-lo. Então ligou para Riga. Quando ouviu o telefone sendo atendido, primeiro pensou que fosse Baiba. Percebeu que era a faxineira, que só falava letão. Desligou rapidamente. No mesmo instante, seu telefone tocou e ele deu um salto. Atendeu e ouviu a voz de Martinson.

"Espero não estar incomodando", disse o outro.

"Só parei aqui para trocar de camisa." Wallander se perguntou por que sempre sentia necessidade de se desculpar por estar em casa. "Aconteceu alguma coisa?"

"Recebemos algumas ligações sobre pessoas desaparecidas", Martinson disse. "Ann-Britt está se ocupando em verificá-las."

"Eu estava pensando era no que você poderia ter descoberto no computador."

"O sistema caiu e ficou fora de operação a manhã toda", contou Martinson com desânimo. "Liguei para Estocolmo há pouco. Alguém lá disse que achava que estaria funcionando normalmente em uma hora, mas não deu certeza."

"Não estamos caçando bandidos", disse Wallander. "Podemos esperar."

"Telefonaram de Malmö", Martinson prosseguiu. "Uma

médica. O nome dela é Malmström. Prometi que você ligaria de volta."

"Por que ela não podia falar com você?"

"Ela queria falar com *você*. Suponho que seja porque você foi a última pessoa a ver a mulher com vida."

Wallander anotou o número. "Eu estive lá hoje", relatou. "Nyberg estava de joelhos na sujeira, encharcado de suor. Estava esperando uma unidade de cães."

"Ele próprio parece um cachorro", comentou Martinson, sem disfarçar seu desapreço por Nyberg.

"Ele pode ser rabugento", protestou Wallander, "mas conhece muito bem seu ofício."

Estava quase desligando quando se lembrou de Salomonson.

"O fazendeiro morreu", disse.

"Quem?"

"O homem em cuja cozinha nós estávamos tomando café ontem à noite. Ele teve um ataque cardíaco."

Depois de desligar, Wallander foi para a cozinha e tomou um pouco de água. Ficou ali sentado por um bom tempo sem fazer nada. Afinal ligou para Malmö. Teve de esperar enquanto a médica de nome Malmström era chamada ao telefone. Pela voz dela, pôde perceber que era bem jovem. Wallander se apresentou e desculpou-se pela demora em ligar de volta.

"Surgiu alguma informação que indique que algum crime foi cometido?", ela perguntou.

"Não."

"Nesse caso, então, não vamos precisar fazer autópsia. Isso vai facilitar as coisas. Ela se incendiou até morrer usando gasolina com chumbo."

Wallander sentiu que estava a ponto de passar mal. Imaginou o corpo enegrecido da moça, como se estivesse ao lado da mulher com quem falava.

"Nós não sabemos quem ela era", ele disse. "Precisamos saber o máximo possível sobre ela para sermos capazes de dar uma descrição clara."

"É sempre difícil com um corpo carbonizado", disse a médica, sem emoção alguma. "A pele foi toda queimada. O exame da arcada dentária ainda não está pronto. Mas ela tinha bons dentes. Sem obturações. Tinha um metro e sessenta e três centímetros de altura. Nunca quebrou um osso."

"Preciso da idade dela", disse Wallander. "É praticamente a coisa mais importante."

"Vai levar mais alguns dias. Podemos nos basear nos dentes."

"Quanto você chutaria?"

"Prefiro não chutar."

"Eu a vi a vinte metros de distância", disse Wallander. "Acho que ela devia ter uns dezessete anos. Estou errado?"

A médica pensou por um momento antes de responder.

"Não gosto de adivinhar", ela disse finalmente. "Mas acho que era mais nova."

"O que faz você pensar assim?"

"Vou lhe dizer quando souber. Mas não ficaria surpresa se a gente descobrisse que ela tinha apenas quinze."

"Será que uma menina de quinze anos seria realmente capaz de se matar daquela maneira?", perguntou Wallander. "Tenho muita dificuldade de acreditar nisso."

"Na semana passada juntei os pedaços de uma menina de sete anos que se explodiu", retrucou a médica. "Ela planejou tudo com o maior cuidado. Certificou-se de que mais ninguém sairia ferido. Como mal sabia escrever, deixou um desenho como carta de despedida. E recentemente ouvi falar de um menino de quatro anos que arrancou os próprios olhos porque tinha medo do pai."

"Isso simplesmente não é possível", espantou-se Wallander. "Não aqui na Suécia."

"Foi aqui, bem aqui", ela disse. "Na Suécia. No centro do universo. Em pleno verão."

Os olhos de Wallander se encheram de lágrimas.

"Como não sabemos quem ela era, vamos mantê-la aqui", prosseguiu a médica.

"Eu tenho uma pergunta", disse Wallander. "É incrivelmente doloroso queimar até morrer?"

"As pessoas sabem disso há séculos", ela respondeu. "É por isso que têm usado o fogo como uma das piores punições ou torturas que se pode infligir a alguém. Queimaram Joana d'Arc, queimaram bruxas. Em cada época houve pessoas torturadas pelo fogo. A dor é inimaginável. E não se perde a consciência tão depressa como se gostaria. Existe um instinto de fugir das chamas que é mais forte do que o desejo de escapar da dor. É por isso que sua mente força você a não desfalecer. Então você chega a um limite. Por alguns momentos os nervos queimados ficam entorpecidos. Há exemplos de pessoas com noventa por cento do corpo queimado que durante um breve tempo não sentem os ferimentos. Mas quando o torpor se dissipa..." Ela não terminou a frase.

"Ela queimou como uma tocha", disse Wallander.

"A melhor coisa que você pode fazer é parar de pensar nisso", ela disse. "A morte pode na verdade ser libertadora. Não importa quanto relutemos em aceitar isso."

Terminada a conversa, Wallander levantou-se, agarrou o paletó e deixou o apartamento. Lá fora, o vento tinha começado a soprar. O céu estava coberto de nuvens vindas do norte. No caminho da delegacia, ele parou na oficina mecânica e agendou uma revisão do carro. Ao chegar à delegacia, parou na mesa da recepcionista. Ebba havia escorregado e quebrado a mão recentemente. Ele perguntou como ela estava.

"Isso me faz lembrar que estou ficando velha", ela respondeu.

"Você nunca vai envelhecer."

"Que coisa bonita de se dizer", ela reconheceu. "Mas não é verdade."

A caminho de sua sala, parou para ver Martinson, que estava sentado na frente do computador.

"O sistema voltou a funcionar faz vinte minutos. Estou justamente verificando a descrição para ver se combina com a de alguma pessoa desaparecida."

"Acrescente que ela tinha um metro e sessenta e três de altura", disse Wallander. "E que tinha entre quinze e dezessete anos."

Martison lançou-lhe um olhar perplexo. "Só isso? Não pode ser, pode?"

"Eu gostaria que não fosse verdade", disse Wallander. "Mas por enquanto temos de considerar essa possibilidade. Como está indo o trabalho com as iniciais?"

"Ainda não cheguei lá", respondeu Martinson. "Mas estava planejando ficar até mais tarde hoje."

"Nós estamos tentando conseguir uma identificação", disse Wallander. "Não estamos buscando um fugitivo."

"Não haverá ninguém em casa à noite", disse Martinson. "Não gosto de voltar para uma casa vazia."

Wallander deixou Martinson e espiou na sala de Höglund. Ela não estava. Retornou até o saguão de entrada para o centro de operações, onde eram recebidos os alertas de emergência e as chamadas telefônicas. Sentada a uma mesa com um policial mais velho, Höglund examinava uma pilha de papéis.

"Alguma pista?", ele perguntou.

"Temos alguns avisos que precisamos examinar mais meticulosamente", ela disse. "Um é sobre uma menina da Faculdade Popular de Tomelilla que sumiu há dois dias."

"Nossa garota media um metro e sessenta e três", disse Wallander. "Os dentes eram perfeitos. Tinha entre quinze e dezessete anos."

"Tão jovem assim?", ela perguntou, espantada.

"É", ele disse. "Jovem assim."

"Seja como for, não é a moça de Tomelilla", disse Höglund, deixando de lado o papel que tinha na mão. "Ela tem vinte e três anos e é alta."

Höglund folheou o maço de papéis por alguns instantes.

"Aqui há outra", disse. "Uma menina de dezesseis anos, Mari Lippmanson. Mora aqui em Ystad e trabalha numa padaria. Sumiu do emprego faz três dias. Foi o padeiro quem telefonou avisando. Estava furioso. Os pais dela obviamente não lhe dão a mínima."

"Dê uma olhada no caso", disse Wallander em tom de incentivo. Mas sabia que ela não era a pessoa que procuravam.

Pegou um copo de café e foi para sua sala. As pastas dos roubos de carro ainda estavam no chão. Seria melhor passar o caso a Svedberg agora. Estava torcendo para que não fosse cometido nenhum crime sério antes do começo de suas férias.

Naquela tarde tiveram um encontro na sala de reuniões. Nyberg havia voltado da fazenda, onde encerrara suas buscas. Foi uma reunião curta. Hanson se desculpara por não comparecer, pois precisava ler um memorando urgente do quartel-general nacional.

"Sejamos breves", disse Wallander. "Amanhã vamos repassar todos os casos que não podem esperar." Virou-se para Nyberg, sentado na outra extremidade da mesa. "Como foi com os cães?", perguntou.

"Não acharam nada", respondeu Nyberg. "Se havia alguma coisa para farejar, estava coberta pelo odor da gasolina."

Wallander refletiu por um momento.

"Você encontrou cinco galões de gasolina derretidos", disse. "Isso significa que ela deve ter chegado na plantação de Salomonson em alguma espécie de veículo. Não poderia ter carregado toda aquela gasolina sozinha. A não ser que tivesse feito várias viagens. Há mais uma possibilidade, é claro. Que não tenha ido sozinha. Mas isso não parece razoável, para dizer o mínimo. Quem ajudaria uma jovem a cometer suicídio?"

"Poderíamos tentar descobrir a origem dos galões de gasolina", disse Nyberg em tom de dúvida. "Mas será realmente necessário?"

"Enquanto não soubermos quem ela era, temos de seguir qualquer pista que apareça", retorquiu Wallander. "Ela deve ter vindo de algum lugar, de algum modo."

"Alguém olhou no celeiro da fazenda?", perguntou Höglund. "Talvez os galões tenham vindo de lá."

Wallander assentiu.

"É melhor alguém pegar um carro e dar um pulo até lá para verificar", ele disse.

Höglund se ofereceu para ir.

"Temos de esperar os resultados de Martinson", afirmou Wallander concluindo a reunião. "E o trabalho dos patologistas em Malmö. Eles vão nos dar a idade exata dela amanhã."

"E o pingente de ouro?", perguntou Svedberg.

"Vamos esperar até termos alguma ideia do que as letras podem significar", respondeu Wallander.

De repente ele compreendeu uma coisa da qual não se dera conta anteriormente. Na vida da garota morta havia outras pessoas. Que chorariam sua perda. Que a veriam para sempre em suas mentes correndo como uma tocha viva, de uma forma totalmente diferente dele. O fogo permaneceria com elas feito cicatrizes. Para ele, desapareceria pouco a pouco, como um pesadelo.

Cada um seguiu seu caminho. Svedberg foi com Wallander pegar os documentos dos roubos de automóveis. Wallander lhe fez um breve resumo do caso. Quando terminaram, Svedberg permaneceu sentado, e Wallander teve a impressão de que havia algo mais que ele queria falar.

"Nós deveríamos nos reunir e conversar", Svedberg disse, hesitante. "Sobre o que está acontecendo."

"Você está se referindo aos cortes? E guardas de firmas de segurança tomando conta de suspeitos presos?"

Svedberg fez que sim com ar melancólico. "Do que adiantam uniformes novos se não podemos cumprir nossas tarefas?"

"Eu realmente acho que não adianta nada falar sobre isso", Wallander disse, desconfiado. "Temos um sindicato, que é pago para cuidar desses assuntos."

"Nós ao menos deveríamos fazer um protesto", Svedberg insistiu. "Deveríamos falar com as pessoas na rua sobre o que está para acontecer."

"As pessoas têm seus próprios problemas", retrucou Wallander, ao mesmo tempo que lhe ocorria que Svedberg de fato estava certo. O público estava preparado para se mobilizar para salvar sua polícia.

Svedberg se levantou. "É sobre isso que deveríamos conversar."

"Marque uma reunião", Wallander acabou concordando. "Prometo que virei. Mas espere até o fim do verão."

"Vou pensar nisso", disse Svedberg, saindo da sala com as pastas debaixo do braço.

Era fim da tarde. Pela janela, Wallander pôde ver que estava prestes a chover. Resolveu comer uma pizza antes de ir ver seu pai em Löderup. Na saída, parou na sala de Martinson.

"Não fique aí até muito tarde."

"Ainda não achei nada", Martinson disse.

"Até amanhã."

Wallander foi até o carro, que já estava salpicado de pingos de chuva. Estava quase saindo da garagem quando Martinson veio correndo em sua direção, agitando os braços. Descobrimos quem é ela, Wallander pensou, e sentiu um nó no estômago. Baixou o vidro.

"Alguma informação sobre quem é ela?", perguntou.

"Não", Martinson respondeu.

Wallander percebeu que algo sério havia acontecido. Saiu do carro.

"O que é?", perguntou.

"Alguém telefonou", disse Martinson. "Foi encontrado um corpo na praia, logo depois de Sandskogen."

Droga, pensou Wallander. Agora não. Isso não.

"Parece assassinato", prosseguiu Martinson. "Quem ligou foi um homem. Estava excepcionalmente lúcido, apesar de eu achar que estava em estado de choque."

"Pegue seu casaco", disse Wallander. "Está chovendo."

Martinson não se moveu.

"O homem que ligou parecia saber quem era a vítima."

Pela fisionomia de Martinson, Wallander percebeu que deveria temer pelo que viria em seguida.

"Ele disse que era Wetterstedt. O ex-ministro da Justiça."

Wallander olhou fixamente para Martinson.

"O quê?"

"Gustaf Wetterstedt. O ministro da Justiça. E disse que parece que ele foi escalpelado."

Era quarta-feira, 22 de junho.

6

A chuva já estava mais forte na hora em que chegaram à praia. Haviam conversado muito pouco durante o trajeto. Martinson dera as coordenadas do caminho. Saíram para pegar uma estrada estreita passando por quadras de tênis. Wallander procurava imaginar o que os aguardava. O que menos desejava tinha acontecido. Se o homem que telefonara para a delegacia estivesse certo, suas férias corriam perigo. Hanson apelaria a ele para que as adiasse, e ele acabaria tendo de concordar. Aquilo que mais estava esperando — que sua mesa ficasse vazia de assuntos urgentes até o final de junho — não iria suceder.

Eles viram as dunas à sua frente e pararam. Um homem foi encontrá-los. Para surpresa de Wallander, não parecia ter mais de trinta anos. Se o morto fosse realmente Wetterstedt, esse homem não poderia ter mais de dez anos quando o ministro da Justiça se aposentara e sumira da vista do público. Na época, Wallander era um jovem detetive. No carro, procurou se lembrar do rosto de Wetterstedt. O ministro usava o cabelo cortado bem curto e óculos sem aros. Wallander recordava-se vagamente da sua voz: vibrante, invariavelmente cheia de autoconfiança, jamais disposta a admitir um erro.

O homem se apresentou como Goran Lindgren. Vestia bermuda e um suéter fino, e parecia muito agitado. Eles o seguiram até a praia, deserta agora que começara a chover. Lindgren os conduziu até um grande barco a remo emborcado. Na extremidade distante havia um grande vão entre a areia e o casco.

"Ele está embaixo", Lindgren disse com voz insegura.

Wallander e Martinson entreolharam-se, ainda na esperança de que o homem tivesse imaginado tudo aquilo. Ajoelharam-se e espiaram sob a embarcação. Na luz tênue puderam ver um corpo ali estendido.

"Vamos ter de virar o barco", disse Martinson em voz baixa, como que temeroso de que o morto o escutasse.

"Não", disse Wallander, "nós não vamos virar nada." Levantou-se rápido e se virou para Göran Lindgren. "Imagino que você tenha uma lanterna", disse. "Do contrário, não poderia ter descrito o corpo tão detalhadamente."

O homem assentiu, surpreso, e tirou uma lanterna de uma sacola plástica junto ao barco. Wallander se abaixou novamente e iluminou o interior.

"Puta merda!", disse Martinson, ao seu lado.

A face do morto estava coberta de sangue. Mas puderam ver que a partir da testa a pele de todo o crânio fora arrancada. E Lindgren estava certo. Era mesmo Wetterstedt. Levantaram-se e Wallander devolveu a lanterna.

"Como soube que era Wetterstedt?", perguntou.

"Ele mora aqui", respondeu Lindgren, apontando para uma grande casa à esquerda do barco. "Além disso, todo mundo o conhece. Ninguém esquece um político que aparecia na TV o tempo todo."

Wallander fez um meneio de dúvida.

"Vamos precisar de uma equipe inteira aqui", disse para Martinson. "Vá chamar. Eu espero aqui."

Martinson saiu correndo. Agora chovia mais forte.

"Quando o encontrou?", perguntou Wallander.

"Estou sem relógio", disse Lindgren. "Mas não pode ter sido há mais de meia hora."

"De onde você telefonou?"

Lindgren indicou a sacola plástica.

"Tenho um celular."

Wallander o fitou com interesse.

"Ele está deitado embaixo de um barco virado ao contrário", disse. "Está invisível para quem olha de fora. Você deve ter se agachado para poder vê-lo."

"O barco é meu", Lindgren disse simplesmente. "Ou do meu pai, para ser exato. Costumo passear pela praia depois do trabalho. Estava começando a chover e pensei em pôr minhas coisas debaixo do barco. Quando senti o saco bater contra alguma coisa, eu me agachei. Primeiro achei que fosse uma tábua, mas depois vi que era um corpo."

"Realmente não é da minha conta", disse Wallander, "mas eu me pergunto por que você estava com uma lanterna."

"Nós temos um chalé de verão no bosque em Sandskogen", retrucou Lindgren. "Na altura de Myrgången. Estamos trocando toda a fiação, de modo que o chalé está sem luz. Meu pai e eu somos eletricistas."

Wallander assentiu. "Você vai precisar esperar aqui", disse. "Vamos ter de lhe fazer estas perguntas de novo daqui a pouco.Você tocou em alguma coisa?"

Lingren fez que não com a cabeça.

"Fora você, alguém mais viu o corpo?"

"Não."

"Quando você ou seu pai viraram o barco pela última vez?"

Lingren refletiu por um momento.

"Faz mais de uma semana."

Wallander não tinha mais perguntas. Ficou ali parado, pensando, depois afastou-se do barco e caminhou percorrendo um grande arco na direção da casa onde Wetterstedt morava. Tentou abrir o portão. Estava trancado. Fez um aceno a Lindgren.

"Você mora nas redondezas?", perguntou.

"Não", Lindgren disse. "Moro em Åkesholm. Meu carro está estacionado na estrada."

"Mas você sabia que Wetterstedt morava nesta casa?"

"Ele costumava passear pela praia. Às vezes parava para olhar quando estávamos trabalhando no barco, meu pai e eu. Mas nunca falou conosco. Ele era bem arrogante."

"Ele era casado?"

"Papai disse que leu numa revista que ele era divorciado."

Wallander assentiu. "Tudo bem", disse. "Você não tem uma capa de chuva na sacola?"

"Está lá em cima, no carro."

"Vá até lá pegar", disse Wallander. "Você ligou para mais alguém além da polícia para contar o que encontrou?"

"Acho que eu deveria ligar para o meu pai. Afinal, é o barco dele."

"Não ligue por enquanto", pediu Wallander. "Deixe o telefone aqui e vá pegar sua capa de chuva."

Lindgren fez o que lhe foi ordenado. Wallander retornou ao barco. Ficou parado olhando e tentando imaginar o que tinha acontecido. Ele sabia que com frequência a primeira impressão de um crime é crucial. Durante uma investigação longa e difícil, sempre voltaria a esse primeiro momento.

De algumas coisas ele já tinha certeza. Estava fora de questão que Wettersted tivesse sido assassinado sob o barco. Alguém quisera ocultá-lo. Considerando que a casa era tão próxima, havia grandes chances de ele ter morrido lá. Além disso, Wallander tinha um palpite: o assassino não agira sozinho. Seria preciso erguer o barco para colocar alguém debaixo dele. Era um barco do tipo antigo, de estrutura rija e pesada.

Wallander voltou o pensamento para o escalpo. O que fora mesmo que Martinson dissera? Lindgren lhe contara ao telefone que o homem fora "escalpelado". Wallander procurou imaginar que outras razões poderia haver para o ferimento na cabeça. Eles não sabiam como Wetterstedt tinha morrido. Não era natural pensar que alguém arrancaria intencionalmente seu couro cabeludo. O inspetor se sentiu incomodado. O escalpo o perturbava.

Nesse momento os carros de polícia começaram a chegar. Martinson fora astuto o bastante para lhes recomendar que não ligassem as sirenes nem os faróis. Wallander se afastou cerca de dez metros para longe do barco, de maneira que os outros não pisoteassem a areia em volta dele.

"Há um homem morto sob aquele barco", disse quando os policiais se reuniram. "Aparentemente é Gustaf Wetterstedt, que um dia já foi nosso grande patrão. Qualquer um que tenha pelo menos minha idade vai se lembrar da época em que ele era ministro da Justiça. Ele vivia aqui, estava aposentado. E agora morreu. Temos que presumir que ele foi assassinado. Então, vamos começar cercando a área."

"Ainda bem que o jogo não é esta noite", comentou Martinson.

"Sem dúvida a pessoa que fez isso também é fã de futebol", disse Wallander. Estava começando a ficar aborrecido com as constantes referências à Copa do Mundo, mas escondeu de Martinson sua irritação.

"Nyberg está a caminho."

"Vamos ter de trabalhar nisso a noite toda", disse Wallander. "Podemos muito bem ir começando."

Svedberg e Ann-Britt Höglund estavam num dos primeiros carros. Hanson surgiu pouco depois. Lindgren reapareceu com uma capa de chuva amarela. Explicou novamente como encontrara o morto, enquanto Svedberg tomava notas. Agora chovia forte, e eles se juntaram sob uma árvore no alto de uma das dunas. Quando Lindgren terminou seu relato, Wallander lhe pediu que aguardasse. Como ainda não queria desvirar o barco, o médico-legista teve de escavar um pouco de areia por baixo para alcançar o corpo e confirmar que Wetterstedt estava de fato morto.

"Segundo consta, ele era divorciado", disse Wallander. "Mas vamos precisar confirmar isso. Alguns de vocês terão de ficar aqui. Ann-Britt e eu vamos subir até a casa."

"Chaves", disse Svedberg.

Martinson foi até o barco, deitou-se de bruços e se meteu por baixo. Após um minuto ou dois conseguiu achar um chaveiro no bolso da jaqueta de Wetterstedt. Coberto de areia, estendeu as chaves a Wallander.

"Vamos ter que montar um toldo de cobertura." Wal lander estava impaciente. "Cadê o Nyberg? Por que o atraso?"

"Vem vindo", disse Svedberg. "Hoje é o dia da sauna dele."

Wallander e Höglund subiram até a casa de Wetterstedt.

"Eu me lembro dele da academia de polícia", ela comentou. "Alguém pregou sua foto na parede e a usava como alvo para dardos."

"Ele nunca foi muito popular na polícia", disse Wallander. "Foi na administração dele que percebemos que alguma coisa nova estava por acontecer, uma mudança que nos seria imposta. Eu me lembro que a gente tinha a sensação de que tinham nos enterrado um gorro na cabeça para tapar nossos olhos. Na época, era quase uma vergonha ser da polícia. As pessoas pareciam mais preocupadas com o que os presos faziam do que com o fato de o crime estar constantemente crescendo."

"Há muita coisa que não consigo lembrar", disse Höglund. "Mas ele não esteve envolvido numa espécie de escândalo?"

"Houve muitos boatos", disse Wallander. "Sobre uma coisa ou outra. Mas nunca nada foi provado. Muitos policiais em Estocolmo ficaram bem perturbados."

"Quem sabe o tempo deu o troco."

Wallander a encarou, surpreso. Mas não disse nada.

Haviam chegado ao portão.

"Eu já estive aqui antes, sabe", ela contou de repente. "Ele costumava chamar a polícia para reclamar de jovens que ficavam cantando na praia nas noites de verão. Um desses jovens escreveu uma carta ao editor da *Gazeta de Ystad* para se queixar. Björk me pediu para dar uma olhada."

"Dar uma olhada em quê?"

"Não estou bem certa", ela respondeu. "Mas Björk era muito sensível a críticas."

"Essa era uma das suas melhores características", disse Wallander. "Ele sempre nos defendia, e não é sempre que isso acontece."

Eles acharam a chave do portão e o abriram. Wallander notou que a lâmpada estava queimada. O jardim em que entraram era bem cuidado. Não havia folhas caídas no gramado. Havia uma pequena fonte com duas crianças de gesso nuas esguichando água uma na outra com a boca. Havia um balanço pendurado numa das árvores. Sobre um pátio pavimentado havia uma mesa de mármore e cadeiras.

"Bem cuidado e caro", disse Höglund. "Quanto você acha que custa uma mesa de mármore como esta?"

Wallander não respondeu, já que não tinha a menor ideia. Eles prosseguiram rumo à casa. Ele imaginou que ela fora construída na virada do século. Percorreram a trilha pavimentada até chegarem à porta da frente. Wallander tocou a campainha. Esperou por mais de um minuto antes de tocar novamente. Então procurou a chave e destrancou a porta. Entraram num hall cujas luzes estavam acesas. Wallander se anunciou em meio ao silêncio, mas não havia ninguém ali.

"Wetterstedt não foi morto sob o barco", disse Wallander. "É claro que alguém pode tê-lo atacado na praia. Mas eu acho que aconteceu aqui."

"Por quê?", ela perguntou.

"Não sei. É só um palpite."

Percorreram a casa lentamente, desde o porão até o sótão, sem tocar em nada além dos interruptores de luz. Era um exame de rotina, porém importante para Wallander. O homem que agora jazia morto na praia vivera nessa casa. Eles precisavam buscar indícios de como sua morte poderia ter ocorrido.

Mas não encontraram o menor traço de desordem. Wallander procurou em vão pelo local onde o crime poderia ter sido cometido. Na porta da frente, buscou sinais de arrombamento. Enquanto estavam parados no hall de entrada escutando o silêncio, dissera a Höglund que tirasse os sapatos. Agora caminhavam sem fazer ruído pela enorme casa de praia, que parecia maior a cada passo que davam. Wallander podia sentir a colega olhando tanto para ele quanto para os objetos nos aposentos pelos quais passavam. Lembrava-se de como fizera a mesma coisa ao lado de Rydberg quando ainda era um detetive jovem e inexperiente. Em vez de se sentir lisonjeado, ficou deprimido. A troca de guarda já estava a caminho. Ela era a que estava chegando e ele, indo embora.

Lembrou-se de quando haviam se conhecido, quase dois anos antes. Ann-Britt era uma jovem comum, pálida, que se graduara na academia de polícia com notas máximas. A primeira coisa que ela lhe dissera, porém, foi que ele teria de lhe ensinar tudo que a academia não podia ensinar sobre a imprevisibilidade do mundo real. Mas talvez fosse o contrário, ele pensou, enquanto olhava uma litografia borrada. Imperceptivelmente, a transição tivera lugar.

Pararam junto a uma janela no piso superior, de onde se tinha uma vista da praia. Os holofotes haviam sido colocados; Nyberg gesticulava irritado enquanto supervisionava a montagem do toldo sobre o barco. A área estava cercada por um cordão de isolamento e guardada por policiais com capas de chuva. Havia apenas algumas pessoas do lado de fora do cordão na chuva incessante.

"Estou começando a achar que eu estava enganado", disse Wallander, enquanto observava o toldo finalmente colocado no lugar. "Não há sinais de que Wetterstedt tenha sido morto aqui."

"O assassino pode ter limpado o local", sugeriu Höglund.

"Vamos descobrir isso depois que Nyberg percorrer a casa com pente fino", disse Wallander. "Mas tenho certeza de que aconteceu lá fora."

Eles desceram de volta ao andar térreo em silêncio.

"Não havia correspondência no chão perto da porta da frente", ela disse. "A propriedade é isolada. Deve haver uma caixa de correio em algum lugar."

"Vamos cuidar disso mais tarde", disse Wallander.

Ele entrou na sala de estar e ficou parado bem no centro. Ela ficou observando da porta, como se esperasse que ele fizesse um discurso de improviso.

"Tenho o hábito de me perguntar o que não estou percebendo", Wallander explicou. "Mas tudo aqui parece estar no lugar. Um homem vivendo sozinho numa casa onde tudo é arrumado, nenhuma conta por pagar, e onde a solidão paira como fumaça de um charuto velho. A única coisa que não combina é que o homem em questão agora jaz morto debaixo de um barco a remo lá na praia." Então corrigiu-se: "Não, há mais uma coisa. A lâmpada no portão do jardim não está funcionando".

"Pode ser que ela tenha simplesmente queimado", Höglund disse, surpresa.

"Certo", concordou o inspetor, "mas isso quebra o padrão."

Houve uma batida na porta. Quando Wallander abriu, Hanson estava do lado de fora, gotas de chuva pingando do rosto.

"Nem Nyberg nem o médico vão conseguir fazer qualquer coisa enquanto não virarmos o barco", informou.

"Então virem", disse Wallander. "Já estou indo."

Hanson desapareceu na chuva.

"Temos que começar a procurar os parentes", disse Wallander. "Ele deve ter uma agenda de endereços em algum lugar."

"Há uma coisa esquisita", Höglund disse. "Esta casa está cheia de lembranças de uma longa vida, com montes de suvenires de viagens e incontáveis reuniões com todo tipo de gente. Mas não há fotos de família."

Estavam de volta na sala de estar. Wallander olhou em torno e viu que ela tinha razão. Ficou incomodado por não ter reparado nisso ele próprio. "Talvez ele não quisesse ser lembrado de que estava velho", disse, sem convicção.

"Uma mulher jamais seria capaz de viver sem fotos de família", ela disse. "Provavelmente foi por isso que esse detalhe me chamou atenção."

Havia um telefone na mesinha ao lado do sofá.

"Há um telefone no escritório também", ele disse, apontando. "Você procura lá, e eu começo por aqui."

Wallander se debruçou junto à mesinha do telefone. Ao lado do aparelho estava o controle remoto da TV. Wetterstedt podia falar ao telefone e ver TV ao mesmo tempo, pensou. Exatamente como eu. Nós vivemos num mundo onde as pessoas não aguentam não poder mudar de canal e falar ao telefone ao mesmo tempo. Folheou as agendas telefônicas, mas não encontrou anotações pessoais. A seguir, puxou duas gavetas num gabinete atrás da mesinha. Numa havia um álbum de selos, na outra, alguns tubos de cola e uma caixa de argolas de guardanapo.

Enquanto ia até o escritório, o telefone tocou. Ele parou. Höglund surgiu imediatamente na porta. Wallander sentou-se cuidadosamente no canto do sofá e ergueu o fone.

"Alô", disse uma voz de mulher. "Gustaf? Por que você não me telefonou?"

"Quem está falando, por favor?", perguntou Wallander.

A voz da mulher de repente ficou formal. "Aqui é a mãe de Gustaf Wetterstedt", ela disse. "Com quem estou falando?"

"Meu nome é Kurt Wallander. Sou oficial de polícia aqui em Ystad."

Ele pôde ouvir a mulher respirar. Percebeu que ela devia ser muito velha, se era a mãe de Gustaf Wetterstedt. Fez uma careta para Höglund, que estava de pé olhando para ele.

"Aconteceu alguma coisa?", a mulher perguntou.

Wallander não soube como reagir. Ia contra todos os procedimentos escritos e não escritos informar por telefone a algum parente uma morte súbita. Mas já lhe dissera seu nome, e que era da polícia.

"Alô?", disse a mulher. "Você ainda está aí?"

Wallander não respondeu. Ficou olhando para Höglund com ar desamparado. Fez então uma coisa que não conseguiu saber se estava certa. Desligou.

"Quem era?", Höglund perguntou.

Wallander sacudiu a cabeça. Pegou o telefone e ligou para a sede geral da polícia em Estocolmo.

7

Mais tarde naquela noite o telefone de Gustaf Wetterstedt tocou de novo. A essa altura, Wallander já tinha combinado com os colegas em Estocolmo que estes notificariam a morte do ex-ministro à mãe. Um inspetor que se apresentou como Hans Vikander estava ligando da polícia de Östermalm. Dentro de alguns dias, em 1º de julho, o velho nome desapareceria e seria substituído por "polícia municipal".

"Ela já foi informada", disse Vikander. "Como é muito idosa, levei um clérigo comigo. Devo dizer que ela recebeu a notícia calmamente, apesar de já ter noventa e quatro anos."

"Vai ver é por isso", disse Wallander.

"Nós estamos tentando localizar os dois filhos de Wetterstedt", prosseguiu Vikander. "O mais velho trabalha na ONU, em Nova York. A filha mais nova mora em Uppsala. Esperamos conseguir falar com ela esta noite."

"E a ex-mulher dele?", quis saber Wallander.

"Qual delas? Ele foi casado três vezes."

"Todas as três", respondeu Wallander. "Vamos ter de entrar em contato com elas nós mesmos, mais tarde."

"Tenho algo que talvez possa lhe interessar. Quando falamos com a mãe, ela disse que o filho ligava toda noite, exatamente às nove horas."

Wallander olhou o relógio. Passava pouco das nove. Imediatamente compreendeu o significado do que Vikander dissera.

"Ele não telefonou ontem", prosseguiu Vikander. "Ela esperou até as nove e meia. Então ligou para ele. Ninguém atendeu, embora ela alegue ter deixado o telefone tocar mais de quinze vezes."

"E na noite anterior?"

"Ela não conseguiu se lembrar muito bem. Ela tem noventa e quatro anos. Disse que a memória recente dela está bastante ruim."

"Ela disse mais alguma coisa?"

"Foi um pouco difícil saber o que perguntar."

"Vamos ter de falar com ela mais uma vez", disse Wallander. "Já que ela já conhece você, seria bom que você pudesse se encarregar disso."

"Vou sair de férias na segunda semana de julho", disse Vikander. "Até lá, não há problema."

Wallander desligou. Höglund veio até o hall. Estivera verificando a caixa de correio.

"Jornais de hoje e de ontem", disse. "Uma conta telefônica. Nenhuma carta pessoal. Ele não pode ter estado sob o barco por muito tempo."

Wallander se levantou do sofá.

"Percorra a casa mais uma vez", ordenou. "Veja se consegue encontrar algum sinal de que esteja faltando alguma coisa. Vou descer e dar uma olhada nele."

Agora chovia ainda mais forte. Enquanto Wallander corria pelo jardim, lembrou-se de que deveria estar visitando o pai essa noite. Voltou até a casa com um sorriso amarelo.

"Faça-me um favor", pediu a Höglund. "Telefone para meu pai e diga que estou preso numa investigação urgente. Se ele perguntar quem você é, diga que é a nova chefe de polícia."

Ela assentiu com um sorriso. Wallander deu-lhe o número. Em seguida, saiu novamente na chuva.

A área cercada era um espetáculo fantasmagórico, iluminada pelos potentes holofotes. Com uma forte sensação de desconforto, Wallander entrou sob o toldo temporário.

O corpo de Watterstedt jazia estendido sobre um lençol de plástico. O médico examinava sua garganta com uma lanterna. Parou quando percebeu que Wallander havia chegado.

"Como vai?", perguntou o médico.

Wallander não o havia reconhecido até aquele momento. Era o médico que tratara dele no hospital alguns anos antes, quando achou que estava tendo um ataque cardíaco.

"Além daquelas ocorrências, tudo bem comigo", disse Wallander. "Nunca tive outra recaída."

"Você seguiu meu conselho?", o médico perguntou.

"Claro que não", murmurou Wallander.

Olhou para o homem estendido, que dava a mesma impressão morto e quando aparecia na tela de TV. Havia algo de obstinado e insensível em sua face, mesmo que coberta de sangue seco. Wallander inclinou-se para a frente e examinou o ferimento na testa, que se estendia para cima até o alto da cabeça, onde a pele e o cabelo haviam sido arrancados.

"Como ele morreu?", Wallander perguntou.

"De um fortíssimo golpe de machado na espinha", o médico respondeu. "Deve tê-lo matado instantaneamente. A espinha foi quebrada bem entre as escápulas. Provavelmente já estava morto antes de chegar ao chão."

"Tem certeza de que aconteceu do lado de fora da casa?", perguntou Wallander.

"Penso que sim. O golpe na espinha deve ter vindo de alguém parado atrás dele. É muito provável que a força do golpe o tenha feito cair para a frente. Ele tem grãos de areia na boca e nos olhos. Provavelmente aconteceu bem nas proximidades."

"Deve haver traços de sangue em algum lugar."

"A chuva dificulta tudo", disse o médico. "Mas com um pouco de sorte talvez vocês consigam raspar além da camada superficial e achar algum vestígio de sangue que tenha penetrado fundo o suficiente para não ser lavado pela chuva."

Wallander apontou para a carnificina na cabeça de Wetterstedt. "Como se explica isso?", perguntou.

O médico deu de ombros. "A incisão na testa foi feita com uma faca afiada. Ou talvez uma navalha. O couro cabeludo parece ter sido rasgado. Não posso dizer se foi antes ou depois do golpe na espinha. Isso vai ser tarefa dos patologistas de Malmö."

"Malmström vai ter muito o que fazer", disse Wallander.

"Quem?"

"Ontem mandamos os restos mortais de uma garota que se incendiou até morrer. E agora estamos mandando um homem que foi escalpelado. A patologista com quem falei é uma mulher chamada Malmström."

"Há mais de um patologista", disse o médico. "Eu não a conheço."

Wallander agachou-se perto do cadáver.

"Me dê sua interpretação", pediu. "O que você acha que aconteceu?"

"Quem quer que tenha acertado as costas dele sabia o que estava fazendo", disse o médico. "Um exímio atirador não teria feito melhor. Mas escalpelar! Isso é coisa de maluco."

"Ou de índio americano." Wallander levantou-se e sentiu um formigamento nos joelhos. Os dias de agachar-se sem dor haviam se acabado.

"Eu terminei aqui", disse o médico. "Já avisei a Malmö que o estamos mandando para lá."

Wallander não respondeu. Notou que a braguilha de Wetterstedt estava aberta.

"Você mexeu nas roupas dele?", perguntou.

"Só nas costas, em volta do ferimento da espinha", o médico disse.

Wallander assentiu. Podia sentir a náusea chegando.

"Posso lhe pedir uma coisa? Dá para checar dentro da braguilha dele e ver se ele ainda tem aquilo que supostamente deve estar lá?"

O médico deu um olhar inquiridor a Wallander.

"Se alguém arrancou o couro cabeludo dele, pode muito bem ter cortado outras coisas também", explicou o inspetor.

O médico assentiu e tirou um par de luvas de borracha. Então enfiou cautelosamente a mão e tateou em volta.

"Tudo que deveria estar aí parece estar", ele disse, tirando a mão.

Wallander fez um meneio.

O corpo de Wetterstedt foi retirado. Wallander virou-se para Nyberg, que estava ajoelhado perto do barco, agora virado para cima.

"Como está indo?", perguntou Wallander.

"Não sei", retrucou Nyberg. "Com esta chuva tudo está sendo apagado."

"Vamos ter de cavar amanhã." Wallander contou-lhe o que o médico dissera.

Nyberg assentiu. "Se houver algum sangue, nós vamos encontrar. Há algum lugar em especial onde você queira começar a busca?"

"Em volta do barco", disse Wallander. "Depois, na área que vai do portão do jardim até o mar."

Nyberg apontou para uma maleta com o fecho aberto, dentro da qual havia sacos plásticos.

"Tudo que achei nos seus bolsos foi uma caixa de fósforos", disse Nyberg. "Você está com as chaves dele. As roupas são caras. Exceto os tamancos."

"A casa parece intocada", disse Wallander. "Mas eu agradeceria se você pudesse dar uma olhada lá ainda esta noite."

"Não posso estar em dois lugares ao mesmo tempo", resmungou Nyberg. "Se queremos garantir alguma evidência aqui fora, temos de obtê-la antes que seja levada embora pela chuva."

Wallander estava prestes a retornar à casa quando notou que Lindgren permanecia ali. Foi até ele e viu que o rapaz estava congelando.

"Pode ir para casa agora", disse.

"Posso ligar para meu pai e contar a ele?"

"Vá em frente."

"O que aconteceu?", Lindgren perguntou.

"É cedo para dizer", Wallander replicou.

Ainda havia um punhado de gente do lado de fora do cordão de isolamento, assistindo ao trabalho da polícia. Alguns cidadãos mais velhos, um homem jovem com um cachorro, um garoto numa pequena bicicleta motorizada. Wallander pensou com pavor nos dias que tinha pela frente. Um ex-ministro da Justiça escalpelado e com a espinha partida ao meio era o tipo de novidade suculenta que deixaria a mídia enlouquecida. A única coisa positiva na qual conseguiu pensar foi que a moça que se incendiara até morrer na plantação de Salomonson acabaria não aparecendo nas manchetes.

Ele precisava urinar. Desceu até a água e abriu o zíper da calça. Talvez fosse simplesmente isso. A braguilha de Wetterstedt estava aberta porque ele estava em pé dando uma mijada quando foi atacado.

Começou a caminhar de volta rumo à casa, então parou. Estava deixando de ver alguma coisa. Voltou até Nyberg.

"Sabe onde está Svedberg?", perguntou.

"Acho que está tentando encontrar mais alguns lençóis de plástico e lonas enceradas. Precisamos cobrir a areia."

"Falo com ele depois, então", Wallander disse. "E Martinson e Hanson?"

"Acho que Martinson foi arranjar algo para comer." O tom de Nyberg era amargo. "Quem diabos tem tempo para comida?"

"Podemos dar um jeito e arranjar alguma coisa para você", disse Wallander. "E Hanson, onde está?"

"Ele ia falar com o escritório do promotor. E eu não quero comer nada."

Wallander caminhou de volta para a casa. Após pendurar o paletó encharcado e tirar as botas, percebeu que estava faminto. Foi até a cozinha e acendeu a luz. Lembrou-se de como haviam ficado sentados na cozinha de Salomonson tomando café. Agora Salomonson estava morto. Comparada com a cozinha do fazendeiro, esta pertencia a um outro mundo. Reluzentes panelas de cobre penduradas nas paredes. Uma grelha aberta com uma coifa presa a uma velha chaminé bem no meio do recinto. Abriu a geladeira e pegou um pedaço de queijo e uma cerveja. Encontrou algumas torradas num dos armários, sentou-se à mesa da cozinha e comeu, a mente vazia. Quando Svedberg entrou pela porta da frente, ele já havia terminado.

"Nyberg disse que você queria falar comigo."

"Como foi com o encerado?"

"Ainda estamos tentando cobrir a areia da melhor forma possível. Martinson ligou para o serviço meteorológico e perguntou quanto tempo a chuva ia durar. Deve chover a noite toda. Aí teremos algumas horas de pausa antes da chegada do próximo temporal. Essa aí parece que vai ser uma verdadeira tempestade de verão."

Uma poça havia se formado no chão da cozinha em torno das botas de Svedberg. Mas Wallander não se animou a lhe pedir que as tirasse. Era muito pouco provável que encontrassem a pista da morte de Wetterstedt em sua cozinha.

Svedberg sentou-se e secou o cabelo com um lenço.

"Eu me lembro vagamente de que você uma vez me contou que se interessava pela história dos índios americanos", começou Wallander. "Ou estou enganado?"

Svedberg lhe deu um olhar intrigado.

"Você está certo", respondeu. "Já li muita coisa sobre os índios americanos. Nunca gostei de assistir aos filmes que não contavam a verdade sobre eles. Eu me correspondi com um estudioso chamado Uncas. Ele certa vez ganhou um prêmio na televisão. Acho que foi antes de eu nascer. Mas ele me ensinou muita coisa."

"Imagino que você esteja curioso para saber por que estou perguntando isso."

"Na verdade, não. Afinal, Wetterstedt foi escalpelado."

Wallander olhou para ele atentamente. "Foi?"

"Se escalpelar é uma arte, então nesse caso foi executada quase com perfeição. Um corte na testa com uma faca afiada. Depois alguns cortes subindo pelas têmporas. Para agarrar com firmeza."

"Ele morreu de um golpe na espinha", disse Wallander. "Um pouquinho abaixo das escápulas."

Svedberg deu de ombros.

"Os nativos americanos guerreiros batiam na cabeça", ele disse. "É difícil acertar a espinha. Você precisa segurar o machado num certo ângulo. Fica particularmente difícil, é claro, se a pessoa que você quer atingir estiver em movimento."

"E se estiver parada?"

"Em todo caso, não é do estilo do guerreiro", Svedberg respondeu. "Na verdade, não é feitio do índio americano matar alguém por trás. Ou matar alguém, de modo geral, se é que interessa."

Wallander pousou a cabeça entre as mãos.

"Por que você está fazendo essas perguntas?", indagou Svedberg. "É bem pouco provável que um índio americano tenha matado Wetterstedt."

"Quem tiraria o couro cabeludo dele?", perguntou Wallander.

"Um louco. Qualquer sujeito que faça algo assim deve ser maluco. Temos de agarrá-lo o mais depressa possível."

"Eu sei", disse Wallander.

Svedberg se levantou e saiu. Wallander pegou um esfregão e limpou o piso. Então entrou para ver Höglund no escritório.

"Seu pai não pareceu muito feliz", ela disse. "Mas acho que o que mais o incomodou foi você não ter ligado antes."

"Ele tem razão quanto a isso", concordou Wallander. "O que você descobriu?"

"Surpreendentemente pouco. Ao que parece nada foi

roubado. Nenhum armário arrombado. Acho que ele devia ter uma faxineira para manter o lugar tão limpo."

"Por que você diz isso?"

"Por duas razões. Primeiro, pode-se ver a diferença no jeito de limpar de uma mulher e de um homem. Não me pergunte como. É assim, e pronto."

"E a segunda razão?"

"Há uma anotação na agenda dele que diz 'mulher da limpeza' e um horário. A anotação aparece duas vezes por mês."

"Ele realmente escreveu 'mulher da limpeza'?"

"Um termo meio antigo, e não muito lisonjeiro."

"Quando ela veio da última vez?"

"Quinta-feira passada."

"Isso explica por que tudo parece tão limpo e impecável."

Wallander afundou numa cadeira diante da escrivaninha.

"Como estavam as coisas lá embaixo?", ela perguntou.

"Um golpe de machado partiu a espinha dele. Ele morreu na hora. O assassino arrancou seu couro cabeludo."

"Antes você disse que deveriam ser pelo menos dois."

"Eu sei que disse. Mas agora a única certeza que eu tenho é que não estou gostando nem um pouco disso. Por que alguém haveria de matar um velho que tem vivido recluso por vinte anos? E por que arrancar seu couro cabeludo?"

Ficaram sentados em silêncio por um instante. Wallander pensou na moça pegando fogo. No homem com o cabelo arrancado. E na chuva que não parava de cair. Tentou afastar esses pensamentos lembrando-se de si mesmo e de Baiba num vão atrás de uma duna em Skagen, na Dinamarca. Mas a garota insistia em correr pelo campo com os cabelos em chamas. E Wetterstedt jazia escalpelado numa maca a caminho de Malmö.

Ele forçou a si mesmo a concentrar-se e olhou para Hoglund.

"Me dê uma ideia de sequência", ele disse. "O que você acha? O que aconteceu aqui? Descreva para mim. Não retenha nada."

"Ele saiu", começou ela. "Foi dar um passeio na praia. Encontrar-se com alguém. Ou simplesmente fazer um pouco de exercício. Mas só ia dar uma voltinha."

"Por quê?"

"Os tamancos. Velhos e gastos. Desconfortáveis. Mas servem se você vai dar só uma saída rápida."

"E aí?"

"Aconteceu à noite. O que o médico disse sobre a hora?"

"Ele ainda não tem certeza. Continue. Por que à noite?"

"De dia o risco de ser visto é muito grande. Nesta época do ano, a praia nunca fica deserta."

"O que mais?"

"Não há motivo óbvio. Mas pode-se dizer que o assassino tinha um plano."

"Por quê?"

"Ele precisou de algum tempo para esconder o corpo."

"Por que ele fez isso?"

"Para retardar a descoberta. Para ter tempo de fugir."

"Mas ninguém o viu, certo? E por que um homem?"

"Uma mulher jamais partiria a espinha de alguém. Uma mulher desesperada poderia acertar o marido com um machado. Mas não o escalpelaria. É um homem."

"O que nós sabemos sobre o assassino?"

"Nada. A menos que você saiba de algo que eu não sei."

Wallander fez que não com a cabeça. "Você delineou tudo que sabemos", disse. "Acho que é hora de deixarmos a casa para Nyberg e o pessoal dele."

"Vai haver uma comoção por causa disso", ela comentou.

"Eu sei. E vai começar amanhã. Pode ficar feliz por suas férias estarem chegando."

"Hanson já me perguntou se eu poderia adiá-las", ela disse. "Eu concordei."

"Você deveria ir para casa agora", sugeriu Wallander. "Acho que vou dizer aos outros que nos encontraremos amanhã de manhã para planejarmos a investigação."

Wallander sabia que precisava formar um quadro de quem era Wetterstedt. Sabiam que toda noite à mesma hora ele telefonava para a mãe. Mas e todas as outras rotinas que eles não conheciam? Voltou para a cozinha e procurou papel numa das gavetas. Fez então uma lista de coisas para se lembrar na reunião da manhã seguinte. Alguns minutos depois Nyberg entrou. Tirou a capa molhada.

"O que você quer que a gente procure?", perguntou.

"Quero poder excluir a possibilidade de que ele tenha sido morto aqui dentro. Quero que você percorra a casa do jeito habitual", respondeu Wallander.

Nyberg assentiu e saiu da cozinha. Wallander o ouviu dando uma reprimenda em alguém de sua equipe. Sabia que devia pegar o carro, ir para casa e dormir por algumas horas, mas em vez disso resolveu percorrer a casa mais uma vez. Começou pelo porão. Uma hora depois estava no andar superior. Entrou no espaçoso dormitório de Wetterstedt e abriu o guarda-roupa. Puxando os ternos para o lado, examinou o piso. No andar de baixo, podia ouvir a voz de Nyberg se elevar, irritada. Estava a ponto de fechar as portas do armário quando bateu o olho numa pequena sacola no canto. Abaixou-se e a pegou, sentou-se na borda da cama e abriu a sacola. Dentro dela havia uma máquina fotográfica. Wallander achou que não devia ser particularmente cara. Pôde ver que era mais ou menos do mesmo tipo de uma que Linda comprara no ano anterior. Havia um filme na câmera, com sete fotos tiradas, de um total de trinta e seis. Colocou-a de volta na sacola. Depois desceu para se encontrar com Nyberg.

"Há uma máquina fotográfica nesta sacola", disse. "Quero que você mande revelar as fotos o mais depressa possível."

Era quase meia-noite quando deixou a casa de Wetterstedt. Ainda chovia copiosamente. Foi direto para seu apartamento. Ao chegar lá, sentou-se à mesa da cozinha, perguntando-se que fotografias seriam aquelas. A chuva batia na janela, e ele estava ciente de uma sensação de maus presságios. Sentia que o que havia acontecido era apenas o começo de algo muito pior.

8

Na manhã de quinta-feira, 23 de junho, o estado de espírito na delegacia de Ystad não tinha nada a ver com o feriado do Solstício de Verão. Wallander fora despertado às três da manhã por um repórter do *Diário* de Estocolmo, que soubera da morte de Wetterstedt pela polícia de Östermalm. Quando finalmente Wallander conseguiu voltar a dormir, o *Expresso* telefonou. Hanson também ficara acordado durante a madrugada. Encontraram-se na sala de reuniões pouco depois das sete, todo mundo com aparência cansada e abatida. Nyberg estava lá, embora tivesse ficado na casa de Wetterstedt até as cinco da manhã. Hanson chamou Wallander de lado e lhe disse que ele, Wallander, teria de conduzir a investigação.

"Acho que Björk sabia que isso iria acontecer", disse Hanson. "Foi por isso que se aposentou."

"Ele não se aposentou", corrigiu Wallander. "Foi promovido. Além disso, prever o futuro decididamente não era um de seus talentos. Ele se preocupava demais com o que acontecia à sua volta no dia a dia."

Mas Wallander sabia que a responsabilidade por organizar a caçada ao assassino de Wetterstedt cairia sobre seus ombros. A grande dificuldade era o fato de que faltaria pessoal durante todo o verão. Sentia-se grato por Ann-Britt Höglund ter concordado em adiar suas férias. Mas o que aconteceria com suas próprias férias? Ele contava estar a caminho de Skagen com Baiba em duas semanas.

Sentou-se à mesa e registrou as faces exaustas à sua

volta. Ainda chovia, mas um pouco menos agora. À sua frente, na mesa, havia uma pilha de mensagens que recolhera na escrivaninha da recepção. Empurrou-as para o lado e batucou na mesa com um lápis.

"Precisamos começar", disse. "Aconteceu o pior. Tivemos um assassinato durante as férias de verão. Vamos ter de nos organizar da melhor forma possível. Além disso, temos um feriado pela frente, o que vai manter os policiais fardados ocupados. Vamos planejar a nossa investigação tendo isso em mente."

Ninguém se manifestou. Wallander voltou-se para Nyberg e perguntou em que pé estava a investigação forense.

"Se ao menos parasse de chover por algumas horas", queixou-se Nyberg. "Para determinar o local exato do assassinato vamos ter de escavar através da camada superficial da areia. É quase impossível fazer isso, a menos que o solo esteja seco. Do contrário, vamos acabar ficando apenas com torrões de areia molhada."

"Telefonei para o meteorologista do aeroporto de Sturup há pouco", informou Martinson. "A previsão é que aqui a chuva pare logo depois das oito da manhã. Mas virá uma nova tempestade esta tarde, e vamos ter mais chuva. Só depois disso é que o tempo vai firmar."

"Se não é uma coisa, é outra", disse Wallander. "Geralmente é mais fácil para nós quando o tempo fica ruim no feriado."

"Desta vez parece que o jogo de futebol vai ajudar", disse Nyberg. "Não acho que as pessoas vão beber tanto. Vão ficar grudadas na TV."

"O que acontece se a Suécia perder da Rússia?", perguntou Wallander.

"Não vai perder", anunciou Nyberg. "Nós vamos ganhar."

Wallander nunca tinha percebido que o colega era fã de futebol.

"Espero que você esteja certo", disse.

"Em todo caso, não encontramos nada que interesse

em volta do barco", continuou Nyberg. "Também percorremos a parte da praia entre o portão de Wetterstedt e o barco, até a beira da água. Recolhemos diversos objetos. Mas nada que pareça ter algum interesse para nós. Com uma possível exceção." Ele colocou um saco plástico sobre a mesa. "Um dos policiais encontrou isto aqui. É um spray irritante, do tipo que as mulheres carregam na bolsa para se defender caso sejam atacadas."

"Essas coisas não são ilegais na Suécia?", perguntou Höglund.

"São, sim", disse o técnico forense. "Mas lá estava, na areia, bem perto do cordão de isolamento. Vamos examiná-lo à procura de impressões digitais. Quem sabe surge alguma coisa." Nyberg pôs o saco plástico na maleta.

"Algum homem seria capaz de virar aquele barco sozinho?", perguntou Wallander.

"Só se for incrivelmente forte", respondeu Nyberg.

"Isso quer dizer que eram dois", replicou Wallander.

"O assassino poderia ter cavado a areia sob o barco", Nyberg disse hesitante. "E então jogado a areia de volta depois de ter empurrado Wetterstedt para baixo."

"É uma possibilidade", Wallander concordou. "Mas parece plausível?"

Ninguém à mesa respondeu.

"Não há nada que indique que o assassinato foi cometido dentro da casa", Nyberg prosseguiu. "Não achamos vestígios de sangue ou qualquer outro sinal de um crime. Ninguém forçou a entrada. É impossível dizer se algo foi roubado, mas tudo indica que não."

"Você encontrou alguma outra coisa que parecia incomum?", perguntou Wallander.

"Eu penso que a coisa toda é incomum", respondeu o técnico. "Wetterstedt devia ter um bocado de dinheiro."

Todos pensaram nisso por um momento. Wallander percebeu que cabia a ele fazer uma síntese.

"É importante descobrir quando Wetterstedt foi assassinado", começou. "O médico que examinou o corpo disse que provavelmente a morte ocorreu na praia. Ele achou grãos de areia na boca e nos olhos. Mas nós precisamos esperar para ver o que os legistas dizem. Já que não temos nenhuma pista inicial, nem um motivo óbvio, vamos ter de agir numa frente ampla. Temos de descobrir que tipo de homem Wetterstedt era. Com quem se relacionava? Quais eram suas rotinas? Precisamos entender a personalidade dele, como era sua vida. E não podemos ignorar o fato de que vinte anos atrás ele era bastante famoso. Foi ministro da Justiça. Era muito benquisto por algumas pessoas, e odiado por outras. Houve rumores de escândalos nos quais teria estado envolvido. Será que vingança poderia ser parte do quadro? Ele foi partido ao meio com um machado e arrancaram seu couro cabeludo. Ele foi escalpelado. Algo assim já aconteceu antes? Podemos achar alguma semelhança com assassinatos anteriores? Martinson vai ter de botar o computador para funcionar. E Wetterstedt tinha uma faxineira. Vamos precisar encontrá-la e falar com ela ainda hoje."

"E o partido político dele?", perguntou Höglund.

"Eu ia chegar lá. Ele tinha alguma disputa política não resolvida? Continuou se encontrando com velhos aliados do partido? Também precisamos esclarecer isso. Existe alguma coisa no passado dele que possa apontar para um possível motivo?"

"Desde que a notícia foi divulgada, dois sujeitos já telefonaram para confessar o assassinato", disse Höglund. "Um deles ligou de uma cabine telefônica de Malmö. Estava tão bêbado que foi difícil entender o que dizia. Pedimos aos nossos colegas de Malmö para interrogá-lo. O outro que telefonou foi um preso em Österåker. Sua última licença para sair foi em fevereiro. De modo que fica bastante claro que Gustaf Wetterstedt ainda desperta sentimentos fortes."

"Aqueles de nós que já estão aí um bom tempo sabem que a polícia também guarda ressentimentos", disse Wallander. "Durante seu mandato como ministro da Justiça, aconteceu muita coisa que nenhum de nós consegue esquecer. De todos os ministros da Justiça e chefes de polícia nacionais, pelo menos na minha época, Wetterstedt foi o que menos fez por nós."

Eles repassaram as várias tarefas e dividiram as atribuições. O própro Wallander iria interrogar a faxineira. Combinaram de se reunir novamente às quatro da tarde.

"Mais uma coisa", Wallander disse. "Nós seremos assediados pelos repórteres. Veremos manchetes do tipo 'O assassino do escalpo'. Então seria bom se déssemos uma entrevista coletiva hoje. Eu prefiro não conduzi-la."

"Tem que ser você", disse Svedberg. "Você precisa assumir esse encargo. Mesmo que não queira, é você quem sabe fazer isso melhor."

"Tudo bem, mas não quero estar sozinho", ressalvou o inspetor. "Quero Hanson comigo, e Ann-Britt também. Vamos marcar para uma da tarde, que tal?"

Estavam todos prestes a sair quando Wallander lhes pediu que esperassem.

"Não podemos interromper a investigação sobre a garota que se incendiou", disse.

"Você acha que existe alguma ligação?", perguntou Hanson, atônito.

"Claro que não. Mas ainda temos que tentar descobrir quem ela era, mesmo que estejamos ocupados trabalhando no caso Wetterstedt."

"Não temos nenhuma pista positiva na nossa busca no banco de dados", disse Martinson. "Nem mesmo sobre a combinação de letras. Mas prometo que vou continuar trabalhando nisso."

"Alguém deve estar sentindo falta dela", disse Wallander. "Uma jovem. Acho isso muito estranho."

"É verão", lembrou Svedberg. "Uma porção de gente jovem está viajando. Pode demorar algumas semanas até alguém dar por falta dela."

"Tem razão", Wallander admitiu. "Precisaremos ter paciência."

A reunião havia terminado. Wallander a comandara num ritmo acelerado, já que todos tinham bastante trabalho pela frente. Quando chegou a sua sala, verificou rapidamente as mensagens. Nada parecia urgente. Tirou um caderno da gaveta, escreveu "Gustaf Wetterstedt" no alto da página, recostou-se na cadeira e fechou os olhos.

O que a morte dele me diz? Que tipo de pessoa o mataria com um machado e tiraria seu couro cabeludo? Wallander voltou a debruçar-se sobre a mesa e escreveu:

Nada indica que Wetterstedt tenha sido assassinado por um assaltante, mas isso ainda não pode ser excluído. Tampouco foi um assassinato de ocasião, a menos que tenha sido cometido por alguém completamente insano. O assassino teve tempo de ocultar o corpo. Então o motivo de vingança permanece. Quem haveria de querer se vingar de Gustaf Wetterstedt, vê-lo morto?

Wallander pousou a caneta e releu a página com um sentimento de insatisfação. É cedo demais para tirar conclusões, pensou. Preciso saber mais. Levantou-se e saiu da sala. Quando se viu fora da delegacia, havia parado de chover. O meteorologista de Sturup estava certo. Wallander pegou o carro e foi direto para a casa de praia.

O cordão de isolamento permanecia lá. Nyberg já trabalhava no local. Junto com sua equipe, estava ocupado em remover as lonas de um trecho da praia. Nessa manhã, havia grande número de curiosos parados no limite da área cercada.

Wallander destrancou a porta da frente com a chave de Wetterstedt e então foi direto ao escritório. Metodicamente, continuou a busca que Höglund começara na noite anterior. Levou quase meia hora para encontrar o nome daquela que o ex-ministro chamava de "mulher da limpeza". Seu nome era Sara Björklund. Morava em Styrbordsgången, que, ao que Wallander sabia, localizava-se logo depois dos grandes armazéns na extremidade oeste da cidade. Pegou o telefone que ficava sobre a escrivaninha e discou o número. Finalmente uma voz masculina áspera atendeu.

"Estou procurando por Sara Björklund", disse Wallander.

"Ela não está em casa", o homem respondeu.

"Como posso entrar em contato com ela?"

"Quem está querendo saber?", o homem disse de forma evasiva.

"Inspetor Kurt Wallander, da polícia de Ystad."

Fez-se um longo silêncio do outro lado.

"Ainda está na linha?", Wallander perguntou, sem se preocupar em esconder sua impaciência.

"Isso tem algo a ver com Wetterstedt?", o homem quis saber. "Sara Björklund é minha mulher."

"Eu preciso falar com ela."

"Ela está em Malmö. Só vai voltar à tarde."

"Quando consigo falar com ela? A que horas? Tente ser preciso!"

"Tenho certeza de que ela estará em casa às cinco."

"Vou dar uma passada aí, então", disse Wallander, e desligou.

Saiu da casa e desceu até onde estava Nyberg, na praia.

"Achou alguma coisa?", perguntou.

Nyberg estava parado de pé, com um balde de areia na mão.

"Nada. Mas se ele foi morto aqui e caiu na areia, deve haver sangue. Talvez não de suas costas. Mas da cabeça. O sangue deve ter jorrado. Há algumas veias grandes no couro cabeludo."

Wallander assentiu. "Onde você achou a lata de spray?", perguntou.

Nyberg apontou para um local além do cordão.

"Duvido que tenha algo a ver com isto", disse Wallander.

"Eu também", concordou Nyberg.

Wallander estava a ponto de retornar ao carro quando se lembrou de que tinha mais um pedido para Nyberg. "A luz do portão do jardim está apagada", disse. "Dá para você dar uma olhada nela?"

"O que você quer que eu faça?", admirou-se Nyberg. "Que troque a lâmpada?"

"Só quero saber por que ela não está funcionando. Só isso."

Wallander pegou o carro e voltou para a delegacia. O céu estava cinzento, mas já não chovia.

"Os repórteres estão ligando o tempo todo", disse Ebba enquanto ele passava pela recepção.

"Todos estão convidados para a coletiva de imprensa à uma da tarde", Wallander disse. "Onde está Ann-Britt?"

"Saiu há pouco. Não disse aonde ia."

"E Hanson?"

"Creio que está na sala de Per Åkeson. Quer que eu o localize para você?"

"Temos que nos preparar para a entrevista coletiva. Diga para alguém levar mais cadeiras para a sala de reuniões. Vai haver muita gente."

Wallander foi para sua sala e começou a preparar o que diria para a imprensa. Cerca de meia hora depois, Höglund bateu à porta.

"Estive na fazenda de Salomonson", ela disse. "Acho que sei onde a moça arranjou a gasolina."

"Salomonson tinha gasolina no celeiro?"

Ela fez que sim.

"Bem, já é alguma coisa", disse Wallander. "Isso significa que ela pode muito bem ter ido a pé até a fazenda. Não teria necessidade de ir de carro ou de bicicleta."

"Será que o Salomonson a conhecia?"

Wallander pensou por um momento antes de responder. "Não, Salomonson não estava mentindo. Ele nunca a tinha visto."

"A garota sai de algum lugar e vai a pé até a fazenda. Entra no celeiro de Salomonson e encontra vários galões de gasolina. Pega cinco e os leva para o meio da plantação. Então ateia fogo em si mesma."

"É mais ou menos isso", concordou Wallander. "Mesmo que a gente consiga descobrir quem é ela, provavelmente jamais saberemos toda a história."

Foram pegar café e discutiram o que iriam dizer na coletiva. No meio da manhã Hanson se juntou aos dois.

"Falei com Per Åkeson", contou. "Ele me disse que vai entrar em contato com o promotor-chefe."

Wallander ergueu os olhos dos papéis, surpreso.

"Por quê?"

"Wetterstedt era uma pessoa importante. Dez anos atrás o primeiro-ministro deste país foi assassinado. Agora temos um ministro da Justiça assassinado. Imagino que ele queira saber se a investigação deve ser conduzida de maneira especial."

"Se ele ainda estivesse no cargo, eu poderia entender", disse Wallander. "Mas era um velho que havia muito tinha deixado para trás os afazeres públicos."

"Você mesmo vai ter de conversar com Åkeson", Hanson disse. "Só estou lhe contando o que ele falou."

À uma da tarde, os três assumiram seus lugares no pequeno tablado num dos cantos da sala de reuniões. Combinaram que tornariam o encontro com a imprensa o mais breve possível. O objetivo principal era eliminar especulações exageradamente ousadas e infundadas. Assim, decidiram ser vagos no que dizia respeito a respostas sobre a forma como Wetterstedt realmente havia sido morto. Não diriam absolutamente nada sobre o fato de ter sido escalpelado.

A sala estava apinhada de repórteres. Exatamente como Wallander imaginara, os jornais nacionais estavam encarando o assassinato de Wetterstedt como um acontecimento de primeira importância. Ao observar a pequena multidão, Wallander contou câmeras de três emissoras de TV.

A entrevista coletiva correu inusitadamente bem. Os

três foram sucintos ao máximo em suas respostas, citando as exigências da investigação para restringir a franqueza e omitir detalhes. Por fim a imprensa percebeu que não conseguiria obter mais do que aquilo. Quando os repórteres de jornais e revistas se foram, Wallander concordou em ser entrevistado pela estação de rádio local, enquanto Höglund respondia às perguntas de uma das emissoras de TV. Ele a observou, sentindo-se aliviado por uma vez na vida não ser ele a estar diante das câmeras.

No final da coletiva, Åkeson havia se esgueirado até o fundo da sala sem que o notassem. Agora estava parado à espera de Wallander.

"Ouvi dizer que você ia chamar o promotor-chefe", disse Wallander. "Ele lhe deu alguma diretriz?"

"Ele quer que o mantenham informado", respondeu Åkeson. "Do mesmo jeito que você deve fazê-lo em relação a mim."

"Você vai receber um apanhado diário", disse Wallander. "E vai ficar sabendo assim que fizermos alguma descoberta importante."

"Nada de conclusivo ainda?"

"Não."

A equipe de investigação teve uma rápida reunião às quatro. Wallander sabia que era hora de trabalhar, não de relatórios. Deu uma volta rápida pela mesa antes de pedir a todos que voltassem às suas tarefas. Combinaram de se encontrar novamente às oito da manhã seguinte, considerando que nada crucial acontecesse antes disso.

Pouco antes das cinco o inspetor deixou a delegacia, pegou o carro e foi até Styrbordsgången, onde Sara Björklund morava. Era uma parte da cidade que Wallander quase nunca visitava. Estacionou e caminhou portão adentro. A porta se abriu antes de ele alcançá-la. A mulher ali parada era mais jovem do que ele esperava. Devia ter cerca de trinta anos. E para Wetterstedt era uma "mulher da limpeza". Wallander perguntou-se num relance se Sara saberia como Wetterstedt se referia a ela.

"Boa tarde", Wallander a cumprimentou. "Eu telefonei antes. Você é Sara Björklund?"

"Eu o reconheci", ela disse, assentindo.

Ela o convidou a entrar. Havia preparado uma bandeja de pãezinhos doces e café numa garrafa térmica na sala de estar. Wallander pôde ouvir um homem recriminando crianças por estarem fazendo bagunça. Sentou-se numa poltrona e olhou em volta. Meio que esperava ver um dos quadros de seu pai pendurado na parede. Só falta isso, pensou. Aí estão o velho pescador, a cigana e a criança chorando. A paisagem do meu pai é tudo que falta. Com ou sem o galo.

"Aceita uma xícara de café, senhor?", ela perguntou.

"Não precisa me chamar de senhor", disse Wallander. "Sim, por favor."

"Eu precisava ser formal com Wetterstedt", ela disse de repente. "Tinha de chamá-lo de senhor Wetterstedt. Ele deu instruções estritas quando comecei a trabalhar lá."

Wallander se sentiu grato por ela ir direto ao assunto. Tirou do bolso do casaco um caderno de notas e uma caneta.

"Então você sabe que Gustaf Wetterstedt foi assassinado", começou.

"É terrível", ela disse. "Quem pode ter feito isso?"

"Estamos nos perguntando a mesma coisa."

"Ele estava mesmo estirado na praia? Debaixo daquele barco horroroso? Aquele que dava para ver lá de cima?"

"Sim, estava", disse Wallander. "Mas vamos começar do começo. Você limpava a casa para o senhor Wetterstedt?"

"Sim."

"Há quanto tempo trabalhava para ele?"

"Quase três anos. Eu estava sem trabalho. Esta casa aqui custa um bom dinheiro, de modo que fui obrigada a procurar trabalho de faxineira. Achei o emprego pelo jornal."

"Com que frequência você ia à casa dele?"

"Duas vezes por mês. Uma quinta-feira sim, outra não."

Wallander fez uma anotação.

"Sempre às quintas-feiras?"

"Sempre."

"Você tinha suas próprias chaves?"

"Não. Ele nunca me daria as chaves."

"Por que você diz isso?"

"Quando eu estava na casa, ele observava cada passo meu. Era de dar nos nervos. Mas ele pagava bem."

"Você alguma vez deparou com algo estranho?"

"Como por exemplo?"

"Alguma vez alguém mais esteve lá?"

"Não, nunca."

"Ele não convidava gente para jantar?"

"Não que eu saiba. Nunca havia louça suja quando eu ia lá."

Wallander fez uma breve pausa antes de prosseguir.

"De que forma você o descreveria como pessoa?"

A resposta foi rápida e firme. "Era do tipo que a gente chama de arrogante."

"O que você quer dizer com isso?"

"Ele bancava o condescendente comigo. Para ele eu não passava de uma faxineira. Apesar de ele um dia ter pertencido ao partido que supostamente deveria representar a nossa causa. A causa das faxineiras."

"Você sabia que ele se referia a você como 'mulher da limpeza' na agenda dele?"

"Isso não me surpreende nem um pouco."

"Mas mesmo assim continuou trabalhando para ele?"

"Já lhe disse, ele pagava bem."

"Tente se lembrar da sua última ida. Você esteve lá na semana passada?"

"Tudo estava como de costume. Ele agiu do jeito como sempre agia."

"Nos últimos três anos, então, não aconteceu nada de extraordinário?"

Ela hesitou antes de responder. Ele ficou imediatamente alerta.

"Uma vez, no ano passado", ela começou, vacilante.

"Em novembro. Eu não sei por quê, mas esqueci que dia da semana era. Acabei indo na sexta-feira em vez de na quinta. Quando cheguei, um grande carro preto saiu da garagem. Com aquele tipo de janelas que não dá para enxergar nada dentro. Então toquei a campainha da porta da frente, como sempre fazia. Levou algum tempo até ele vir abrir a porta. Quando me viu, ficou furioso. Bateu a porta. Achei que ia ser despedida. Mas quando voltei na vez seguinte ele não disse nada sobre isso, simplesmente fingiu que nada tinha acontecido."

Wallander esperou que ela continuasse.

"Isso é tudo?"

"É."

"Um grande carro preto saindo da casa?"

"Isso mesmo."

Wallander sabia que não chegaria a mais nada. Terminou o café e se levantou.

"Se você se lembrar de mais alguma coisa que possa nos ajudar na investigação, eu gostaria que você me telefonasse", disse ao sair.

Voltou para Ystad.

Um grande carro preto havia visitado a casa de Wetterstedt. Quem estava no carro? Um vento forte começou a soprar, e a chuva voltou a cair.

9

Na hora em que Wallander chegou à casa de Wetterstedt, Nyberg e sua equipe tinham passado para o interior da residência. Haviam vasculhado toneladas de areia sem achar o que estavam buscando. Quando começou a chover novamente, o técnico forense imediatamente resolveu estender as lonas. Não havia possibilidade de continuar enquanto o tempo não melhorasse. Wallander retornou com a sensação de que o que Sara Björklund dissera sobre aparecer na casa no dia errado e o grande carro preto significava que tinham conseguido abrir um pequeno orifício na concha de Wetterstedt. Ela vira algo que ninguém deveria ver. Wallander não conseguia interpretar a raiva de Wetterstedt de outra maneira, inclusive o fato de não tê-la despedido e jamais ter voltado a tocar no assunto. A raiva e o silêncio eram duas faces do mesmo temperamento.

Nyberg se encontrava na sala de estar de Wetterstedt, tomando café de uma velha garrafa térmica que fez Wallander se lembrar dos anos 1950. Estava sentado sobre um jornal para proteger a cadeira.

"Ainda não encontramos o local do assassinato", disse. "E não há sentido em procurar por causa da chuva."

"Espero que as lonas estejam presas com segurança", Wallander disse. "O vento está ficando cada vez mais forte."

"Elas não vão sair do lugar", disse Nyberg.

"Pensei em terminar de examinar a mesa dele", Wallander disse.

"Hanson telefonou. Falou com os filhos de Wetterstedt."

“Levou tanto tempo assim?”, estranhou Wallander. “Achei que ele já tinha feito isso há um bom tempo.”

“Não sei nada a respeito”, Nyberg disse. “Só estou lhe contando o que ele falou.”

Wallander entrou no escritório e sentou-se diante da escrivaninha. Ajustou a luminária para que ela iluminasse a maior área possível e então puxou uma das gavetas do gabinete à esquerda. Nela havia uma cópia da restituição do imposto de renda. Wallander a pôs sobre a mesa. Pôde ver que Wetterstedt havia declarado uma renda de quase um milhão de coroas, cuja maior parte provinha basicamente de seu plano de aposentadoria privado e de dividendos de ações. Um sumário do registro de seguridade revelava que o ex-ministro possuía ações da indústria pesada sueca tradicional — Ericsson, Asea Brown Boveri, Volvo e Rottneros. Além dessa renda, ele tinha declarado honorários do Ministério do Exterior e direitos autorais da editora Tidens. No campo de “Valor Líquido”, ele declarara cinco milhões de coroas. Wallander memorizou essa cifra.

Colocou o documento de volta no lugar. A gaveta seguinte continha algo que parecia um álbum de fotos. Ali estavam as fotos de família das quais Ann-Britt sentira falta, pensou. Mas foi folheando as páginas com crescente perplexidade: antigas imagens pornográficas, algumas bastante sofisticadas. Wallander notou que certas páginas se abriam com mais facilidade que outras. Wetterstedt tinha preferência por modelos jovens. Martinson entrou. Wallander fez um meneio e apontou para o álbum aberto.

“Algumas pessoas colecionam selos”, comentou Martinson, “outras evidentemente colecionam figuras desse tipo.”

Wallander fechou o álbum e o pôs de volta na gaveta.

“Um advogado chamado Sjögren telefonou de Malmö”, disse Martinson. “Informou que está com o testamento de Wetterstedt. Há itens bastante grandes no inventário. Perguntei se havia algum beneficiário inesperado. Mas tudo vai para os herdeiros diretos. Wettersted também havia criado uma fundação para distribuir bolsas de estudo para jovens estudantes de direito. Mas doou o dinheiro faz tempo e pagou impostos sobre ele."

"Então, sabemos que Gustaf Wetterstedt era um homem rico. Mas ele não nasceu filho de um pobre estivador?"

"Svedberg está trabalhando no passado dele", explicou Martinson. "Pelo que entendi, ele encontrou um velho secretário do partido com boa memória, que tinha muito a dizer sobre Wetterstedt. Mas eu queria dar uma palavrinha com você sobre a moça que cometeu suicídio."

"Descobriu quem ela era?"

"Não. Mas por meio do computador descobri mais de duas mil possibilidades para o que aquela combinação de letras poderia significar. Foram folhas e folhas de impressão."

"Vamos ter de recorrer à Interpol", disse Wallander, após uma pausa. "E na... como se chama mesmo aquela nova organização? Europol?"

"Isso mesmo."

"Mande uma ficha com a descrição da garota. Amanhã vamos tirar uma foto do pingente. Mesmo que todo o resto esteja sendo deixado de lado por causa da morte de Wetterstedt, temos de tentar e colocar a foto nos jornais."

"Pedi a um joalheiro que desse uma olhada nele", prosseguiu Martinson. "Ele disse que era ouro puro."

"Com toda certeza alguém deve ter dado por falta dela", disse Wallander. "É raro alguém não ter parente nenhum."

Martinson bocejou e perguntou se Wallander precisava de ajuda.

"Esta noite, não", ele respondeu, e Martinson deixou a casa. Wallander passou mais uma hora examinando a escrivaninha. Então desligou a luminária e ficou sentado no escuro. Quem era Gustaf Wetterstedt? A imagem que tinha dele ainda não estava clara.

Ocorreu-lhe uma ideia. Procurou um nome na lista telefônica. Discou um número e alguém atendeu quase de imediato. Ele explicou quem era e perguntou se poderia dar uma passada por lá. Então desligou. Encontrou Nyberg no piso superior e disse que voltaria mais tarde naquela noite.

O vento e a chuva o açoitaram enquanto corria para o carro. Foi até a cidade, a um bloco de apartamentos perto da Escola Österport. Tocou a campainha e a porta do prédio se abriu. Quando chegou ao terceiro andar, Lars Magnuson estava a sua espera, só de meias. Havia uma linda música de piano tocando.

"Faz tempo que a gente não se vê", disse Magnuson enquanto apertavam as mãos.

"Tem razão", respondeu Wallander. "Deve fazer mais de cinco anos."

Muito tempo antes Magnuson fora jornalista. Depois de vários anos no *Expresso* havia se cansado da vida na cidade grande e retornara às suas raízes em Ystad. Ele e Wallander tinham se conhecido quando as esposas de ambos ficaram amigas. Os dois descobriram que partilhavam um interesse comum por ópera. Só muitos anos mais tarde, após ele e Mona terem se divorciado, Wallander descobrira que Magnuson era alcoólatra. E a verdade viera à tona de forma violenta. Por acaso, Wallander estava na delegacia numa noite em que Magnuson fora detido, tão bêbado que não conseguia se aguentar de pé. Estivera guiando naquele estado, havia perdido a direção e atravessado a vidraça de um banco. Acabara passando seis meses na cadeia.

De volta a Ystad, não tinha retornado ao emprego. Sua esposa desistira daquele casamento sem filhos. Ele continuara bebendo, mas sem ultrapassar demais os limites. Havia desistido da carreira de jornalista e ganhava a vida inventando problemas de xadrez para diversos jornais. O único motivo pelo qual não bebia até morrer era que se forçava a conter-se no primeiro drinque até ter inventado pelo menos um problema de xadrez. Agora que tinha um aparelho de fax, nem sequer precisava ir até o correio.

Wallander entrou. Era um apartamento simples. Pôde perceber pelo cheiro que Magnuson estivera bebendo. Havia uma garrafa de vodca sobre a mesinha de centro, mas ele não viu nenhum copo.

Magnuson era uns bons anos mais velho que Wallander. Tinha uma juba de cabelo grisalho caindo sobre o colarinho sujo. O rosto era vermelho e inchado, mas os olhos estavam curiosamente límpidos. Ninguém duvidava de sua inteligência. Corria um boato de que ele certa vez tivera uma coletânea de poemas aceita pela editora Bonniers, mas havia desistido na última hora e devolvido o pequeno adiantamento.

"Isto é inesperado", Magnuson disse. "Sente-se. O que é que posso lhe oferecer?"

"Nada, obrigado", Wallander respondeu, afastando uma pilha de jornais e ajeitando-se confortavelmente no sofá.

Magnuson deu um gole casual na garrafa de vodca e sentou-se em frente a Wallander. Havia diminuído o volume da música.

"Faz bastante tempo", disse Wallander. "Estou tentando me lembrar de quando foi."

"Fazendo compras", Magnuson replicou rapidamente. "Quase cinco anos, exatamente. Você estava comprando vinho e eu, todo o resto."

Wallander fez que sim com a cabeça. Agora se lembrava.

"Não há nada de errado com a sua memória", disse.

"*Isso* eu ainda não arruinei", retrucou Magnuson. "Estou deixando para o final."

"Já pensou em parar?"

"Todo dia. Mas duvido que você tenha vindo aqui para me convencer a sair dessa."

"Você provavelmente leu que Gustaf Wetterstedt foi assassinado, não?"

"Eu vi na TV."

"Lembro vagamente que você uma vez me contou alguma coisa sobre ele. Sobre os escândalos que foram abafados."

"E esse de agora foi o maior escândalo de todos", Magnuson o interrompeu.

"Estou tentando definir que tipo de homem ele era",

prosseguiu Wallander. "Eu esperava que você pudesse me ajudar."

"A questão é: você quer ouvir os rumores inconsistentes ou quer saber a verdade? Não sei se consigo separar os dois."

"Rumores geralmente não começam sem alguma razão", disse Wallander.

Magnuson afastou a garrafa de vodca como se ela estivesse perto demais.

"Comecei com quinze anos como estagiário num dos jornais de Estocolmo", contou. "Isso foi na primavera de 1955. Havia um velho editor da noite chamado Ture Svanberg. Era um bêbado quase tão grande quanto eu sou agora. Mas era meticuloso no trabalho. E era um gênio para escrever manchetes que vendiam jornais. Não tolerava nada escrito com displicência. Uma vez ficou tão bravo por causa de uma reportagem que rasgou as laudas, mascou os pedaços do papel e engoliu. Depois disse: 'Isso só vai sair na forma de merda'. Foi Svanberg quem me ensinou a ser jornalista. Ele costumava dizer que havia dois tipos de repórteres: 'O primeiro tipo escava o chão em busca da verdade. Mete-se dentro do buraco com a pá, jogando a terra para fora. Mas lá em cima há outro homem com pá na mão, jogando a terra de volta. Há sempre um duelo entre esses dois. É a eterna luta pelo domínio no quarto poder. Alguns jornalistas querem expor e revelar coisas, outros cumprem tarefas para os que estão no poder e ajudam a ocultar o que está realmente acontecendo'. E efetivamente era assim. Eu aprendi depressa, mesmo tendo apenas quinze anos. Os homens no poder sempre se aliam a companhias de limpeza e tarefeiros simbólicos. Há um monte de jornalistas que não hesitam em vender a alma para servir de garotos de recados desses homens. Jogar a terra de volta no buraco. Passar uma borracha nos escândalos. Contentar-se com a aparência de verdade, manter a ilusão de uma sociedade limpa e impecável."

Com um sorrisinho, estendeu novamente o braço para pegar a garrafa e deu mais um gole. Wallander notou que ele havia engordado na cintura.

"Wetterstedt", prosseguiu Magnuson. "Então, o que foi que de fato aconteceu?" Catou um maço de cigarros amassado no bolso da camisa. Acendeu um e soprou uma nuvem de fumaça. "Putas e arte", disse. "Durante anos, era de conhecimento comum que o bom Gustaf tinha uma garota enviada toda semana ao bloco de apartamentos na Vasastan, onde mantinha um pequeno esconderijo de cuja existência a esposa não sabia. Tinha um braço direito que cuidava de tudo. Circulava o boato de que esse homem era viciado em morfina, que Wetterstedt lhe fornecia. Ele tinha muitos amigos médicos. O fato de ir para cama com putas não era algo com que os jornais se preocupassem. Não foi o primeiro nem o último ministro sueco a fazer isso. Às vezes eu me pergunto se estamos falando da regra ou da exceção. Mas um dia as coisas foram longe demais. Uma das piranhas tomou coragem e o denunciou à polícia por agressão."

"Quando foi isso?", interrompeu Wallander.

"Na metade da década de 60. Ela se queixou de que ele havia batido nela com um cinturão de couro e cortado a sola dos seus pés com uma gilete. Foi provavelmente a coisa com a gilete e os pés dela que fez a diferença. Perversão era algo que valia a pena ser noticiado. O único problema era que a polícia havia registrado uma queixa contra o maior defensor da lei e da ordem suecas, inferior apenas ao rei. Então a coisa toda foi abafada e o boletim de ocorrência desapareceu."

"Desapareceu?"

"Literalmente virou fumaça."

"Mas e a moça que fez a queixa? O que aconteceu com ela?"

"Da noite para o dia tornou-se proprietária de uma lucrativa butique em Västerås."

Wallander sacudiu a cabeça. "Como você sabe de tudo isso?"

"Eu conhecia um jornalista chamado Sten Lundberg.

Ele cavoucou em busca da merda toda. Mas, quando começaram os boatos de que ele estava perto de achar a verdade, foi colocado na lista negra, imobilizado."

"E ele aceitou?"

"Não teve escolha. Infelizmente *ele* tinha uma fraqueza que não podia ser encoberta. Ele jogava. E tinha dívidas enormes. Houve rumores de que essas dívidas de repente desapareceram. Do mesmo jeito que o boletim de ocorrência da piranha. De modo que tudo voltou à estaca zero. E Wetterstedt continuou mandando seu viciado em morfina atrás de garotas."

"Você disse que havia mais uma coisa", disse Wallander.

"Houve uma história de que ele estava metido em alguns daqueles roubos de obras de arte que aconteceram durante a época em que era ministro da Justiça. Pinturas que nunca foram recuperadas, e que agora estão penduradas nas paredes de colecionadores que jamais vão mostrá-las ao público. Uma vez a polícia prendeu um receptador, um intermediário. Sem querer, infelizmente. Ele jurou que Wetterstedt estava envolvido. Mas nada pôde ser provado. O caso foi enterrado e havia mais gente jogando terra no buraco do que gente dentro dele cavando e jogando a terra para fora."

"Não é um quadro bonito", disse Wallander.

"Você se lembra do que eu perguntei? Você quer a verdade ou boatos? Porque o boato sobre Wetterstedt era que ela era um político talentoso, um membro leal do partido, um ser humano agradável. Culto e competente. É isso que vão dizer nos obituários dele. Contanto que nenhuma das garotas que ele chicoteou fale nada."

"Por que ele deixou o cargo?", perguntou Wallander.

"Não acho que ele tenha se entendido muito bem com alguns dos ministros mais jovens. Especialmente as mulheres. Naqueles dias havia uma grande diferença entre as gerações. Acho que ele percebeu que o tempo dele tinha se esgotado. O meu também. Deixei de ser jornalista. Depois que voltei para Ystad nunca mais desperdicei meu tempo pensando nele. Até agora."

"Você consegue imaginar alguém que quisesse matá-lo tantos anos depois?"

Magnuson deu de ombros.

"É impossível responder."

Wallander tinha apenas mais uma pergunta.

"Você alguma vez ouviu falar de algum assassinato neste país em que a vítima tenha sido escalpelada?"

Os olhos de Magnuson se estreitaram. Ele olhou para Wallander com um súbito e atento interesse.

"Ele foi escalpelado? Não disseram isso na TV. Teriam dito, se soubessem."

"Fica só entre nós dois", Wallander disse olhando para Magnuson, que assentiu. "Nós não quisemos liberar essa informação por enquanto", prosseguiu. Sempre dá para dizer que não podemos revelar por 'razões de investigação'. É a desculpa que a polícia tem para apresentar meias verdades. Mas desta vez é verdade mesmo."

"Acredito em você", disse Magnuson. "Ou não acredito. Na verdade, não importa, já que não sou mais jornalista. Mas não consigo me lembrar de um assassino que tenha tirado o couro cabeludo das pessoas. Isso teria dado uma manchete enorme. Ture Svanberg teria adorado. Você consegue evitar vazamentos?"

"Não sei", Wallander respondeu com franqueza. "Tenho tido diversas experiências ruins no correr dos anos."

"Eu não vou vender essa história", disse Magnuson.

Então acompanhou Wallander até a porta.

"Como é que você aguenta ser policial?", perguntou.

"Não sei", Wallander respondeu. "Eu informo você quando descobrir."

Wallander pegou o carro e retornou à casa de Wetterstedt. As rajadas de vento tinham se transformado num vendaval. Alguns dos homens de Nyberg estavam tirando impressões digitais no andar de cima. Olhando pela janela do terraço, viu Nyberg empoleirado numa escada oscilante apoiada no poste de luz junto ao portão do jardim. Ele estava agarrado ao poste de modo que o vento não derrubasse a escada. Wallander encaminhou-se para ajudá-lo, mas viu Nyberg começando a descer. Encontraram-se no hall de entrada.

"Isso podia ter esperado", disse Wallander. "Você podia ter sido derrubado junto com a escada."

"Se eu caísse, poderia ter me machucado", Nyberg retrucou de modo sombrio. "E obviamente a verificação da luz podia ter esperado, mas é provável que teria sido esquecida. Já que foi você que se mostrou curioso sobre ela, e eu tenho um certo respeito pela sua capacidade de fazer seu trabalho, resolvi dar uma olhada na lâmpada. Posso assegurar que foi só porque quem pediu foi você."

Wallander ficou surpreso, mas procurou não demonstrar.

"O que você descobriu?", perguntou.

"A lâmpada não estava queimada", disse Nyberg. "Foi desatarraxada."

"Espere um minuto."

Wallander foi até a sala e telefonou para Sara Björklund. Ela atendeu.

"Desculpe por incomodá-la tão tarde da noite", ele começou. "Mas tenho uma pergunta urgente. Quem trocava as lâmpadas na casa de Wetterstedt?"

"Ele mesmo fazia isso."

"As de fora também?"

"Penso que sim. Ele próprio cuidava do jardim, e acho que eu era a única outra pessoa que botava os pés na casa dele."

Exceto quem quer que estivesse no carro preto, pensou Wallander.

"Há uma lâmpada junto ao portão do jardim", ele disse. "Ela geralmente ficava acesa?"

"No inverno, quando estava escuro, ele sempre a mantinha acesa."

"Era só isso que eu queria saber", disse Wallander. "Obrigado pela ajuda."

"Você consegue subir na escada mais uma vez?", Wallander perguntou a Nyberg ao voltar para o hall. "Eu gostaria que você colocasse uma lâmpada nova."

"As lâmpadas de reserva estão no compartimento perto da garagem", disse Nyberg, começando a calçar de novo as botas.

Ambos saíram novamente na tempestade. Wallander segurou a escada enquanto Nyberg subia e colocava a lâmpada. Ela acendeu imediatamente. Nyberg desceu a escada. Os dois caminharam juntos até a praia.

"Faz uma diferença enorme", disse Wallander. "Agora há luz por todo o caminho até a água."

"Conte-me o que você está pensando", pediu Nyberg.

"Acho que o lugar onde ele foi morto está em algum ponto dentro deste círculo iluminado", disse Wallander. "Se tivermos sorte, vamos conseguir impressões digitais da instalação elétrica."

"Então você acha que o assassino planejou tudo? Desatarraxou a lâmpada porque ficava claro demais?"

"Sim", disse Wallander, "é bem isso que estou pensando."

Nyberg voltou ao portão do jardim com a escada. Wallander permaneceu atrás, a chuva batendo contra sua face.

O cordão de isolamento permanecia lá. Um carro de polícia estava estacionado bem em cima das dunas. Afora um homem com uma bicicleta motorizada, não restavam mais espectadores.

Wallander se virou e entrou novamente na casa.

10

Ele penetrou no porão pouco depois das sete da manhã. O chão estava frio sob seus pés descalços. Ficou parado imóvel, ouvidos atentos. Então fechou a porta atrás de si e a trancou. Agachou-se para inspecionar a fina camada de farinha que espalhara sobre o piso da última vez que lá estivera. Ninguém se intrometera em seu mundo. Não havia pegadas. Então verificou as armadilhas. Tivera sorte. Havia um animal capturado em cada uma das quatro gaiolas. Uma delas continha o maior rato que jamais vira.

Uma vez, perto do fim da vida, Gerônimo contou a história do guerreiro pawnee que havia derrotado quando jovem. Seu nome era Urso de Seis Garras, pois tinha seis dedos na mão esquerda. Havia sido seu primeiro inimigo. Gerônimo esteve bem perto da morte naquela vez, embora fosse muito jovem. Ele cortou o sexto dedo do inimigo e o deixou ao sol para secar. Então passou a carregá-lo numa bolsinha de couro no cinto durante muitos anos.

Decidiu experimentar um de seus machados no grande rato. Nos menores testaria o efeito da lata de spray irritante.

Mas isso seria bem mais tarde. Primeiro teria de passar pela grande transformação. Sentou-se diante dos espelhos, ajustou a luz de modo que não houvesse reflexo e então olhou fixamente para a própria face. Fizera um pequeno corte do lado esquerdo do rosto. O ferimento já havia cicatrizado. Era o primeiro passo na sua transformação final.

O golpe fora perfeito. Dilacerar a espinha do primeiro

monstro havia sido como botar uma árvore abaixo. Ele escutara o júbilo do mundo dos espíritos vindo de dentro de si. Derrubara o monstro sobre suas costas e o escalpelara sem hesitação. Agora ele jazia onde era seu lugar, enterrado na terra, com um tufo de cabelo saindo do chão.

Em breve outro escalpo lhe faria companhia. Olhou para seu rosto e ponderou se deveria fazer o segundo corte perto do primeiro. Ou deveria a faca consagrar o outro lado? Na verdade, não fazia diferença. Quando terminasse, sua face estaria coberta de cortes.

Cuidadosamente, começou a se preparar. Da mochila tirou as armas, tintas e pincéis. Por fim tirou um caderno vermelho onde estavam escritas as Revelações e a Missão. Colocou-o sobre a mesa entre si e os espelhos.

Na noite anterior enterrara o primeiro escalpo. Havia um guarda no terreno do hospital. Mas ele sabia onde a cerca tinha sido derrubada. A ala de segurança, onde havia barras nas portas e janelas, ficava numa área separada, nos arredores do terreno principal. Ao visitar a irmã, havia deduzido qual era sua janela. Não tinha luz nenhuma. Um brilho pálido da luz do saguão era tudo que escapava do ameaçador edifício. Ele havia enterrado o escalpo e sussurrado para a irmã que dera o primeiro passo. Iria destruir os monstros, um por um. Então ela sairia novamente para o mundo.

Tirou a camisa. Era verão, mas ele tremia no frio do porão. Abriu o caderno vermelho e passou pelo que estava escrito sobre o homem chamado Wetterstedt, que deixara de existir. Na página 7, estava descrito o segundo escalpo. Leu o que a irmã escrevera e resolveu que dessa vez usaria o machado menor.

Fechou o caderno e encarou sua face no espelho. Tinha o mesmo formato da face de sua mãe, mas os olhos eram do pai. Eram olhos fundos, como duas bocas de canhão retraídas. Por causa desses olhos, poderia ter lamentado que o pai também tivesse de ser sacrificado. Mas era apenas uma dúvida menor, uma dúvida que ele poderia facilmente superar. Esses olhos eram sua primeira memória de infância. Haviam olhado para ele, haviam-no ameaçado, e desde então ele apenas conseguia ver o pai como um enorme par de olhos com braços e pernas e uma voz que rugia.

Enxugou o rosto com uma toalha. Então mergulhou um dos largos pincéis na tinta preta e pintou o primeiro traço ao longo do cenho, precisamente onde a faca abrira o talho na pele da testa de Wetterstedt.

Havia passado muitas horas do lado de fora do cordão de isolamento da polícia. Era excitante ver todos aqueles policiais gastando sua energia para tentar descobrir o que tinha acontecido e quem havia matado o homem que jazia sob o barco. Em várias ocasiões sentira a compulsão de gritar que tinha sido ele.

Era uma fraqueza que ele ainda não dominara completamente. O que estava fazendo, a missão que assumira com base no caderno de revelações da irmã, era apenas por ela, não por ele. Ele devia vencer essa necessidade.

Pintou o segundo traço ao longo do rosto. A transformação mal tinha começado, mas ele podia sentir sua identidade externa abandonando-o.

Não sabia por que haviam escolhido para ele o nome Stefan. Numa ocasião, quando sua mãe estava mais ou menos sóbria, ele lhe perguntara. Por que Stefan? Por que esse nome e não outro? A resposta fora muito vaga. É um nome bonito, ela disse. Ele se recordava disso. Um nome bonito. Um nome que era bastante popular. Seria poupado de ter um nome que fosse muito diferente. Ainda se lembrava de como ficara aborrecido. Ele a havia deixado ali deitada no sofá da sala, saído da casa como um tufão e pedalado a bicicleta até o mar. Caminhando pela praia, escolhera para si mesmo um outro nome. Hoover. Com base no chefe do FBI. Havia lido um livro sobre ele. Corriam boatos de que Hoover tinha nas veias uma gota de sangue indígena americano. Perguntou-se se seria parte do seu próprio sangue. Seu avô lhe dissera que muitos de seus parentes haviam emigrado para a América muito tempo antes. Quem sabe algum deles não teria tido algo com algum índio americano. Ainda que o sangue não corresse pelas suas próprias veias, bem poderia estar na família.

Foi só quando a irmã fora trancafiada no hospital que ele decidiu fundir Gerônimo e Hoover. Lembrava-se de como o avô lhe mostrara como derreter estanho e despejar em moldes de plástico para fazer soldados em miniatura. Encontrara os moldes e a concha de estanho quando o avô morreu. Modificara o molde de maneira que o estanho derretido formasse uma figura que era ao mesmo tempo um policial e um índio. Um dia, tarde da noite, quando todos dormiam e seu pai estava na cadeia, de modo que não havia risco de ele entrar subitamente em casa, ele se trancara na cozinha e realizara a grande cerimônia. Ao fundir Hoover e Gerônimo, ele havia criado sua própria nova identidade. Era um policial temido com a coragem de um guerreiro indígena americano. Seria indestrutível. Nada o impediria de buscar vingança.

Continuou a pintar os traços curvos pretos acima dos olhos. Eles faziam seus olhos parecerem ainda mais fundos nas órbitas, de onde espreitavam como feras predadoras. Dois predadores observando, atentos. Ensaiou metodicamente o que o aguardava. Era véspera do feriado do Solstício de Verão. Chovia e ventava, o que tornaria a tarefa mais difícil, mas não impossível. Teria de vestir roupas quentes antes da viagem a Bjäresjö. Não sabia se a festa à qual iria comparecer havia sido transferida para um local interno por causa da chuva, mas confiaria na sua habilidade de esperar. Era uma virtude que Hoover sempre recomendava a seus recrutas. Exatamente como Gerônimo. Sempre haveria um momento em que a vigilância do inimigo iria esmorecer. Era então que devia atacar, mesmo que a festa fosse transferida para dentro. Cedo ou tarde o homem que ele buscava teria de deixar a casa. Então seria a hora.

Ele estivera lá no dia anterior. Deixara sua bicicleta

motorizada no meio de algumas árvores e percorrera o caminho até o alto do morro, onde podia observar sem ser perturbado. A casa de Arne Carlman era isolada, exatamente como a de Wetterstedt. Não havia vizinhos próximos. Uma avenida de salgueiros podados levava até a velha casa de fazenda caiada, típica da região de Skåne.

Os preparativos para as festividades do Solstício já haviam começado. Ele vira pessoas descarregando mesas e cadeiras dobráveis de um furgão. Num dos cantos do jardim estavam montando uma barraca para servir a comida.

Carlman também estava lá. Pelo binóculo, pôde ver o homem que visitaria no dia seguinte, dirigindo os trabalhos. Vestia um traje de campo e uma boina.

Pensou na irmã com esse homem e uma náusea tomou conta dele. Não sentira necessidade de ver mais que isso, já sabia qual seria seu plano.

Quando terminou de pintar a testa e as sombras em torno dos olhos, desenhou duas fortes linhas brancas em cada lado do nariz. Já podia sentir o coração de Gerônimo batendo em seu peito. Curvou-se e ligou o toca-fitas colocado no piso do porão. Os tambores soaram bem alto. Os espíritos começaram a falar dentro dele.

Só terminou no final da tarde. Escolheu as armas que levaria consigo. Então soltou os quatro ratos numa grande caixa. Os bichos tentaram em vão escalá-la pelas laterais. Ergueu o machado que queria testar acima do rato maior. Foi tão rápido que o rato nem sequer teve tempo de soltar um guincho. O golpe o partiu em dois. Os outros ratos espremeram-se contra as paredes da caixa. Ele pegou o casaco de couro e enfiou a mão no bolso em busca da lata de spray. Mas ela tinha sumido. Revirou os outros bolsos. A lata não estava lá. Por um instante parou, congelado. Será que alguém teria entrado lá, afinal? Era impossível.

Para pôr os pensamentos em ordem, sentou-se novamente diante dos espelhos. A lata de spray devia ter caído do bolso do casaco. Lenta e metodicamente, recapitulou os dias desde que visitara Gustaf Wetterstedt. Compreendeu que devia ter deixado a lata cair quando estava assistindo aos trabalhos da polícia do lado de fora do cordão de isolamento. A certa altura, havia tirado o casaco para vestir um suéter. Era isso que tinha acontecido. Concluiu que não havia perigo. Qualquer pessoa podia ter deixado cair uma lata de spray. Mesmo que suas impressões digitais estivessem na lata, a polícia não as possuía em nenhum arquivo. Nem mesmo Hoover, o chefe do FBI, teria podido identificar a origem daquela lata.

Levantou-se de seu lugar na frente dos espelhos e retornou aos ratos na caixa. Quando eles o viram, começaram a correr de um lado a outro. Com três golpes de machado matou os três. Então meteu os corpos ensanguentados num saco plástico, amarrou-o com todo cuidado e o colocou dentro de outro saco. Limpou a lâmina do machado e sentiu o fio com a ponta dos dedos.

Pouco depois das seis da tarde, ele estava pronto. Havia enfiado as armas e o saco de ratos dentro da mochila. Calçou meias e um par de tênis com as solas gastas. Apagou a luz e deixou o porão. Antes de subir para a rua, colocou o capacete na cabeça.

Logo depois do trevo para Sturup, entrou num estacionamento e jogou o saco plástico contendo os ratos mortos numa caçamba de lixo. Depois prosseguiu até Bjäresjö. O vento havia amainado. Houvera uma súbita mudança de tempo. Seria uma noite quente.

A festa do Solstício era uma das maiores ocasiões do ano para o negociante de arte Arne Carlman. Há mais de quinze anos ele convidava os amigos para uma festa na fazenda onde morava durante o verão. Num certo círculo de artistas e donos de galerias era importante ser convidado para a festa de Carlman. Ele tinha uma forte influência sobre todo mundo que comprava e vendia arte na Suécia. Podia criar fama e fortuna para qualquer artista que decidisse promover, e podia derrubar qualquer um que não seguisse seu conselho ou não fizesse aquilo que ele solicitava. Mais de trinta anos antes havia viajado por todo o país num carro velho, mascateando arte. Haviam sido anos duros, mas que tinham lhe ensinado que tipo de quadros vender para quem. Aprendera o negócio e livrara-se da noção de que arte era algo acima do controle das forças do mercado. Economizara o bastante para abrir uma estrutura que combinava loja e galeria na Österlånggatan, em Estocolmo. Com uma impiedosa mistura de bajulação, álcool e notas bancárias fresquinhas, comprava pinturas de artistas jovens e então construía a reputação deles. Subornos, ameaças e mentiras tinham pavimentado seu caminho até o topo. Em dez anos, tornara-se proprietário de trinta galerias em toda a Suécia, e começara a vender arte pelo correio. Em meados dos anos 70 era um homem rico. Comprara a fazenda em Skåne e começara a dar suas festas de verão alguns anos depois. Elas haviam ficado famosas pelas suas extravagâncias. Cada convidado podia esperar um presente que não custava menos do que cinco mil coroas. Para esse ano, ele encomendara uma edição limitada de uma caneta-tinteiro de um designer italiano.

Quando Arne Carlman acordou cedo ao lado da esposa na manhã da festa do Solstício, foi até a janela e fitou uma paisagem oprimida pela chuva e pelo vento. Rapidamente espantou uma onda de irritação e desapontamento. Aprendera a aceitar que não tinha poder sobre o clima. Cinco anos antes mandara desenhar uma coleção especial de capas de chuva para seus hóspedes. Aqueles que queriam ficar no jardim contavam com essa possibilidade, e os que queriam ficar dentro podiam ocupar o velho celeiro, convertido num imenso espaço livre.

Quando os convidados começaram a chegar, por volta das oito da noite, o que prometia ser um feriado de Solstício molhado e desagradável havia se transformado numa linda noite de verão. Carlman apareceu de smoking, seguido por um dos filhos, que trazia um guarda-chuva. Como sempre, ele convidara cem pessoas, das quais a metade era de marinheiros de primeira viagem. Logo depois das dez, ele deu algumas leves batidas com a faca no copo, passando a proferir seu tradicional discurso de verão. Fazia isso com pleno conhecimento de que muitos de seus hóspedes o odiavam ou desprezavam. Mas, aos sessenta e seis anos de idade, havia deixado de se preocupar com o que os outros pensavam. Seu império falava por si só. Dois de seus filhos estavam preparados para assumir os negócios quando não pudesse mais fazê-lo, embora não estivesse pronto para se aposentar. Foi isso que disse no discurso, que foi totalmente dedicado a si próprio. Ainda não podiam considerá-lo carta fora do baralho. Podiam esperar muitas outras festas de Solstício nas quais o tempo, esperava ele, estaria melhor do que o desse ano. Suas palavras foram recebidas com aplausos mornos. A orquestra começou a tocar no celeiro. A maioria dos convidados dirigiu-se para dentro. Carlman abriu o baile com a esposa.

"O que você achou do meu pequeno discurso?", perguntou a ela.

"Você nunca foi tão odioso", ela respondeu.

"Deixe que me odeiem. O que me importa? O que nos importa? Ainda tenho muito que fazer."

Pouco antes da meia-noite, Carlman passeou até um pequeno arvoredo nos limites do enorme jardim, acompanhado de uma jovem artista de Gotemburgo. Um dos seus hábeis "batedores" o aconselhara a convidá-la para a festa. Ele tinha visto alguns slides de suas pinturas e reconhecido imediatamente que ela tinha algo de especial. Era um tipo novo de pintura idílica. Subúrbios frios, desertos de pedra, gente solitária, cercada de campos elísios de flores. Ele já sabia que iria promover a mulher como expoente máximo de uma nova escola de pintura, que poderia ser chamada de novo ilusionismo. Ela era muito jovem, pensou, enquanto caminhavam rumo ao bosque. Mas não era bonita nem misteriosa. Carlman aprendera que tão importante quanto a pintura em si era a imagem apresentada pelo artista. Perguntava-se o que faria com essa jovem magricela e pálida.

Era uma noite magnífica. O baile estava em plena efervescência. Porém muitos dos convidados tinham começado a se juntar em torno dos aparelhos de TV. A partida de futebol entre Suécia e Rússia começaria em breve. Ele queria encerrar a conversa com ela para também poder ir assistir ao jogo.

Carlman tinha um contrato no bolso. O contrato oferecia a ela uma vultosa quantia em dinheiro em troca do direito exclusivo dele de vender seus quadros por três anos. À primeira vista, parecia um negócio bastante vantajoso. Mas as letras miúdas, difíceis de ler na fraca luz da noite de verão, garantiam a ele certos direitos sobre quadros futuros. Carlman secou duas cadeiras com um lenço e a convidou a se sentar. Levou menos de meia hora para persuadi-la a concordar com o esquema. Então, estendeu-lhe uma das canetas criadas pelo designer e ela assinou o contrato.

A moça deixou o bosque e voltou ao celeiro. Posteriormente, declararia com absoluta certeza que faltavam três minutos para a meia-noite. Por algum motivo, consultara o relógio enquanto andava pelo caminho de pedras de volta para a casa. Com igual convicção, disse à polícia que Arne Carlman não dera a menor impressão de estar inquieto. Tampouco de que estivesse esperando alguém. Dissera que ficaria sentado ali por mais alguns minutos para desfrutar o ar fresco após a chuva. Ela não olhara para trás. Mas tinha certeza de que não havia mais ninguém naquela parte do jardim.

Hoover estivera escondido no alto do morro a noite toda. O chão úmido o deixara com frio. Vez ou outra levantara-se para sacudir os membros dormentes. Pouco depois das onze, vira pelo binóculo que o momento se aproximava. Havia cada vez menos gente no jardim. Pegou as armas e as enfiou no cinturão. Também tirou os sapatos e as meias e os meteu na mochila. Então, quase dobrado ao meio, deslizou morro abaixo e correu por uma trilha de trator escondida pela plantação de colza. Quando chegou aos limites da propriedade, mergulhou no chão molhado. Através da sebe, tinha uma vista do jardim.

Não demorou muito para que sua espera terminasse. Carlman caminhava direto na direção dele, acompanhado de uma jovem. Sentaram-se no arvoredo. Hoover não conseguiu ouvir o que estavam falando. Cerca de meia hora depois a moça se levantou, mas Carlman permaneceu sentado. O jardim estava deserto. A música no celeiro havia cessado; em seu lugar, era possível escutar o som dos aparelhos de TV. Hoover se ergueu, agarrou o machado e espremeu-se sebe adentro bem atrás do pequeno bosque. Com agilidade, verificou mais uma vez se não havia mais ninguém no jardim. Então toda dúvida desapareceu, e as revelações de sua irmã o exortaram a cumprir sua tarefa. Correu por entre as árvores e enterrou o machado na face de Arne Carlman. O potente golpe partiu o crânio ao meio até a mandíbula. O homem permaneceu sentado no banco, com as duas metades da cabeça viradas em direções opostas. Hoover sacou da faca e arrancou o couro cabeludo da parte da cabeça que estava mais próxima. Então foi embora tão depressa quanto chegara. Subiu o morro, pegou a mochila e desceu correndo pelo outro lado até a estrada pavimentada, onde deixara sua bicicleta motorizada apoiada na parede de uma das cabanas dos operários da rodovia.

Duas horas depois enterrou o escalpo perto do primeiro, debaixo da janela da irmã.

Não havia uma única nuvem no céu, e o vento cessara totalmente. O feriado do Solstício seria gostoso e quente. O verão tinha chegado. Mais depressa do que se poderia imaginar.

SKÅNE

25-28 DE JUNHO DE 1994

11

A chamada de emergência foi recebida na delegacia de Ystad pouco depois das duas da madrugada.

Thomas Brolin acabara de marcar o gol da Suécia no jogo contra a Rússia, convertendo um pênalti. Uma ovação se ergueu na noite de verão sueca. Fora uma festa de Solstício inusitadamente calma. O policial que atendeu à chamada estava de pé, pois acabara de dar um salto comemorando o gol. Mas imediatamente percebeu que o assunto era sério. A mulher gritando no seu ouvido parecia sóbria. Sua histeria era real. O policial procurou Hanson, que sentira de tal forma o peso da responsabilidade como chefe de polícia temporário que não se arriscara a deixar a delegacia na noite do feriado. Estivera ocupado avaliando como seus limitados recursos podiam ser empregados da melhor maneira em cada caso. Às onze da noite, haviam surgido brigas em duas festas diferentes. Uma delas, causada por ciúmes. Na outra, o pivô do tumulto fora o goleiro sueco, Ravelli. Num relatório posteriormente redigido por Svedberg, ele informava que fora a atitude de Ravelli no jogo contra Camarões, quando a seleção do país africano marcara o segundo gol, que havia detonado uma violenta discussão que acabara deixando três pessoas hospitalizadas.

Hanson foi até a central de operações e conversou com o policial que atendera à chamada.

"Ela realmente disse que o homem teve a cabeça partida ao meio?"

O policial fez que sim. Hanson refletiu.

"Vamos ter de pedir a Svedberg que pegue um carro e vá até lá."

"Mas ele não está ocupado com o caso de violência doméstica em Svarte?"

"Certo, eu tinha esquecido", replicou Hanson. "Chame Wallander."

Pela primeira vez, em mais de uma semana, Wallander conseguira ir dormir antes da meia-noite. Num momento de fraqueza, havia considerado a possibilidade de se juntar ao resto do país e assistir ao jogo contra a Rússia. Mas adormecera enquanto esperava os jogadores entrarem em campo. Quando despertou com o toque do telefone, ficou momentaneamente desnorteado e acabou tropeçando na mesinha de cabeceira.

"Acordei você?", perguntou Hanson.

"Sim. O que é?"

Wallander ficou surpreso consigo mesmo. Geralmente dizia que estava acordado quando alguém ligava, não importava a hora que fosse.

Hanson lhe contou acerca do telefonema. Mais tarde, Wallander se remoeu por não ter feito imediatamente a conexão entre o que havia acontecido em Bjäresjö e o assassinato de Wetterstedt. Seria porque simplesmente não queria acreditar que tinham em mãos um *serial killer*? Ou porque era incapaz de imaginar que um assassinato como o de Wetterstedt podia ser algo mais do que apenas um fato isolado? A única coisa que fez foi pedir a Hanson que mandasse uma viatura para o local antes dele.

Eram quase três horas quando chegou à fazenda em Bjäresjö. No rádio do carro ouviu Martin Dahlin marcar seu segundo gol contra a Rússia. Percebeu que a Suécia ganharia o jogo e que ele perdera mais cem coroas.

Viu Norén correndo na sua direção e imediatamente compreendeu que a coisa era séria. Mas foi só quando chegou ao jardim e passou por diversas pessoas que estavam ou histéricas ou apalermadas que se deu conta da plena extensão do horror. O homem sentado no banco no arvoredo tivera efetivamente a cabeça partida ao meio. Na metade esquerda, alguém também havia cortado um grande pedaço do couro cabeludo.

Wallander ficou ali parado, completamente imóvel, por mais de um minuto. Norén disse algo, mas ele não registrou. Fitava o morto sabendo, sem sombra de dúvida, que o assassino era o mesmo que acertara um golpe mortal de machado em Wetterstedt. Então, por um breve momento, sentiu uma tristeza indescritível.

Mais tarde, conversando com Baiba, tentaria explicar o sentimento inesperado e muito pouco "policial" que tomara conta dele. Tinha sido como se uma represa em seu interior houvesse se rompido e ele percebesse que já não havia mais linhas invisíveis dividindo a Suécia. A violência nas grandes cidades chegara ao seu próprio distrito policial de uma vez por todas. O mundo tinha encolhido e expandido ao mesmo tempo.

Então a tristeza cedeu lugar ao horror. Virou-se para Norén, que estava muito pálido.

"Parece ser o mesmo criminoso", disse Norén.

Wallander assentiu. "Quem é a vítima?", perguntou.

"Seu nome é Arne Carlman. É o proprietário da fazenda. Havia uma festa de comemoração do Solstício acontecendo."

"Ninguém deve ir embora ainda. Descubra se alguém viu alguma coisa."

Wallander tirou o telefone do bolso, pressionou o código da delegacia e pediu para falar com Hanson.

"A coisa é feia", disse quando Hanson atendeu.

"Quão feia?"

"Estou tendo dificuldade em pensar em algo pior. Não há dúvida de que foi a mesma pessoa que matou Wetterstedt. Este aqui também foi escalpelado."

Wallander pôde ouvir Hanson ofegando.

"Você vai ter de mobilizar tudo que temos", Wallander continuou. "E quero que Åkeson venha para cá."

Wallander desligou antes que Hanson pudesse fazer

alguma pergunta. O que faço agora?, pensou. Quem eu estou procurando? Um psicopata? Um criminoso que age de forma precisa e calculada?

Bem no fundo ele sabia a resposta. Devia haver alguma relação entre Gustaf Wetterstedt e Arne Carlman. Era a primeira coisa que precisava descobrir.

Após vinte minutos, os veículos de emergência começaram a chegar. Quando Wallander avistou Nyberg, conduziu-o diretamente até o arvoredo.

"Não é uma visão bonita", foi o primeiro comentário de Nyberg.

"Tem de ser o mesmo homem", Wallander disse. "Ele atacou de novo."

"Desta vez parece que não vamos ter problema em identificar a cena do crime", disse Nyberg, apontando o sangue espalhado sobre a sebe e a mesa. Ele convocou a equipe e se pôs a trabalhar.

Norén havia reunido todos os convidados no celeiro. O jardim estava estranhamente deserto. Aproximou-se de Wallander e apontou a casa da fazenda.

"A esposa e os três filhos estão aqui. Em estado de choque."

"Talvez devêssemos chamar um médico."

"Ela mesma chamou."

"Vou falar com eles", disse Wallander. "Quando Martinson, Ann-Britt e os outros chegarem, diga-lhes para conversar com qualquer pessoa que possa ter visto alguma coisa. Os demais podem ir para casa. Mas anote cada nome. E não esqueça de pedir a identificação. Houve testemunhas?"

"Ninguém se apresentou."

"Você tem a cronologia dos fatos?"

"Às onze e meia Carlman foi visto com vida. Às duas da manhã foi encontrado morto. Então o assassinato ocorreu em algum momento nesse intervalo."

"Deve ser possível reduzir esse intervalo de tempo", Wallander disse. "Procure e descubra quem foi a última pessoa a vê-lo vivo. E, obviamente, quem o encontrou."

Wallander entrou. A velha casa de fazenda fora belamente restaurada. Um grande recinto servia como sala de estar, cozinha e área de jantar. Pinturas a óleo cobriam as paredes. Num dos cantos da sala, a família do morto estava sentada num sofá revestido de couro preto. Uma mulher na casa dos cinquenta levantou-se e se aproximou dele.

"Senhora Carlman?"

"Sim."

Ela estivera chorando. Wallander procurou por sinais de que ela pudesse desmoronar. Mas parecia surpreendentemente calma.

"Sinto muito", ele disse.

"É simplesmente terrível."

Wallander notou algo ligeiramente ensaiado em sua resposta.

"Tem alguma ideia de quem poderia ter feito uma coisa dessas?"

"Não."

A resposta veio depressa demais. Ela estava preparada para a pergunta. Isso significa que há um bocado de gente que poderia considerar a possibilidade de matá-lo, pensou.

"Posso perguntar qual era a ocupação de seu marido?"

"Negociava obras de arte."

Wallander enrijeceu. Ela interpretou erroneamente seu olhar intenso e repetiu a resposta.

"Eu ouvi", disse Wallander. "Me dê licença, um momento."

Wallander saiu. Pensou no que a mulher lá dentro dissera, relacionando com o que Lars Magnuson lhe contara acerca dos boatos sobre Wetterstedt. Histórias de obras de arte roubadas. E agora um homem que fazia negócios com obras de arte morrera, assassinado pela mesma mão que tirara a vida de Wetterstedt. Estava prestes a entrar novamente quando Ann Britt Höglund se aproximou, vinda do canto da casa. Estava mais pálida que de costume e muito tensa. Wallander recordou-se dos seus primeiros anos como detetive, quando as emoções o assoberbavam a cada crime violento. Desde o início Rydberg lhe ensinara que um policial nunca podia permitir identificar-se com a vítima da violência. Wallander tinha levado um bom tempo para aprender essa lição.

"Outro?", ela perguntou.

"Mesmo criminoso", disse Wallander. "Ou criminosos."

"Este também foi escalpelado?"

"Sim."

Ele a viu encolher-se involuntariamente.

"Penso que encontrei uma coisa que liga esses dois homens", prosseguiu Wallander, e explicou. Nesse meio-tempo, Svedberg e Martinson chegaram. Wallander repetiu rapidamente o que dissera a Höglund.

"Vocês vão ter de interrogar os convidados", disse Wallander. "Se entendi Norén corretamente, há pelo menos cem. E todos precisam mostrar algum documento de identificação antes de ir embora."

Wallander voltou para dentro da casa. Puxou uma cadeira e sentou-se junto ao sofá onde estava reunida a família. Além da viúva, havia dois rapazes na casa dos vinte e uma moça alguns anos mais velha. Todos pareciam estranhamente calmos.

"Prometo que só vou fazer perguntas cujas respostas temos de ter impreterivelmente esta noite", ele disse. "O resto pode esperar."

Silêncio. Nenhum deles disse uma palavra.

"Vocês sabem quem é o assassino?", perguntou Wallander. "Foi um dos convidados?"

"Quem mais poderia ser?", retrucou um dos filhos. Tinha cabelo loiro, cortado rente. Wallander teve uma sensação incômoda de poder ver alguma semelhança com a face mutilada que examinara lá fora.

"Há alguém em particular que lhe venha à mente?", prosseguiu Wallander.

O rapaz fez que não com a cabeça.

"Não parece muito provável que alguém tivesse escolhido vir justamente quando havia uma grande festa acontecendo", disse a sra. Carlman.

Alguém com bastante sangue-frio não teria hesitado, pensou Wallander. Ou alguém suficientemente louco. Alguém que não se importaria de ser pego ou não.

"Seu marido negociava arte", disse Wallander. "Pode me descrever o que isso envolve?"

"Meu marido tem trinta galerias por todo o país", ela respondeu. "Também tem galerias nos outros países nórdicos. Vende quadros pelo correio. Aluga quadros para empresas. É responsável por um grande número de leilões de arte todo ano. E muito mais."

"Ele tinha inimigos?"

"Um homem de sucesso nunca é muito benquisto por aqueles que têm as mesmas ambições mas não o mesmo talento."

"Seu marido alguma vez disse que se sentia ameaçado?"

"Não."

Wallander olhou para os filhos sentados no sofá. Eles sacudiram a cabeça quase ao mesmo tempo.

"Quando vocês o viram pela última vez?", perguntou.

"Eu dancei com ele por volta das dez e meia", disse a mulher. "Então o vi mais algumas vezes. Deviam ser mais ou menos onze horas quando o vi pela última vez."

Nenhum dos filhos o vira depois disso. Wallander sabia que todas as outras perguntas podiam esperar. Pôs o caderno de volta no bolso e se levantou. Quis consolá-los com algumas palavras de solidariedade, mas não lhe ocorreu o que dizer, então simplesmente fez um meneio e se foi.

A Suécia ganhara o jogo por 3 a 1. Rivelli tinha sido brilhante; o empate com Camarões estava esquecido, e o gol de cabeça de Martin Dahlin fora obra de gênio. Wallander captava fragmentos de conversas à sua volta, e ia juntando-os. Höglund e dois outros policiais tinham adivinhado o placar correto. Wallander sentiu que havia consolidado sua posição de maior perdedor. Não conseguiu concluir se isso o aborrecia ou alegrava.

Todos estavam trabalhando duro e com eficiência. Wallander montou seu quartel-general temporário num depósito anexo ao celeiro. Pouco depois das quatro da manhã Höglund entrou com uma moça que falava um distinto dialeto de Gotemburgo.

"Ela foi a última pessoa a vê-lo com vida", disse Höglund. "Estava com Carlman no arvoredo pouco antes da meia-noite."

Wallander pediu-lhe que se sentasse. Ela disse que seu nome era Madelaine Rhedin e que era artista.

"O que estavam fazendo no bosque?", Wallander perguntou.

"Arne queria que eu assinasse um contrato."

"Que tipo de contrato?"

"Para vender meus quadros."

"E você assinou?"

"Sim."

"Então o que aconteceu?"

"Nada."

"Nada?"

"Eu me levantei e fui embora. Olhei as horas. Eram 11h57."

"Por que você olhou as horas?"

"Geralmente faço isso quando acontece algo importante."

"O contrato era importante?"

"Eu deveria receber duzentas mil coroas na segunda-feira. Para um artista pobre é muita coisa."

"Havia alguém por perto quando vocês estavam lá sentados?"

"Não que eu tenha visto."

"E quando você veio embora?"

"O jardim estava deserto."

"O que Carlman fez quando você se foi?"

"Ficou ali."

"Como sabe? Você se virou?"

"Ele me disse que ia aproveitar um pouco o ar fresco. Eu não o ouvi se levantar."

“Ele parecia incomodado?”

“Não, estava alegre.”

“Pense nisso de novo”, Wallander sugeriu. “Talvez amanhã você se lembre de mais alguma coisa. Qualquer coisa pode ser importante. Quero que mantenha contato conosco.”

Quando ela saiu do recinto, Åkeson entrou, vindo de outra direção. Estava totalmente branco. Sentou-se pesadamente na cadeira que Madelaine tinha acabado de liberar.

“É a coisa mais repulsiva que já vi”, ele disse.

“Você não precisava olhar para ele”, disse Wallander. “Não foi por isso que chamei você aqui.”

“Não sei como você aguenta.”

“Nem eu.”

De repente Åkeson se tornou prático. “É o mesmo homem que matou Wetterstedt?”, perguntou.

“Sem dúvida.”

“Em outras palavras, ele pode atacar de novo?”

Wallander fez que sim.

Åkeson deu um sorriso amarelo. “Se alguma vez houve hora certa de dar prioridade a uma investigação, a hora é esta”, disse. “Imagino que você esteja precisando de mais pessoal, não? Posso mexer alguns pauzinhos, se necessário.”

“Ainda não é o momento. Um número grande de policiais poderia ajudar na captura se soubéssemos o nome do assassino e como ele é. Mas ainda não chegamos lá.” Contou a Åkeson o que Magnuson dissera, e que Arne Carlman negociava obras de arte. “Há uma conexão”, concluiu. “E isso vai tornar o trabalho mais fácil.”

Åkeson tinha dúvidas. “Espero que você não ponha todos os ovos no mesmo cesto cedo demais”, disse.

“Não estou fechando nenhuma porta”, retorquiu Wallander. “Mas tenho de explorar cada caminho que aparecer.”

Åkeson permaneceu ali mais uma hora antes de retornar a Ystad. Às cinco da manhã os repórteres começaram a aparecer na fazenda. Furioso, Wallander ligou para a delegacia e exigiu que Hanson se encarregasse deles. Já sabia que a polícia não seria capaz de ocultar o fato de que Carlman fora escalpelado. Hanson conduziu uma entrevista coletiva improvisada e exageradamente caótica na estrada que levava à fazenda. Nesse ínterim, Martinson, Svedberg e Höglund arrebanharam os convidados, que precisaram todos passar por um breve interrogatório. Wallander entrevistou o escultor que havia encontrado o corpo de Carlman. Ele estava extremamente bêbado.

"Por que você saiu para o jardim?", Wallander indagou.

"Para vomitar."

"E vomitou?"

"Sim."

"Onde você vomitou?"

"Atrás de uma macieira."

"E aí, o que aconteceu?"

"Pensei em dar uma sentada no bosque para clarear a cabeça."

"E?"

"Eu o encontrei."

A essa altura Wallander foi obrigado a interromper as perguntas, porque o escultor começou a passar mal de novo. Ele se levantou e desceu até o arvoredo. O céu estava claro, e o sol já ia alto. O feriado do Solstício seria quente e bonito. Quando chegou às árvores viu, para seu alívio, que Nyberg havia coberto a cabeça de Carlman com um pedaço de plástico opaco. O técnico forense estava ajoelhado junto à sebe que separava o jardim do campo de colza adjacente.

"Como está indo?", Wallander perguntou em tom encorajador.

"Há um leve vestígio de sangue aqui na sebe. Não poderia ter espirrado tão longe, do bosque até aqui."

"O que isso quer dizer?", perguntou Wallander.

"É seu trabalho responder a isso", retrucou Nyberg, indicando a sebe com a mão. "Bem aqui está bastante esparso", prosseguiu. "Teria sido possível alguém de compleição estreita se esgueirar para dentro e para fora do jardim dessa maneira. Vamos ter de ver o que encontramos do outro lado. Mas sugiro que você mande vir um cão farejador o mais depressa possível."

Wallander concordou.

Um policial chamado Eskilson chegou com seu pastor alemão logo em seguida, quando os últimos convidados estavam deixando o jardim. Wallander o cumprimentou com a cabeça. O animal era um cão velho e estava em serviço há muito tempo. Seu nome era Gatilho.

O cão captou imediatamente um odor no arvoredo e se precipitou rumo à sebe. Quis passar por ela exatamente no ponto onde Nyberg encontrara sangue. Eskilson e Wallander acharam um outro ponto onde a sebe era fina e dava para a trilha que corria entre a propriedade de Carlman e a plantação. O cão redescobriu a pista, seguindo-a ao longo do campo em direção a uma estrada de terra que levava para longe da fazenda. Por sugestão de Wallander, Eskilson soltou o cachorro. Wallander sentiu um surto de excitação. O cão farejou ao longo da estrada de terra e chegou até o fim da plantação. Ali, pareceu momentaneamente desorientado. Então voltou a encontrar a pista e continuou a segui-la morro acima, onde a trilha parecia terminar. Eskilson buscou em várias direções, mas o cão não conseguiu achar a pista novamente.

Wallander olhou em torno. No alto do morro havia uma única árvore, curvada pelo vento. Um velho chassi de bicicleta jazia semienterrado no chão. Wallander se postou junto à arvore e observou a fazenda ao longe. Dali a visão do jardim era excelente. Com um binóculo teria sido possível ver quem estava fora da casa num determinado momento.

Ele estremeceu com a idéia de que outra pessoa, alguém que ele não conhecia, havia estado naquele mesmo lugar mais cedo naquela noite. Retornou ao jardim. Hanson e Svedberg estavam sentados nos degraus da entrada da casa. Seus rostos estavam sombrios de cansaço.

"E Ann-Britt?", perguntou Wallander.

"Está se livrando do último convidado", Svedberg respondeu.

"E Martinson? O que está fazendo?"

"Falando no telefone."

Wallander sentou-se nos degraus junto aos outros. O sol já estava começando a ficar quente.

"Temos de aguentar um pouco mais", disse. "Quando Ann-Britt tiver acabado, vamos voltar a Ystad. Precisamos fazer um apanhado do que sabemos e resolver que rumo tomar em seguida."

Ninguém se manifestou. Höglund surgiu do celeiro. Agachou-se na frente dos outros.

"E pensar que tanta gente consegue ver tão pouco", disse exausta. "Está além das minhas forças."

Eskilson passou com o cachorro. Ouviram a voz rabugenta de Nyberg perto do bosque.

Martinson veio caminhando de um dos cantos da casa. Tinha um telefone na mão.

"Pode ser irrelevante neste momento", disse. "Mas recebemos uma mensagem da Interpol. Eles têm uma identificação positiva da garota que se incendiou."

Wallander olhou para ele com ar intrigado.

"A garota da plantação de Salomonson?"

"É."

Wallander levantou-se.

"Quem é ela?"

"Eu não sei. Mas há uma mensagem esperando por você na delegacia."

Eles deixaram Bjäresjö imediatamente e rumaram de volta para Ystad.

12

Dolores María Santana.

Eram 5h45 da manhã do feriado do Solstício. Martinson leu em voz alta a mensagem da Interpol identificando a moça.

"De onde ela é?", perguntou Höglund.

"A mensagem é da República Dominicana", respondeu Martinson. "Chegou via Madri." Intrigado, ele lançou um olhar pela sala.

Höglund sabia a resposta. "A República Dominicana é metade da ilha onde fica o Haiti", ela disse. "Nas Índias Ocidentais. O nome da ilha não é Hispaniola?"

"Com que diabos, como foi que ela veio parar aqui, numa plantação de colza?", perguntou Wallander. "Quem é ela? O que mais diz a Interpol?"

"Não tive tempo de ler detalhadamente a mensagem", disse Martinson. "Mas parece que o pai tem estado à sua procura e ela foi registrada como desaparecida no final de novembro do ano passado. O registro do boletim foi feito inicialmente numa cidade chamada Santiago."

"Santiago não é no Chile?", interrompeu Wallander, surpreso.

"Essa cidade se chama Santiago de los Treinta Caballeros", explicou Martinson. "Não tem algum atlas por aqui?"

"Vou pegar um", disse Svedberg saindo da sala.

Após alguns minutos, voltou, sacudindo a cabeça.

"Devia ser de Björk", disse. "Não consegui achar."

"Ligue para nosso livreiro e pode acordá-lo", disse Wallander. "Quero um atlas aqui agora."

"Você tem consciência de que não são nem seis da manhã num feriado?", Svedberg perguntou.

"Não tem remédio. Ligue para ele. E mande um carro para pegar o atlas."

Wallander tirou uma nota de cem coroas da carteira e a deu a Svedberg. Alguns instantes depois Svedberg havia acordado o livreiro e o carro estava a caminho.

Pegaram café e entraram na sala de reuniões. Hanson disse que não seriam interrompidos por ninguém, exceto Nyberg. Wallander deu uma olhada em torno da mesa. Encontrou um grupo de caras exaustas e perguntou-se qual seria sua própria aparência.

"Temos de voltar para a garota mais tarde", começou. "Neste exato momento precisamos nos concentrar no que aconteceu esta noite. E podemos muito bem partir do princípio de que a mesma pessoa que matou Gustaf Wetterstedt atacou novamente. O *modus operandi* é o mesmo, ainda que Carlman tenha sido atingido na cabeça e Wetterstedt tenha tido a espinha partida. Mas ambos foram escalpelados."

"Nunca vi nada parecido", disse Svedberg. "O homem que fez isso deve ser um completo animal."

Wallander ergueu a mão. "Espere um minuto. Há mais uma coisa que nós sabemos. Arne Carlman era um negociante de obras de arte. Agora vou lhes contar uma coisa que fiquei sabendo ontem." E lhes falou a respeito de sua conversa com Lars Magnuson, e dos boatos sobre Wetterstedt. "Então temos uma ligação concebível", concluiu. "Arte: arte roubada e arte manipulada. E em algum ponto, quando acharmos o elo que liga os dois homens, encontraremos o criminoso."

Ninguém abriu a boca. Todos pareciam estar considerando o que Wallander acabara de dizer.

"Sabemos onde concentrar nossa investigação", prosseguiu Wallander. "Encontrar a conexão entre Wetterstedt e Carlman. Mas temos outro problema." Olhou em volta da mesa e pôde ver que eles tinham entendido. "O assassino pode atacar de novo", disse. "Não sabemos por que ele matou esses dois homens. Então não sabemos se ele está atrás de mais alguém. E não sabemos quem poderia ser. A única coisa que podemos esperar é que a pessoa ameaçada esteja consciente disso."

"Há outra coisa que não sabemos", interveio Martinson. "O homem é louco? Não sabemos se o motivo é vingança ou alguma outra coisa. Não podemos nem ter certeza de que ele não tenha simplesmente inventado um motivo. Ninguém é capaz de prever como funciona a mente de um louco."

"Tem razão", disse Wallander. "Estamos lidando com muitos fatores desconhecidos."

"Talvez isso seja apenas o início." O tom de voz de Hanson era sombrio. "Vocês acham que temos um *serial killer* nas nossas mãos?"

"Pode ser, e isso é muito ruim", disse Wallander com firmeza. "É por isso que eu também acho que deveríamos contar com alguma ajuda externa, da divisão psiquiátrica de Estocolmo. Já que o *modus operandi* desse homem é tão notável, talvez consigam elaborar um perfil psiquiátrico dele."

"Será que esse assassino já matou antes?", perguntou Svedberg. "Ou é a primeira vez?"

"Não sei", respondeu Wallander. "Mas ele é cuidadoso. Tenho a sensação de que planeja detalhadamente o que faz. Quando ataca, o faz sem hesitação. Poderia haver pelo menos duas razões para isso. Primeira, ele não quer ser apanhado. Segunda, não quer ser interrompido antes de terminar o que se propõe a fazer."

Um arrepio de repulsa percorreu o grupo.

"É por aí que devemos começar", disse o inspetor. "Onde está a conexão entre Wetterstedt e Carlman? Onde seus caminhos se cruzam? É isso que precisamos esclarecer. E temos de fazê-lo o mais rápido possível."

"Também temos de reconhecer que não vamos trabalhar em paz", disse Hanson. "Os repórteres vão estar como um enxame à nossa volta. Eles sabem que Carlman foi escalpelado. Agora eles têm a história pela qual estavam ansiando. Por alguma estranha razão, suecos adoram ler sobre crimes quando estão de férias."

"Isso talvez não seja algo tão tuim", retrucou Wallander. "Pelo menos pode servir de aviso para alguém que esteja na lista do homem."

"Deveríamos enfatizar que queremos indícios do público", propôs Höglund. "Se admitirmos que você está certo, que o assassino tem uma lista para seguir, e que outras pessoas poderiam perceber que fazem parte dessa lista, então talvez haja uma chance de que algum deles tenha ideia de quem é o assassino."

"Tem razão", disse Wallander, virando-se para Hanson. "Convoque uma entrevista coletiva o mais depressa possível. Vamos contar à imprensa tudo que sabemos. Que estamos procurando um único assassino. E que precisamos de todas as pistas que pudermos obter."

Svedberg levantou-se e abriu a janela. Martinson bocejou ruidosamente.

"Sei que estamos todos cansados", disse Wallander. "Mas precisamos ir adiante. Tentar tirar uma soneca quando houver oportunidade."

Ouviu-se uma batida na porta. Um policial lhes entregou um atlas. Puseram-no sobre a mesa e encontraram a República Dominicana e a cidade de Santiago.

"Vamos ter de tratar do caso da garota mais tarde", Wallander disse. "Não podemos nos preocupar com isso agora."

"Vou enviar uma resposta", disse Martinson. "Pedir mais alguma informação sobre o desaparecimento dela."

"Como ela veio parar aqui?", murmurou Wallander.

"A mensagem da Interpol dá a idade dela como dezessete", Martinson prosseguiu. "E a altura, cerca de um metro e sessenta."

"Mande-lhes uma descrição do pingente", Wallander disse. "Se o pai puder identificá-lo, o caso está fechado."

Deixaram a sala de reuniões. Martinson foi para casa conversar com a família e cancelar os planos para o feriado. Svedberg desceu até o porão e tomou uma chuveirada. Hanson sumiu no saguão para organizar a entrevista coletiva. Wallander seguiu Höglund até o escritório dela.

"Você acha que vamos pegá-lo?", ela perguntou com ar grave.

"Não sei. Nós temos de lidar com o que parece sólido. Não se trata de um criminoso que simplesmente mata alguém que lhe apareça pelo caminho. Ele está atrás de alguma coisa. Os escalpos são seus troféus."

Ela se sentou na cadeira e Wallander se recostou contra o batente.

"Por que as pessoas mantêm troféus?", ela perguntou.

"Para poderem se vangloriar deles."

"Para si mesmos ou para os outros?"

"As duas coisas."

Subitamente ele percebeu por que ela havia perguntado sobre os troféus. "Você acha que ele pegou os escalpos para poder mostrá-los a alguém?"

"Não se pode descartar essa hipótese."

"Não", disse Wallander. "Não se pode descartar. Nada pode ser descartado."

Estava prestes a sair da sala, mas virou-se.

"Você vai ligar para Estocolmo?", perguntou.

"É feriado", ela disse. "Não creio que eles estejam em serviço."

"Você precisa telefonar para a casa de alguém", disse Wallander. "Já que não sabemos se ele vai atacar de novo, não temos tempo a perder."

Wallander foi para sua sala e sentou-se pesadamente na cadeira de visitas. Uma das pernas da cadeira estalou precariamente. Recostou a cabeça para trás e fechou os olhos. Em pouco tempo adormeceu.

Acordou sobressaltado quando alguém entrou. Olhou rapidamente o relógio e viu que dormira por quase uma hora. Ainda estava com dor de cabeça, mas não se sentia mais tão cansado.

Era Nyberg. Seus olhos estavam injetados e os cabelos, eriçados.

"Eu não tinha a intenção de acordar você", ele se desculpou.

"Eu só estava cochilando", disse Wallander. "Alguma novidade?"

Nyberg sacudiu a cabeça.

"Tudo que consigo concluir é que a pessoa que matou Carlman deve ter ficado com as roupas empapadas de sangue. Ainda dependemos da confirmação forense, mas acho que podemos presumir que o golpe veio diretamente de cima da cabeça. Isso significa que a pessoa com o machado estava parada bem perto."

"Tem certeza de que foi um machado?"

"Não", Nyberg respondeu. "Pode ter sido um sabre pesado. Ou alguma outra coisa. Mas a cabeça de Carlman estava partida como uma tora de madeira."

Wallander se sentiu enjoado.

"Tudo bem, então", disse. "O assassino estava com as roupas cobertas de sangue. Alguém pode ter visto. E isso isenta todos os convidados."

"Nós examinamos a sebe", disse Nyberg. "Verificamos toda a extensão ao longo do campo de colza, até o morro. O fazendeiro que é dono dos campos em torno da casa de Carlman veio perguntar se podia ceifar a colza. Eu disse que sim."

"Sábia decisão", concordou Wallander. "Já não é tarde demais?"

"Penso que sim", Nyberg respondeu. "Afinal, já estamos na época do solstício."

"E o morro?", Wallander indagou.

"A grama estava pisoteada. Num determinado ponto, parecia que alguém tinha ficado lá sentado. Colhemos amostras da grama e do solo."

"Mais alguma coisa?"

"Não creio que a velha bicicleta tenha algum interesse para nós", disse Nyberg.

"O cão farejador perdeu a pista. Por quê?"

"Você vai ter de perguntar ao policial sobre isso", Nyberg respondeu. "Mas pode ser que haja algum outro cheiro tão forte que faz o cão perder a pista do cheiro que estava farejando inicialmente. Há um bom número de razões para uma pista cessar de repente."

"Vá para casa e durma um pouco", disse Wallander. "Você parece exausto."

"E estou", disse Nyberg.

Depois que Nyberg saiu, Wallander entrou na cantina e preparou para si um sanduíche. Uma moça da recepção veio lhe entregar uma pilha de mensagens. Ele as folheou e viu que os repórteres andavam telefonando. Sabia que devia passar em casa e trocar de roupa, mas resolveu fazer algo inteiramente diferente. Bateu à porta da sala de Hanson e avisou que ia dar um pulo na fazenda de Carlman.

"Eu disse que falaríamos com a imprensa à uma hora", replicou Hanson.

"A essa altura já estarei de volta", disse Wallander. "Mas, a não ser que aconteça algo crucial, não quero que ninguém me procure. Preciso pensar."

"E todo mundo precisa dormir um pouco", completou Hanson. "Nunca pensei que fôssemos acabar num pesadelo desses."

"Sempre acontece quando você menos espera", encerrou Wallander.

Ele pegou o carro e foi até Bjäresjö na bela manhã de verão, os vidros abertos. Ele tinha de visitar o pai. E também telefonar para Linda. No dia seguinte Baiba estaria de volta a Riga após sua viagem a Tallinn. Em menos de duas semanas suas férias deveriam ter início.

Estacionou o carro junto ao cordão de isolamento em torno da fazenda de Carlman. Pequenos grupos de pessoas haviam se juntado na estrada. Wallander acenou para o policial de guarda no cordão. Então caminhou pelo jardim e seguiu a estrada de terra rumo ao morro. Parou no ponto onde o cachorro havia perdido a pista e olhou em volta.

Você escolheu este morro com cuidado. Daqui, podia ver tudo que se passava no jardim. Também devia conseguir ouvir a música vinda do celeiro. Mais tarde à noite a multidão no jardim foi rareando. Todos os convidados disseram que todo mundo entrou. Mais ou menos às onze e meia Carlman veio andando em direção ao arvoredo com Madelaine Rhedin. Então o que você fez?

Wallander não tentou responder à pergunta. Em vez disso, virou-se e olhou para baixo, do outro lado do morro. No pé do morro havia uma trilha de trator. Ele desceu a encosta verde até chegar à trilha. Em uma direção ela levava para dentro de uma floresta, na outra seguia em direção à estrada que dava para a rodovia para Malmö e Ystad. Wallander seguiu a trilha que entrava na floresta. Caminhou sob uma enorme touceira de altas faias. O sol reluzia por entre a folhagem. Ele podia sentir o cheiro da terra. As marcas de trator cessavam num local onde estavam amontoadas algumas árvores recém-derrubadas.

Wallander procurou em vão por algum caminho. Tentou imaginar as estradas. Qualquer pessoa que quisesse chegar à rodovia a partir da floresta teria de passar por duas casas e vários campos. A rodovia estava a cerca de dois quilômetros. Ele retornou sobre seus próprios passos e seguiu na direção oposta. Quase um quilômetro adiante chegou ao lugar onde a estrada encontrava a E65.

Ao lado da estrada havia uma cabana de operários da rodovia. Estava trancada. Ficou ali parado olhando ao redor. Então deu a volta até os fundos e achou uma lona dobrada e um par de canos de ferro. Havia algo no chão. Ele se abaixou e viu que era um pedaço rasgado de um saco de papel marrom. Tinha algumas manchas escuras. Cuidadosamente, pôs o papel de volta no chão. Olhou por baixo da cabana, que se apoiava sobre quatro blocos de concreto, e viu o resto do saco de papel. Estendeu o braço e o puxou para fora. Não havia manchas no saco. Wallander ficou parado, pensativo. Então pôs o saco no chão e ligou para a delegacia. Conseguiu falar com Martinson, que tinha acabado de chegar.

"Preciso de Eskilson e do cachorro", disse.

"Onde você está? Aconteceu alguma coisa?"

"Estou na fazenda de Carlman", Wallander respondeu. "Só quero me certificar de uma coisa."

Após um breve tempo, Eskilson chegou com seu cão. Wallander explicou o que queria.

"Vá até lá em cima do morro, no ponto onde o cachorro perdeu a pista", disse. "Então volte para cá."

Eskilson foi. Cerca de dez minutos depois retornou. Wallander viu que o cão tinha parado de farejar. Mas, assim que chegou na cabana, o animal reagiu. Eskilson deu um olhar interrogativo a Wallander.

"Pode soltá-lo", Wallander disse.

O cachorro rumou diretamente para o pedaço de papel e se deteve. Mas, quando Eskilson tentou fazer com que continuasse a busca, ele rapidamente desistiu. O cheiro tinha desaparecido outra vez.

"Isso é sangue?", perguntou Eskilson apontando para o pedaço de papel.

"Acho que sim", disse Wallander. "Em todo caso, descobrimos algo relacionado com o homem que esteve no alto do morro."

Eskilson se foi junto com seu cão. Wallander estava a ponto de telefonar para Nyberg quando descobriu que tinha um saco plástico num dos bolsos. Cuidadosamente, acondicionou o pedaço de papel dentro dele.

Você não deve ter levado mais do que alguns minutos para chegar da fazenda até aqui. Presumivelmente havia aqui uma bicicleta. Você trocou de roupa, pois estava todo coberto de sangue. Mas também limpou um objeto. Talvez uma faca ou um machado. Então foi embora, ou na direção de Malmö ou na de Ystad. Provavelmente cruzou a rodovia e escolheu uma das pequenas estradas que cortam esta área. Neste momento posso seguir você até aqui. Mas não mais longe que isso.

Wallander caminhou de volta até a fazenda. Perguntou ao policial de guarda junto ao cordão de isolamento se a família ainda estava lá.

"Eu não vi ninguém", ele disse. "Mas ninguém saiu da casa."

Wallander fez um meneio e caminhou para o carro. Havia uma pequena multidão de curiosos do lado de fora do cordão. Wallander olhou para as pessoas apressadamente e se perguntou que tipo de gente abriria mão de uma manhã de verão em troca da oportunidade de cheirar sangue.

Até depois de partir não se deu conta de que vira algo importante. Reduziu a velocidade e tentou se lembrar do que havia sido.

Tinha algo a ver com as pessoas paradas junto ao cordão de isolamento. O que foi que ele tinha pensado? Alguma coisa relacionada com gente sacrificando uma manhã de verão?

Brecou e fez um retorno no meio da estrada. Quando chegou de volta à casa de Carlman ainda havia curiosos do lado de fora do cordão. Wallander olhou em torno sem encontrar qualquer explicação para sua reação. Perguntou ao policial se alguém tinha acabado de ir embora.

"Talvez. As pessoas vêm e vão o tempo todo."

"Ninguém especial de que você se recorde?"

O policial pensou por um instante. "Não."

Wallander voltou para o carro.

Eram 9h10 da manhã de um feriado do Solstício.

13

Quando Wallander chegou de volta à delegacia, a recepcionista lhe disse que ele tinha uma visita à sua espera em sua sala. O inspetor teve um acesso de fúria e berrou com a moça, uma estagiária de férias de verão, dizendo que ninguém, não importava quem fosse, devia ter permissão de entrar lá. Passou como um furacão pelo hall e abriu a porta com violência, ficando frente a frente com seu pai, sentado na cadeira de visitas.

"Você abre as portas de um tal jeito", disse o velho, "que a gente fica pensando que está possesso de raiva."

"E me disseram que havia alguém me esperando na minha sala", retrucou Wallander, atônito. "Ninguém disse que era você."

Seu pai jamais o visitara no trabalho. Quando Wallander era novato na polícia, o pai chegara ao ponto de se recusar a deixá-lo entrar em sua casa de uniforme. Mas, agora, ali estava ele, vestindo seu melhor terno.

"Estou surpreso", Wallander disse. "O que trouxe você aqui?"

"Minha esposa tem carteira de motorista e carro", retrucou o pai. "Ela foi visitar um de seus parentes enquanto eu vim até aqui. Você viu o jogo ontem à noite?"

"Não. Estava trabalhando."

"Foi ótimo. Lembro de como foi em 58, quando a Copa foi na Suécia."

"Mas você nunca se interessou por futebol, não é?"

"Eu sempre gostei de futebol."

Wallander o encarou, surpreso.

"Eu não sabia."

"Há muita coisa que você não sabe. Em 1958, havia um zagueiro chamado Sven Axbom. Ele teve grandes problemas com um dos pontas do Brasil, pelo que me lembro. Você se esqueceu disso?"

"Quantos anos eu tinha em 1958? Eu era bebê."

"Você nunca foi muito chegado em jogar futebol. Vai ver que foi por isso que virou policial."

"Eu apostei que a Rússia ganharia", disse Wallander.

"Não é difícil acreditar", disse o pai. "Eu mesmo marquei 2 a 0. Gertrud, por outro lado, foi cautelosa. Ela achou que o resultado seria 1 a 1."

"Quer um café?"

"Sim, por favor."

No saguão Wallander deu de cara com Hanson.

"Você pode dar um jeito para que eu não seja incomodado na próxima meia hora?", pediu.

Hanson lhe lançou um olhar preocupado. "Preciso lhe falar com a máxima urgência."

O tom formal de Hanson deixou Wallander irritado. "Daqui a meia hora", repetiu. "Aí vamos conversar todo o tempo que você quiser."

Ele voltou à sua sala e fechou a porta. O pai pegou o copo plástico nas duas mãos. Wallander sentou-se atrás da escrivaninha.

"Nunca pensei que veria você aqui na delegacia", Wallander disse.

"Eu não teria vindo se não precisasse", o pai replicou.

Wallander pousou o copo sobre a mesa. Deveria ter percebido imediatamente que tinha de ser algo muito importante para seu pai ir visitá-lo ali.

"O que aconteceu?", perguntou.

"Nada, a não ser que eu estou doente", o pai respondeu com simplicidade.

Wallander sentiu um nó no estômago. "O que você quer dizer?", perguntou.

“Minha cabeça está começando a não funcionar direito”, o pai prosseguiu calmamente. “É uma doença da qual não consigo lembrar o nome. É como ficar senil. Mas deixa a gente com raiva de tudo. E pode progredir muito depressa.”

Wallander sabia a que seu pai se referia. A mãe de Svedberg fora afetada pela mesma doença. Mas ele tampouco conseguiu se lembrar do nome.

“Como você ficou sabendo?”, perguntou. “Você foi a um médico? Por que não disse nada a respeito antes?”

“Fui consultar um especialista em Lund. Gertrud me levou.”

Wallander não soube o que dizer.

“Na verdade, vim aqui para lhe pedir uma coisa”, o pai disse, fitando-o.

O telefone tocou. Wallander tirou o fone do gancho e o colocou sobre a mesa.

“Eu tenho tempo para esperar”, o pai disse.

“Eu disse a eles que não queria ser interrompido. Então, o que você quer?”

“Sempre sonhei em conhecer a Itália”, disse o pai. “Antes que seja tarde demais, quero fazer uma viagem para lá. E pensei que você poderia vir comigo. Gertrud não tem o menor interesse pela Itália. Não creio que ela queira ir. Eu pago tudo. Tenho o dinheiro.”

Wallander olhou para o pai, pequeno e encolhido, ali sentado na cadeira de visitas. De repente, nesse momento ele aparentava a idade que tinha. Quase oitenta.

“É claro, vamos para a Itália”, Wallander disse. “Você pensou em ir quando?”

“Provavelmente é melhor não esperar muito. Parece que em setembro não é quente demais. Mas você vai ter tempo disponível nessa época?”

“Posso tirar uma semana de férias a qualquer hora. Ou você pensou numa temporada mais longa?”

“Uma semana seria ótimo.”

O pai curvou-se para a frente, pôs o copo de café sobre a mesa e se levantou.

"Bem, não vou mais atrapalhar você", disse. "Fico esperando Gertrud lá fora."

"Pode esperar aqui."

O pai balançou a bengala na sua direção.

"Você tem muita coisa para fazer", disse. "Vou esperar lá fora."

Wallander o acompanhou até a recepção, onde o pai sentou-se num sofá.

"Não precisa ficar aqui comigo. Gertrud vai chegar logo."

Wallander assentiu com a cabeça. "Iremos juntos para a Itália. E eu vou visitar você assim que puder."

"A viagem pode ser divertida", disse o pai. "Nunca se sabe."

Wallander o deixou e dirigiu-se para a moça da recepção.

"Desculpe", disse. "Você fez muito bem em deixar meu pai esperando na minha sala."

Voltou para seu escritório, os olhos banhados de lágrimas. Ainda que a relação com o pai fosse tensa, tingida de culpa, ele sentia uma grande tristeza. Parou junto à janela e olhou para fora, observando o lindo dia de verão.

Havia uma época em que éramos tão próximos, que nada podia se interpor entre nós, pensou. Era a época em que os cavaleiros de seda, como nós os chamávamos, costumavam vir nos seus reluzentes carros americanos, que nós chamávamos de iates de terra firme, e comprar seus quadros. Já naquela época você falava em ir para a Itália. Em outra ocasião, apenas alguns anos atrás, você realmente chegou a partir. Encontrei-o de pijama, com uma mala na mão, no meio do campo. Agora temos de fazer essa viagem. Não vou deixar que nada nos impeça.

Wallander retornou à escrivaninha e ligou para a irmã em Estocolmo. A mensagem na secretária eletrônica dizia que ela só estaria de volta à noite.

Levou algum tempo para afastar da mente a visita do pai e reorganizar os pensamentos. Parecia não conseguir aceitar que aquilo que o pai lhe dissera era verdade.

Depois de falar com Hanson, fez uma extensiva revisão da investigação. Pouco antes das onze, telefonou para Per Åkeson em sua casa e lhe passou as informações atualizadas. Então, pegou o carro e foi até a Mariagatan, tomou um chuveiro e trocou de roupa. Ao meio-dia estava de volta à delegacia. A caminho de sua sala, parou no corredor para falar com Ann-Britt Höglund. Contou-lhe sobre o papel que havia achado atrás da cabana dos operários da rodovia.

"Você conseguiu entrar em contato com os psicólogos em Estocolmo?", perguntou.

"Encontrei um sujeito chamado Roland Möller. Ele disse que estava na casa de verão, nos arredores de Vaxholm. Mas Hanson precisava fazer uma requisição formal como responsável efetivo."

"Você falou com ele?"

"Ele já fez."

"Ótimo", disse Wallander. "Agora, mais uma coisa. Criminosos voltam à cena do crime?"

"Isso é tanto um mito como uma verdade."

"Em que sentido é um mito?"

"No sentido de que supostamente seja algo que sempre acontece."

"E qual é a realidade?"

"Que realmente acontece de vez em quando. O exemplo mais clássico na nossa própria história jurídica vem de Skåne. O policial que cometeu uma série de assassinatos no começo dos anos 50 e depois participou da equipe que fez as investigações."

"Esse não é um bom exemplo", contestou Wallander. "Ele foi obrigado a retornar às cenas dos crimes. Estou falando daqueles que voltam por vontade própria. Por quê?"

"Para zombar da polícia. Curtir. Ou descobrir quanto a polícia de fato sabe."

Wallander balançou a cabeça, pensativo.

"Por que você está me perguntando isso?"

"Tive uma experiência peculiar", contou Wallander. "Tive a sensação de ter visto alguém do lado de fora da fazenda de Carlman que eu também tinha visto junto ao cordão de isolamento perto da casa de Wetterstedt."

"Por que não poderia ser a mesma pessoa?", ela perguntou, surpresa.

"Não há motivo. Mas havia algo de esquisito nessa pessoa. Só não consigo identificar o que era."

"Não creio que eu possa ajudar você."

"Eu sei. Mas daqui para a frente quero que alguém fotografe, o mais discretamente possível, todo mundo que estiver parado perto do cordão de isolamento."

"Daqui para a frente?"

Wallander sabia que havia falado demais. Bateu o nó do dedo indicador na mesa três vezes.

"Naturalmente, espero que não aconteça mais nada", ele disse. "Mas se acontecer..."

Wallander acompanhou Höglund de volta à sala dela. Então se dirigiu até a entrada da delegacia. Seu pai já tinha ido embora. Foi até um restaurante nos limites da cidade e comeu um hambúrguer. Um termômetro marcava 26 °C.

A coletiva de imprensa no feriado do Solstício na delegacia de Ystad foi memorável, porque Wallander perdeu as estribeiras e saiu da sala antes de seu término. Depois recusou-se a pedir desculpas. A maioria dos colegas achava que ele tinha feito a coisa certa. Mas no dia seguinte recebeu um telefonema do diretor nacional do corpo policial, dizendo que era extremamente inadequado um policial fazer comentários ofensivos aos jornalistas. A relação já era suficientemente tensa, e agravantes adicionais não podiam ser tolerados.

Perto do final da coletiva, um jornalista de um diário vespertino havia se levantado e começado a questionar Wallander sobre o fato de o criminoso ter tirado o couro cabeludo das vítimas. O inspetor evitara ao máximo entrar em detalhes sangrentos, respondendo que parte do cabelo tanto de Wetterstedt quanto de Carlman havia sido arrancada. O insistente repórter havia exigido detalhes mesmo quando Wallander disse que não podia dar mais informações por causa da investigação forense. Mas Wallander tinha sido acometido de uma dor de cabeça atroz. Quando o repórter o acusou de se esconder por trás das exigências da investigação, dizendo que parecia pura hipocrisia reter detalhes quando a polícia havia convocado uma entrevista coletiva, Wallander batera o punho na mesa e se levantara.

"Não vou permitir que os procedimentos da polícia sejam ditados por um jornalista que não sabe quando parar de ser inconveniente!", berrara.

Uma explosão de flashes havia espocado sobre ele enquanto deixava a sala. Mais tarde, quando se acalmou, pediu a Hanson que desculpasse sua conduta.

"Penso que não vai adiantar muito para mudar as manchetes de amanhã de manhã", Hanson replicou.

"Eu tinha que traçar um limite em algum ponto", disse Wallander.

"Estou do seu lado, é claro", disse Hanson. "Mas suspeito que haja outros que não estejam."

"Eles que me suspendam. Podem até me demitir. Mas não vão nunca fazer com que eu me desculpe para aquele repórter."

"Essas desculpas provavelmente serão apresentadas discretamente pela direção do corpo policial para o editor-chefe do jornal", explicou Hanson. "E nós nem ficaremos sabendo."

Às quatro da tarde o grupo de investigação se reuniu a portas fechadas. Hanson dera instruções estritas para que não fossem incomodados. A pedido de Wallander, uma viatura fora buscar Åkeson.

Ele sabia que as decisões tomadas nessa tarde seriam cruciais. Seriam forçados a seguir muitos rumos diferentes ao mesmo tempo. Todas as opções tinham de ser exploradas. Mas ao mesmo tempo Wallander sabia que precisava se concentrar na pista principal.

O inspetor pediu algumas aspirinas a Höglund e mais

uma vez pensou no que Lars Magnuson dissera, sobre a conexão entre Wetterstedt e Carlman. Haveria algo mais que não estava sendo visto? Vasculhou sua mente exausta sem deparar com mais nada. Eles concentrariam a investigação em vendas e roubos de obras de arte. Teriam de mergulhar fundo nos boatos, alguns de quase trinta anos antes, em torno de Wetterstedt, e teriam de agir rápido. Wallander sabia que não conseguiriam ajuda pelo caminho. Lars Magnuson falara sobre os colaboradores que limpavam a sujeira daqueles que detinham o poder. Wallander teria de encontrar um jeito de lançar luz sobre essas atividades, mas seria muito difícil.

A reunião investigativa foi uma das mais longas das quais Wallander já havia participado. Sentaram-se por quase nove horas antes de Hanson fazer soar o apito final. Estavam todos esgotados. O frasco de aspirinas de Höglund estava vazio. Copos plásticos de café cobriam a mesa. Havia embalagens com restos de pizza empilhadas num dos cantos da sala.

Mas essa reunião também foi uma das melhores que Wallander já vivenciara. Não houvera lapsos de concentração, todo mundo contribuíra com opiniões, e como resultado haviam sido desenvolvidos planos lógicos para a investigação.

Svedberg relatou as conversas telefônicas que tivera com os dois filhos de Wetterstedt e sua terceira ex-esposa, mas nenhum deles conseguira ver qualquer motivo possível. Hanson falara com o ancião de oitenta anos que fora secretário do partido durante o mandato de Wetterstedt no Ministério da Justiça. Ele também havia confirmado que Wetterstedt frequentemente estivera sujeito a boatos dentro do partido. Mas ninguém fora capaz de ignorar sua inabalável lealdade.

Martinson narrou sua entrevista com a viúva de Carlman. Ela ainda estava muito calma, levando-o a pensar que devia estar sob efeito de sedativos. Nem ela nem qualquer um dos filhos foram capazes de sugerir um motivo para o assassinato. Wallander enfatizou sua conversa com Sara Björklund, a "mulher da limpeza" de Wetterstedt. Também lhes contou que a lâmpada no poste junto ao portão tinha sido desatarraxada. E finalmente lhes contou sobre o pedaço de papel com sangue que tinha encontrado atrás da cabana dos operários da rodovia.

Nenhum dos colegas sabia que seu pai estava constantemente na sua cabeça. Após a reunião, perguntou a Höglund se ela havia notado sua distração. Ela disse que não, acrescentando que ele parecera mais atento e concentrado do que nunca.

Às nove da noite, fizeram um intervalo. Martinson e Höglund ligaram para casa e Wallander finalmente conseguiu falar com a irmã. Ela chorou quando ele lhe contou sobre a visita do pai e a doença. Wallander procurou consolá-la da melhor forma possível, mas ele próprio precisou conter as lágrimas. Finalmente combinaram que ela conversaria com Gertrud no dia seguinte e que o visitaria o mais breve possível. Ela perguntou se ele realmente acreditava que o pai seria capaz de enfrentar uma viagem à Itália. Wallander respondeu, honestamente, que não sabia. Mas lembrou-lhe que o pai sonhava em ir para a Itália desde que eles eram crianças.

Durante o intervalo Wallander também tentou telefonar para Linda. Após quinze toques, desistiu. Aborrecido, resolveu que teria de lhe dar o dinheiro para comprar uma secretária eletrônica.

Quando retornaram para a sala de reuniões, Wallander começou por discutir a ligação entre as duas vítimas. Era isso que deviam pesquisar, sem descartar outras possibilidades.

"A viúva de Carlman disse ter certeza de que o marido nunca teve nada a ver com Wetterstedt", informou Martinson. "Os filhos disseram a mesma coisa. Eles vasculharam todas as agendas de endereços e não encontraram o nome de Wetterstedt."

"Carlman tampouco estava na agenda de endereços de Wetterstedt", interveio Höglund.

"Então o elo é invisível", disse Wallander. "Ou, mais precisamente, fugaz. Em algum lugar devemos ser capazes de encontrá-lo. Se encontrarmos, também poderemos ter uma ideia do assassino. Ou, pelo menos, um motivo. Temos de cavar fundo, e depressa."

"Antes de ele atacar de novo", disse Hanson. "Não temos como saber se isso vai acontecer."

"E também não sabemos quem prevenir", Wallander prosseguiu. "A única coisa que sabemos sobre o assassino, ou assassinos, é que os assassinatos são planejados."

"Nós sabemos disso?", exclamou Åkeson, interrompendo. "Parece-me que você está saltando para essa conclusão prematuramente."

"Bem, não há indícios de que estamos lidando com alguém que mata por impulso, que tem um desejo instintivo de arrancar o couro cabeludo das suas vítimas", retrucou Wallander, sentindo o sangue começar a ferver.

"É com a conclusão que eu estou tendo dificuldade", disse Åkeson. "Isso não é a mesma coisa que desacreditar a evidência."

A atmosfera na sala se tornou opressiva. Ninguém podia deixar de reparar na tensão entre os dois homens. Normalmente, Wallander não hesitaria em discutir com Åkeson em público. Mas nessa noite ele optou por se esquivar, sobretudo porque estava exausto e sabia que a reunião ainda levaria algumas horas.

"Eu concordo", foi tudo que disse. "Vamos apagar essa conclusão e nos contentar em dizer que os assassinatos parecem planejados."

"Um psicólogo de Estocolmo chegará amanhã", disse Hanson. "Vou buscá-lo no aeroporto de Sturup. Esperamos que ele possa nos ajudar."

Wallander inclinou a cabeça em sinal de aprovação. Então lançou uma pergunta que não havia realmente preparado. Mas agora parecia o momento apropriado.

"O assassino", começou. "Para efeito de raciocínio, vamos pensar nele por enquanto como sendo um homem que age sozinho. O que vocês acham? Como o enxergam?"

"Forte", sugeriu Nyberg. "Os golpes de machado foram dados com uma força tremenda."

"Receio que ele esteja colecionando troféus", disse Martinson. "Só uma pessoa insana faria algo desse tipo."

"Ou alguém que pretenda nos desviar da pista certa com os escalpos", interveio Wallander.

"Não tenho uma ideia formada", disse Höglund. "Mas deve ser alguém profundamente perturbado."

No final, a personalidade do assassino foi deixada de lado. Wallander fez um apanhado geral numa última rodada, quando planejaram o trabalho investigativo a ser feito e a divisão de tarefas. Por volta da meia-noite Åkeson foi embora, dizendo que ajudaria arranjando reforços para a equipe de investigação sempre que julgassem necessário. Embora estivessem todos esgotados, Wallander repassou o trabalho mais uma vez.

"Nenhum de nós vai conseguir dormir muito nos próximos dias", ele disse encerrando a reunião. "E eu entendo que isso aqui vai jogar areia nos planos de férias de muitos de vocês. Mas precisamos juntar todas as nossas forças. Não temos escolha."

"Vamos precisar de reforços", disse Hanson.

"Vamos decidir sobre isso na segunda-feira", disse Wallander. "Vamos esperar até lá."

Resolveram reunir-se novamente na tarde seguinte. Antes disso Wallander e Hanson apresentariam o caso ao psicólogo de Estocolmo.

Então terminaram a reunião e cada um seguiu seu caminho. Wallander parou ao lado do carro e observou o claro céu noturno. Procurou pensar no pai. Mas outra coisa ficava se intrometendo nos seus pensamentos. Medo de que o assassino atacasse de novo.

14

De manhã cedo no domingo, 26 de junho, a campainha soou na porta do apartamento de Wallander na Mariagatan, no centro de Ystad. Ele foi despertado de um sono profundo e de início achou que era o telefone tocando. Quando a campainha soou de novo, levantou-se rapidamente, pegou o roupão jogado no chão, quase debaixo da cama, e foi até a porta. Era Linda, com uma amiga que Wallander não conhecia. Aliás, mal reconheceu a filha também. Ela havia cortado o longo cabelo loiro e tingido de vermelho. Mas ele ficou aliviado e feliz de vê-la.

Fez com que entrassem e cumprimentou a amiga, que se apresentou como Kajsa. Wallander estava cheio de perguntas. Como tinham chegado a tocar sua campainha tão cedo num domingo de manhã? Havia realmente trens tão cedo? Linda explicou que haviam chegado na noite anterior e ficado na casa de uma moça que estudara com ela, cujos pais estavam viajando. Ficariam lá a semana toda. Tinham vindo bem cedo porque, após ler os jornais nos últimos dias, Linda sabia que seria difícil encontrar o pai em casa.

Wallander preparou um café da manhã com os restos que conseguiu encontrar na geladeira. Enquanto comiam, elas lhe contaram que passariam a semana ensaiando uma peça que haviam escrito. Depois iriam até a ilha de Gotland participar de um seminário de teatro. Wallander escutou, tentando disfarçar o desapontamento por Linda ter abandonado seu sonho de trabalhar com estofamento de móveis, estabelecer-se em Ystad e abrir sua própria loja. Também ansiava por falar com ela sobre o avô. Sabia que ela era muito próxima a ele.

"Há tanta coisa acontecendo. Eu gostaria de conversar com você com calma e tranquilidade, só nós dois", ele disse quando Kajsa saiu da sala.

"Essa é a melhor coisa em você", ela disse. "Sempre fica tão contente de me ver." Ela anotou o número de telefone do lugar onde estava e prometeu vir atender quando ele ligasse.

"Eu vi os jornais", ela comentou. "É realmente tão ruim quanto parece?"

"É pior", Wallander respondeu. "Eu tenho tanta coisa para fazer e não sei como vou me arranjar. Foi pura sorte você ter me achado em casa."

Sentaram-se e conversaram até Hanson ligar dizendo que estava no aeroporto de Sturup com o psicólogo. Combinaram de se encontrar na delegacia às nove.

"Preciso ir agora", ele disse a Linda.

"Nós também", ela respondeu.

"Essa peça que vocês estão montando tem nome?", Wallander perguntou quando saíram para a rua.

"Não é uma peça", Linda respondeu. "É um teatro de revista."

"Sei", Wallander disse, procurando se lembrar de qual era a diferença. "E tem nome?"

"Ainda não", Kajsa respondeu.

"E eu posso ver?", perguntou Wallander, hesitante.

"Quando estiver pronta", Linda disse. "Antes, não."

Wallander perguntou se podia deixá-las em algum lugar.

"Vou mostrar a cidade para ela", disse Linda.

"De onde você é?", ele perguntou a Kajsa.

"De Sandviken, lá no norte", ela respondeu. "Nunca estive em Skåne antes."

"Então estamos empatados", Wallander disse. "Eu nunca estive em Sandviken."

Ele as observou desaparecer dobrando a esquina. O tempo bom se mantinha. Esse seria um dia de mais calor ainda. Ele se sentiu feliz com a visita inesperada da filha, ainda que não conseguisse se acostumar com sua maneira drástica de fazer experiências com seu visual nos últimos anos. Mas no momento em que a vira parada no corredor, ao abrir a porta logo cedo, pela primeira vez havia notado algo que muita gente já lhe dissera. Linda se parecia com ele. Tinha descoberto seu próprio rosto nela.

Ele chegou à delegacia sentindo o renovado vigor após a visita-surpresa. Passou pelo saguão com a impressão de estar se arrastando pesadamente, como um imenso elefante. Tirou o paletó assim que entrou na sala. Agarrou o telefone antes mesmo de se sentar e pediu à recepcionista que entrasse em contato com Nyberg. Pouco antes de adormecer na noite anterior, ocorrera-lhe uma ideia que tencionava explorar. Levou cinco minutos para a moça da recepção localizar Nyberg.

"É Wallander", ele disse. "Você se lembra de ter me falado de uma lata de algum tipo de spray que achou perto do cordão de isolamento na praia?"

"Claro que me lembro", devolveu Nyberg, lacônico.

Wallander ignorou o fato de que Nyberg obviamente estava de mau humor.

"Acho que deveríamos dar uma verificada nela em busca de impressões digitais", disse. "E compará-las com qualquer coisa que você consiga descobrir naquele pedaço de papel encontrado perto da casa de Carlman."

"Será feito", disse Nyberg. "Mas teríamos feito de qualquer maneira, mesmo que você não tivesse pedido."

"Eu sei", disse Wallander. "Mas você sabe como é."

"Não, não sei", Nyberg retrucou. "Você receberá os resultados logo que eu tiver alguma coisa."

Wallander bateu o telefone, cheio de energia. Parou junto à janela e olhou para fora, para a velha torre de água, enquanto repassava mentalmente o que queria fazer nesse dia. Sabia por experiência própria que quase sempre aparecia alguma coisa para estragar os planos. Se conseguisse fazer metade das coisas planejadas ficaria satisfeito.

Às nove da manhã deixou o escritório, pegou um café e foi até a pequena sala de reuniões, onde Hanson o aguardava com o psicólogo de Estocolmo. O homem se apresentou como Mats Ekholm. Tinha cerca de sessenta anos, e um aperto de mão firme. Wallander teve imediatamente uma impressão favorável dele. Como muitos policiais, o inspetor sempre fora cético sobre a eventual contribuição de psicólogos em investigações criminais. Mas, graças às conversas com Ann-Britt Höglund, tinha começado a perceber que essa atitude era equivocada. Resolveu dar a Ekholm uma chance de mostrar o que podia fazer.

As pastas da investigação estavam dispostas sobre a mesa.

"Li os documentos da melhor forma que pude", começou Ekholm. "Sugiro que iniciemos conversando sobre o que não está nos arquivos."

"Está tudo aí", Hanson disse, surpreso. "Se há alguma coisa que a polícia é obrigada a aprender é escrever relatórios."

"Imagino que queira saber o que *nós* pensamos", interrompeu Wallander. "Não é isso?"

Ekholm assentiu com a cabeça. "Existe uma regra fundamental que diz que a polícia sempre está à procura de algo específico", explicou. "Se não sabem como é a aparência do criminoso, adotam uma descrição aproximada. Muitas vezes a imagem visualizada revela ter semelhanças com o criminoso que é finalmente capturado."

Wallander reconheceu suas próprias reações na descrição do psicólogo. Sempre criava uma imagem do criminoso, que carregava consigo durante a investigação.

"Foram cometidos dois assassinatos", prosseguiu Ekholm. "O *modus operandi* é o mesmo, ainda que haja algumas diferenças interessantes. Wetterstedt foi morto por trás. O assassino o golpeou nas costas, não na cabeça. Ele escolheu a alternativa mais difícil. Ou será que ele quis evitar esmagar a cabeça da vítima? Não sabemos. Após o golpe, arrancou o couro cabeludo e dedicou algum tempo a ocultar o corpo. Se olharmos para a morte de Carlman, podemos identificar facilmente as semelhanças e diferenças. Carlman também foi golpeado com um machado. Também teve um pedaço da pele do crânio arrancada. Mas foi morto diretamente pela frente. Ele deve ter visto o agressor. O criminoso escolheu uma hora em que havia muita gente por perto, de modo que o risco de ser descoberto era alto. Ele não fez nenhuma tentativa de ocultar o corpo, percebendo que isso seria virtualmente impossível. A primeira pergunta que temos de fazer é: o que é mais importante? As semelhanças ou as diferenças?"

"Ele é um assassino", disse Wallander. "Ele escolheu duas pessoas. Ele fez planos. Ele deve ter visitado a praia em volta da casa de Wetterstedt várias vezes. Chegou mesmo a perder algum tempo para desatarraxar a lâmpada do portão a fim de escurecer a área entre o jardim e o mar."

"Sabemos se Wetterstedt tinha o hábito de dar passeios noturnos pela praia?", Ekholm interrompeu.

"Não", respondeu Wallander. "Mas é claro que devemos descobrir."

"Prossiga", pediu o psicólogo.

"À primeira vista, o padrão parece totalmente diferente quando se trata de Carlman", Wallander continuou. "Cercado de gente numa festa de Solstício. Mas talvez o assassino não tenha visto as coisas dessa forma. Talvez tenha pensado que poderia fazer uso do fato de que ninguém vê nada numa festa dessas. Nada é tão difícil quanto obter uma impressão detalhada dos acontecimentos quando se trata de um grupo grande de pessoas."

"Para responder a essa pergunta, temos de examinar quais alternativas ele poderia ter tido", disse Ekholm. "Carlman era um homem de negócios que se movimentava um bocado de um lado a outro. Sempre cercado de gente. Talvez, afinal, a festa tenha sido a escolha certa."

"A semelhança ou a diferença", repetiu Wallander. "Qual delas é crucial?"

Ekholm abriu os braços.

"É muito cedo para dizer, claro. Do que podemos ter certeza é que ele planeja os crimes cuidadosamente e que age com extremo sangue-frio."

"Ele coleciona escalpos", disse Wallander. "São troféus. O que significa isso?"

"Ele está exercendo poder", explicou Ekholm. "Esses troféus são a prova de suas ações. Para ele, não é uma coisa mais peculiar do que um caçador que pendure um par de chifres na parede."

"Mas a decisão de arrancar o couro cabeludo", disse Wallander. "De onde vem?"

"Isso não é estranho", disse Ekholm. Não quero parecer cínico. Mas que parte do ser humano é mais apropriada para ser levada como troféu? O corpo humano apodrece. Um pedaço de pele com cabelo é fácil de preservar."

"Acho que ainda não consigo parar de pensar em índios americanos", disse Wallander.

"Naturalmente, não se pode excluir a possibilidade de que seu assassino tenha uma fixação por guerreiros indígenas americanos", concordou Ekholm. "Pessoas que se encontram numa região psíquica limítrofe frequentemente optam por se esconder atrás da identidade de outra pessoa. Ou transformar-se numa figura mitológica."

"Limítrofe?", estranhou Wallander. "O que isso quer dizer?"

"Seu criminoso já cometeu dois assassinatos. Não podemos descartar a possibilidade de que ele pretenda cometer outros, já que desconhecemos seu motivo. Isso indica que ele provavelmente ultrapassou uma fronteira psicológica, que se libertou das nossas inibições normais. Uma pessoa pode cometer assassinato ou homicídio sem premeditação. Um assassino que repete suas ações está seguindo leis psicológicas completamente diferentes. Encontra-se numa zona intermediária, onde todos os limites que existem para ele são de sua própria criação. Na superfície, pode viver uma vida completamente normal. Pode ir toda manhã para o trabalho. Pode ter uma família e dedicar suas tardes a jogar golfe ou cuidar do jardim. Pode sentar-se no sofá com os filhos e assistir ao noticiário dos assassinatos que ele próprio cometeu. Pode deplorar os crimes, e perguntar-se por que tais pessoas estão à solta. Ele tem duas identidades distintas, que controla firmemente. Ele manipula seus próprios cordões. Ele é tanto a marionete como o manipulador do boneco."

Wallander pensou no que Ekholm tinha acabado de dizer.

"Quem é ele?", perguntou por fim. "Como é o jeito dele? Qual é a idade dele? Eu não posso caçar alguém que parece inteiramente normal na superfície. Tenho que procurar uma pessoa específica."

"Ainda não posso responder", disse Ekholm. "Preciso de tempo para examinar o material antes de poder criar um perfil do assassino."

"Espero que não esteja considerando o dia de hoje como de descanso." Wallander estava com um ar desanimado. "Vamos precisar desse perfil o mais depressa possível."

"Vou tentar juntar as coisas até amanhã", Ekholm disse. "Mas você e seus colegas precisam entender que as dificuldades e as margens de erro são assustadoras."

"Eu entendo", Wallander disse. "Ainda assim precisamos de todo auxílio que possa nos dar."

Quando a reunião terminou, Wallander foi de carro até o porto e caminhou pelo cais, onde alguns dias antes se sentara para tentar escrever seu discurso em homenagem a Björk. Sentou e observou um barco de pesca saindo para o mar. Desabotoou a camisa e fechou os olhos, de frente para o sol. Em algum lugar nas proximidades ouviu crianças dando risada. Procurou esvaziar a mente e aproveitar o calor. Porém alguns minutos depois levantou-se e se foi.

Seu criminoso já cometeu dois assassinatos. Não podemos descartar a possibilidade de que ele pretenda cometer outros, já que desconhecemos seu motivo.

As palavras de Ekholm poderiam ter sido ditas por ele próprio. Não relaxaria enquanto não pegassem o assassino de Wetterstedt e Carlman. Wallander sabia que sua força residia na sua determinação. E às vezes tinha momentos de profunda lucidez. Mas sua fraqueza também era clara. Não conseguia evitar que sua tarefa virasse uma questão pessoal. Seu assassino, dissera Ekholm. Não havia descrição melhor para sua fraqueza. O homem que matara Wetterstedt e Carlman era na verdade responsabilidade sua. Quer ele gostasse, quer não.

Voltou ao carro, decidido a seguir o plano que traçara naquela manhã. Guiou até a casa de praia de Wetterstedt. Os cordões de isolamento haviam sumido. Lindgren e um homem mais velho, que ele presumiu ser o pai, estavam ocupados lixando o barco. Wallander não se animou a cumprimentá-los.

Ainda estava de posse das chaves de Wetterstedt, e destrancou a porta da frente. Sentou-se numa das cadeiras de couro na sala de estar. Podia ouvir distintamente os sons da praia. Olhou em volta do recinto. O que essa sala lhe dizia? Teria o assassino chegado a entrar na casa? Estava com dificuldade de organizar os pensamentos. Levantou-se e foi até a grande janela que dava para o jardim, a praia e o mar. Wetterstedt ficara ali parado muitas vezes. Wallander podia ver o soalho de madeira gasto nesse ponto. Olhou para fora através da janela. Alguém fechara o registro de água da fonte no jardim. Deixou o olhar vagar enquanto repassava os pensamentos que tivera antes.

No morro perto da casa de Carlman meu assassino ficou parado observando a festa. Ele pode ter estado lá muitas vezes. Dali podia ver sem ser visto. Onde está o morro do qual você poderia ter tido a mesma vista de Wetterstedt? De que ponto você podia ver sem ser visto?

Caminhou pela casa, parando junto a cada janela. Da

cozinha, observou por um longo tempo um par de árvores que cresciam no terreno ao lado, mas grudadas na propriedade de Wetterstedt. Porém eram galhos novos, que não teriam sustentado o peso de uma pessoa.

Foi só quando chegou ao escritório e espiou pela janela que percebeu que acabara de encontrar a resposta. Do telhado da garagem que se projetava para fora era possível ver diretamente o interior da sala. Saiu da casa e deu a volta até a garagem. Um homem jovem, em boa condição física, podia saltar para o alto, agarrar-se ao beiral e impulsionar o corpo para cima. Wallander seguiu adiante e pegou uma escada que tinha visto do outro lado da casa. Encostou-a no telhado da garagem e subiu. O telhado era do tipo antigo, de papel alcatroado. Uma vez que não sabia quanto peso a estrutura era capaz de suportar, engatinhou até um ponto de onde podia olhar diretamente para dentro do escritório de Wetterstedt. Procurou até encontrar o ponto mais distante da janela, de onde ainda podia ter uma boa visão do interior. Apoiado nos joelhos e nas mãos, inspecionou o material do telhado. Quase imediatamente descobriu alguns cortes se entrecruzando. Correu as pontas dos dedos pelo papel alcatroado. Alguém o talhara com uma faca. Olhou em volta. Era impossível ser visto, fosse da praia, fosse da estrada acima da casa de Wetterstedt.

Wallander desceu e recolocou a escada no lugar. Cuidadosamente, examinou o chão perto da garagem, mas tudo que encontrou foram algumas folhas de revista amarrotadas que o vento soprara para dentro da propriedade. Ele retornou à casa. O silêncio era opressivo. Subiu para o piso superior. Pela janela do quarto de Wetterstedt pôde ver Lindgren e o pai virando o barco com a boca para cima. Percebeu que eram necessárias duas pessoas para virá-lo.

No entanto, agora sabia que o assassino agira sozinho, tanto ali como quando matara Carlman. Embora houvesse poucas pistas, sua intuição lhe dizia que houvera uma única pessoa sentada no telhado de Wetterstedt e no morro perto da casa de Carlman.

Estou lidando com um assassino solitário, pensou. Um homem solitário que cruza seus limites e passa as pessoas no fio da sua lâmina, para matá-las e arrancar seu couro cabeludo como troféu.

Deixou a casa de Wetterstedt, saindo novamente para a luz do sol, aliviado. Dirigiu até um café e almoçou no balcão. Uma jovem numa mesa próxima lhe fez um sinal com a cabeça, cumprimentando-o. Ele retribuiu, incapaz de se lembrar de quem era. Só quando ela se foi lembrou-se de que era Britta-Lena Bodén, a caixa de banco cuja memória fora tão importante durante uma outra investigação.

Ao meio-dia estava de volta à delegacia. Ann-Britt Höglund foi encontrá-lo no hall de entrada.

"Eu vi você da janela", ela disse.

Wallander soube de imediato que algo havia acontecido. Esperou, tenso, que ela continuasse.

"Há um ponto de contato", ela falou. "No final dos anos 60, Carlman passou algum tempo na prisão. Em Långholmen. Wetterstedt era ministro da Justiça na época."

"Isso não basta", Wallander disse.

"Ainda não acabei. Carlman escreveu uma carta a Wetterstedt. E quando saiu da cadeia eles se encontraram."

Wallander ficou parado, imóvel.

"Como você soube disso?"

"Venha até a minha sala e eu lhe conto."

Wallander sabia o que isso significava. Se havia alguma conexão, eles tinham acabado de perfurar a camada externa, mais dura, da investigação.

15

Tudo começara com um telefonema.

Ann-Britt estava no saguão a caminho de uma conversa com Martinson quando recebera uma mensagem pelo pager. Voltara à sua sala para verificar a mensagem. Era um homem que falava tão baixo que de início ela tinha pensado que estivesse doente ou ferido. Mas compreendera que ele queria falar com Wallander. Ninguém mais servia, muito menos uma mulher. Ela havia explicado que o inspetor tinha saído e que ninguém sabia dizer quando voltaria. Mas o homem fora extremamente persistente, embora ela não entendesse como alguém falando tão baixo podia ser tão resoluto. Pensara em transferir a chamada para Martinson e fazê-lo fingir que era Wallander. Mas algo lhe dissera que ele talvez conhecesse a voz de Wallander.

Ele havia dito que tinha uma informação importante. Ela perguntara se estava relacionada com a morte de Wetterstedt. Talvez, ele respondera. Então ela perguntara se era sobre Carlman. Talvez, ele dissera novamente. Ela percebeu que de algum modo tinha conseguido mantê-lo falando. Ele havia se recusado a dar seu nome e seu número de telefone.

Finalmente ele próprio tinha resolvido o impasse. Permanecera em silêncio por tanto tempo que Höglund pensou que tivesse desligado, mas então pediu o número do fax da delegacia. Dê o fax ao Wallander, dissera o homem. Para mais ninguém. Uma hora depois o fax havia chegado.

Höglund o mostrou a Wallander. Para seu espanto, ele viu que fora enviado da loja Ferragens Skoglund, em Estocolmo.

"Procurei o número na lista telefônica e liguei para lá", contou ela. "Também achei estranho uma loja de ferragens estar aberta num domingo. Pela mensagem na secretária eletrônica, entrei em contato com o dono no celular dele. Ele também não tinha a menor ideia de como alguém podia ter mandado um fax do seu escritório. Estava indo jogar golfe, mas prometeu verificar o assunto. Meia hora depois ele telefonou, informando que alguém tinha arrombado e invadido o escritório."

"Que estranho", disse Wallander.

Ele leu o fax. Era escrito à mão e difícil de ler. Precisava mandar fazer óculos de leitura bem depressa. Não podia mais fingir que estava simplesmente cansado ou tenso. O fax parecia ter sido escrito com grande pressa. Wallander o leu em silêncio. Então o leu em voz alta, para se certificar de que não entendera nada errado.

"'Arne Carlman esteve preso em Långholmen durante a primavera de 1969 por fraude e receptação de bens roubados. Naquela época Gustaf Wetterstedt era ministro da Justiça. Carlman escreveu cartas para ele. Ele se gabou de ter escrito as cartas. Quando ele saiu da prisão encontrou-se com Wetterstedt. Sobre o que eles falaram? Nós não sabemos. Mas as coisas correram bem para Carlman. Ele nunca mais foi para a cadeia. E agora eles morreram. Os dois.' Será que eu li direito?"

"Eu entendi a mesma coisa", disse Höglund.

"Não tem assinatura", observou Wallander. "E aonde ele está realmente querendo chegar? Quem é ele? Como ele sabe essas coisas? Será que existe alguma verdade nisso?"

"Não sei", ela disse. "Mas tive a sensação de que esse homem sabia do que estava falando. Em todo caso, não é difícil verificar se Carlman realmente esteve cumprindo pena em Långholmen na primavera de 1969. Sabemos que na época Wetterstedt era ministro da Justiça."

"Naquela época Långholmen não estava fechada?", Wallander perguntou.

"Isso foi alguns anos depois, em 1975, eu acho. Posso verificar exatamente quando."

Wallander fez um gesto para que ela esquecesse o assunto.

"Por que ele só queria falar comigo?", indagou. "Ele deu alguma explicação?"

"Tenho a sensação de que ele ouviu falar de você."

"Então não alegou que me conhecia?"

"Não."

Wallander pensou por um momento.

"Vamos torcer para que o que ele escreveu seja verdade", disse. "Então estabeleceremos uma conexão."

"Não deve ser muito difícil verificar", disse Höglund. "Mesmo sendo domingo."

"Vou sair e conversar com a viúva de Carlman agora mesmo. Ela deve saber se o marido alguma vez esteve na prisão", disse Wallander.

"Quer que eu vá junto?"

Meia hora depois Wallander estacionou o carro junto ao cordão de isolamento em Bjäresjö. Um policial com ar entediado estava sentado numa viatura lendo jornal. Endireitou-se ao vê-lo se aproximando.

"Nyberg ainda está trabalhando aqui?", perguntou o inspetor, surpreso. "A investigação forense não terminou?"

"Não vi nenhum técnico por aqui", o policial respondeu.

"Ligue para Ystad e pergunte por que os cordões ainda não foram removidos", ordenou Wallander. "A família está em casa?"

"A viúva provavelmente está aí. E a filha. Os dois filhos saíram de carro horas atrás."

Wallander penetrou na área da fazenda. O banco e a mesa no arvoredo tinham sumido. Naquele belo clima de verão os acontecimentos dos últimos dias pareciam inacreditáveis. Ele bateu na porta. A viúva de Carlman abriu quase de imediato.

"Sinto incomodá-la", disse Wallander. "Mas tenho algumas perguntas e preciso das respostas o mais depressa possível."

Ela estava muito pálida. Ao entrar, Wallander sentiu um ligeiro bafo de álcool. Em algum lugar dentro da casa, a filha gritou, perguntando quem havia batido na porta. Wallander tentou se lembrar do nome da mulher que o conduzia. Tinha chegado a ouvir o nome dela? Sim — era Anita. Ouvira-o da boca de Svedberg durante a longa reunião investigativa. Sentou-se no sofá de frente para ela. Ela acendeu um cigarro. Usava um leve vestido de verão. Wallander teve um sentimento de ligeira desaprovação em relação à mulher. Mesmo que ela não amasse o marido, ele fora assassinado. As pessoas não acreditavam mais na demonstração de respeito pelos mortos? Ela não podia ter escolhido um traje mais sóbrio? Wallander tinha opiniões tão conservadoras que às vezes ele próprio se surpreendia. Tristeza e respeito não seguiam um esquema de cores.

"O inspetor gostaria de beber alguma coisa?", ela perguntou.

"Não, obrigado", Wallander respondeu. "Vou ser o mais breve possível."

Ela lançou um olhar através de seu rosto. Ele se virou. A filha, Erika, havia entrado silenciosamente e estava sentada no fundo da sala. Fumava e parecia nervosa.

"Vocês se importam se eu escutar?", ela perguntou num tom hostil.

"De jeito nenhum", respondeu a mãe. "Você é bem-vinda, pode se juntar a nós."

"Estou bem aqui", ela disse.

A mãe balançou a cabeça quase imperceptivelmente. Parecia resignada com o comportamento da filha.

"Na verdade, vim porque é domingo", Wallander começou. "Isso significa que é muito difícil obter informação dos arquivos. E, já que precisamos ter uma resposta o mais depressa possível, resolvi recorrer a vocês."

"Não precisa se desculpar", disse a mulher. "O que deseja saber?"

"Seu marido esteve preso na primavera de 1969?"

A resposta dela foi rápida e resoluta.

"Ele esteve em Långholmen entre 9 de fevereiro e 19 de junho. Eu o levei até lá e fui buscá-lo. Foi condenado por fraude e receptação de objetos roubados."

Tal franqueza fez Wallander perder sua linha de raciocínio. Mas o que havia esperado? Que ela negasse?

"Essa foi a primeira vez que ele foi condenado a cumprir pena na prisão?"

"Primeira e última."

"Pode me dizer alguma coisa mais sobre a condenação?"

"Ele negou ter recebido qualquer pintura roubada ou forjado algum cheque. Outras pessoas fizeram isso em seu nome."

"Então acha que ele era inocente?"

"Não é questão do que eu acho. Ele era inocente."

Wallander decidiu mudar de estratégica.

"Descobriu-se que seu marido conhecia Gustaf Wetterstedt, apesar do fato de tanto a senhora quanto seus filhos terem alegado que não."

"Se ele conhecesse Gustaf Wetterstedt, eu teria sabido."

"Será que ele pode ter tido contato com Wetterstedt sem seu conhecimento?"

Ela pensou por um instante antes de responder.

"Eu acharia muito difícil de acreditar", disse por fim.

Wallander imediatamente percebeu que ela estava mentindo. Mas não conseguiu entender por quê. Uma vez que não tinha mais perguntas, levantou-se.

"Espero que consiga achar a saída sozinho", disse a mulher no sofá. De súbito ela pareceu muito cansada.

Wallander caminhou até a porta. Ao passar pela filha, que estivera a fitá-lo intensamente, ela se levantou e bloqueou sua passagem, segurando o cigarro na mão esquerda.

De repente, do nada, veio um tapa que atingiu Wallander na bochecha esquerda. Ele ficou tão perplexo que deu um passo para trás, tropeçou e caiu no chão.

"Por que você deixou isso acontecer?", ela soltou um grito agudo.

Então começou a esmurrar Wallander, que conseguiu afastá-la enquanto tentava se levantar. A sra. Carlman veio em seu socorro. Fez a mesma coisa que a filha acabara de fazer com Wallander. Deu um tapa no rosto dela. Quando a moça se acalmou, a mãe a levou até o sofá. Então ela voltou para perto de Wallander, ali parado com a bochecha ardendo, dividido entre a raiva e a perplexidade.

"Erika tem estado tão deprimida pelo que aconteceu", disse Anita Carlman. "Ela perdeu o controle. O inspetor deve perdoá-la."

"Talvez ela deva consultar um médico." Wallander notou que sua voz tremia.

"Já consultou."

Wallander fez um meneio de cabeça e saiu. Tentou se lembrar da última vez que alguém o agredira. Tinha sido há mais de dez anos. Ele estava interrogando um homem suspeito de contrabando. De repente o homem pulara da cadeira próxima à mesa e lhe dera um soco na boca. Daquela vez Wallander revidara. Estava com uma raiva tão intensa que tinha quebrado o nariz do homem. Posteriormente, o homem tentara processar Wallander por brutalidade policial, mas Wallander havia sido considerado inocente. Mais tarde o homem tinha enviado uma queixa ao ouvidor da Justiça reclamando de Wallander, mas a queixa também fora abandonada sem que fossem tomadas quaisquer medidas.

Ele nunca levara um tapa de uma mulher. Quando sua esposa Mona perdia o controle, jogava coisas nele. Mas nunca havia tentado esbofeteá-lo. Com frequência perguntava-se o que teria acontecido se ela o tivesse feito. Ele teria revidado? Sabia que havia boas chances de que sim.

Ficou parado no jardim com a mão sobre a bochecha que ardia. Toda a energia que sentira pela manhã havia se evaporado. Estava tão cansado que não conseguia sequer recuperar a sensação boa que a visita das moças tinha lhe dado.

Andou de volta até o carro. O policial estava enrolando lentamente a fita amarela.

Pôs *As bodas de Fígaro* no toca-fitas. Ligou o volume tão alto que o interior do carro reverberava. A bochecha ardia. Pelo espelho retrovisor, pôde ver que estava vermelha. Quando chegou a Ystad, entrou no grande estacionamento de uma loja de móveis. Tudo estava fechado e o estacionamento, deserto. Abriu a porta do carro e deixou a música fluir. Barbara Hendricks o fez esquecer momentaneamente de Wetterstedt e Carlman. Mas a moça em chamas ainda corria pela sua mente. O campo parecia infinito. Ela continuava correndo e correndo. E queimando e queimando.

Baixou o volume da música e começou a andar de um lado a outro no estacionamento. Como sempre quando estava refletindo, caminhava olhando o chão. Então não percebeu o fotógrafo que o avistou por acaso e, com a teleobjetiva, tirou uma foto sua zanzando pelo estacionamento vazio. Algumas semanas depois, quando um Wallander atônito viu a foto, havia se esquecido de que tinha parado ali para tentar clarear a mente.

A equipe se reuniu brevemente naquela tarde. Mats Ekholm, o psicólogo, participou da reunião e repassou o que havia discutido antes com Hanson e Wallander. Höglund contou à equipe a respeito do fax e Wallander relatou que Anita Carlman confirmara a informação nele contida. Não mencionou o tapa que tinha levado. Quando Hanson perguntou, hesitante, se ele consideraria a ideia de falar com os jornalistas acampados em torno da delegacia, que pareciam saber quando havia reunião, ele se recusou.

"Temos de ensinar a esses repórteres que estamos trabalhando num assunto legal", Wallander disse, e pôde perceber quanto soava forçado. "Ann-Britt pode cuidar deles. Eu não estou interessado."

"Há alguma coisa que eu não deva dizer?", ela perguntou.

"Não diga que temos um suspeito", recomendou Wallander. "Porque não temos."

Após a reunião Wallander trocou algumas palavras com Martinson.

"Descobriu-se mais alguma coisa sobre a moça?", indagou.

"Ainda não", Martinson respondeu.

"Me informe assim que algo ocorrer."

Wallander foi para sua sala. O telefone tocou imediatamente, provocando-lhe um sobressalto. Toda vez que o telefone tocava ele esperava ser informado de outro assassinato. Mas era sua irmã. Ela lhe disse que conversara com Gertrud e que não havia dúvida de que o pai estava com mal de Alzheimer. Wallander percebeu o quanto ela estava aborrecida.

"Ele tem quase oitenta anos", ele a consolou. "Cedo ou tarde algo iria acontecer."

"Mas mesmo assim...", ela disse.

Wallander sabia o que ela queria dizer. Ele próprio poderia ter dito as mesmas palavras. Com extrema frequência a vida se reduzia a essas impotentes palavras de protesto, *mas mesmo assim.*

"Ele não vai conseguir encarar uma viagem para a Itália", ela disse.

"Se ele quiser, consegue", disse Wallander. "Além disso, eu fiz uma promessa a ele."

"Talvez eu deva viajar com vocês."

"Não. É a nossa viagem."

Desligou, perguntando-se se ela teria ficado ofendida por ele não tê-la convidado a acompanhá-los. Mas deixou esses pensamentos de lado e decidiu que realmente teria de visitar o pai. Localizou o pedaço de papel onde tinha escrito o telefone de Linda e ligou para ela. Ficou surpreso por Kajsa atender imediatamente, pois esperava que elas tivessem saído num dia tão bonito. Quando Linda veio ao telefone ele lhe perguntou se ela deixaria o ensaio para ir com ele ver o avô.

"Kajsa pode ir junto?", ela perguntou.

"Normalmente, eu diria que sim", Wallander respondeu. "Mas hoje eu gostaria que fôssemos só você e eu. Há uma coisa que preciso conversar com você."

Ele a apanhou na praça Österport. A caminho de Löderup, contou-lhe sobre a visita do avô à delegacia, e que ele estava doente.

"Ninguém sabe com que rapidez vai progredir", Wallander disse. "Mas ele vai começar a nos deixar aos poucos. Meio como um navio indo lentamente em direção ao horizonte. Nós ainda vamos poder vê-lo com clareza, mas para ele nós, cada vez mais, vamos parecer formas num nevoeiro. Nosso rosto, nossas palavras, nossas memórias comuns, tudo vai se tornar indistinto até desaparecer por completo. Ele pode ser cruel sem perceber. Pode virar uma pessoa totalmente diferente."

Wallander percebeu que ela estava aborrecida.

"Não se pode fazer nada?", ela perguntou, depois de um longo tempo em silêncio.

"Só Gertrud pode responder a isso", ele disse. "Mas não creio que haja cura."

Ele também contou à filha sobre a viagem à Itália que ele e o pai pretendiam fazer.

"Seremos só ele e eu", disse Wallander. "Quem sabe possamos resolver todos os problemas que tivemos."

Gertrud foi recebê-los na escada quando entraram no quintal. Linda correu para ver o avô, que estava pintando no estúdio que montara no velho celeiro. Wallander sentou-se na cozinha para conversar com Gertrud. Era exatamente como ele imaginara. Não havia nada a fazer a não ser tentar levar uma vida normal e esperar.

"Ele vai poder viajar para a Itália?", perguntou.

"Ele só fala nisso", ela respondeu. "E, se por acaso morrer enquanto estiver lá, não seria a pior coisa do mundo."

Ela lhe contou que o pai recebera a notícia da doença calmamente. Isso surpreendeu Wallander, acostumado a ver o pai se irritar com o mais leve mal-estar.

"Acho que ele se conformou com a velhice", disse Gertrud. "Provavelmente pensa que de modo geral viveria a mesma vida de novo se tivesse a oportunidade."

"Mas nessa vida ele teria me impedido de me tornar policial", Wallander retrucou.

"É terrível o que ando lendo nos jornais", ela disse. "Todas essas coisas horríveis com as quais você precisa lidar."

"Alguém precisa fazer isso", disse Wallander. "É assim que as coisas são."

Eles ficaram para jantar e comeram no jardim. Wallander percebeu que o pai estava de excepcional bom humor. Presumiu que a razão disso fosse Linda. Já eram onze da noite quando partiram.

"Os adultos podem ser tão infantis", Linda disse de repente. "Às vezes, para se exibir, tentam agir como jovens. Mas vovô pode parecer infantil de um jeito totalmente espontâneo."

"Seu avô é uma pessoa muito especial."

"Você sabia que está começando a se parecer com ele?", disse ela. "Vocês dois estão ficando cada vez mais parecidos, a cada ano que passa."

"Eu sei", Wallander concordou. "Mas não sei se gosto disso."

Ele a deixou onde a tinha apanhado. Combinaram que ela ligaria em alguns dias. Ele a viu desaparecer ao lado da Escola Österport e se deu conta, para seu espanto, que não havia pensado na investigação a noite toda. Imediatamente sentiu-se culpado, depois afastou esse sentimento. Sabia que não podia ter feito mais do que já fizera.

Quando chegou à delegacia, nenhum dos investigadores estava lá. Não havia mensagens importantes que justificassem resposta imediata. Foi para casa, estacionou o carro e subiu para o apartamento.

Wallander permaneceu acordado por um longo tempo nessa noite. Estava com as janelas abertas no morno ar de verão. Ouviu algo de Puccini no seu aparelho de som estéreo. Serviu-se do resto de uísque. Sentiu um pouco da felicidade que sentira na tarde em que fora de carro até a fazenda de Salomonson, antes da catástrofe. Agora estava no meio de uma investigação marcada por duas coisas. Primeira, tinham muito pouco para ajudá-los a identificar o assassino. Segunda, era bem possível que este estivesse ocupado executando seu terceiro assassinato nesse exato momento. Ainda assim, Wallander tentou tirar o caso da cabeça. E por um breve período a moça em chamas também desapareceu de sua mente. Ele precisava admitir que não podia resolver sozinho todo crime violento que ocorresse em Ystad. Só podia dar o melhor de si. Era o máximo que qualquer pessoa podia fazer.

Deitou-se no sofá e cochilou ao som da música e da noite de verão com o copo de uísque ao seu alcance.

Mas algo o trouxe de volta à superfície. Foi algo que Linda dissera no carro. Algumas palavras que subitamente assumiram todo um novo significado. Sentou-se no sofá, cenho franzido. O que ela dissera mesmo? *Os adultos podem ser tão infantis.* Havia algo ali que ele não conseguia captar. *Os adultos podem ser tão infantis.*

Então se deu conta do que era. E não conseguiu entender como pudera ser tão negligente. Calçou os sapatos, achou uma lanterna numa das gavetas da cozinha e saiu do apartamento. Pegou o carro, passou por Österleden, virou à direita e parou do lado de fora da casa de Wetterstedt, que estava às escuras. Abriu o portão do jardim na frente da casa. Levou um susto quando um gato sumiu feito uma sombra no meio dos arbustos. Dirigiu o foco da lanterna para o chão da garagem e não precisou procurar muito para encontrar o que estava buscando. Pegou as folhas arrancadas da revista entre o polegar e o indicador e as iluminou com a lanterna. Eram de um exemplar de *O Fantasma.* Revirou os bolsos em busca de um saco plástico e pôs as folhas dentro.

Então voltou para casa. Ainda estava aborrecido por ter sido tão negligente.

Os adultos podem ser tão infantis.

Um adulto podia muito bem ter se sentado no telhado da garagem lendo um número de *O Fantasma.*

16

Quando Wallander acordou, pouco antes das cinco da manhã, na segunda-feira, 27 de junho, uma frente de nuvens penetrara no continente vinda do oeste e chegara a Ystad, mas ainda não chovia. Wallander ficou na cama, tentando em vão voltar a dormir. Às seis levantou-se, tomou uma chuveirada e fez café. A fadiga era como um embotamento dolorido. Dez ou quinze anos antes ele quase nunca se sentira cansado pela manhã, não importava quanto tivesse dormido, pensou com pesar. Mas esses dias haviam ficado para trás.

Pouco antes das sete, já estava na delegacia. Ebba havia chegado antes dele e lhe deu um sorriso enquanto passava alguns recados de telefonemas.

"Pensei que você estivesse de férias", Wallander disse, surpreso.

"Hanson me pediu para ficar mais alguns dias", explicou Ebba. "Agora há tanta coisa acontecendo."

"Como está a mão?"

"Como eu disse. Não é divertido ficar velha. Tudo começa a se desmanchar."

Wallander não conseguiu se lembrar de algum dia ter ouvido Ebba fazer um comentário tão dramático. Perguntou-se se deveria lhe contar sobre o pai e sua doença, mas decidiu não falar nada. Pegou um café e sentou-se à sua mesa. Depois de verificar os recados dos telefonemas e amontoá-los sobre a pilha da noite anterior, ligou para Riga, sentindo uma pontada de culpa por estar fazendo uma ligação pessoal. Ainda era antiquado o bastante para não querer sobrecarregar o patrão. Lembrou-se de como, alguns anos antes, Hanson fora consumido por uma paixão em apostas de cavalos. Passava metade do dia ligando para as pistas de corrida por todo o país atrás de palpites. Todo mundo sabia, mas ninguém reclamava. Wallander ficara surpreso por ter sido o único a julgar que alguém deveria falar com o colega. Então, um belo dia, todos os guias de corridas e volantes de apostas semipreenchidos desapareceram de sua mesa. Por vias tortuosas, Wallander ficou sabendo que Hanson decidira parar antes de acabar completamente endividado.

Baiba atendeu o telefone depois do terceiro toque. Wallander estava nervoso. Toda vez que ligava tinha medo de que ela lhe dissesse que não deveriam mais se ver. Estava tão inseguro em relação aos sentimentos dela quanto tinha segurança dos seus. Mas ela pareceu feliz, e sua felicidade foi contagiosa. A decisão de ir a Tallinn fora tomada na última hora, ela explicou. Uma de suas amigas havia resolvido ir e pedira que Baiba a acompanhasse. Ela não tivera aulas na universidade na semana anterior, e o trabalho de tradução não tinha um prazo rígido para ser entregue. Ela lhe contou sobre a viagem e então perguntou como ele estava. Wallander decidiu não mencionar que talvez a viagem deles para Skagen gorasse. Disse que estava tudo bem. Combinaram que ele ligaria à noite. Wallander ficou ali sentado por algum tempo, preocupado com a reação dela se ele precisasse adiar as férias.

Preocupar-se era uma péssimo hábito, que parecia piorar à medida que ele ia ficando mais velho. Preocupava-se com tudo. Preocupara-se quando Baiba fora a Tallinn, preocupava-se com a possibilidade de adoecer, preocupava-se com a possibilidade de dormir demais e perder a hora, ou de que o carro pudesse quebrar. Ele se envolvia em nuvens de ansiedade. Com um sorrisinho amarelo, ponderou se Mats Ekholm seria capaz de traçar um perfil psicológico seu e sugerir como poderia se livrar de todos os problemas que ele mesmo criava.

Svedberg bateu na porta entreaberta e entrou. Ele não tivera cuidado ao trabalhar ao ar livre no dia anterior. O topo da sua cabeça estava completamente queimado de sol, bem como a testa e o nariz.

"Nunca vou aprender", Svedberg se queixou. "Dói feito o diabo."

Wallander pensou na sensação de ardência após o tapa que levara na véspera. Mas não mencionou nada a respeito.

"Passei o dia de ontem conversando com as pessoas que moram perto de Wetterstedt", Svedberg disse. "Ele saía para caminhadas com bastante frequência. Era sempre educado e cumprimentava as pessoas que encontrava. Mas não mantinha relações sociais com ninguém da vizinhança."

"Ele também tinha o hábito de dar caminhadas noturnas?"

Svedberg verificou suas anotações. "Ele costumava descer até a praia."

"Então era rotina?"

"Até onde posso dizer, era, sim."

Wallander balançou a cabeça. "Exatamente como pensei", disse.

"Surgiu mais uma coisa que pode ter algum interesse", Svedberg continuou. "Um funcionário público aposentado chamado Lantz me contou que uma repórter tocou sua campainha na segunda-feira, 20 de junho, pedindo informações de como chegar à casa de Wetterstedt. Pelo que Lantz entendeu, a repórter e o fotógrafo estavam indo lá para fazer uma matéria. Isso significa que alguém esteve na casa dele no seu último dia de vida."

"E que há fotografias", completou Wallander. "De que jornal eles são?"

"Lantz não soube dizer."

"Você vai ter de arranjar alguém para dar uns telefonemas", disse Wallander. "Isso pode ser importante."

Svedberg assentiu com a cabeça e saiu da sala.

"E você deveria passar uma pomada nessa queimadura", Wallander gritou atrás dele. "A aparência está péssima."

Wallander chamou Nyberg. Poucos minutos depois ele entrou.

"Não acho que o homem tenha ido de bicicleta", disse o técnico forense. "Encontramos atrás da casa alguns rastros de uma motocicleta ou de uma bicicleta motorizada. E todo mundo da equipe de obras da estrada tem carro."

Uma imagem cruzou a mente de Wallander, mas ele não conseguiu retê-la. Anotou o que Nyberg tinha acabado de dizer.

"O que você espera que eu faça com isso?", perguntou Nyberg segurando o saco plástico com as páginas de *O Fantasma*.

"Buscar impressões digitais", Wallander respondeu. "Que podem bater com outras impressões."

"Eu achava que só crianças liam *O Fantasma*."

"Não", retorquiu Wallander. "Você está enganado."

Quando Nyberg se foi, Wallander hesitou. Rydberg havia lhe ensinado que um policial sempre deve abordar aquilo que for mais importante num determinado momento. Mas o que era mais importante agora? Não havia uma coisa que pudesse ser considerada mais importante que outra. Wallander sabia que o que importava agora era confiar na sua paciência.

Saiu para o saguão, bateu na porta da sala que fora reservada para Ekholm e abriu. O psicólogo estava sentado com os pés na mesa, lendo alguns papéis. Fez um meneio indicando a cadeira de visitas e jogou a papelada sobre a mesa.

"Como está indo?", perguntou Wallander.

"Não muito bem", Ekholm respondeu ponderadamente. "É difícil classificar essa pessoa. É uma pena que não tenhamos um pouco mais de material para progredir."

"É preciso que ele cometa outros assassinatos?"

"De forma nua e crua, tornaria o caso mais fácil", disse Ekholm. "Em muitas investigações de *serial killers* conduzidas pelo FBI, só se consegue um avanço significativo depois do terceiro ou quarto crime. Aí é possível excluir os aspectos particulares de cada crime e começar a enxergar o padrão global. E o que estamos procurando é um padrão, algo que nos possibilite ver a mente por trás dos crimes."

"O que você pode dizer sobre adultos que leem revistas de histórias em quadrinhos?", perguntou Wallander.

Ekholm ergueu as sobrancelhas.

"Isso tem algo a ver com o caso?"

"Talvez."

Wallander lhe contou sobre sua descoberta. Ekholm escutou atentamente.

"Imaturidade ou anormalidade emocional quase sempre é algo presente em indivíduos que cometem assassinatos em série", disse Ekholm. "Eles não valorizam outros seres humanos. É por isso que não são capazes de entender o sofrimento que causam."

"Mas os adultos que leem *O Fantasma* não são todos assassinos", disse Wallander.

"Exatamente da mesma maneira que houve exemplos de *serial killers* especialistas em Dostoievski", retrucou Ekholm. "É preciso pegar uma peça do quebra-cabeça e ver se encaixa em algum lugar."

Wallander estava começando a ficar impaciente. Não tinha tempo de entrar em discussões teóricas com Ekholm.

"Agora que você deu uma lida em todo o nosso material", disse, "que tipo de conclusões tirou?"

"Na verdade, só uma", disse Ekholm. "Que ele vai atacar de novo."

Wallander esperou por algo mais, uma explicação, mas ela não veio.

"Por quê?"

"Algo no quadro geral me diz isso. E não consigo explicar por quê, exceto que se baseia na experiência. De outros casos com caçadores de troféus."

"Que tipo de imagem você vê?", perguntou Wallander. "Diga-me o que está pensando neste exato momento.

Qualquer coisa que seja. E prometo não me apegar a isso mais tarde."

"Um adulto", começou Ekholm. "Considerando a idade das vítimas e sua possível ligação com elas, eu diria que tem pelo menos trinta anos, mas pode ser mais velho. A possível identificação com um mito, talvez de um índio americano, me faz pensar que está numa condição física muito boa. Ele é ao mesmo tempo cauteloso e sagaz. Quer dizer que ele é do tipo calculista. Acho que leva uma vida regular, ordeira. Ele esconde sua vida interior sob uma capa de normalidade."

"E vai atacar de novo?"

Ekholm abriu os braços.

"Vamos torcer para que eu esteja errado. Mas você me pediu para lhe dizer o que penso."

"Wetterstedt e Carlman morreram com um intervalo de três dias", lembrou Wallander. "Se ele mantiver o padrão, vai matar alguém hoje."

"Isso não é inevitável", explicou Ekholm. "Sendo alguém engenhoso, para ele o fator tempo não precisa ser necessariamente crucial. Ele ataca quando tem certeza de que vai ser bem-sucedido. Pode acontecer algo hoje. Mas também pode levar algumas semanas. Ou anos."

Wallander não tinha mais perguntas. Pediu a Ekholm que participasse da reunião da equipe dali a uma hora. Voltou à sua sala sentindo-se cada vez mais ansioso. O homem que eles buscavam, de quem nada sabiam, atacaria novamente.

Tirou o caderno no qual anotara as palavras de Nyberg e tentou recuperar a imagem fugaz que lhe passara pela cabeça. Estava certo de que era importante, e que tinha algo a ver com a cabana dos operários da estrada. Mas não conseguiu identificá-la. Levantou-se e foi para a sala de reuniões. Nesse momento, sentiu uma tremenda falta de Rydberg.

Wallander sentou-se no seu lugar habitual, numa das pontas da mesa. Olhou em volta. Todos estavam lá. Sentiu que o grupo tinha a esperança de fazer algum avanço decisivo. Wallander sabia que ficariam decepcionados. Mas nenhum deles demonstraria. Os investigadores reunidos nessa sala eram profissionais.

"Vamos começar com uma revisão do que aconteceu no caso dos escalpos nas últimas vinte e quatro horas", disse.

Não havia planejado dizer *o caso dos escalpos.* Mas a partir desse instante esse passou a ser o nome da investigação.

Wallander geralmente aguardava para ser o último a expor seu relato, já que se esperava que fizesse uma síntese e desse novas instruções. Era natural Höglund falar primeiro. Ela passou por todos na mesa o fax que chegara das Ferragens Skoglund. O que Anita Carlman confirmara também fora checado no registro da prisão. Höglund acabara de dar início à tarefa mais difícil — encontrar evidência ou mesmo cópias das cartas que Carlman teria escrito a Wetterstedt.

"Tudo aconteceu há tanto tempo", ela concluiu. "Embora no país os arquivos geralmente sejam bem organizados, leva-se um bom tempo até achar documentos de mais de vinte e cinco anos atrás. Estamos lidando com uma época anterior ao uso de computadores."

"Mesmo assim, temos de continuar procurando", orientou Wallander. "A ligação entre Wetterstedt e Carlman é crucial."

"O homem que telefonou", interveio Svedberg, esfregando o nariz queimado. "Por que não estava disposto a dizer quem era? Quem invadiria uma loja simplesmente para mandar um fax?"

"Andei pensando nisso", Höglund disse. "Poderia haver numerosas razões para ele querer proteger sua identidade, talvez porque esteja com medo. E obviamente quis nos apontar uma direção específica."

A sala ficou em silêncio. Wallander pôde ver que Höglund estava na trilha certa. Sinalizou com a cabeça para ela continuar.

"Naturalmente, estamos só conjecturando. Mas, se ele se sente ameaçado pelo homem que matou Wetterstedt e Carlman, estaria extremamente ansioso para que nós o capturássemos. Sem revelar a própria identidade."

"Nesse caso, deveria ter nos dito algo mais", disse Martinson.

"Talvez não pudesse", Höglund objetou. "Se eu estiver certa, que ele entrou em contato conosco porque está com medo, então provavelmente nos contou tudo que sabe."

Wallander ergueu a mão. "Vamos levar isso um pouco mais longe", propôs. "O homem nos deu informações referentes a Carlman. Não a Wetterstedt. Isso é fundamental. Ele alega que Carlman escreveu para Wetterstedt e que eles se encontraram depois que Carlman foi libertado da prisão. Quem poderia saber uma coisa dessas?"

"Outro preso", Höglund sugeriu.

"Foi exatamente o que pensei", concordou Wallander. "Mas sua teoria é de que ele nos contatou porque está com medo. Isso se encaixaria se ele tivesse sido apenas colega de prisão de Carlman?"

"Não é só isso", prosseguiu Höglund. "Ele sabe que Carlman e Wetterstedt se encontram depois que Carlman saiu. Então o contato prosseguiu fora da prisão."

"Ele pode ter presenciado alguma coisa", disse Hanson, que até então se mantivera em silêncio. "Por alguma razão essa coisa levou a dois assassinatos vinte e cinco anos depois."

Wallander virou-se para Ekholm, que estava sentado a seu lado na extremidade da mesa.

"Vinte e cinco anos é um longo tempo."

"O desejo de vingança pode durar indefinidamente", explicou Ekholm. "Não há limites de prescrição de tempo. Uma das verdades mais antigas em criminologia é que um vingador pode esperar eternamente. Quer dizer, se esses aqui forem assassinatos motivados por vingança."

"O que mais poderiam ser?", questionou Wallander.

"Podemos excluir crimes contra a propriedade, com bastante probabilidade no caso de Wetterstedt, e com toda certeza no caso de Carlman."

"Um motivo pode ter muitos componentes", retorquiu Ekholm. "Um *serial killer* pode escolher suas vítimas por razões que pareçam inexplicáveis. Pegue os escalpos, por exemplo: poderíamos nos perguntar se ele está atrás de um determinado tipo de cabelo. Wetterstedt e Carlman tinham a mesma cabeleira farta de cabelos grisalhos. Não podemos descartar nada. Mas, como leigo, concordo que neste momento o ponto de contato deveria ser a coisa mais importante a focalizar."

"Será possível que estejamos raciocinando segundo linhas completamente erradas?", perguntou Martinson subitamente. "Talvez para o assassino haja um elo *simbólico* entre Wetterstedt e Carlman. Enquanto estamos procurando fatos, talvez ele veja uma conexão invisível para nós. Algo completamente inconcebível para nossas mentes racionais."

Wallander sabia que Martinson tinha a capacidade de virar uma investigação em torno de seu eixo e recolocá-la na trilha certa.

"Você está pensando em alguma coisa", Wallander disse. "Vá em frente."

Martinson deu de ombros e pareceu prestes a mudar de ideia.

"Wetterstedt e Carlman eram homens ricos", prosseguiu. "Ambos pertenciam a certa classe social. Eram representativos do poder político e econômico."

"Você está sugerindo um motivo político?", Wallander indagou, surpreso.

"Não estou sugerindo nada", respondeu Martinson. "Estou escutando vocês e tentando ver o caso claramente. Estou com tanto medo quanto qualquer pessoa nesta sala de que ele ataque de novo."

Wallander olhou em volta da mesa. Faces sérias, pálidas. Exceto Svedberg e sua queimadura de sol. Só agora percebia que todos estavam tão apavorados quanto ele. Ele não era o único a temer o próximo toque do telefone.

A reunião foi interrompida antes das dez da manhã, mas Wallander e Martinson permaneceram na sala.

"O que está acontecendo com a moça?", Wallander perguntou. "Dolores María Santana?"

"Ainda estou esperando notícias da Interpol."

"Dê um aperto neles."

Martinson lançou-lhe um olhar intrigado. "Será que realmente temos tempo para isso agora?"

"Não. Mas também não podemos simplesmente esquecer o caso."

Martinson prometeu enviar outra requisição. Wallander foi para sua sala e ligou para Lars Magnuson, que demorou um longo tempo para atender. Wallander podia perceber pelo som que ele estava bêbado.

"Preciso continuar nossa conversa", disse.

"Não mantenho conversas a essa hora do dia", retrucou Magnuson.

"Faça um café", Wallander insistiu. "E deixe as garrafas de lado. Estarei aí em meia hora." E desligou sob os protestos do amigo.

Alguém colocara dois relatórios preliminares de autópsia sobre sua escrivaninha. Wallander pouco a pouco aprendera a decifrar a linguagem utilizada pelos patologistas e médicos forenses. Muitos anos antes frequentara um curso arranjado pelo Comando Nacional de Polícia. Wallander lembrava-se de como era desagradável visitar uma sala de autópsia.

Não havia nada de inesperado nos relatórios. Ele os deixou de lado e espiou pela janela, tentando visualizar o assassino. Como seria sua aparência? O que estaria fazendo neste exato momento? Mas Wallander via apenas escuridão à sua frente. Deprimido, levantou-se e saiu.

17

Quando Wallander deixou o apartamento de Lars Magnuson, após duas horas de tentativas de conduzir uma conversa coerente, tudo que queria fazer era ir para casa tomar um banho. Não havia notado a sujeira na primeira visita, mas dessa vez ela estava óbvia. A porta da frente estava escancarada quando chegou. Magnuson estava deitado no sofá enquanto na cozinha o café fervente de um bule se derramava sobre o fogão. Ele recebera Wallander gritando-lhe que fosse para o inferno.

"Não chegue perto, simplesmente vá embora e esqueça que existe alguém chamado Lars Magnuson", berrou.

Mas Wallander manteve-se firme. O café no fogão indicava que afinal Magnuson pensara em conversar com ele, mesmo durante o dia. Wallander procurou em vão xícaras limpas. Na pia havia pratos nos quais comida e gordura pareciam ter se fossilizado. Finalmente achou duas xícaras, que lavou e carregou para a sala de estar.

Magnuson vestia apenas uma bermuda imunda. Tinha a barba por fazer e agarrava-se a uma garrafa de vinho de sobremesa como se fosse um crucifixo. Wallander ficou horrorizado com sua decadência. O que achou mais repugnante foi que Lars Magnuson estava perdendo os dentes. Wallander primeiro ficou aborrecido e depois irritado, pois o homem deitado no sofá não o escutava. Arrancou a garrafa das mãos do outro e exigiu respostas para suas perguntas. Não tinha ideia de que autoridade lhe dava o direito de agir assim. Porém Magnuson obedeceu. Até fez um esforço para se endireitar e ficar sentado. Wallander queria obter uma noção melhor da época em que Wetterstedt fora ministro da Justiça, dos boatos e do escândalo. Mas Magnuson parecia ter esquecido tudo. Não conseguia se lembrar sequer do que dissera na outra visita de Wallander. Finalmente, o inspetor lhe devolveu a garrafa e, após ter tomado alguns goles, tênues memórias começaram a emergir.

Wallander deixou o apartamento com uma pista. Num inesperado momento de lucidez, Magnuson recordou que havia um policial na divisão de narcóticos de Estocolmo que desenvolvera um particular interesse por Wetterstedt. Os rumores diziam que esse homem, que Magnuson lembrava chamar-se Hugo Sandin, tinha elaborado um dossiê sobre o ministro. Até onde Magnuson sabia, aquilo nunca dera em nada. Tinha ouvido falar que Sandin se mudara para o sul ao se aposentar, e que agora morava com o filho, que tinha uma oficina de cerâmica nos arredores de Hässleholm.

"Se ele ainda estiver vivo", acrescentou Magnuson com seu sorriso desdentado, como se torcesse para Hugo Sandin ter morrido antes dele.

Wallander voltou para a delegacia determinado a localizar Sandin. Na recepção, deu de cara com Svedberg, cujo rosto queimado ainda o estava perturbando.

"Wetterstedt foi entrevistado por uma jornalista da *MagaZenith*", Svedberg informou.

Wallander jamais ouvira falar nessa revista.

"Os aposentados a recebem", Svedberg prosseguiu. "O nome da jornalista é Anna-Lisa Blomgren, e ela levou um fotógrafo junto. Agora que Wetterstedt morreu, não vão mais publicar o artigo."

"Fale com ela", Wallander ordenou. "E peça as fotos."

Wallander foi para sua sala. Ligou para a telefonista e pediu que ela localizasse Nyberg, que ligou de volta quinze minutos depois.

"Você se lembra da máquina fotográfica na casa de Wetterstedt?, perguntou o inspetor.

"Claro que lembro", Nyberg respondeu resmungando.

"O filme já foi revelado? Sete fotos tinham sido tiradas."

"Você não as recebeu?" Nyberg estava surpreso.

"Não."

"Deveriam ter sido enviadas para você no sábado passado."

"Eu nunca recebi."

"Tem certeza?"

"Talvez estejam em algum lugar por aí."

"Vou ter de dar uma verificada nisso", Nyberg disse. "Daqui a pouco dou um retorno."

Alguém teria de suportar o impacto da ira de Nyberg, e Wallander ficou contente por não ser ele.

Encontrou o número da polícia de Hässleholm e após alguma dificuldade conseguiu o número de telefone de Hugo Sandin. Quando perguntou por Sandin, disseram-lhe que estava com cerca de oitenta e cinco anos, mas com a mente ainda aguçada.

"Ele geralmente dá uma passada aqui para nos visitar algumas vezes no ano", disse o policial com quem Wallander conversou, que se apresentou como Mörk.

Wallander anotou o número e agradeceu. Então ligou para Malmö e perguntou pelo médico que tinha feito a autópsia de Wetterstedt.

"No relatório não consta nada sobre a hora da morte", disse Wallander ao médico. "Isso é muito importante para nós."

O médico pediu-lhe que esperasse um instante enquanto pegava o arquivo. Depois de um momento voltou e se desculpou.

"Foi deixada fora do relatório. Às vezes meu gravador banca o temperamental. Mas ele morreu menos de vinte e quatro horas antes de ser encontrado. Ainda estamos esperando alguns resultados do laboratório que vão nos permitir estreitar ainda mais o intervalo de tempo."

"Vou esperar esses resultados", disse Wallander agradecendo.

Em seguida, foi ver Svedberg, que estava no computador.

"Você falou com a jornalista?"

"Estou justamente digitando o relatório."

"Descobriu a hora da visita?"

Svedberg correu os olhos pelas anotações.

"Chegaram à casa de Wetterstedt às dez da manhã e ficaram até uma da tarde."

"Depois disso, ninguém mais o viu com vida?"

Svedberg pensou um momento. "Não que eu saiba."

"Então, isso é tudo que sabemos", disse Wallander saindo da sala.

Estava prestes a telefonar para Sandin quando Martinson entrou.

"Você tem um minuto?", ele perguntou.

"Sempre", disse Wallander. "O que é que há?"

Martinson agitou uma carta na mão.

"Isto aqui chegou hoje pelo correio", disse. "É de alguém que diz ter dado carona a uma moça de Helsingborg para Tomelilla na segunda-feira, 20 de junho. Ele viu a descrição da moça nos jornais e acha que pode ter sido ela."

Martinson entregou o envelope a Wallander, que tirou a carta e a leu.

"Sem assinatura", disse.

"Mas o cabeçalho é interessante."

Wallander assentiu. "Paróquia de Smedstorp", disse. "Papel de carta oficial da igreja."

"Vamos ter que dar uma olhada lá", disse Martinson.

"Certamente", concordou Wallander. "Já que você está cuidando da Interpol e de outras coisas, deixe que eu me encarrego."

"Ainda não vejo como arrumar tempo para isso."

"Vamos fabricar tempo."

Depois que Martinson se foi, Wallander se deu conta de que fora sutilmente criticado por não deixar de lado temporariamente o caso do suicídio. Martinson pode estar certo, pensou. Não havia espaço para nada que não Wetterstedt e Carlman. Mas então concluiu que a crítica era injustificada. Eles precisavam arranjar tempo para lidar com todos os casos.

Como que para provar que tinha razão, Wallander deixou a delegacia e saiu da cidade rumo a Tomelilla e Smedstorp. A viagem lhe deu tempo para pensar nos assassinatos. A paisagem de verão parecia um pano de fundo irreal para seus pensamentos. Dois homens mortos a machadadas e escalpelados, pensou. Uma jovem entra numa plantação de colza e ateia fogo em si mesma. E, à minha volta, tudo é verão. Skåne não podia ficar mais bela que isso. Há um paraíso oculto em cada canto desta área rural. Para achá-lo, basta manter os olhos abertos. Mas também se pode dar de cara com carros fúnebres na estrada.

O escritório da paróquia ficava em Smedstorp. Depois de passar por Lunnarp, virou à esquerda. Sabia que o horário de funcionamento do escritório era irregular, mas havia carros estacionados diante da construção caiada. Um homem aparava a grama. Wallander tentou abrir a porta. Estava trancada. Ele tocou a campainha, notando na inscrição da placa de bronze que o escritório só estaria aberto na quarta-feira. Esperou. Então tocou novamente e bateu na porta. A máquina de cortar grama zumbia ao fundo. Wallander estava prestes a ir embora quando a janela do andar superior se abriu. Uma mulher botou a cabeça para fora.

“Abrimos às quartas e sextas”, ela gritou.

“Eu sei”, respondeu Wallander. “Mas é urgente. Sou da polícia de Ystad.”

A cabeça da mulher desapareceu. Aí a porta se abriu. À sua frente surgiu uma mulher loira vestida de preto, fortemente maquiada e de salto alto. O que deixou Wallander surpreso foi o colarinho clerical contrastando com o preto da roupa. Ele se apresentou. Ela fez o mesmo.

“Gunnel Nilson”, disse. “Sou a vigária desta paróquia.”

Wallander a seguiu para dentro. Se eu estivesse entrando numa boate, poderia entender isso melhor, ele pensou. Atualmente o clero não tem a aparência que eu imaginaria.

Ela abriu a porta de um escritório e pediu-lhe que se sentasse. Gunnel Nilson era uma mulher muito atraente, embora Wallander não conseguisse concluir se isso se devia ainda mais ao fato de ser vigária.

Ele viu uma carta sobre a escrivaninha. Reconheceu o cabeçalho do papel de carta da paróquia.

"A polícia recebeu uma carta num papel com esse cabeçalho. É por isso que estou aqui."

Ele lhe contou sobre a moça. A vigária parecia aborrecida. Quando ele lhe perguntou o motivo, ela explicou que estivera doente por alguns dias e não havia lido os jornais. Wallander mostrou-lhe a carta.

"Tem alguma ideia de quem escreveu isto? Ou de quem tem acesso ao seu papel de carta?"

Ela sacudiu a cabeça.

"Não está claro se quem escreveu foi um homem ou uma mulher", ressaltou Wallander.

"Não sei quem poderia ter sido", ela disse.

"Alguém do escritório mora em Helsingborg? Ou vai de carro para lá com frequência?"

Ela negou com a cabeça novamente. Wallander pôde perceber que ela estava tentando ser útil.

"Quantas pessoas trabalham aqui?", ele perguntou.

"Somos quatro. E há Anderson, que cuida do jardim. Temos também um segurança em período integral, Sture Rosell. Mas ele fica mais nas nossas igrejas. Qualquer um deles poderia ter tirado o papel de carta daqui, é claro. Além de qualquer pessoa que tenha visitado o escritório a serviço."

"Não reconhece a caligrafia?"

"Não."

"Não é ilegal dar carona", disse Wallander. "Então por que alguém escreveria uma carta anônima? Porque quiseram ocultar o fato de terem estado em Helsingborg? É intrigante."

"Eu poderia perguntar se alguém daqui foi a Helsingborg esses dias", ela sugeriu. "E tentar comparar a caligrafia."

"Se puder ajudar, eu agradeceria", disse Wallander, pondo-se de pé. "Posso ser encontrado na delegacia de Ystad."

Anotou o número para ela. Ela o acompanhou até a saída.

"Eu nunca conheci uma vigária mulher antes", ele disse.

"Muita gente ainda fica surpresa", ela replicou.

"Em Ystad temos nossa primeira chefe de polícia mulher", ele continuou. "Tudo muda."

"Para melhor, espero", ela disse sorrindo.

Wallander a fitou, concluindo que era muito bonita. Não viu nenhum anel no seu dedo. Não pôde evitar alguns pensamentos proibidos. Ela de fato era terrivelmente atraente.

O homem que aparava a grama estava agora sentado num banco, fumando. Sem realmente saber por quê, Wallander sentou-se no banco e começou a conversar com o homem. Ele tinha cerca de sessenta anos, e vestia uma camisa de trabalho azul, calça de veludo suja e um par de tênis velhos. Wallander notou que ele fumava cigarros Chesterfield sem filtro, a marca que o pai fumava quando ele era criança.

"Ela não abre a porta quando o escritório está fechado", disse o homem, com ar pensativo. "É a primeira vez que isso acontece."

"A vigária é bem bonita", Wallander comentou.

"E também é boa gente. E faz bons sermões. Não sei se alguma vez já tivemos um vigário tão bom. Mas muita gente ainda preferiria ter um homem."

"É mesmo?", indagou Wallander, distraído.

"Um bocado de gente nunca pensaria em ter uma mulher como vigário. As pessoas em Skåne são conservadoras. A maioria."

A conversa morreu. Era como se o combustível dos dois homens tivesse acabado. Wallander escutou os passarinhos. Podia sentir o cheiro da grama recém-aparada. Lembrou-se de que deveria entrar em contato com Hans Vikander, da polícia de Östermalm, e descobrir como tinha transcorrido a conversa com a mãe de Gustaf Wetterstedt. Havia um bocado de coisas a fazer. Ele certamente não tinha tempo de ficar sentado num banco defronte ao escritório da paróquia de Smedstorp.

"Você veio aqui pegar um certificado de mudança de endereço?", o homem perguntou de repente.

"Eu tinha algumas perguntas a fazer", Wallander respondeu, levantando-se.

O homem o fitou. "Estou reconhecendo você", disse. "Você é de Tomelilla?"

"Não", respondeu Wallander. "Nasci em Malmö. Mas moro em Ystad há muitos anos."

Estava a ponto de se despedir quando notou a camiseta branca por baixo da camisa desabotoada do homem. Trazia estampado o anúncio de uma linha de balsas entre Helsingborg, na Suécia, e Helsinger, na Dinamarca. Sabia que podia ser apenas coincidência, mas concluiu que não era. Sentou-se de volta no banco. O homem jogou o resto do cigarro na grama, pronto para se levantar.

"Só um momento", Wallander disse. "Há uma coisa que eu gostaria de lhe perguntar."

O homem ouviu a mudança no tom de voz de Wallander. Deu-lhe um olhar desconfiado.

"Sou da polícia", continuou Wallander. "Não vim aqui para falar com a vigária. Vim aqui falar com você. Por que não assinou a carta que mandou? Sobre a moça para quem você deu carona vindo de Helsingborg?"

Era uma jogada ousada, ele sabia, desafiando tudo que haviam lhe ensinado. Era um golpe abaixo da cintura — a polícia não tinha o direito de mentir para extrair informações, especialmente quando nenhum crime fora cometido.

Mas funcionou. O homem deu um salto, apanhado com a guarda baixa. Wallander podia vê-lo indagando-se como ele podia saber sobre a carta.

"Não é ilegal escrever cartas anônimas", Wallander disse. "Ou dar carona a quem pede. Eu só quero saber por que você fez isso. A que horas você a pegou e para onde a levou. A hora exata. E se ela disse alguma coisa durante a viagem."

"Agora estou reconhecendo você", murmurou o homem. "Você é o policial que atirou num homem na neblina alguns anos atrás. Na área de tiro perto de Ystad."

"Isso mesmo", disse Wallander. "Fui eu. Meu nome é Kurt Wallander."

"Ela estava parada na rampa da rodovia para o sul", o homem disse de repente. "Eram sete da noite. Eu tinha ido a Helsingborg comprar um par de sapatos. Meu primo tem uma loja de calçados lá. Ele me dá desconto. Geralmente não costumo dar carona. Mas ela parecia tão desamparada."

"O que aconteceu?"

"Não aconteceu nada. O que você quer dizer?"

"Quando você parou o carro. Que língua ela falava?"

"Não tenho ideia de que língua era, mas certamente não era sueco. E eu não falo inglês. Eu disse que estava indo para Tomelilla. Ela fez que sim com a cabeça. Ela mexia a cabeça para tudo que eu dizia."

"Ela tinha bagagem?"

"Nenhuma, nada."

"Nem mesmo uma bolsa?"

"Nada."

"E aí você veio embora?"

"Ela se sentou no banco traseiro. Não falava. Achei que havia algo de esquisito na coisa toda. Me arrependi de ter dado carona para ela."

"Por quê?"

"Talvez ela não estivesse indo para Tomelilla coisa nenhuma. Quem é que vai para Tomelilla?"

"Então ela não disse uma única palavra?"

"Nenhuma palavra."

"O que ela fez?"

"O que fez?"

"Ela dormiu? Ficou olhando pela janela? O quê?"

O homem tentou se lembrar.

"Houve uma coisa que depois me deixou preocupado. Toda vez que um carro passava por nós ela se abaixava e se encolhia. Como se não quisesse ser vista."

"Então ela estava com medo?"

"Com toda certeza."

"O que aconteceu depois?"

"Eu parei no trevo nos arredores de Tomelilla e ela saiu. Para dizer a verdade, acho que ela não tinha a mínima ideia de onde estava."

"Então ela não ia para Tomelilla?"

"Eu acho que ela simplesmente queria sair de Helsingborg. Eu vim embora. Mas quando estava quase chegando em casa pensei: não posso simplesmente deixá-la ali. Então virei o carro e voltei. Mas ela tinha sumido."

"Quanto tempo você levou para voltar lá?"

"No máximo dez minutos."

Wallander pensou por um momento.

"Quando você a apanhou na saída de Helsingborg, ela estava parada na rampa de acesso. É possível que ela tenha tomado uma carona até Helsingborg? Ou ela vinha de lá?"

O homem pensou um pouco.

"De Helsingborg", ele disse. "Se tivesse tomado uma carona vindo do norte, não estaria parada naquele lugar."

"E você não a viu mais? Não procurou por ela?"

"Por que eu haveria de fazer isso?"

"A que horas isso aconteceu?"

"Eu parei para ela descer às oito da noite. Eu lembro que o noticiário no rádio do carro começou assim que ela desceu."

Wallander refletiu sobre o que tinha acabado de ouvir. Sabia que tivera sorte.

"Por que você escreveu para a polícia?", indagou. "Por que uma carta anônima?"

"Eu li sobre a menina que se incendiou até morrer", o homem respondeu. "E tive uma sensação de que poderia ter sido ela. Mas resolvi não me identificar. Eu sou casado. O fato de ter dado carona a uma moça poderia ser mal interpretado."

Wallander pôde ver que ele estava dizendo a verdade.

"Esta conversa é extraoficial", explicou. "Mas ainda vou ter de pedir seu nome e número de telefone."

"Meu nome é Sven Anderson", o homem disse. "Espero que não haja nenhum problema."

"Não vai haver se você tiver dito a verdade", Wallander replicou. Ele anotou o número. "Mais uma coisa", disse. "Você consegue se lembrar se ela usava um colar?"

Anderson refletiu. Então sacudiu a cabeça. Wallander ergueu-se e apertou sua mão.

"Você foi de grande ajuda", disse.

"Era ela?", Anderson perguntou.

"É possível", respondeu Wallander. "A pergunta que precisamos responder é o que ela estava fazendo em Helsingborg."

Afastou-se de Anderson e caminhou até o carro. Exatamente no instante em que abriu a porta seu telefone tocou. Seu primeiro pensamento foi que o assassino havia atacado de novo.

18

Wallander atendeu o telefone e falou com Nyberg, que lhe disse que as fotos reveladas estavam em sua escrivaninha. Sentiu grande alívio por não ser a notícia de um terceiro assassinato. Ao pegar a estrada de volta de Smedstorp, percebeu que precisava aprender a controlar a ansiedade. Não havia como saber se o homem tinha mais vítimas em sua lista, mas Wallander não conseguia evitar uma sensação de presságio. Tinham de prosseguir na investigação como se mais nada fosse acontecer. Do contrário, desperdiçariam energias com preocupações infrutíferas. No caminho de volta para Ystad, Wallander decidiu que mais tarde nesse dia iria até Hässleholm para conversar com Hugo Sandin.

Foi direto para seu escritório e redigiu um relatório da conversa com Anderson. Tentou localizar Martinson, mas tudo que Ebba pôde lhe dizer foi que ele tinha saído da delegacia sem dizer aonde ia. Wallander tentou entrar em contato pelo celular, mas o telefone do outro estava desligado. Ficou aborrecido, pois com frequência era impossível conseguir falar com Martinson. Na próxima reunião, determinaria que todo mundo devia estar acessível o tempo todo. Então lembrou-se das fotos. Sem perceber, colocara seu caderno em cima do envelope com as fotos. Acendeu a luminária de mesa e examinou-as uma por uma. Embora não soubesse exatamente o que estava esperando, ficou desapontado. As fotografias mostravam apenas a vista da casa de Wetterstedt. Haviam sido tiradas do piso superior. Ele podia ver o barco de Lindgren com o casco virado para cima e o mar, que estava calmo. Não havia gente nas fotos. A praia estava deserta. Duas das fotografias estavam fora de foco. Wallander perguntou-se por que Wetterstedt as teria tirado se é que, de fato, havia sido ele. Pegou uma lente de aumento numa das gavetas da escrivaninha, mas ainda assim não conseguiu ver nada de interessante. Colocou-as de volta no envelope, concluindo que teria de pedir a alguma outra pessoa da equipe que desse uma olhada, só para confirmar que nada havia lhe escapado. Estava prestes a ligar para Hässleholm quando uma secretária bateu na porta com um fax de Hans Vikander, de Estocolmo. Era um relatório, cinco páginas em espaço simples, da conversa que ele tivera com a mãe de Wetterstedt. Wallander o leu rapidamente. Era um relatório preciso, mas totalmente desprovido de imaginação. Apenas perguntas de rotina. Uma entrevista relacionada com uma investigação criminal deveria equilibrar indagações genéricas com perguntas de surpresa. Mas talvez estivesse sendo injusto com Hans Vikander. Que chance haveria de que uma mulher com mais de noventa anos dissesse algo de inesperado sobre o filho, que ela mal via e com quem apenas trocava breves telefonemas?

Ao pegar um café, Wallander pensou ociosamente na vigária de Smedstorp. De volta à sua sala, discou um número em Hässleholm. Um jovem atendeu. Wallander apresentou-se. Foram necessários alguns minutos para Hugo Sandin vir ao telefone. Ele tinha uma voz clara, resoluta. Disse a Wallander que se encontraria com ele nesse mesmo dia. Wallander agarrou o caderno e anotou o endereço.

A caminho de Hässleholm, parou para comer. Já era final da tarde quando fez a conversão diante da loja de cerâmica e se dirigiu até o moinho restaurado. Havia um homem idoso no jardim arrancando ervas daninhas. Quando Wallander desceu do carro, o velho foi em sua direção, limpando as mãos. Wallander não pôde acreditar que esse homem vigoroso tinha mais de oitenta anos, que Sandin e seu pai tinham praticamente a mesma idade.

"Eu não recebo muitas visitas", disse Sandin. "Todos os meus amigos já se foram. Tenho um colega da antiga divisão de homicídios que ainda está vivo. Mas agora ele mora num lar de idosos perto de Estocolmo e não se lembra de nada que aconteceu depois de 1960. A velhice é realmente uma merda."

Sandin falava exatamente como Ebba. Já o pai de Wallander quase nunca se queixava da idade. Numa velha cocheira convertida em sala de exposição para os artigos de cerâmica havia uma mesa com uma garrafa térmica e xícaras. Por cortesia, o inspetor passou alguns minutos admirando a cerâmica exibida. Sandin sentou-se à mesa e serviu o café.

"Você é o primeiro policial que conheço que se interessa por cerâmica", disse.

Wallander sentou-se. "Na verdade, não me interesso", admitiu.

"O pessoal da polícia geralmente gosta de pescar", disse Sandin. "Em lagos nas montanhas isolados, solitários. Ou nas profundezas das florestas em Småland."

"Eu não sabia disso", Wallander disse. "Eu nunca vou pescar."

Sandin olhou para ele com ar interrogativo.

"O que você faz quando não está trabalhando?"

"Eu tenho muita dificuldade de relaxar."

Sandin assentiu, mostrando aprovação.

"Ser policial é uma vocação", disse. "É como ser médico. Sempre estamos em serviço. Estejamos de uniforme ou não."

Wallander não disse nada, embora discordasse. Algum dia talvez tivesse acreditado que ser policial era uma vocação. Mas não mais. Ao menos não pensava mais assim.

"Então", Sandin o estimulou. "Eu li nos jornais o que está se passando em Ystad. Me diga o que eles deixaram de fora."

Wallander contou as circunstâncias que cercavam os dois assassinatos. Vez ou outra Sandin interrompia com uma pergunta, sempre pertinente.

"Então ele pode matar de novo", disse quando Wallander terminou.

"Não podemos ignorar essa possibilidade."

Sandin arrastou a cadeira para trás, afastando-a da mesa, e esticou as pernas.

"E você quer que eu lhe conte a respeito de Gustaf Wetterstedt", disse. "Vou ter muito prazer em contar. Posso primeiro perguntar como você descobriu que muito tempo atrás tive um interesse especial nele?"

"Um jornalista em Ystad me contou. Lars Magnuson. Infelizmente, virou alcoólatra."

"Não reconheço o nome."

"Bem, ele era o sujeito que sabia sobre você."

Sandin ficou sentado em silêncio, alisando os lábios com um dos dedos. Wallander sentiu que ele estava procurando o ponto certo por onde começar.

"A verdade sobre Wetterstedt é simples e direta", Sandin disse. "Ele era um patife. Pode ter dado a impressão de ser um ministro da Justiça competente. Mas era totalmente inadequado para a função."

"Por quê?"

"As atividades dele eram governadas pelos interesses da sua carreira, e não pelo bem do país. Esse é o pior atestado que se pode dar a um ministro de Estado."

"E, mesmo assim, estava sendo considerado para ser líder do partido?"

Sandin sacudiu a cabeça vigorosamente. "Isso não é verdade", respondeu. "Isso era especulação da mídia. Dentro do partido era óbvio que ele jamais poderia ser o líder. É difícil ver até como ele chegou a ser membro."

"Mas ele foi ministro da Justiça durante anos. Não podia ser totalmente inadequado."

"Você é jovem demais para se lembrar. Mas em algum momento dos anos 50 houve uma mudança. Ela foi quase imperceptível, mas aconteceu. A Suécia estava navegando em ventos incrivelmente auspiciosos. Parecia haver fundos ilimitados disponíveis para erradicar a pobreza. Ao mesmo tempo, ocorreu uma mudança na vida política. Os políticos estavam virando profissionais. Políticos de carreira. Antes disso, o idealismo tinha sido o aspecto dominante da vida política. Agora, esse idealismo estava começando a se diluir. Gente como Wetterstedt começou sua ascensão. Associações juvenis tornaram-se os celeiros dos políticos do futuro."

"Vamos falar dos escândalos", disse Wallander, receando que Sandin se perdesse em reminiscências políticas.

"Ele usava prostitutas", disse Sandin. "Não era o único, é claro. Mas tinha certas predileções às quais sujeitava as moças."

"Ouvi que uma delas registrou queixa."

"O nome dela era Karin Bengtson. Vinha de uma situação miserável em Eksjö. Fugiu para Estocolmo e chamou nossa atenção pela primeira vez em 1954. Alguns anos depois acabou se envolvendo com o grupo do qual Wetterstedt pegava as garotas. Em janeiro de 1957 ela registrou uma queixa contra ele. Ele havia cortado a sola de seus pés com uma gilete. Eu mesmo me encontrei com ela na época. Ela mal podia andar. Wetterstedt sabia que tinha ido longe demais. A queixa foi retirada, e Bengtson foi paga para se calar. Ela recebeu dinheiro para investir numa butique de roupas em Västerås. Em 1959, o dinheiro apareceu por mágica na conta bancária dela, dinheiro suficiente para comprar uma casa. Em 1960, ela começou a passar férias em Mallorca todo ano."

"De onde vinha o dinheiro?"

"Mesmo naquela época havia uma caixinha para suborno. A família real sueca tinha estabelecido um precedente pagando o silêncio de mulheres que haviam sido íntimas do velho rei."

"Karin Bengtson ainda é viva?"

"Morreu em 1984. Ela nunca se casou. Eu nunca mais a vi depois que ela se mudou para Västerås. Mas de vez em quando telefonava, até seu último ano de vida. Ela sempre estava totalmente bêbada."

"Por que ela ligava?"

"Logo que eu soube que havia uma prostituta que queria registrar queixa contra Wetterstedt, entrei em contato com ela. Eu queria ajudá-la. A vida dela tinha sido destruída. A autoestima dela não era das mais elevadas."

"Por que você se envolveu?"

"Naquela época eu era bastante radical. Havia gente demais na polícia que aceitava a corrupção. Eu, não. Como continuo não aceitando agora."

"O que aconteceu depois, quando Karin Bengtson saiu de cena?"

"Wetterstedt continuou se portando como antes. Ele cortou um monte de garotas. Mas nenhuma delas registrou queixa. Duas inclusive desapareceram."

"O que você quer dizer?"

Sandin olhou para Wallander com ar de surpresa.

"Eu quero dizer que nunca mais se ouviu falar delas. Nós as procuramos, tentamos localizá-las. Mas elas sumiram."

"O que você acha que aconteceu?"

"Elas foram mortas, é claro. Dissolvidas em ácido, atiradas no mar. Como é que eu vou saber?"

Wallander não podia acreditar no que estava ouvindo.

"Isso pode ser verdade?", perguntou em tom de dúvida. "Parece incrível."

"Como é mesmo que se diz? É incrível mas é verdade?"

"Você acha que Wetterstedt cometeu assassinato?"

Sandin sacudiu a cabeça.

"Não estou afirmando isso. Na verdade, estou convencido de que ele não o fez. Eu não sei exatamente o que aconteceu, provavelmente nunca vou saber. Mas ainda podemos tirar conclusões, mesmo que não haja evidência real."

"Estou com uma tremenda dificuldade de aceitar que isso seja verdade", disse Wallander.

"É absolutamente verdade", disse Sandin com firmeza. "Wetterstedt não tinha consciência. Mas nada pode ser provado."

"Havia muitos rumores sobre ele."

"E todos eram justificados. Wetterstedt usava sua posição e seu poder para satisfazer seus desejos sexuais pervertidos. Mas ele também se meteu em negociatas que o deixaram rico."

"Negócios com arte?"

"Roubo de arte, mais provavelmente. No meu tempo livre eu tentava rastrear todas as conexões. Eu sonhava que um dia seria capaz de jogar na mesa do promotor um relatório tão meticuloso que Wetterstedt não seria apenas forçado a renunciar, mas passaria um bom tempo cumprindo pena na prisão. Infelizmente, nunca consegui chegar a isso."

"Você deve ter um bocado de material daqueles tempos, não é?"

"Queimei tudo alguns anos atrás. No forno de cerâmica do meu filho. Pelo menos dez quilos de papel."

Wallander praguejou baixinho. Não imaginara que Sandin se livraria do material que juntara com tanto empenho.

"Eu ainda tenho uma boa memória", disse Sandin. "Provavelmente posso me lembrar de tudo que queimei."

"Arne Carlman", disse Wallander. "Quem era ele?"

"Um homem que alçou a arte de mascatear a um nível mais elevado."

"Na primavera de 1969 ele esteve na prisão de Långholmen", disse Wallander. "Recebemos uma dica anônima de que ele havia entrado em contato com Wetterstedt. E que os dois se encontraram depois que Carlman saiu da cadeia."

"Carlman surgia volta e meia nos relatórios. Acho que ele acabou em Långholmen por algo simples, como passar cheque sem fundos."

"Você achou alguma ligação entre ele e Wetterstedt?"

"Havia evidência de que eles se encontraram já no final da década de 50. Aparentemente os dois tinham interesse em apostas de cavalos. Os nomes de ambos apareceram ligados a uma batida policial numa pista em Taby em 1962. O nome de Wetterstedt foi removido, já que não se julgou sensato contar ao público que o ministro da Justiça era frequentador de pistas de corrida."

"Que tipo de negócios eles tinham?"

"Nada que tenhamos sido capazes de detectar. Eles circulavam como planetas em órbitas separadas que ocasionalmente se cruzavam."

"Eu preciso encontrar essa ligação", disse Wallander. "Estou convicto de que precisamos encontrá-la para identificar o assassino."

"Geralmente você consegue achar o que está buscando se procurar com bastante afinco", disse Sandin.

O celular de Wallander tocou. Ele sentiu um medo gelado. Porém mais uma vez enganou-se. Era Hanson.

"Eu só queria saber se você volta hoje. Senão, marco uma reunião para amanhã."

"Aconteceu alguma coisa?"

"Nada crucial. Todo mundo está mergulhado nas próprias tarefas."

"Amanhã cedo, às oito", disse Wallander. "Hoje à noite, não."

"Svedberg foi ao hospital dar uma examinada nas queimaduras de sol", disse Hanson.

"Isso acontece todo ano", Wallander retrucou. E desligou o telefone.

"Você aparece um bocado nos jornais", disse Sandin. "Parece que de vez em quando resolve fazer as coisas do seu próprio jeito."

"A maior parte do que dizem não é verdade", disse Wallander.

"Muitas vezes eu me pergunto como é ser policial nos dias de hoje", Sandin disse.

"Eu também", concordou o inspetor.

Os dois se levantaram e caminharam até o carro de Wallander. A noite estava bonita.

"Você consegue pensar em alguém que quisesse matar Wetterstedt?", Wallander perguntou.

"Provavelmente existem várias pessoas", Sandin respondeu.

Wallander estacou.

"Talvez estejamos pensando nisso do jeito errado", disse. "Talvez devêssemos separar as investigações. Não procurar um denominador comum, mas dois fatores separados. E achar a conexão dessa maneira."

"Os assassinatos foram cometidos pelo mesmo homem", disse Sandin, "de modo que as investigações precisam estar interligadas. De outra forma, você poderia acabar na trilha errada."

Wallander concordou com a cabeça.

"Me ligue de novo qualquer dia", disse Sandin. "Eu tenho todo o tempo do mundo. Envelhecer significa solidão. Uma longa espera pelo inevitável."

"Você alguma vez se arrependeu de ter entrado para a polícia?", Wallander perguntou.

"Nunca. Por que haveria de me arrepender?"

"Só fiquei curioso. Obrigado por dedicar seu tempo a conversar comigo."

"Você vai pegá-lo", Sandin disse em tom encorajador. "Mesmo que demore um pouco."

Wallander fez um meneio de cabeça agradecendo o incentivo e entrou no carro. Ao se afastar, pôde ver Sandin arrancando ervas da grama pelo espelho retrovisor.

Eram 7h45 quando Wallander chegou de volta a Ystad. Estacionou o carro diante do seu prédio e estava prestes a entrar pela porta principal quando se lembrou de que não tinha nada para comer em casa. E que mais uma vez se esquecera de mandar o carro para a revisão. Soltou um palavrão em voz alta.

Foi a pé até o centro e jantou num restaurante chinês na praça. Era o único freguês. Depois do jantar, caminhou até o porto e deu uma volta pelo píer. Observando os barcos a balançar no ancoradouro, pensou nas duas conversas que tivera nesse dia.

Dolores María Santana ficara parada na rampa da rodovia de Helsingborg certa tarde, à espera de uma carona. Não falava sueco e estava assustada. Tudo que sabiam a respeito dela era que havia nascido na República Dominicana.

Enquanto formulava suas questões, observou um velho e bem conservado barco de madeira. Por que e como ela viera para a Suécia? Do que ela estava fugindo? Por que havia se incendiado até morrer?

Ele prosseguiu e avançou ainda mais ao longo do píer.

Havia uma festa a bordo de um iate. Alguém ergueu um copo e disse "*Skål*" para Wallander. Ele inclinou a cabeça e ergueu um copo invisível.

No final do píer sentou-se num tronco de amarração e rememorou sua conversa com Sandin. Tudo era um tremendo emaranhado. Não conseguia ver a ponta do fio, algo que pudesse provocar um avanço significativo.

Ao mesmo tempo, ainda tinha uma sensação de pavor. Não conseguia se desligar da possibilidade de que poderia acontecer novamente. Jogou um punhado de cascalho na água e se pôs de pé. A festa no iate estava a toda. Ele caminhou de volta para casa pelo centro. A pilha de roupa suja ainda estava no chão no meio da sala. Fez um lembrete para si mesmo e colocou sobre a mesa da cozinha. *Revisão do carro*! Então ligou a TV e deitou-se no sofá.

Pouco depois telefonou para Baiba. A voz dela estava nítida e próxima.

"Você parece cansado", ela disse. "Tem muita coisa para fazer?"

"Não está tão ruim assim", ele mentiu. "Mas sinto sua falta."

Ele ouviu sua risada. "Vamos nos ver logo, logo", ela disse.

"O que realmente você foi fazer em Tallinn?"

Ela riu de novo. "Me encontrar com outro homem. O que você supunha?"

"Exatamente isso."

"Você precisa dar uma dormida", ela disse. "Eu posso perceber isso até aqui em Riga. Fiquei sabendo que a Suécia está se saindo bem na Copa do Mundo."

"Você se interessa por esporte?", Wallander perguntou, surpreso.

"Às vezes. Especialmente quando a Letônia joga."

"As pessoas aqui estão completamente doidas pela Copa."

"E você, não?"

"Prometo que vou melhorar. Quando a Suécia jogar com o Brasil, vou tentar ficar acordado para assistir."

Ele ouviu novamente sua risada. Quis dizer mais alguma coisa, mas não lhe ocorreu nada. Após desligar, voltou à TV. Por algum tempo, tentou assistir a um filme. Então desligou e foi para a cama. Antes de cair no sono pensou no pai. Nesse outono fariam uma viagem à Itália.

19

Os ponteiros fluorescentes do relógio se retorciam feito cobras mostrando 19h10 de terça-feira, 28 de junho. Algumas horas mais tarde a Suécia enfrentaria o Brasil. Isso fazia parte do plano. Todo mundo estaria de olho pregado na TV. Ninguém pensaria no que estava acontecendo do lado de fora numa noite de verão.

O piso do porão estava frio sob seus pés descalços. Ele estivera sentado diante de seus espelhos desde cedo pela manhã. Completara sua grande transformação várias horas antes, mudando o padrão do lado direito do rosto. Pintara o enfeite circular com tinta azul. Até agora, tinha usado tinta vermelho sangue. Sua fisionomia estava ainda mais assustadora.

Pousou o último pincel e pensou na tarefa que o aguardava. Seria o maior sacrifício por sua irmã, ainda que tivesse sido obrigado a alterar os planos. Por um breve momento as forças do mal que o cercavam haviam assumido o controle. Ele passara uma noite inteira nas sombras debaixo da janela da irmã planejando sua estratégia. Ficara sentado entre os dois escalpos esperando ser tomado pelo poder da terra. Com sua lanterna havia lido do livro sagrado que ela lhe dera, e compreendeu que nada o impedia de mudar a ordem do que tinha preparado.

A última vítima programada era o malvado pai de ambos. Mas, já que o homem que deveria encontrar seu destino nessa noite havia deixado subitamente o país, a sequência precisaria ser modificada.

Ele escutou o coração de Gerônimo batendo em seu peito. As batidas eram como sinais do passado. Seu coração era um tambor enviando uma mensagem: o mais importante era não se desviar de sua sagrada tarefa. A terra sob seus pés já clamava por uma terceira oferenda.

Ele esperaria até o terceiro homem voltar do exterior. Seu pai teria de tomar o lugar dele.

Ao sentar-se na frente dos espelhos, passando por sua grande transformação, ele ansiava encontrar-se com seu pai com especial senso de antecipação. Essa missão exigia uma preparação cuidadosa. Ele começara por aprontar suas ferramentas. Levara mais de duas horas para prender uma lâmina ao machado de brinquedo que ganhara do pai como presente de aniversário. Na época, estava com sete anos. Mesmo naquela época, sabia que um dia o usaria contra o homem que lhe dera o presente. Agora, o momento finalmente tinha chegado. Ele reforçara a haste de plástico mal decorada com fita especial utilizada pelos jogadores de hóquei.

Você não sabe o nome dela. Não é para cortar lenha. É uma machadinha chamada tomahawk.

Sentiu uma violenta revolta ao lembrar como o pai lhe dera o presente tanto tempo antes. Era uma réplica de plástico fabricada num país asiático. Agora, com uma lâmina apropriada, ele a transformara num machado de verdade.

Esperou até as oito e meia, repassando mais uma vez o plano. Examinou suas mãos, notando que não tremiam. Tudo estava sob controle. Os arranjos feitos durante os últimos dois dias asseguravam que as coisas correriam bem.

Pôs na mochila as armas, uma garrafa de vidro embrulhada num lenço e uma corda. Então pegou o capacete, apagou a luz e saiu do recinto. Quando chegou à rua, olhou para cima. O céu estava nublado. Poderia chover. Ele ligou a bicicleta motorizada que roubara no dia anterior e foi até o centro de Malmö. Na estação ferroviária entrou numa cabine telefônica. Havia escolhido de antemão uma cabine meio afastada. Numa das laterais grudara no vidro um cartaz falso que anunciava um concerto num clube de jovens. Não havia ninguém por perto. Tirou o capacete e ficou parado com a face pressionada contra o cartaz. Então inseriu seu cartão telefônico no aparelho e digitou o número. Com a mão esquerda segurou um trapo sobre a boca. Faltava pouco para as nove da noite. Esperou enquanto o telefone tocava. Estava totalmente calmo. Seu pai atendeu. Hoover pôde ouvir sua irritação. Isso significava que ele já tinha começado a beber e não queria ser incomodado.

Ele falou através do trapo, segurando o fone longe da boca.

"É Peter", disse. "Tenho uma coisa que deve interessar a você."

"O que é?" Seu pai ainda estava aborrecido. Mas acreditou que quem estava ligando era Peter.

"Selos. Valem quase meio milhão."

O pai hesitou. "Você tem certeza?"

"Pelo menos meio milhão. Talvez mais."

"Fale um pouco mais alto, sim?"

"A ligação deve estar ruim."

"De onde você está ligando?"

"De uma casa em Limhamn."

Seu pai pareceu menos irritado. Ele tinha conseguido prender seu interesse. Hoover optara por selos porque seu pai certa vez havia pegado sua própria coleção que Hoover levara um bom tempo para juntar e a vendera.

"Não dá para esperar até amanhã? O jogo contra o Brasil vai começar logo mais."

"Estou indo para a Dinamarca amanhã. Ou você pega esta noite, ou alguma outra pessoa vai querer."

Hoover sabia que o pai jamais deixaria uma quantia tão grande como essa parar no bolso de outra pessoa. Esperou, ainda completamente calmo.

"Tudo bem, eu vou", disse o pai. "Onde você está?"

"No clube de barcos em Limhamn. No estacionamento."

"Por que você não está em Malmö?"

"Eu disse que era uma casa em Limhamn, não disse?"

"Eu vou estar aí", o pai confirmou.

Hoover desligou e pôs o capacete.

Deixou o cartão telefônico dentro do aparelho. Tinha tempo de sobra para chegar em Limhamn. Seu pai sempre se despia antes de começar a beber. E nunca fazia nada com pressa. Sua preguiça era tão grande quanto sua ganância. Deu partida na bicicleta motorizada e percorreu a cidade até sair na estrada que levava a Limhamn. Havia apenas uns poucos carros no estacionamento do clube de barcos. Escondeu a bicicleta atrás de uns arbustos e jogou fora as chaves. Tirou o capacete e pegou o machado. Colocou cuidadosamente o capacete na mochila, de modo a não danificar a garrafa de vidro.

Então esperou. Seu pai geralmente estacionava o furgão num dos cantos do estacionamento quando entregava propriedade roubada. Hoover imaginou que agora ele faria a mesma coisa. Seu pai era uma criatura de hábitos. E já estava bêbado, com o julgamento embotado e as reações lerdas.

Vinte minutos depois, viu o furgão. Os faróis varreram as árvores antes de seu pai virar e entrar no estacionamento. Exatamente conforme Hoover esperava, ele parou num dos cantos. Hoover correu descalço atravessando o pátio até chegar ao furgão. Ao ouvir o pai abrindo a porta do motorista, moveu-se rapidamente até o outro lado. Seu pai olhou o estacionamento de costas para ele. Hoover ergueu o machado e o golpeou na nuca com o lado cego. Esse era o momento crítico. Não quis acertá-lo com um golpe forte que provocasse sua morte, mas com força suficiente para que o pai, um homem grande e muito forte, ficasse desacordado.

O homem caiu no calçamento sem um único som. Hoover esperou um instante com o machado erguido, mas o pai permaneceu imóvel. Hoover buscou as chaves do carro e destravou as portas laterais do furgão, arrastando o pai para o carro. Levou alguns minutos para enfiar o corpo todo lá dentro. Pegou a mochila, entrou no carro e fechou as portas. Acendeu a luz interna. O pai ainda estava inconsciente. Com a corda, amarrou suas mãos atrás das costas, e depois as pernas a uma das barras de sustentação dos bancos. Em seguida, tapou sua boca com uma fita e apagou a luz. Sentou-se no assento do motorista e deu partida. Alguns anos antes, seu pai lhe ensinara a dirigir. Saiu do estacionamento em direção ao anel rodoviário que circunda Malmö. Uma vez que estava com o rosto pintado, não queria passar por locais onde as luzes da rua pudessem atravessar a janela e iluminar o interior do carro. Seguiu pela E65 e continuou rumo ao leste. Faltava pouco para as dez. O jogo estava para começar.

Ele descobrira o lugar por acaso. Estava voltando para Malmö depois de observar a polícia trabalhando na praia perto de Ystad, a praia onde executara a primeira tarefa sagrada que lhe fora dada pela irmã. Montado em sua pequena bicicleta motorizada, seguindo pela costa, descobrira o ancoradouro, quase impossível de se avistar da estrada. Imediatamente percebeu que havia encontrado o lugar certo.

Uma hora depois chegou ao local e saiu da estrada com os faróis desligados. O pai ainda estava inconsciente, mas gemia baixinho. Ele se apressou em afrouxar a corda amarrada ao banco e o tirou do carro. O homem grunhia enquanto Hoover descia, arrastando-o em direção ao ancoradouro. Virou o pai de costas e amarrou seus braços e pernas aos anéis de ferro. O pai parecia uma pele de animal esticada ao sol para secar. Vestia um terno amarrotado, a camisa desabotoada até a barriga. Hoover tirou os sapatos e as meias. Então pegou a mochila no furgão. Havia uma leve brisa. Uns poucos carros passavam lá em cima, na estrada, mas os faróis não chegavam até ali.

Quando voltou, o pai tinha recuperado a consciência. Estava de olhos arregalados. Jogava a cabeça para a frente e para trás, puxando os braços e as pernas. Hoover não resistiu a parar nas sombras para observá-lo. Não via mais um ser humano à sua frente. Seu pai sofrera a transformação que ele planejara. Era um animal.

Hoover saiu das sombras e foi até o ancoradouro. Seu pai o fitava. Hoover percebeu que ele não o estava reconhecendo. Pensou no medo que sentia quando seu pai o fitava. Agora o jogo tinha virado. O terror mudara de forma. Curvou-se até ficar próximo ao rosto do pai, de modo que este pudesse enxergar através da pintura e perceber que se tratava de seu próprio filho. Seria a última coisa que iria ver. Seria a imagem que carregaria consigo ao morrer.

Hoover havia tirado a tampa da garrafa e a segurava atrás das costas. Rapidamente derramou algumas gotas de ácido hidroclorídrico no olho esquerdo do pai. Em algum lugar debaixo da fita o homem começou a berrar. Ele lutou com todas as suas forças. Hoover puxou sua outra pálpebra e, mantendo-a aberta, derramou ácido no outro olho. Então se levantou e jogou a garrafa no mar. À sua frente estava um bicho jogando-se para a frente e para trás em seus espasmos de morte. Hoover olhou para baixo, observando novamente as próprias mãos. Seus dedos tremiam ligeiramente. Isso era tudo. A besta ali deitada no cais à sua frente retorcia-se espasmodicamente. Hoover tirou a faca da mochila e cortou a pele do topo da cabeça do animal. Ergueu o escalpo na direção do céu noturno. Então pegou o machado e o baixou atravessando a testa do bicho com tanta força que a lâmina se enterrou na madeira sob a cabeça.

Terminado. Logo sua irmã seria trazida de volta à vida.

Pouco antes da uma da manhã, voltou para Ystad no furgão. A cidade estava deserta. Por um bom tempo perguntou-se se estava fazendo a coisa certa. Mas o coração pulsante de Gerônimo o convencera. Vira a polícia fuçando na praia, observara os policiais se movendo como que numa neblina perto da fazenda que visitara. Gerônimo o exortara a desafiá-los.

Entrou na estação ferroviária. Já havia escolhido o local. Havia serviços em andamento para substituir alguns velhos canos de esgoto. Havia uma lona cobrindo a escavação. Desligou os faróis e baixou o vidro. Ao longe pôde ouvir alguns homens berrando, embriagados. Saiu do carro e puxou parte da lona para trás. Então escutou de novo. Silêncio. Rapidamente, abriu as portas do furgão, arrastou o corpo do pai para fora e o enfiou no buraco. Recolocou a lona no lugar, deu partida e foi embora. Faltava pouco para as duas da manhã quando parou o carro no estacionamento externo do aeroporto de Sturup. Verificou cuidadosamente se havia esquecido algo. Havia um bocado de sangue no carro. Ele tinha sangue nos pés. Pensou em toda a confusão que iria causar, como a polícia ficaria ainda mais atrapalhada.

De repente parou e ficou imóvel.

O homem que saíra do país poderia não retornar. Ele precisaria de um substituto. Pensou nos policiais que vira na praia junto ao bote virado. Pensou naqueles que vira do lado de fora da fazenda onde havia se realizado a festa do Solstício. Um deles. Um deles seria sacrificado de modo que sua irmã pudesse retornar à vida. Ele escolheria um. Descobriria seus nomes e então jogaria pedras numa rede, tal como Gerônimo fizera, e mataria aquele que o sorteio escolhesse.

Puxou o capacete sobre a cabeça. Então voltou para sua bicicleta motorizada, que deixara ali no dia anterior, estacionada junto a um poste de luz, antes de pegar um ônibus de volta a Malmö. Ligou o motor e partiu. Já estava clareando quando enterrou o escalpo do pai sob a janela da irmã.

Cautelosamente, destrancou a porta do apartamento em Rosengård. Ficou parado, escutando. Então entrou no quarto onde o irmão dormia. Tudo estava quieto. A cama da mãe, vazia. Ela estava deitada no sofá da sala, dormindo de boca aberta. Ao seu lado, na mesa, uma garrafa de vinho semivazia. Ele a cobriu delicadamente com um cobertor. Depois, trancou-se no banheiro e limpou a pintura do rosto.

Eram quase seis horas da manhã quando ele se despiu e foi para a cama. Pôde ouvir um homem tossindo lá fora, na rua. Sua mente estava completamente vazia. Ele adormeceu imediatamente.

SKÅNE

29 DE JUNHO-4 DE JULHO DE 1994

20

O homem que ergueu a lona soltou um berro. Então saiu correndo.

Uma das bilheteiras estava do lado de fora da estação ferroviária fumando um cigarro. Eram quase sete horas da manhã de 29 de junho, e o dia prometia ser quente. A bilheteira foi arrancada de seus pensamentos, focalizados menos na venda de passagens do que na viagem que faria em breve para a Grécia. Ela se virou ao ouvir o berro. Viu o homem largar a lona e correr em direção ao terminal da balsa. A bilheteira jogou fora o cigarro e caminhou até a vala. Olhou um instante a cabeça ensanguentada, depois soltou a lona como se tivesse se queimado. Correu para dentro da estação tropeçando num par de malas largadas no meio do saguão e agarrou um dos telefones dentro do escritório da administração.

A chamada chegou à delegacia de Ystad pela linha 90-000 pouco depois das sete. Svedberg, que tinha chegado bem mais cedo do que de hábito, foi convocado a atender a ligação. Quando ouviu a bilheteira falar de uma cabeça sangrando, ficou gelado. Sua mão tremia quando escreveu uma única palavra, *estação*, e desligou. Discou duas vezes o número errado antes de conseguir falar com Wallander. "Acho que aconteceu de novo", disse.

Por alguns breves instantes, Wallander não entendeu o que Svedberg quis dizer, ainda que toda vez que o telefone tocasse ele temesse exatamente isso. Mas nessa hora experimentou um momento de choque, ou talvez uma tentativa desesperada de negação.

Ele sabia que jamais se esqueceria desse momento. Fugazmente, pensou que era como ter uma premonição de sua própria morte, um momento em que a negação e a fuga eram impossíveis. *Acho que aconteceu de novo.* Sentiu-se como se fosse um brinquedo de corda. As palavras gaguejadas de Svedberg eram como mãos girando a chave presa às suas costas. Foi arrancado do sono e da cama, dos sonhos que não conseguia lembrar mas que talvez tivessem sido agradáveis. Vestiu-se num frenesi desesperado, botões soltos e cordões dos sapatos desatados, enquanto descia correndo as escadas e saía para a rua.

Quando os pneus guincharam com o frear do carro, que, aliás, ainda precisava de uma revisão, Svedberg já estava lá. Dirigidos por Norén, alguns policiais estavam ocupados desenrolando a fita indicativa de cena de crime. Svedberg tentava consolar a bilheteira em prantos com desajeitadas palmadinhas nas costas, enquanto alguns homens de macacão azul espiavam dentro da vala, agora transformada num pesadelo. Wallander deixou a porta do carro aberta e correu em direção a Svedberg. Não sabia realmente por que estava correndo. Talvez seu mecanismo policial interno tivesse começado a se acelerar. Ou talvez estivesse com tanto medo do que iria ver que simplesmente não se preocupou em chegar perto devagar.

A face de Svedberg estava totalmente branca. Ele fez um sinal com a cabeça em direção ao buraco. Wallander caminhou lentamente e respirou fundo algumas vezes antes de espiar lá dentro.

Era pior do que poderia ter imaginado. Estava olhando diretamente para o interior do cérebro de um homem morto. Ann-Britt Höglund chegou perto de Wallander. Ela se retesou e desviou o olhar. A reação dela fez com que ele começasse a pensar com clareza.

"Não há nenhuma dúvida", disse a Höglund, virando as costas para o buraco. "É ele de novo."

Ela estava muito pálida. Wallander receou que fosse desmaiar. Colocou os braços em torno de seus ombros. "Tudo em ordem?", perguntou.

Ela fez que sim.

Martinson chegou junto com Hanson. Wallander viu ambos levarem um susto ao espiarem dentro do buraco. Ele foi acometido de fúria. O homem que tinha feito isso precisava ser freado.

"Deve ser o mesmo assassino", disse Hanson com uma voz vacilante. "Será que isso nunca vai parar? Não posso mais assumir essa responsabilidade. Björk sabia disso antes de ir embora? Vou pedir reforços ao Comando Nacional de Polícia."

"Faça isso", disse Wallander. "Mas primeiro vamos tirá-lo dali e ver se conseguimos resolver isso nós mesmos."

Hanson encarou Wallander com um ar de descrença. O inspetor percebeu que Hanson estava pensando que eles próprios iram tirar o morto de dentro do buraco.

Uma enorme multidão tinha se formado do lado de fora do cordão de isolamento. Wallander lembrou-se do que sentira em relação ao assassinato de Carlman. Chamou Norén de lado e pediu-lhe que pegasse a câmera fotográfica de Nyberg emprestada e tirasse fotos, da forma mais discreta possível, das pessoas paradas junto ao cordão. Nesse meio-tempo a viatura de emergência do corpo de bombeiros havia chegado ao local. Nyberg dirigia sua equipe em torno do buraco. Wallander foi até ele, evitando olhar para o corpo.

"Mais uma vez", disse Nyberg. Não estava sendo cínico. Seus olhares se encontraram.

"Nós temos de pegá-lo", disse Wallander.

"O mais rápido possível, espero."

Nyberg deitou-se de bruços de modo a poder examinar a face do morto. Quando se ergueu novamente chamou Wallander, que se encaminhava para falar com Svedberg. Ele voltou.

"Você viu os olhos dele?", Nyberg perguntou.

Wallander negou com a cabeça. "O que houve com eles?"

Nyberg deu um sorriso amarelo. "Aparentemente dessa vez o assassino não se contentou em tirar o couro cabeludo", disse. "Parece que também arrancou os olhos."

"O que você quer dizer?"

"O homem dentro da cova não tem olhos", respondeu Nyberg. "Há dois buracos onde os olhos deviam estar."

Levaram duas horas para retirar o corpo. Wallander conversou com o operário que tinha erguido a lona e com a bilheteira parada na entrada da estação sonhando com a Grécia. Anotou a hora em que tinham visto o corpo. Pediu a Nyberg que vasculhasse os bolsos do morto para ver se conseguiam estabelecer sua identidade, mas eles estavam vazios.

"Nada, nada?", perguntou Wallander, surpreso.

"Absolutamente nada", disse Nyberg. "Mas pode ter caído alguma coisa. Vamos dar uma procurada por aqui."

Eles o ergueram por meio de um plástico. Wallander forçou-se a olhar o rosto do morto. Nyberg estava certo. O homem não tinha olhos. O cabelo arrancado fazia com que parecesse um animal morto, não um ser humano deitado num lençol de plástico a seus pés.

Wallander sentou-se na escadaria da estação. Estudou suas anotações. Chamou Martinson, que conversava com um médico.

"Sabemos que ele não está aqui há muito tempo", disse. "Conversei com os operários que estão trabalhando na substituição dos encanamentos de esgoto. Eles puseram a lona às quatro da tarde de ontem. Então o corpo foi colocado aqui entre essa hora e sete da manhã de hoje."

"Há muita gente por aqui à noite", disse Martinson. "Pessoas passeando, trânsito da estação e do terminal das balsas. Deve ter acontecido durante a madrugada."

"Há quanto tempo ele morreu?", perguntou Wallander. "É isso que eu quero saber. E quem ele é."

Nyberg não tinha encontrado nenhuma carteira. Não tinham nada que ajudasse a estabelecer a identidade do homem. Höglund se aproximou e sentou-se junto a eles.

"Hanson está falando em pedir reforços ao Comando Nacional de Polícia", ela disse.

“Eu sei”, retrucou Wallander. “Mas não vai fazer nada até eu mandar. O que o médico diz?”

Ela consultou suas anotações. “Cerca de quarenta e cinco anos”, disse. “Forte, boa constituição.”

“Isso faz dele o mais jovem até agora”, disse Wallander.

“Lugar estranho para esconder o corpo”, notou Martinson. “Será que ele achou que iam interromper o trabalho durante as férias de verão?”

“Talvez simplesmente tenha querido se desfazer dele”, disse Höglund.

“Então por que escolheu esse buraco?”, perguntou Martinson. “Deve ter dado muito trabalho jogá-lo lá dentro. E havia o risco de alguém ver.”

“Talvez ele quisesse que o corpo fosse encontrado”, Wallander disse pensativo. “Não podemos descartar essa possibilidade.”

Eles o encararam atônitos, esperando a explicação, mas ele permaneceu em silêncio.

O corpo foi transportado para Malmö. Partiram todos para a delegacia. Norén havia tirado fotos da multidão que se acotovelava junto à área cercada.

Mats Ekholm tinha aparecido durante a manhã e observou longamente o corpo. Wallander fora ao seu encontro.

“Seu desejo foi satisfeito”, ele havia lhe dito. “Mais uma vítima.”

“Eu não desejei isso”, replicara Ekholm, sacudindo a cabeça.

Agora Wallander lamentava seu comentário. Teria de explicar a Ekholm o que tinha querido dizer.

Logo depois das dez da manhã, fecharam a porta da sala de reuniões, após Hanson mais um vez dar instruções para que as ligações não fossem passadas. Porém, mal tinham começado a reunião quando o telefone tocou. Hanson agarrou o aparelho e soltou um latido, vermelho de raiva. Mas devagar foi afundando na cadeira. Wallander imediatamente entendeu que havia alguém muito importante na linha. Hanson adotou a conduta obsequiosa de Björk, fez alguns breves comentários, respondeu a perguntas, mas durante a maior parte do tempo ficou simplesmente escutando. Quando o telefonema se encerrou, colocou o fone de volta no gancho como se fosse um frágil objeto antigo.

"Deixe-me adivinhar... O Comando Nacional de Polícia", disse Wallander. "Ou o promotor público. Ou um repórter de televisão."

"O comissário da polícia federal", retrucou Hanson. "Ele expressou ao mesmo tempo insatisfação e encorajamento."

"Parece uma combinação estranha", disse Höglund secamente.

"Ele é bem-vindo para vir aqui e ajudar", disse Svedberg.

"O que ele sabe de trabalho policial?", explodiu Martinson. "Absolutamente nada."

Wallander bateu a caneta na mesa. Todos estavam transtornados, incertos do que fazer a seguir, e ele sabia que tinham muito pouco tempo antes de se tornarem sujeitos a uma bateria de críticas. Jamais estariam totalmente imunes a pressões externas. Podiam apenas contrapor-se a elas focalizando a atenção no oscilante centro da busca. Ele tentou juntar seus pensamentos, sabendo que não tinham nada para ir adiante.

"O que nós sabemos?", ele começou, olhando em volta da mesa. Sentia-se como um padre que tinha perdido a fé. Mas precisava dizer algo para sacudi-los e transformá-los novamente numa unidade.

"O homem foi jogado naquela vala em algum momento durante a noite passada. Vamos supor que tenha acontecido nas primeiras horas. Podemos presumir que ele não foi assassinado ali. Deve haver um bocado de sangue no lugar onde ele foi morto. Nyberg não tinha achado nada até a hora que viemos embora, de modo que o homem deve ter sido transportado para lá num veículo. Talvez as pessoas que trabalham na barraca de cachorro-quente perto do cruzamento da ferrovia tenham notado alguma coisa. Parece que ele foi morto por um golpe fortíssimo pela frente que trespassou seu crânio de um lado a outro."

Martinson ficou completamente branco. Levantou-se e saiu da sala sem dizer uma palavra. Wallander decidiu continuar sem ele.

"Ele foi escalpelado, como os outros. E seus olhos foram arrancados. O médico não estava certo de como isso foi feito, mas havia algumas manchas perto dos olhos que poderiam indicar algum agente corrosivo. Talvez nosso especialista tenha alguma opinião sobre o que isso indica."

Wallander virou-se para Ekholm.

"Ainda não", disse o psicólogo. "É cedo demais."

"Nós não precisamos de uma análise abrangente", disse Wallander com firmeza. "A esta altura temos de pensar em voz alta. Talvez consigamos descobrir a verdade. Nós não acreditamos em milagres. Mas não temos muita coisa mais para prosseguir."

"Acho que o fato de os olhos terem sido tirados significa algo", cedeu Ekholm. "Podemos presumir que se trata do mesmo homem. Essa vítima era mais jovem que as outras duas. E sofreu a perda da visão, provavelmente quando ainda estava viva. Deve ter sido uma dor excruciante. O assassino tirou o couro cabeludo dos dois primeiros que matou, e dessa vez também. Mas também cegou a vítima. Por quê? Que tipo de vingança estava levando a cabo dessa vez?"

"O homem deve ser um psicopata", disse Hanson de repente. "Um *serial killer* do tipo que eu achava que existia só nos Estados Unidos. Mas aqui? Em Ystad? Em Skåne?"

"Ainda existe algo sob controle nele", interveio Ekholm. "Ele sabe o que quer. Ele mata e escalpela. Ele arranca ou dissolve os olhos. Não há nada indicando uma fúria indomada. Psicopata, sim. Mas um psicopata no controle de suas ações."

"Há casos de algo assim ter acontecido antes?", perguntou Höglund.

"Não que eu me recorde", replicou Ekholm. "Pelo menos não aqui na Suécia. Nos Estados Unidos fizeram-se estudos sobre o papel que os olhos desempenham em assassinatos cometidos por psicopatas. Vou ler sobre isso hoje."

Wallander estivera ouvindo a conversa apenas parcialmente. Um pensamento que ele ainda não conseguia apreender direito viera-lhe à mente. Era algo acerca de olhos. Algo que alguém dissera a respeito de olhos. O que tinha sido? Ele voltou sua atenção para a reunião. Mas o pensamento ficou pairando na sua cabeça como uma dor desconfortável.

"Mais alguma coisa?", perguntou a Ekholm.

"No momento, não."

Martinson voltou para a sala. Ainda estava pálido.

"Eu tenho uma ideia", disse Wallander. "Depois de ouvir Mats falar, estou convicto de que o assassinato ocorreu em algum outro lugar. O homem deve ter gritado. Alguém deve ter visto ou ouvido alguma coisa se aconteceu nos arredores da estação de trem. Temos de confirmar isso. Mas, por enquanto, digamos que eu esteja certo. Por que, então, ele escolheu aquele buraco para esconder o corpo? Eu conversei com um dos operários. Person é o nome dele, Erik Person. Ele disse que o buraco foi cavado na segunda-feira à tarde. Menos de dois dias atrás. O assassino pode ter tropeçado nele por puro acaso, é claro. Mas isso não combina com o fato de que ele planeja tudo que faz com o máximo cuidado. O assassino deve ter estado nas redondezas da estação em algum momento depois de segunda-feira à tarde. Deve ter olhado a vala para ver se era funda o suficiente. Vamos ter de interrogar todos os operários. Será que eles notaram alguém zanzando por perto? E será que o pessoal da estação notou alguma coisa?"

Todos em volta da mesa escutavam com a máxima atenção, fazendo-o sentir que suas ideias não estavam totalmente fora de rumo.

"Eu também acho que a questão da escolha do esconderijo para o corpo é crucial", prosseguiu. "Ele devia saber que o corpo seria achado na manhã seguinte. Então por que escolheu aquele buraco? Para que o corpo fosse descoberto? Ou será que existe alguma outra explicação?"

Todos na sala esperaram que ele continuasse.

"Será que ele está zombando de nós?", indagou Wallander. "Será que ele quer nos ajudar? Ou será que está querendo nos enganar? Será que ele quer me levar a pensar exatamente da maneira que estou pensando agora? Qual seria outra alternativa?"

Ninguém respondeu.

"O momento também é importante", acrescentou Wallander. "Este assassinato é muito recente. Isso pode nos ser favorável."

"Para isso, precisamos de ajuda", disse Hanson. Ele claramente estava à espera de uma oportunidade para trazer à tona a questão dos reforços.

"Ainda não", retrucou Wallander. "Vamos decidir mais tarde, ainda hoje. Ou talvez amanhã. Pelo que sei, ninguém nesta sala vai sair de férias já. Vamos manter o assunto neste grupo por mais alguns dias. Aí podemos buscar reforços se for necessário. E quanto à conexão? Agora há mais uma pessoa para se encaixar no quebra-cabeça que estamos tentando montar." Olhou mais uma vez em torno da mesa. "Temos de entender que ele pode atacar de novo", concluiu. "Na verdade, devemos presumir que vai atacar."

A reunião estava encerrada. Todos sabiam o que tinham de fazer. Wallander permaneceu sentado à mesa enquanto os outros se alinhavam para sair. Estava tentando recapturar seu pensamento. Estava certo de que era algo que alguém tinha dito em relação à investigação. Alguém mencionara olhos. Voltou mentalmente para o dia em que ficara sabendo que Wetterstedt fora assassinado. Buscou na memória, mas não achou nada. Irritado, jogou a caneta de lado e foi até a cantina pegar um copo de café. Ao voltar para sua sala, pôs o copo sobre a mesa e estava quase fechando a porta quando viu Svedberg caminhando pelo saguão. Ele estava andando depressa. Só fazia isso quando algo importante havia acontecido. Wallander imediatamente sentiu um nó no estômago. Mais um, não, pensou. Simplesmente não conseguimos lidar com tanta coisa.

"Acho que encontramos a cena do crime", disse Svedberg.

"Onde?"

"Nossos colegas de Sturup descobriram um furgão de entregas encharcado de sangue no estacionamento do aeroporto."

Um furgão. Encaixava.

Poucos minutos depois o grupo deixou a delegacia. Wallander não podia se lembrar de outro momento em sua vida em que sentira ter tão pouco tempo. Quando chegaram nos limites da cidade, disse a Svedberg que ligasse os faróis de polícia. Nos campos que ladeavam a estrada, um fazendeiro colhia sua colza.

21

Chegaram ao aeroporto de Sturup. O ar dava a sensação de estar estagnado no calor opressivo do final da manhã. Num período de tempo bastante curto determinaram que o assassinato provavelmente tinha ocorrido dentro do furgão. Também julgaram saber quem era o morto.

O furgão era um Ford do final da década de 60, com portas laterais corrediças e pintado desleixadamente de preto, com manchas visíveis do cinza original. A lataria estava amassada em diversos pontos. Estacionado num local isolado, parecia um lutador de boxe que acabara de ser desclassificado pela contagem, pendurado nas cordas do seu canto.

Wallander conhecia alguns dos policiais de Sturup. Também sabia que não era especialmente popular após um incidente ocorrido no ano anterior. As portas laterais do furgão estavam abertas. Alguns técnicos forenses já o estavam examinando. Um policial chamado Waldemarson veio ao encontro deles. Mesmo tendo dirigido feito loucos de Ystad para Sturup, Wallander procurou parecer totalmente indiferente.

"Não é uma visão bonita", disse Waldemarson enquanto apertavam as mãos.

Wallander e Svedberg foram até o Ford e olharam o interior iluminado pela lanterna de Waldemarson. O piso estava coberto de sangue.

"Ouvimos no noticiário da manhã que ele tinha atacado de novo", Waldemarson disse. "Eu telefonei e falei com uma investigadora de quem não lembro o nome."

"Ann-Britt Höglund", disse Svedberg.

"Seja lá o que for, ela disse que vocês estavam procurando uma cena de crime", prosseguiu Waldemarson. "E um veículo."

Wallander assentiu com a cabeça. "Quando vocês acharam o furgão?", perguntou.

"Nós verificamos o estacionamento diariamente. Tivemos um grande número de roubos de carros aqui. Mas você sabe do que estou falando."

Wallander assentiu novamente. Durante a investigação sobre carros roubados exportados para a Polônia, ele entrara em contato com a polícia do aeroporto várias vezes.

"Este furgão não estava aqui ontem à tarde", disse Waldemarson. "Não pode estar aqui há mais de dezoito horas."

"Quem é o proprietário?", Wallander perguntou.

Waldemarson tirou um caderno do bolso. "Björn Fredman. Mora em Malmö. Ligamos para o número dele, mas ninguém atendeu."

"Poderia ser ele a pessoa que encontramos no buraco?"

"Sabemos algumas coisas sobre Fredman", disse Waldemarson. "Malmö nos passou essa informação. Ele é conhecido como receptador e cumpriu pena várias vezes."

"Um receptador", disse Wallander, sentindo um lampejo de excitação. "De obras de arte?"

"Eles não disseram. Você vai ter que falar com nossos colegas."

"Com quem devo pedir para falar?", Wallander perguntou com firmeza, tirando o celular do bolso.

"Um tal de inspetor Sven Forsfält."

Wallander entrou em contato com Forsfält. Explicou quem era. Por alguns segundos a conversa ficou inaudível por causa do barulho de um avião. Wallander pensou na viagem para a Itália que planejava fazer com o pai.

"Antes de tudo, temos de identificar o homem", disse Wallander quando o avião terminou de levantar voo rumo a Estocolmo.

"Como era a aparência dele?", perguntou Forsfält. "Eu vi Fredman diversas vezes."

Wallander deu a descrição mais acurada que pôde.

"Poderia ser ele", Forsfält disse. "Em todo caso, era um sujeito grande."

Wallander pensou por um momento. "Você pode ir até o hospital?", perguntou. "Precisamos de uma identificação positiva o mais rápido possível."

"Claro que posso."

Wallander o preveniu: "Então prepare-se, porque é uma visão hedionda. Ele teve os olhos arrancados. Ou queimados por corrosão".

Forsfält não respondeu.

"Estamos indo a Malmö", disse Wallander. "Precisamos de ajuda para entrar no apartamento dele. Ele tinha família?"

"Era divorciado", informou Forsfält. "Da última vez que esteve preso, foi por agressão."

"Achei que era por receptar propriedade roubada."

"Também. Fredman vivia ocupado. Mas só fazia coisas ilegais. Nisso ele era coerente."

Wallander se despediu e ligou para Hanson a fim de lhe dar um breve apanhado.

"Ótimo", disse Hanson. "Mantenha-me a par logo que tiver mais informações. Aliás, sabe quem telefonou?"

"O comissário nacional outra vez?"

"Quase. Lisa Holgerson. A sucessora de Björk. Ela desejou boa sorte. Disse que só queria checar como está a situação."

"É ótimo que as pessoas estejam nos desejando boa sorte", comentou Wallander, sem conseguir entender por que Hanson estava se referindo a essa ligação num tom tão irônico.

Ele pegou emprestada a lanterna de Waldemarson e iluminou o interior do furgão. Viu uma pegada no sangue. Inclinou-se para a frente.

"Não é uma pegada de sapato. É um pé esquerdo."

"Um pé descalço?", admirou-se Svedberg. "Então ele passeia descalço no sangue das pessoas que mata?"

"Não sabemos se é *ele*", disse Wallander dubiamente.

Despediram-se de Waldemarson e seus colegas. Wallander esperou no carro enquanto Svedberg corria até o bar do aeroporto para comprar alguns sanduíches.

"O preço é um absurdo", ele reclamou ao voltar.

Wallander não se deu ao trabalho de responder. "Apenas dirija", limitou-se a dizer.

Passava do meio-dia quando pararam diante da delegacia de polícia em Malmö. Ao descer do carro, Wallander viu Björk andando em sua direção. Björk parou e ficou olhando para ele, como se tivesse surpreendido Wallander fazendo algo que não devia.

"Você, aqui?", disse.

"Precisamos de você de volta", disse Wallander numa tentativa de fazer piada. Então explicou o que havia acontecido.

"É assustador o que está se passando", disse Björk. Wallander pôde detectar que seu tom de ansiedade era genuíno. Não havia lhe ocorrido antes que o ex-colega pudesse estar sentindo falta das pessoas com quem trabalhara por tantos anos em Ystad.

"Nada é exatamente a mesma coisa", disse Wallander. "Como é que Hanson está se saindo?"

"Não acho que esteja gostando da função."

"Ele pode dar uma ligada se precisar de ajuda."

"Eu digo a ele."

Björk se foi e eles entraram na delegacia. Forsfält ainda não havia retornado do hospital. Tomaram café na cantina enquanto esperavam.

"Tenho curiosidade de saber como seria trabalhar aqui", disse Svedberg, olhando em volta e vendo todos os policiais almoçando.

"Um dia talvez terminemos todos aqui", disse Wallander. "Se resolverem fechar nosso distrito. Uma delegacia de polícia por condado."

"Nunca iria funcionar."

"Não, mas poderia acontecer. O Comando Nacional de Polícia e aqueles burocratas têm uma coisa em comum: sempre tentam fazer o impossível."

Forsfält surgiu. Eles se levantaram, apertaram-se as mãos e o seguiram até seu escritório. Wallander teve uma impressão favorável do colega. Lembrava Rydberg. Forsfält tinha no mínimo sessenta anos e uma expressão amigável. Mancava ligeiramente. Wallander sentou-se e olhou alguns quadros com fotos de crianças rindo pendurados na parede. Imaginou que deviam ser os netos de Forsfält.

“Björn Fredman”, disse Forsfält. “É ele mesmo, sim, senhor. Com uma aparência assustadora. Quem faria uma coisa dessas?”

“Se nós soubéssemos...”, disse Wallander. “Quem era Fredman?”

“Um homem de cerca de quarenta e cinco anos que nunca teve um emprego honesto na vida”, começou Forsfält. “Eu não tenho todos os detalhes. Mas pedi os registros para o pessoal dos computadores. Ele era receptador e cumpriu pena por agressão. Ataques bem violentos, segundo me recordo.”

“Ele estava envolvido em receptação de obras de arte roubadas?”

“Não que eu me lembre.”

“É uma pena”, disse Wallander. “Isso estabeleceria um elo com Wetterstedt e Carlman.”

“Tenho um pouco de dificuldade de imaginar que Fredman e Wetterstedt pudessem fazer muito uso um do outro.”

“Por que não?”

“Deixe-me falar claramente”, disse Forsfält. “Björn Fredman era o que se costuma chamar de cara grosso. Ele bebia um bocado e se metia em brigas. Quase não tinha educação, apesar de saber ler, escrever e fazer contas razoavelmente bem. Seus interesses dificilmente poderiam ser considerados sofisticados. E era um homem brutal. Eu mesmo o interroguei diversas vezes. O vocabulário dele consistia quase que exclusivamente de palavrões e xingamentos.”

Wallander escutava. Quando Forsfält terminou a frase, ele olhou para Svedberg.

"Voltamos à estaca zero de novo", Wallander disse lentamente. "Se não houver conexão entre Fredman e os outros dois."

"Pode haver coisas que não sei", Forsfält disse.

"Só estou pensando em voz alta", explicou Wallander.

"E a família dele?", perguntou Svedberg. "Eles ainda moram aqui em Malmö?"

"Ele se divorciou há alguns anos", Forsfält respondeu. "Tenho certeza disso."

Ele pegou o telefone e fez uma ligação. Alguns minutos depois entrou na sala uma secretária com uma pasta sobre Fredman e a deu a Forsfält. Este deu uma olhada rápida e em seguida a colocou sobre a mesa.

"Ele se divorciou em 1991. Sua mulher continuou no apartamento deles com as crianças. Fica em Rosengård. São três filhos. O mais novo era apenas um bebê quando eles se separaram. Fredman se mudou de volta para um apartamento na Stenbrottsgatan que havia mantido por muitos anos. Ele usava esse apartamento basicamente como escritório e depósito. Não creio que a esposa soubesse da existência dele. Também era lá que ele levava outras mulheres."

"Vamos começar por esse apartamento", disse Wallander. "A família pode esperar. Você providencia para que eles sejam avisados da morte dele?"

Forsfält fez que sim. Svedberg tinha saído para o hall no intuito de dar um telefonema para Ystad. Wallander ficou parado junto à janela, tentando resolver o que era mais importante. Parecia não haver ligação entre as primeiras duas vítimas e Fredman. Pela primeira vez teve uma premonição de que estavam seguindo uma pista falsa. Haveria uma explicação totalmente diferente para os assassinatos? Decidiu repassar todo o material da investigação naquela noite com a mente aberta. Svedberg retornou e se postou ao seu lado.

"Hanson ficou aliviado", ele disse.

Wallander concordou com a cabeça. Mas não disse nada.

"Segundo Martinson, chegou uma mensagem importante da Interpol sobre a garota", Svedberg prosseguiu.

Wallander não estava prestando atenção. Teve de pedir a Svedberg que repetisse. A moça parecia fazer parte de algo que acontecera muito tempo antes. No entanto, sabia que cedo ou tarde teria de retomar o caso dela. Ambos permaneceram em silêncio.

"Eu não gosto de Malmö", Svedberg disse subitamente. "Só me sinto feliz quando estou em casa, em Ystad."

Svedberg detestava sair da sua cidade natal. Isso havia virado uma piada corrente na delegacia. Wallander perguntou-se quando ele próprio se sentira realmente feliz. Mas então lembrou-se da última vez: tinha sido quando Linda surgira à sua porta no domingo cedo.

Forsfält veio apanhá-los. Pegaram o elevador e desceram até o estacionamento. Em seguida, dirigiram-se para uma área industrial ao norte da cidade. O vento tinha começado a soprar. O céu ainda estava sem nuvens. Wallander estava sentado ao lado de Forsfält no banco dianteiro.

"Você conheceu Rydberg?", ele perguntou.

"Se conheci Rydberg?", o outro respondeu lentamente. "Certamente que sim. Bastante bem. Ele costumava vir para Malmö às vezes."

Wallander ficou surpreso com a resposta. Sempre pensara que Rydberg havia descartado tudo para fazer seu trabalho, inclusive os amigos.

"Foi ele que me ensinou tudo que sei", disse Wallander.

"Foi trágico ele nos deixar tão cedo", Forsfält disse. "Ele deveria ter vivido mais tempo. Sempre sonhou em ir para a Islândia."

"A Islândia?"

Fosfält fez que sim. "Era o grande sonho dele. Ir para a Islândia. Mas não aconteceu."

Wallander foi assaltado pela percepção de que Rydberg mantivera algo escondido dele. Jamais imaginaria que ele sonhasse com uma peregrinação à Islândia. Não imaginava que Rydberg tivesse qualquer sonho ou, na verdade, qualquer segredo.

Forsfält parou diante de um bloco de apartamentos de três andares. Apontou para uma fileira de janelas no térreo com as cortinas fechadas. O edifício era velho e malconservado. O vidro da porta da frente estava remendado com um pedaço de madeira. Wallander teve a sensação de estar entrando num prédio que não devia mais existir. A existência deste prédio não é um desafio à Constituição?, ele pensou sarcasticamente. Havia um fedor de urina nas escadas.

Forsfält destrancou a porta. Wallander perguntou-se onde ele teria arranjado as chaves. Entraram no hall e acenderam a luz. Havia alguma correspondência de propaganda no chão. Wallander deixou Forsfält tomar a dianteira. Andaram pelo apartamento, que consistia em três quartos e uma cozinha minúscula, apertada, que parecia um depósito. Fora a cama aparentemente nova, o apartamento parecia largado. A mobília estava espalhada ao acaso pelos quartos. Algumas figuras de porcelana barata enfeitavam uma estante estilo anos 50 na sala de estar. Num dos cantos havia uma pilha de revistas e alguns pesos de ginástica. Para sua grande surpresa, Wallander notou um CD de música folclórica turca em cima do sofá. As cortinas estavam fechadas.

Forsfält deu uma volta pelo apartamento acendendo todas as luzes. Wallander o seguiu, enquanto Svedberg sentou-se numa cadeira na cozinha e ligou para Hanson. Wallander abriu a porta de correr para a despensa, puxando-a com o pé. Lá dentro havia várias caixas fechadas de uísque Grant's. Tinham sido enviadas pela destilaria escocesa para um comerciante de vinhos na Bélgica. Ele se perguntou como teriam vindo parar no apartamento de Fredman.

Forsfält entrou na cozinha com algumas fotografias do proprietário. Wallander fez que sim. Não havia dúvida de que era ele que haviam encontrado. Voltou para a sala e tentou decidir o que realmente esperava descobrir. O apartamento de Fredman era exatamente o oposto das casas de Wetterstedt e Carlman. É assim que é a Suécia, pensou. As diferenças entre as pessoas são tão grandes hoje quanto eram na época em que alguns viviam em mansões senhoriais e outros, em choupanas.

Ele notou uma escrivaninha atulhada de revistas sobre antiguidades. Deviam estar relacionadas com as atividades de Fredman como receptador. A escrivaninha possuía apenas uma gaveta. Dentro, um monte de receitas, canetas quebradas, um maço de cigarros e uma foto emoldurada. Era de Fredman e sua família. Ele estava sorrindo abertamente para a câmera. Ao seu lado, a esposa, segurando um bebê recém-nascido nos braços. Atrás da mãe, uma menina no início da adolescência. Ela fitava a câmera com um olhar de terror. Ao seu lado, logo atrás da mãe, um garoto alguns anos mais novo. Tinha a face contraída, como se estivesse resistindo a alguma coisa. Wallander levou a foto até a janela e abriu a cortina. Examinou-a longamente. Uma família infeliz? Uma família que ainda não havia encontrado a felicidade? Uma criança recém-nascida que não tinha ideia do que a aguardava? Havia algo na fotografia que o perturbava, mas não conseguiu identificar o que era. Levou-a de volta para o quarto, onde Forsfält ohava embaixo da cama.

"Você disse que ele cumpriu pena por agressão", disse Wallander.

Forsfält se ergueu e olhou para a foto.

"Ele batia na mulher sem piedade", respondeu. "Batia nela quando ela estava grávida. Batia quando a criança era bebê. Mas, estranhamente, nunca foi para a cadeia por causa disso. Uma vez ele quebrou o nariz de um motorista de táxi. Deu uma surra num ex-sócio até deixá-lo quase morto quando desconfiou que ele o estava enganando."

Continuaram a busca pelo apartamento. Svedberg tinha acabado de conversar com Hanson. Balançou a cabeça negativamente quando Wallander perguntou se havia acontecido alguma coisa. Levaram duas horas para vasculhar o local. O apartamento de Wallander era idílico quando comparado ao de Fredman. Não encontraram nada a não ser uma sacola de viagem contendo castiçais antigos. Wallander compreendeu por que a linguagem era recheada de palavrões. O apartamento era tão vazio e desarticulado quanto o vocabulário do dono.

Finalmente foram embora. O vento estava mais forte. Forsfält ligou para a delegacia e lhe disseram que a família de Fredman fora informada de sua morte.

"Eu gostaria de falar com eles", disse Wallander quando entraram no carro. "Mas provavelmente é melhor esperar até amanhã."

Ele sabia que não estava sendo honesto. Detestava perturbar uma família cujo parente havia sofrido uma morte violenta. Acima de tudo, não conseguia suportar falar com crianças que tinham acabado de perder um dos pais. Esperar até o dia seguinte não faria a menor diferença para eles. Mas proporcionava a Wallander um espaço para respirar.

Eles se despediram diante da delegacia. Forsfält entraria em contato com Hanson para resolver as formalidades entre os dois distritos. Marcou um encontro com Wallander para a manhã seguinte.

Wallander e Svedberg voltaram para Ystad. A mente de Wallander estava fervilhando de ideias. Eles permaneceram em silêncio.

22

A silhueta de Copenhague estava visível através da névoa do outro lado do estreito.

Wallander não fazia ideia se conseguiria encontrar-se ali com Baiba ou se o assassino que perseguiam — a respeito de quem pareciam saber ainda menos, como se isso fosse possível — o obrigaria a adiar suas férias.

Ele estava parado esperando no terminal do *hovercraft* em Malmö. Era a manhã do último dia de junho. Na noite anterior Wallander decidira levar Höglund em vez de Svedberg quando voltasse a Malmö para falar com a família de Fredman. Ela pedira para partirem bem cedo, a fim de que tivesse tempo de se desincumbir de uma tarefa no caminho. Svedberg não se queixara nem um pouco de ser deixado para trás. Seu alívio de não precisar sair de Ystad por dois dias seguidos era evidente. Enquanto Höglund dava conta de sua tarefa no terminal — Wallander não havia perguntado o que era —, ele havia passeado pelo cais. Uma lancha leve — *Corredora*, lhe pareceu estar escrito — deslizava porto afora. O dia estava quente. Ele tirou o paletó e o jogou no ombro, bocejando.

Depois de voltarem de Malmö na noite anterior, o inspetor convocara uma reunião com a equipe, já que todos ainda estavam na delegacia. Ele e Hanson também haviam conduzido uma entrevista coletiva improvisada. Ekholm participara da entrevista. Ainda estava elaborando um perfil psicológico do assassino, mas tinham combinado que Wallander deveria informar à imprensa que estavam à procura de alguém que não era considerado perigoso para o público, mas que decerto era extremamente perigoso para suas vítimas.

Tinha havido uma divergência de opiniões quanto à sensatez de se adotar esse curso de ação. Mas Wallander insistira em que não podiam ignorar a possibilidade de alguém se apresentar por pura e simples autopreservação. A imprensa adorou essa informação, mas ele se sentiu desconfortável, sabendo que estavam dando ao público a melhor informação que podiam, já que o país estava em vias de fechar para as férias de verão. Mais tarde, terminadas a entrevista coletiva e a reunião, ele estava exausto.

Wallander ainda não tinha olhado o telex da Interpol em poder de Martinson. A garota sumira de Santiago de los Treinta Caballeros em dezembro. O pai, Pedro Santana, trabalhador rural, havia informado seu desaparecimento à polícia em 14 de janeiro. Dolores María, que então tinha dezesseis anos, mas que completara dezessete em 18 de fevereiro — fato que deixou Wallander particularmente deprimido —, estivera em Santiago à procura de trabalho como empregada doméstica. Antes disso, vivera com o pai numa aldeiazinha a setenta quilômetros da cidade. Estava hospedada na casa de parentes quando desaparecera. A julgar pelo parco relatório, a polícia dominicana não mostrara muito interesse no caso, embora o pai tivesse insistido para que não parassem de procurá-la, conseguindo o envolvimento de um jornalista, mas a polícia acabara chegando à conclusão de que ela provavelmente havia deixado o país.

A trilha acabava aí. Os comentários da Interpol eram breves. Dolores María Santana não fora vista em qualquer um dos países associados à rede internacional de polícia. Até agora.

"Ela desaparece numa cidade chamada Santiago", disse Wallander. "Cerca de seis meses depois, surge de repente na plantação de colza de um fazendeiro chamado Salomonson, onde se incendeia até morrer. O que isso significa?"

Martinson sacudiu a cabeça, desanimado. Wallander estava tão cansado que mal conseguia pensar, mas se agitou. A apatia de Martinson o deixou furioso.

"Nós sabemos que ela não sumiu da face da Terra", disse com determinação. "Sabemos que ela esteve em Helsingborg e pegou uma carona com um homem de Smedstorp. Ela parecia estar fugindo de alguma coisa. Nós deveríamos mandar uma mensagem de resposta para a Interpol relatando tudo isso. Quero que você faça uma solicitação especial para que o pai da moça seja corretamente informado de sua morte. Quando este outro pesadelo terminar, temos de descobrir o que a deixou tão aterrorizada em Helsingborg. Sugiro que você faça contato com nossos colegas de lá amanhã. Eles podem ter alguma ideia do que aconteceu."

Após essa explosão controlada, Wallander pegou o carro e foi para casa. Parou no caminho e pediu um hambúrguer. Havia cartazes dos jornais por toda parte, anunciando as últimas notícias da Copa do Mundo. Ele sentiu uma necessidade urgente de rasgá-los e proclamar que já bastava de tudo aquilo. Mas esperou pacientemente na fila, pagou, pegou o hambúrguer e voltou para o carro.

Ao chegar em casa, sentou-se à mesa da cozinha, rasgou o saco de papel e comeu, tomando junto um copo de água. Em seguida fez um café forte e limpou a mesa, forçando-se a repassar novamente todo o material da investigação. Ainda estava tomado pela sensação de ter sido encaminhado para uma pista falsa. Não inventara as pistas que a polícia estava seguindo. Mas era *ele* quem liderava a equipe e determinava o curso de ação a ser adotado. Tentou ver os pontos onde deveriam ter prestado mais atenção, se o elo entre Wetterstedt e Carlman já estava visível mas passara despercebido.

Reexaminou todas as evidências que haviam juntado, às vezes sólidas, às vezes nem tanto. Tinha um caderno ao seu lado, no qual listou todas as perguntas sem resposta. Afligia-o o fato de muitos dos exames forenses ainda não estarem disponíveis. Embora já passasse da meia-noite, sentiu-se fortemente tentado a telefonar para Nyberg e perguntar-lhe se o laboratório em Linköping havia fechado para o verão. Mas se conteve. Debruçou-se sobre seus papéis até as costas doerem e as letras começarem a ficar borradas.

Todavia, só desistiu às duas da manhã, quando concluiu que não poderiam fazer nada a não ser prosseguir no caminho que haviam escolhido. Devia haver uma conexão entre os homens assassinados. Talvez o fato de Björn Fredman aparentemente não combinar com os outros dois pudesse apontar para a solução.

A pilha de roupa suja ainda estava no chão, no meio da sala, lembrando-o do caos dentro da sua própria cabeça. Mais uma vez se esquecera de agendar a revisão do carro. Teriam eles que solicitar reforços do Comando Nacional de Polícia? Ele decidiu falar sobre isso com Hanson em primeiro lugar, após algumas horas de sono.

Mas quando acordou, às seis da manhã, tinha mudado de ideia. Queria esperar mais um dia. Ligou para Nyberg e reclamou do laboratório. Esperava que o técnico forense se zangasse, mas para sua grande surpresa ele concordou que estavam levando um tempo exageradamente longo e prometeu verificar e acompanhar o andamento dos testes. Já haviam discutido sobre o exame que Nyberg fizera do buraco onde Fredman fora encontrado. Traços de sangue indicavam que o assassino estacionara o carro ali perto. Nyberg também dera um jeito de ir até o aeroporto de Sturup e examinar o furgão. Não havia dúvida de que ele fora usado para transportar o corpo. Mas Nyberg não achava que o assassinato pudesse ter sido cometido dentro do carro.

"Fredman era grande e forte", disse. "Não vejo como poderia ter sido assassinado dentro do furgão. Penso que o assassinato ocorreu em algum outro lugar."

"Então temos de descobrir quem dirigiu o carro", disse Wallander, "e onde ocorreu o assassinato."

Wallander havia chegado à delegacia pouco depois das sete. Ligara para Ekholm no hotel e a ligação fora transferida para o refeitório, onde ele estava tomando seu café da manhã.

"Quero que você se concentre nos olhos", pediu. "Eu não sei por quê. Mas estou convicto de que são importantes. Talvez cruciais. Por que ele faria isso com Fredman e não com os outros? É isso que quero saber."

"A coisa toda precisa ser vista em sua totalidade", disse Ekholm. "Um psicopata quase sempre cria rituais, que ele então segue como se estivessem escritos num livro sagrado. Os olhos precisam se encaixar no quadro geral."

"Seja lá o que for", Wallander respondeu secamente. "Mas quero saber por que só Fredman teve os olhos arrancados. Com ou sem quadro geral."

"Provavelmente foi ácido", disse Ekholm.

Wallander se esquecera de perguntar a Nyberg a respeito.

"Podemos presumir que foi isso?", perguntou.

"Tudo indica que sim. Alguém derramou ácido nos olhos de Fredman."

Wallander fez uma careta. "Vamos falar disso à tarde", disse. E desligou.

Logo depois ele e Höglund haviam deixado Ystad. Fora um alívio sair da delegacia. Os repórteres não paravam de telefonar. E agora o público também começara a ligar. A caçada ao assassino se tornara uma preocupação nacional. Wallander sabia que isso era inevitável, e também vantajoso. Mas era uma tarefa enorme registrar e verificar todas as informações que inundavam o posto policial.

Höglund saiu do terminal e o alcançou no píer.

"Eu me pergunto que tipo de verão vamos ter este ano", ele disse.

"Minha avó em Älmhult prevê o tempo", comentou Höglund. "Ela diz que vai ser longo, quente e seco."

"E ela geralmente acerta?"

"Quase sempre."

"Eu acho que vai ser o oposto. Chuvoso, frio e desagradável."

"Você também é capaz de prever o tempo?"

"Não."

Caminharam de volta para o carro. Wallander estava curioso para saber o que ela havia feito no terminal. Mas não lhe perguntou.

Pararam o carro diante da delegacia de Malmö às nove e meia. Forsfält estava à espera no portão de entrada. Entrou e se sentou no banco traseiro, orientando Wallander quanto ao caminho a seguir, ao mesmo tempo em que conversava com Höglund sobre o clima. Quando chegaram ao bloco de apartamentos em Rosengård, ele lhes contou o que tinha acontecido na véspera.

"A ex-mulher recebeu calmamente a notícia da morte de Fredman. Um dos meus colegas percebeu que ela estava com bafo de álcool. O lugar estava uma bagunça. O filho mais novo tem só quatro anos. Provavelmente não vai compreender que o pai, que ele quase nunca via, está morto. Mas o filho mais velho compreendeu. A filha não estava em casa."

"Qual é o nome dela?", perguntou Wallander.

"Da filha?"

"Da mulher. Da ex-mulher."

"Anette Fredman."

"Ela tem emprego?"

"Não que eu saiba."

"E do que ela vive?"

"Não tenho ideia. Mas duvido que o Fredman fosse muito generoso com a família."

Desceram do carro e entraram no prédio, tomando o elevador para o quinto andar. Alguém quebrara uma garrafa no chão do elevador. Wallander olhou de relance para Höglund e balançou a cabeça. Forsfält tocou a campainha. Após alguns instantes a porta se abriu. A mulher parada diante deles era magra e pálida, e estava toda vestida de preto. Olhou aterrorizada para as duas faces desconhecidas. Ao pendurarem os casacos na entrada, Wallander notou alguém espiando depressa pela porta e em seguida desaparecer. Presumiu que fosse o filho mais velho ou a filha.

Forsfält os apresentou, falando com calma e delicadeza. Não havia pressa nenhuma em sua atitude. Wallander viu que teria coisas de Forsfält a aprender, como um dia tivera de Rydberg.

Foram para a sala de estar. Parecia que ela havia feito uma limpeza. O aposento tinha uma sofá e cadeiras que pareciam quase novas. Havia um aparelho de som estéreo, um videocassete, uma TV Bang & Olufsen, marca dinamarquesa que Wallander havia namorado mas não podia se dar ao luxo de comprar. Ela havia posto pratos e xícaras na mesa. Wallander aguçou os ouvidos. Havia um menino de quatro anos na família. Crianças dessa idade não costumam ficar quietas. Sentaram-se.

"Quero dizer como lamento este inconveniente", ele disse, procurando ser tão amistoso quanto Forsfält.

"Obrigada", ela respondeu numa voz baixa, frágil, que soava como se fosse se quebrar a cada instante.

"Infelizmente preciso fazer algumas perguntas", Wallander continuou. "Gostaria que isso pudesse ficar para depois."

Ela assentiu com a cabeça, mas nada disse. Nesse momento a porta que dava para a sala se abriu. Um rapaz bem constituído, de cerca de catorze anos, entrou. Tinha um ar sincero, amigável, mas os olhos eram desconfiados.

"Este é meu filho, Stefan", ela disse.

O rapaz era muito educado, Wallander notou. Aproximou-se e apertou a mão de cada um. Depois, sentou-se no sofá, próximo da mãe.

"Quero que ele também ouça isso", ela disse.

"Tudo bem", disse Wallander. "Sinto muito pelo que aconteceu com seu pai."

"Nós não nos víamos muito", replicou o rapaz. "Mas obrigado."

Wallander ficou impressionado. Ele parecia maduro

para sua idade, talvez por ter de preencher o vazio deixado pelo pai.

"Você tem outro filho, não?", Wallander prosseguiu.

"Está com uma amiga minha, brincando com o filho dela", disse Anette Fredman. "Achei que seria melhor. O nome dele é Jens."

Wallander meneou a cabeça para Höglund, que fazia anotações.

"E uma filha também?"

"O nome dela é Louise."

"Mas ela não está aqui?"

"Está fora por uns dias, repousando." Foi o rapaz quem respondeu. Assumiu a incumbência em lugar da mãe, como se quisesse poupá-la de um pesado fardo.

A resposta fora calma e polida. Mas havia algo que não estava em ordem. Ela viera rápido demais. Ou teria o rapaz hesitado antes de responder? Wallander ficou imediatamente alerta. "Compreendo que deve ser muito duro para sua irmã", prosseguiu com cautela.

"Ela é muito sensível", replicou o rapaz.

Alguma coisa aqui não está se encaixando direito, Wallander voltou a pensar. Ele sabia que não era hora de forçar a conversa nessa direção. Seria melhor retornar à menina mais tarde. Lançou um olhar para Höglund, mas ela não parecia ter percebido nada.

"Não vou precisar repetir as perguntas a que você já respondeu", disse Wallander, servindo-se de uma xícara de café, para mostrar que tudo estava normal. O rapaz tinha os olhos fixos nele. Havia em seu olhar uma precaução que, para o inspetor, lembrava a de um pássaro, como se tivesse sido forçado a assumir responsabilidades cedo demais. Tal pensamento o deprimiu. Nada perturbava mais Wallander do que ver crianças e jovens prejudicados.

"Eu sei que vocês não viam o senhor Fredman há várias semanas", Wallander continuou. "Isso também ocorreu com Louise?"

Dessa vez foi a mãe que respondeu. "Da última vez

que ele esteve em casa, Louise tinha saído. Já fazia alguns meses desde a última vez que ela o viu."

Wallander abordou as perguntas mais difíceis com máximo cuidado. Sabia que provocaria memórias dolorosas, mas procurou se conduzir da forma mais delicada possível.

"Ele foi assassinado", disse. "Algum de vocês teria ideia de quem poderia ter feito isso?"

Anette Fredman o encarou com uma expressão de surpresa no rosto. Sua resposta foi estridente, a resistência anterior sumira. "Você deveria perguntar quem não o teria matado. Não sei quantas vezes eu gostaria de ter tido força para fazer isso eu mesma."

O filho colocou o braço em torno dela. "Não acho que foi isso que o detetive quis dizer", ele disse, acalmando-a.

Ela se recompôs rapidamente após a explosão.

"Eu não sei", ela disse. "E não quero saber. Mas não sinto culpa nenhuma por me sentir aliviada de saber que ele nunca mais vai entrar por aquela porta."

A mulher se levantou abruptamente e saiu da sala. Wallander percebeu que Höglund não conseguia decidir se devia segui-la. Mas ela permaneceu sentada quando o rapaz começou a falar.

"Minha mãe está extremamente perturbada", ele disse.

"Nós entendemos", disse Wallander com simpatia. "Mas você parece calmo. Talvez tenha alguma ideia. Sei que isso deve ser desagradável para você."

"Acho que não poderia ser ninguém a não ser algum dos amigos do papai. Meu pai era ladrão", acrescentou. "E também costumava bater nas pessoas. Não tenho certeza, mas acho que ele era o que as pessoas chamam de 'justiceiro'. Ele cobrava dívidas, ameaçava pessoas."

"Como você sabe disso?"

"Não sei."

"Está pensando especificamente em alguém?"

"Não."

Wallander lhe deu tempo para pensar.

"Não", o rapaz repetiu. "Eu não sei."

Anette Fredman retornou.

"Algum de vocês dois consegue se lembrar se ele teve contato com um homem chamado Gustaf Wetterstedt? Ele foi ministro da Justiça anos atrás. Ou um negociante de arte chamado Arne Carlman?"

Após se entreolharem em busca de confirmação mútua, ambos sacudiram a cabeça negativamente. A entrevista se arrastou. Wallander tentou ajudá-los a se lembrar de detalhes. Vez ou outra Forsfält intervinha. Finalmente Wallander percebeu que não conseguiriam ir muito longe. Resolveu não perguntar sobre a filha de novo. Fez um meneio para Höglund e Forsfält, indicando que a conversa tinha terminado. Mas ao se despedir no hall de entrada disse que teria de vir ainda uma vez mais, provavelmente em breve. Deu-lhes seus números de telefone, da delegacia e de sua casa.

Já fora, na rua, viu Anette Fredman parada junto à janela, olhando para eles.

"A filha", disse Wallander. "Louise Fredman. O que sabemos sobre ela?"

"Ontem ela também não estava", respondeu Forsfält. "Pode muito bem ter saído de casa. Ela tem dezessete anos."

Wallander parou um instante, pensativo.

"Vou querer falar com ela", disse.

Os outros não reagiram. Ele sabia ter sido o único a notar a rápida mudança quando perguntou sobre ela. Pensou no rapaz, Stefan, e seus olhos precavidos. Sentiu pena dele.

"Por enquanto, é tudo", disse Wallander ao se separarem diante da delegacia de Malmö. "Mas vamos manter contato."

Apertaram-se as mãos e se despediram.

Viajaram de volta para Ystad pela zona rural de Skåne durante a época mais linda do ano. Höglund recostou-se no assento e fechou os olhos. Wallander podia ouvi-la cantarolando baixinho. Desejou ser capaz de também ter a capacidade dela de se desligar da investigação, algo que o deixava sempre ansioso. Rydberg muitas vezes dissera que um policial nunca estava completamente livre. Desta vez, gostaria que seu mentor estivesse errado.

Logo depois de passarem pela saída para Skurup ele notou que Höglund havia adormecido. Guiou o mais delicadamente possível para não acordá-la. Ela não abriu os olhos até chegarem ao entroncamento nas redondezas de Ystad. Nesse momento o telefone tocou. Ele lhe fez um sinal para que ela atendesse. Não sabia quem era, mas imediatamente percebeu que algo sério havia acontecido. Ela escutou em silêncio. Estavam quase na delegacia quando ela desligou.

"Era Svedberg", ela disse. "A filha de Carlman está num respirador artificial no hospital. Ela tentou se suicidar."

Wallander ficou calado até ter estacionado o carro e desligar o motor. Então virou-se para Höglund. Sabia que ela ainda não tinha contado tudo.

"E o que mais?"

"Ela provavelmente não vai sobreviver."

Wallander olhou pela janela. Pensou no tapa que levara da moça. Desceu do carro sem dizer uma palavra.

23

Estava quente. Wallander suava ao descer a ladeira da delegacia para o hospital.

Não chegara sequer a ir até a recepção para ver se havia algum recado para ele. Ficara imóvel dentro do carro, como que desorientado, depois disse a Höglund lentamente, numa fala quase arrastada, que ela teria de fazer o relatório da entrevista com a família enquanto ele ia até o hospital onde a filha de Carlman estava à morte. Não havia esperado resposta, simplesmente virou-se e se foi. Foi aí, na descida, que percebeu que o verão poderia ser de fato longo, quente e seco.

Não notou quando Svedberg passou ao seu lado, acenando. Como sempre quando estava preocupado, andava de cabeça baixa, olhando para o chão. Tentava seguir uma linha de pensamento. O ponto de partida era bastante simples. Em menos de dez dias, uma moça tinha se incendiado até morrer, outra tentara se suicidar depois que o pai fora assassinado, e uma terceira, cujo pai também havia sido assassinado, talvez tivesse desaparecido ou estivesse escondida. Tinham idades diferentes, sendo a filha de Carlman a mais velha, mas as três eram jovens. Duas delas haviam sido afetadas pelo mesmo assassino, ao passo que a terceira se matara. À primeira vista, esta não tinha nenhuma conexão com as outras duas. Porém Wallander sentia que mais uma vez assumira responsabilidade pessoal por todas as três, em nome de sua própria geração, e especialmente como péssimo pai que ele sentia ter sido.

Wallander tinha uma tendência a se autocriticar, tornando-se cada vez mais sombrio e cheio de melancolia. Com frequência isso levava a uma série de noites insones. Mas uma vez que agora, apesar de tudo, era obrigado a continuar trabalhando, como policial num minúsculo canto do mundo, e como chefe de uma equipe, fez o máximo que pôde para se livrar de seu desconforto e clarear a mente durante a caminhada.

Em que tipo de mundo ele estava vivendo? Um mundo onde jovens se incendiavam até morrer ou tentavam se matar por algum outro meio. Estavam vivendo naquilo que podia ser chamado de Era do Fracasso. Algo em que o povo sueco tinha acreditado e construído acabara se revelando menos sólido do que o esperado. Tudo que haviam feito fora erguer um monumento a um ideal esquecido. Agora a sociedade parecia desabar à sua volta, como se o sistema político estivesse prestes a ruir, e ninguém sabia quem eram os arquitetos à espera de colocar outro no lugar, ou como seria esse novo sistema. Era aterrorizador, mesmo naquele magnífico clima de verão. Jovens tirando a própria vida. As pessoas viviam para esquecer, não para lembrar. As casas eram esconderijos, e não lares acolhedores. E a polícia ali estava, impotente, esperando pela hora em que as cadeias fossem guardadas por homens em uniformes diferentes, homens de empresas de segurança privadas.

Já bastava, pensou Wallander, enxugando o suor da testa. Ele não aguentava mais. Uma imagem mental do rapaz de olhos precavidos sentado junto à mãe misturou-se com uma imagem de Linda.

Chegou ao hospital. Svedberg estava parado na escada esperando por ele. Wallander vacilou, como se estivesse prestes a cair, sentindo-se tonto de repente. O colega deu um passo em sua direção, segurando-o com a mão. Porém Wallander lhe fez um sinal para que o largasse e continuou subindo as escadas. Para proteger-se do sol, Svedberg estava usando um ridículo boné, grande demais para ele. Wallander murmurou algo ininteligível e arrastou Svedberg para a cafeteria à direita da entrada. Pessoas pálidas em cadeiras de roda, algumas atadas a frascos de soro, estavam acompanhadas de amigos e parentes, que provavelmente não queriam outra coisa a não ser tomar sol, e esquecer hospitais, morte e sofrimento. Wallander pediu um café e um sanduíche, enquanto Svedberg se contentou com um copo de água.

"A viúva de Carlman telefonou", disse Svedberg. "Estava histérica."

"O que foi que a moça fez?", perguntou Wallander.

"Tomou pílulas. Foi descoberta praticamente por acaso, em coma profundo. O coração parou assim que chegaram ao hospital. A situação dela é péssima. Você não vai poder falar com ela."

Wallander fez um meneio de cabeça. Essa ida até o hospital servira mais para seu próprio estado de espírito do que para propósitos investigativos.

"O que a mãe disse?", perguntou. "Havia alguma carta? Alguma explicação?"

"Não. Ao que tudo indica, foi totalmente inesperado."

Wallander lembrou-se de como a moça o tinha esbofeteado. "Ela parecia desequilibrada quando nos encontramos", disse. "Ela realmente não deixou nenhum bilhete?"

"Se deixou, a mãe não mencionou."

Wallander refletiu por um momento.

"Faça-me um favor", pediu. "Vá até lá e descubra se houve ou não algum bilhete. Se *houver* alguma coisa, você vai ter de examinar com todo cuidado."

Saíram da cafeteria e retornaram à delegacia. Wallander podia muito bem entrar em contato com algum médico por telefone para saber como a moça estava.

"Deixei alguns relatórios na sua mesa", Svedberg disse. "Fiz uma entrevista por telefone com a repórter e o fotógrafo que visitaram Wetterstedt no dia em que ele morreu."

"Alguma novidade?"

"Só a confirmação daquilo que já sabíamos. Que Wetterstedt estava no seu estado habitual. Que não parecia haver nada o ameaçando. Pelo menos, nada que ele estivesse sabendo."

"Então não preciso ler o relatório?"

Svedberg deu de ombros. "É sempre melhor ter quatro olhos examinando algo do que só dois."

"Não tenho tanta certeza disso", Wallander disse, distraído.

"Ekholm está ocupado dando os toques finais no perfil psicológico", disse Svedberg.

Wallander resmungou algo como resposta. Svedberg o deixou na porta da delegacia e dirigiu-se à casa de Carlman para falar com a viúva. Wallander pegou os recados na recepção. De novo havia ali uma moça nova. Perguntou onde estava Ebba e foi informado de que ela estava no hospital extraindo um cisto do pulso. Eu podia ter entrado e lhe dado um alô, pensou Wallander. Afinal, eu estava lá mesmo. Se é que era possível dizer alô a alguém que tinha acabado de ter um cisto removido.

Uma vez em sua sala, ele abriu bem a janela. Sem se sentar, correu os olhos pelos relatórios que Svedberg tinha mencionado. Então lembrou-se de que também pedira para ver as fotos que haviam sido tiradas pelo fotógrafo da revista. Onde estariam? Incapaz de controlar a impaciência, achou o número do celular de Svedberg e ligou para ele.

"As fotos", disse. "Onde estão?"

"Não estão na sua mesa?", Svedberg replicou, surpreso.

"Não há nada aqui."

"Então estão na minha sala. Devo ter esquecido. Chegaram pelo correio hoje."

Elas estavam num envelope pardo na impecável mesa de Svedberg. Wallander as espalhou e sentou-se na cadeira do colega. Wetterstedt posando na casa, no jardim e na praia. Numa das fotos o bote virado para baixo podia ser visto ao fundo. Wetterstedt sorria para a câmera. O cabelo grisalho que em breve seria arrancado de sua cabeça estava despenteado pelo vento. As fotos mostravam um homem que parecia em paz com sua velhice. Nada nelas indicava o que estava por acontecer. Wetterstedt tinha menos de quinze horas de vida quando as fotos haviam sido tiradas. Espalhadas à sua frente, mostravam a Wallander a aparência dele durante seu último dia de vida. O inspetor estudou-as por alguns minutos antes de enfiá-las de volta no envelope. Dirigiu-se à sua sala, mas mudou de ideia e parou diante da porta de Höglund, que ficava sempre aberta.

Ela estava debruçada sobre alguns papéis.

"Estou interrompendo?", ele perguntou.

"De forma alguma."

Ele entrou e se sentou. Trocaram algumas palavras sobre a filha de Carlman.

"Svedberg foi até a casa da fazenda em busca de um bilhete de suicídio", Wallander disse. "Se é que há algum."

"Ela deve ter sido muito chegada ao pai", disse Höglund.

Wallander não respondeu. Mudou de assunto.

"Você notou alguma coisa estranha durante a visita à família de Fredman?"

"Estranha?"

"Uma frieza que se instalou na sala."

Imediatamente arrependeu-se da descrição. Höglund franziu o cenho, como se ele tivesse dito algo desconexo.

"Quero dizer, eles pareceram evasivos quando perguntei sobre Louise", ele explicou.

"Não, não percebi nada. Mas percebi, sim, que você agiu de forma diferente."

Ele lhe explicou a sensação que tivera. Ela refletiu antes de responder.

"Você pode ter razão", ela disse finalmente. "Agora que você mencionou, lembro que eles de fato pareciam estar na defensiva. É essa frieza à qual você está se referindo."

"A questão é saber se ambos estavam, ou se só um deles", disse Wallander.

"Era esse o caso?"

"Não tenho certeza. Foi só uma sensação."

"O rapaz não começou a responder às perguntas que na verdade você estava fazendo para a mãe dele?"

Wallander assentiu. "É isso aí", disse. "E eu me pergunto por quê."

"Ainda assim você precisa se perguntar se isso é realmente importante."

"É claro", ele admitiu. "Às vezes tenho a tendência de me ater a detalhes sem importância. Mas ainda quero ter uma conversa com a garota."

Dessa vez foi ela quem mudou de assunto.

"Fico assustada de pensar no que Anette Fredman disse. Que sentiu alívio pelo fato de o marido nunca mais entrar por aquela porta. Não consigo imaginar o que é viver desse jeito."

"Ele a agredia. Talvez também batesse nas crianças. Mas nenhum deles jamais registrou queixa."

"O rapaz parecia bem normal. E bem-educado também."

"As crianças aprendem a sobreviver", disse Wallander, refletindo por um momento sobre sua própria infância e a de Linda. Ele se levantou. "Vou tentar entrar em contato com Louise Fredman. Amanhã, se possível. Tenho um palpite de que afinal das contas ela não está longe."

Ele pegou um copo de café e dirigiu-se à sua sala. Quase deu um encontrão com Norén, e então lembrou-se do pedido que fizera para que fossem tiradas fotos da aglomeração diante do cordão de isolamento, das pessoas que assistiam ao trabalho da polícia.

"Dei o filme a Nyberg", disse Norén. "Mas não acho que eu preste como fotógrafo."

"E quem presta?", contestou Wallander em tom amigável. Entrou na sua sala e fechou a porta. Ficou sentado olhando para o telefone, pondo em ordem os pensamentos antes de ligar para a oficina mecânica e marcar uma nova revisão para o carro. O período que lhe ofereceram coincidia com a temporada que pretendia passar em Skagen com Baiba. Quando lhes informou, irritado, as atrocidades que estava tentando solucionar, um período que estava reservado inexplicavelmente ficou livre. Ele se perguntou a quem teria sido reservado aquele horário. Depois de desligar, resolveu levar a roupa para lavar naquela mesma noite.

O telefone tocou. Era Nyberg.

"Você tinha razão", ele disse. "As impressões digitais daquele pedaço de papel que você encontrou atrás da cabana dos operários da estrada combina com as impressões achadas nas páginas do gibi. De modo que não há dúvida de que a mesma pessoa está envolvida. Em algumas horas também saberemos se podemos ligar essa pessoa ao furgão de Sturup. Também vamos tentar achar impressões digitais na face de Fredman."

"Isso é possível?"

"Ao derramar ácido nos olhos dele, o assassino deve ter usado uma das mãos para segurar as pálpebras abertas", explicou Nyberg. "Não é nada agradável, mas se tivermos sorte poderemos achar impressões digitais nas próprias pálpebras."

"É bom que as pessoas não ouçam a forma como conversamos entre nós", disse Wallander. "E quanto à lâmpada? A lâmpada do portão da casa de Wetterstedt."

"Eu já estava chegando lá. Você também estava certo quanto a ela. Encontramos impressões digitais."

Wallander se endireitou na cadeira. Seu mau humor havia desaparecido. Ele podia sentir sua excitação crescendo. A investigação estava começando a dar sinais de desencalhar.

"Você tem as impressões nos arquivos?", perguntou.

"Infelizmente, não", disse Nyberg. "Mas pedi aos arquivos centrais que façam uma verificação cruzada."

"Vamos admitir por um momento que não tenhamos. Isso significa que estamos lidando com alguém que não tem ficha criminal."

"Pode ser."

“Passe as impressões também pelos arquivos da Interpol”, ordenou Wallander. “E da Europol. Peça prioridade máxima. Diga-lhes que elas se referem a um *serial killer*.”

Wallander desligou e pediu à telefonista que localizasse Ekholm. Em poucos minutos ela ligou de volta e disse que ele havia saído para almoçar.

“Onde?”,Wallander indagou.

“Acho que ele disse que ia ao Continental.”

“Entre em contato com ele lá. Diga-lhe para vir para cá imediatamente.

Pouco depois Ekholm bateu à sua porta. Wallander estava no telefone e apontou para a cadeira de visitas. Estava ocupado tentando convencer um Per Åkeson cético de que uma equipe maior não ajudaria em nada na investigação, pelo menos a curto prazo. Åkeson finalmente se rendeu, e eles adiaram a decisão por mais alguns dias.

Wallander se recostou na cadeira e cruzou as mãos atrás da nuca. Contou a Ekholm sobre as impressões digitais.

“As impressões que vamos encontrar no corpo de Björn Fredman também serão as mesmas”, ele afirmou. “Sabemos com certeza que estamos lidando com o mesmo assassino. A única pergunta é: quem é ele?”

“Tenho pensado sobre os olhos”, disse Ekholm. “Toda informação disponível nos diz que, exceto os genitais, os olhos são a parte do corpo mais frequentemente sujeita a uma vingança final.”

“O que isso quer dizer?”

“Que assassinos raramente começam tirando os olhos de uma pessoa. Eles os deixam para o fim.”

Wallander lhe fez um sinal para que continuasse.

“Podemos abordar o assunto sob dois ângulos”, prosseguiu Ekholm. “Poderíamos perguntar por que Fredman foi a vítima que teve os olhos eliminados. Também poderíamos virar tudo do avesso e perguntar por que os olhos dos dois outros não foram violados.”

“Qual é sua conclusão?”

“Não tenho conclusão”, disse Ekholm. “Quando estamos falando da psique de alguém, especialmente de uma pessoa doente ou perturbada, estamos entrando num território no qual não existem respostas absolutas."

Ekholm parecia estar esperando algum comentário. Mas Wallander simplesmente balançou a cabeça.

"Eu vejo um padrão", prosseguiu Ekholm. "A pessoa que fez isso escolheu as vítimas de antemão. Ela tem algum tipo de relação com esses homens. Não é necessário que tenha conhecido os dois primeiros pessoalmente. Podia ser uma relação simbólica. Mas tenho quase certeza de que a mutilação dos olhos de Fredman revela que o assassino o conhecia. E o conhecia bem."

Wallander se inclinou para a frente e dirigiu a Ekholm um olhar penetrante.

"Bem até que ponto?"

"Podem ter sido amigos. Colegas. Rivais."

"E alguma coisa aconteceu?"

"Alguma coisa aconteceu, sim. Na realidade ou na imaginação do assassino."

Wallander tentou ver a implicação das palavras de Ekholm. Ao mesmo tempo perguntou-se se aceitava sua teoria.

"Então devemos nos concentrar em Björn Fredman", disse após ter pensado cuidadosamente.

"É uma possibilidade."

Wallander irritou-se com a tendência de Ekholm de evitar assumir um ponto de vista decisivo. Isso o incomodava, ainda que soubesse que ele estava certo ao manter as opções abertas.

"Digamos que você estivesse no meu lugar", disse Wallander. "Prometo não mencionar você. Nem culpá-lo se estiver errado. Mas o que você faria?"

"Eu me concentraria em analisar a vida de Fredman", ele disse. "Mas manteria os olhos abertos."

Wallander fez que sim com a cabeça. Ele compreendia. "Que *tipo* de pessoa estamos procurando?", perguntou.

Ekholm espantou uma abelha que havia entrado pela janela.

"As conclusões básicas você mesmo pode tirar", ele respondeu. "Que é um homem. Que é forte. Que é prático, meticuloso e que tem estômago forte."

"E suas impressões digitais não estão nos arquivos criminais", acrescentou Wallander. "Ele é novato."

"Isso reforça minha crença de que ele leva uma vida bastante normal", disse Ekholm. "O lado psicótico de sua natureza, o colapso mental, está bem oculto. Ele poderia se sentar numa mesa de jantar com os escalpos no bolso e comer sua refeição com saudável apetite."

"Em outras palavras, há duas maneiras de nos empenharmos em capturá-lo", disse Wallander. "Ou em flagrante, ou juntando um conjunto de evidências que mostre explicitamente seu nome em grandes letras de néon."

"É isso. A tarefa fácil que temos à nossa frente não é nada fácil."

Quando Ekholm estava prestes a sair, Wallander fez mais uma pergunta.

"Ele vai atacar de novo?"

"Pode ter acabado", disse Ekholm. "Björn Fredman como *grand finale*."

"É isso que você pensa?"

"Não. Ele vai atacar de novo. O que vimos até agora é só o começo de uma longa série de assassinatos."

Quando Wallander ficou só, afugentou a abelha janela afora com o paletó. Sentou-se quieto, de olhos fechados, pensando em tudo que Ekholm dissera. Às quatro da tarde foi pegar mais um pouco de café. Então foi para a sala de reuniões, onde o resto da equipe o aguardava.

Começou pedindo a Ekholm que repetisse sua teoria. Quando o psicólogo terminou, a sala ficou em silêncio por um longo tempo. Wallander permitiu que o silêncio se demorasse, sabendo que cada um estava tentando apreender o significado do que acabara de ouvir. Cada um está absorvendo essa informação, pensou. Aí vamos trabalhar determinando a opinião coletiva da equipe.

Eles concordaram com Ekholm. Fariam da vida de

Björn Fredman o principal foco da investigação. Tendo estabelecido os passos seguintes do processo investigativo, encerraram a reunião por volta das seis horas. Martinson foi o único que deixou a delegacia, pois precisava buscar os filhos. Os demais voltaram ao trabalho.

Wallander ficou parado junto à janela olhando o anoitecer de verão. O pensamento de que ainda estavam na trilha errada o atormentava. *O que lhe passara despercebido?* Voltou-se e olhou em volta da sala, como se um visitante invisível tivesse entrado.

Então as coisas estão assim, pensou. Estou caçando um fantasma quando deveria estar buscando um ser humano. Sentou ali e ficou ponderando sobre o caso até meia-noite. Só ao sair da delegacia foi que se lembrou da roupa suja ainda amontoada no chão.

24

Na manhã seguinte, logo ao nascer do dia, Wallander desceu para a lavanderia do prédio, ainda meio dormindo, e descobriu, para sua frustração, que alguém havia chegado antes. A lavadora de roupas estava sendo usada, e ele precisaria reservar um horário para a tarde. Ficou tentando relembrar o sonho que tivera durante a noite. Fora um sonho erótico, frenético e apaixonado, e Wallander observara a si mesmo de fora, participando de um drama do qual nunca chegaria nem perto em sua vida desperta. Mas a mulher no sonho não era Baiba. Foi só quando estava subindo de volta ao seu apartamento que percebeu que a mulher o fazia lembrar da vigária que conhecera em Smedstorp. De início ficou surpreso, em seguida um pouco envergonhado. Depois, ao entrar de volta em casa, o sonho se dissolveu naquilo que realmente era, algo que estava fora de seu controle.

Sentou-se à mesa da cozinha e tomou café, o calor do dia já entrando através da janela entreaberta. Talvez a avó de Ann-Britt estivesse certa: estava se desenhando um verão realmente magnífico. Ele pensou no pai. Com frequência, especialmente de manhã, seus pensamentos vagavam de volta no tempo, para a época dos "cavaleiros de seda", quando acordava a cada manhã sabendo que era um filho amado pelo pai. Agora, mais de quarenta anos depois, achava difícil lembrar como o pai tinha sido quando mais moço. Já naquela época suas pinturas eram as mesmas: havia pintado a paisagem, com ou sem o galo, com a firme determinação de não modificar um único detalhe de uma pintura para outra. Seu pai pintara um único quadro a vida inteira. Jamais tentara melhorar. O resultado havia sido perfeito a partir da primeira tentativa.

Bebeu o restante do café e tentou imaginar um mundo sem seu pai. Perguntou-se o que faria quando seus constantes sentimentos de culpa tivessem desaparecido. A viagem para a Itália provavelmente seria a última chance de entenderem um ao outro, até mesmo de se reconciliarem. Não queria que suas boas lembranças cessassem na época em que ajudava o pai a carregar os quadros para fora e colocá-los num enorme carro americano, e depois ficar ao seu lado, ambos acenando para o cavaleiro de seda se afastando numa nuvem de poeira, a caminho de vendê-los por três ou quatro vezes o que tinha acabado de pagar.

Às seis e meia, transformou-se novamente num policial, varrendo as memórias para longe. Enquanto se vestia, tentou decidir como abordaria todas as tarefas que havia assumido para esse dia. Às sete, entrou pela porta da delegacia, trocando algumas palavras com Norén, que chegou ao mesmo tempo. Na verdade, o colega deveria estar de férias, mas as tinha adiado, tal como muitos outros.

"Não há dúvida de que vai começar a chover logo que pegarmos o assassino", ele disse. "Por que o deus do clima haveria de se importar com um simples policial quando há um *serial killer* à solta?"

Wallander murmurou algo em resposta, mas não descartou a possibilidade de haver alguma sombria verdade nas palavras de Norén.

Entrou para ver Hanson, que agora parecia passar o tempo todo na delegacia, assolado pela ansiedade. Sua fisionomia ganhara o tom cinzento de um bloco de concreto. Estava se barbeando com um antigo barbeador elétrico. A camisa estava amarrotada e os olhos, injetados.

"Você precisa de algumas horas de sono de vez em quando", disse Wallander. "Sua responsabilidade não é maior do que a de mais ninguém."

Hanson desligou o barbeador e observou melancolicamente o resultado no espelho portátil. "Ontem tomei um comprimido para dormir", disse. "E mesmo assim não consegui pegar no sono. Só arranjei uma dor de cabeça."

Wallander olhou para Hanson em silêncio. Sentiu pena dele. Virar chefe de polícia jamais fora um de seus sonhos. "Vou voltar para Malmö", informou. "Quero falar de novo com os familiares de Fredman. Especialmente os que não estavam lá ontem."

Hanson lhe deu um olhar intrigado. "Você vai interrogar um menino de quatro anos? Isso não é permitido legalmente."

"Eu estava pensando na filha", Wallander replicou. "Ela tem dezessete. E eu não pretendo 'interrogar' ninguém."

Hanson assentiu e levantou-se lentamente. Apontou um livro aberto sobre a escrivaninha.

"Quem me deu foi Ekholm", explicou. "Ciência comportamental em vários estudos de caso de *serial killers*. É inacreditável as coisas que as pessoas são capazes de fazer se forem suficientemente perturbadas."

"Alguma coisa sobre escalpelar?", perguntou Wallander.

"É uma das formas mais suaves de colecionar troféus. Se você soubesse das coisas que foram encontradas nas casas das pessoas, com certeza passaria mal."

"Eu já estou passando bastante mal. Vou deixar o resto para minha imaginação."

"Seres humanos comuns", prosseguiu Hanson em tom de desânimo. "Completamente normais na superfície. No íntimo, umas bestas mentalmente doentes. Um homem na França, capataz de um depósito de carvão, costumava abrir a barriga das vítimas e meter a cabeça dentro para tentar sufocar a si mesmo. Esse é um dos exemplos."

"Já basta", disse Wallander, tentando desencorajá-lo.

"Ekholm pediu para eu dar o livro a você depois que eu acabar de lê-lo."

"É bem a cara dele. Mas eu realmente não tenho tempo. Nem a inclinação."

Wallander preparou para si um sanduíche na cantina e levou-o até o carro. Enquanto comia, perguntou-se se deveria telefonar para Linda. Mas resolveu não ligar. Ainda era cedo demais.

Ele chegou a Malmö por volta das oito e meia. A calma de verão já tinha começado a descer sobre o campo. O tráfego nas estradas que cruzavam a rodovia principal nas cercanias de Malmö estava mais leve que o habitual. Ele se dirigiu a Rosengård e estacionou diante do bloco de apartamentos que visitara na véspera. Desligou o motor, perguntando-se por que voltara lá tão rápido. Eles haviam decidido investigar a vida de Björn Fredman. Além disso, era necessário encontrar-se com a filha ausente. O menino pequeno era menos importante.

Ele achou um recibo de gasolina sujo no porta-luvas e pegou a caneta no bolso da camisa. Para sua irritação, viu que a tinta tinha vazado e que a mancha era do tamanho da metade da palma de sua mão. Na camisa branca, parecia que ele levara um tiro no coração. A camisa era quase nova. Baiba a comprara para ele no Natal, depois de dar uma examinada geral no seu guarda-roupa e jogar fora as roupas velhas e surradas.

Seu impulso imediato foi retornar a Ystad e voltar para a cama. Não sabia quantas camisas já tivera de jogar fora por ter se esquecido de tampar a caneta corretamente antes de enfiá-la no bolso. Talvez devesse ir comprar uma camisa nova. Mas teria de esperar pelo menos uma hora até as lojas abrirem, então resolveu não fazê-lo. Jogou a caneta estragada pela janela e procurou outra no bagunçado porta-luvas. Escreveu algumas palavras-chave no verso do recibo: *amigos de BF. Na época e agora. Fatos inesperados.* Dobrou o recibo e estava a ponto de metê-lo no bolso superior quando interrompeu o gesto. Desceu do carro e tirou o paletó. A tinta no bolso da camisa não tinha chegado a sujá-lo. Entrou no prédio e abriu a porta do elevador. O vidro quebrado ainda estava lá. Desceu no quinto andar e tocou a campainha. Não havia som no interior do apartamento. Talvez estivessem dormindo. Ele esperou mais de um minuto. Então tocou novamente. A porta se abriu. Era o rapaz, Stefan. Pareceu surpreso ao ver Wallander. Sorriu, mas sempre com a precaução no olhar.

"Espero não ter vindo cedo demais", disse Wallander. "Eu devia ter ligado antes, é claro. Mas estava em Malmö de qualquer maneira, então pensei em dar um pulo aqui."

Era uma mentira deslavada, mas foi o melhor que conseguiu inventar. O rapaz o deixou entrar. Ele vestia uma camiseta recortada e jeans. Estava descalço.

"Eu estou sozinho", ele disse. "Minha mãe saiu com meu irmão menor. Eles foram para Copenhague."

"É um belo dia para uma ida a Copenhague", disse Wallander calorosamente.

"Sim, ela adora ir para lá. Para fugir disso tudo."

Suas palavras soaram desconsoladas no hall de entrada do apartamento. Ocorreu a Wallander que durante sua visita anterior o rapaz parecera estranhamente impassível ao ser mencionada a morte do pai. Ambos foram até a sala. Wallander colocou o paletó numa cadeira e apontou para a mancha de tinta.

"Isto aqui acontece o tempo todo", disse.

"Comigo nunca aconteceu", disse o rapaz, sorrindo. "Posso fazer um café, se quiser."

"Não, obrigado."

Sentaram-se frente a frente, de lados opostos da mesa. Um travesseiro e um cobertor no sofá indicavam que alguém havia dormido ali. Wallander viu de relance o gargalo de uma garrafa de vinho vazia debaixo de uma cadeira. O rapaz notou imediatamente que Wallander vira a garrafa. Sua atenção não vacilava um único instante. O inspetor perguntou-se, precipitadamente, se tinha o direito de interrogar um menor de idade acerca da morte do pai sem um familiar adulto presente. Mas não quis perder a oportunidade, e o rapaz era incrivelmente maduro para seus catorze anos. Wallander sentia estar falando com alguém da sua idade. Até mesmo Linda, alguns anos mais velha, parecia infantil em comparação com o rapaz.

"O que você vai fazer este verão?", perguntou Wallander. "O tempo está maravilhoso."

O jovem sorriu. "Tenho coisa de sobra para fazer", respondeu.

Wallander esperou por mais, mas ele não prosseguiu.

"Para que ano você passou?"

"Oitava."

"Tudo bem na escola?"

"Tudo."

"Qual é sua matéria favorita?"

"Nenhuma. Mas matemática é a mais fácil. Nós fundamos um clube para estudar numerologia."

"Acho que não sei bem o que é isso."

"A Santíssima Trindade. Os sete anos de vacas magras. Tentar prever seu futuro combinando os números da sua vida."

"Parece interessante."

"E é."

Wallander pôde sentir que estava ficando fascinado com o jovem sentado à sua frente. Seu corpo forte contrastava de forma aguda com seu rosto infantil, mas obviamente não havia nada de errado com sua mente.

Wallander tirou do paletó o recibo de gasolina mal dobrado. As chaves de sua casa caíram do bolso. Ele as colocou de volta e sentou-se novamente.

"Eu tenho algumas perguntas", disse. "Mas de forma nenhuma isto é um interrogatório. Se quiser esperar até sua mãe voltar, basta dizer."

"Não é preciso. Eu respondo, se souber."

"Sua irmã", começou Wallander. "Quando ela volta?"

"Eu não sei."

O rapaz o fitou. A pergunta não pareceu incomodá-lo. Ele tinha respondido sem hesitar. Wallander começou a se perguntar se teria se enganado no dia anterior.

"Imagino que vocês tenham contato com ela. Que vocês saibam onde ela está."

"Ela simplesmente se mandou. Não é a primeira vez. Ela vai voltar quando tiver vontade."

"Espero que você entenda que isso parece um pouco incomum."

"Não para nós."

Wallander estava convencido de que o rapaz sabia onde a irmã estava. Mas não conseguiria arrancar a resposta dele. Tampouco podia desconsiderar a possibilidade de a moça ter ficado tão perturbada que resolvera ir embora.

"Não é verdade que ela está em Copenhague?", perguntou com cautela. "E que sua mãe foi para lá hoje para vê-la?"

"Ela foi comprar uns sapatos."

Wallander balançou a cabeça. "Bem, vamos falar de outra coisa", disse. "Agora você já teve tempo de pensar. Você tem alguma ideia de quem poderia ter matado seu pai?"

"Não."

"Você concorda com sua mãe, que há muita gente que poderia ter vontade de fazer isso?"

"Concordo."

"Por quê?"

Pela primeira vez pareceu que o exterior do educado rapaz estava a ponto de ruir. Ele retrucou com inesperada veemência. "Meu pai era um cara mau. Ele perdeu o direito de viver há muito tempo."

Wallander ficou atordoado. Como uma pessoa jovem podia estar tão cheia de ódio? "Isso não é uma coisa que você deveria dizer", replicou. "Que alguém perdeu o direito de viver. Não importa o que ele tenha feito."

O rapaz não se comoveu.

"O que ele fez de tão ruim?", perguntou Wallander. "Muitos homens são ladrões. Muitos vendem bens roubados. Eles não precisam ser monstros por causa disso."

"Ele metia medo na gente."
"Como é que ele fazia isso?"
"Todos nós tínhamos medo dele."
"Até você?"
"Sim. Mas não no último ano."
"Por que não?"
"O medo sumiu."
"E sua mãe?"
"Ela ficava apavorada."
"E seu irmão?"
"Ele ia correndo se esconder quando achava que o papai vinha aqui em casa."
"E sua irmã?"
"Ela tinha mais medo que qualquer um de nós."
Wallander notou uma mudança quase imperceptível na voz do rapaz. Houve um instante de hesitação, ele teve certeza.
"Por quê?", perguntou cautelosamente.
"Ela era a mais sensível."
Wallander rapidamente resolveu arriscar.
"Seu pai tocou nela?"
"O que quer dizer?"
"Acho que você sabe o que eu quero dizer."
"Sim, eu sei. Mas ele nunca tocou nela."
Aí está, pensou Wallander, tentando evitar demonstrar sua reação. Ele pode ter abusado da própria filha. Talvez do irmão mais novo também. Talvez até mesmo de Stefan. Wallander não quis ir adiante. A questão de onde estava a irmã e o que poderia ter sido feito a ela era algo com que ele não queria lidar sozinho. A ideia de abuso o perturbava.
"Seu pai tinha bons amigos?", perguntou.
"Ele circulava com um monte de gente. Mas se havia algum amigo de verdade eu não sei."
"Com quem você acha que eu deveria falar?"
O rapaz sorriu involuntariamente, mas em seguida recuperou a compostura rapidamente.

"Peter Hjelm", respondeu.

Wallander anotou o nome.

"Por que você sorriu?"

"Não sei."

"Você conhece Peter Hjelm?"

"Eu o conheci."

"Onde posso encontrá-lo?"

"Ele está na lista telefônica, na seção de 'Trabalhos diversos'. Ele mora na Kungsgatan."

"Como eles se conheceram?"

"Costumavam beber juntos. Disso eu sei. O que mais faziam, não sei dizer."

Wallander observou a sala em volta. "Seu pai tinha alguma coisa dele aqui no apartamento?"

"Não."

"Nada, nada?"

"Nada, nada."

Wallander enfiou o papel no bolso da calça. Não tinha mais perguntas.

"Como é ser policial?", o rapaz perguntou.

Wallander pôde sentir que ele estava realmente interessado. Seus olhos brilhavam.

"É um pouco disso, um pouco daquilo", ele respondeu, inseguro do que achava da sua profissão nesse exato momento.

"Como é pegar um assassino?"

"Frio, desolador, desagradável", retorquiu, pensando com desgosto em todos os programas de TV que o garoto devia ter assistido.

"O que vocês vão fazer quando pegarem a pessoa que matou meu pai?"

"Não sei", disse Wallander. "Depende."

"Ele deve ser perigoso. Uma vez que ele já matou várias outras pessoas."

Wallander ficou incomodado com a curiosidade do rapaz.

"Nós vamos pegá-lo", disse com firmeza, colocando um ponto-final na conversa. "Cedo ou tarde vamos pegá-lo."

Levantou-se da cadeira e perguntou onde era o banheiro. O rapaz apontou uma porta que dava para um dos quartos. Wallander fechou a porta atrás de si. Observou seu rosto no espelho. O que ele mais precisava era de sol. Depois de mijar, abriu o armário de remédios. Havia alguns frascos de comprimidos dentro. Um deles tinha o nome de Louise Fredman no rótulo. Ele viu que ela tinha nascido em 9 de novembro. Memorizou o nome do medicamento e o médico que o tinha prescrito. *Saroten.* Jamais ouvira falar nessa droga antes. Teria de dar uma pesquisada quando voltasse para Ystad.

Na sala de estar o garoto estava sentado na mesma posição. Wallander se perguntou se, afinal das contas, ele era normal. Sua precocidade e autocontrole provocavam uma impressão estranha. Mas então Stefan virou-se para ele e sorriu, e por um instante a desconfiança em seus olhos pareceu sumir. Wallander afastou o pensamento e pegou o paletó.

"Vou entrar em contato com você de novo", falou. "Não esqueça de dizer à sua mãe que estive aqui. Seria bom você contar a ela o que nós conversamos."

"Posso ir visitá-lo qualquer hora?", o jovem perguntou.

Wallander ficou surpreso com a pergunta. Foi como ter uma bola lançada na sua direção e não ser capaz de agarrá-la.

"Você quer dizer que quer visitar a delegacia em Ystad?"

"Sim."

"É claro", disse Wallander. "Mas ligue antes. Eu estou fora com muita frequência. E às vezes não é conveniente."

Wallander saiu para o corredor e pressionou o botão do elevador. Ambos se despediram com um meneio de cabeça. O rapaz fechou a porta. Wallander pegou o elevador e saiu para a luz do sol.

Era o dia mais quente até agora. Ficou parado por um momento, desfrutando o calor, decidindo o que fazer em seguida. Então pegou o carro e foi até a delegacia de Malmö. Forsfält estava lá. Wallander lhe contou acerca da conversa com o rapaz. Deu a Forsfält o nome do médico, Gunnar Bergdahl, e lhe pediu para entrar em contato com ele o mais breve possível. A seguir comentou suas suspeitas de que Fredman poderia ter abusado da filha e possivelmente também dos dois garotos. Forsfält não se recordava de alguma vez ter havido alegações dessa natureza contra Fredman, mas prometeu dar uma verificada no assunto.

Wallander passou então para Peter Hjelm. Forsfält lhe disse que era um homem parecido com Björn Fredman sob muitos aspectos. Estivera repetidas vezes na cadeia. Certa ocasião fora preso com Fredman por participar de uma operação de receptação conjunta. Forsfält achava que era Hjelm quem fornecia os bens roubados, e Fredman então os revendia. Wallander perguntou se Forsfält se incomodaria caso ele conversasse com Hjelm a sós.

"Fico feliz em cair fora disso", ele disse.

Wallander procurou o endereço de Hjelm na lista telefônica de Forsfält. Também deu a ele o número do seu celular. Os dois combinaram almoçar juntos. Forsfält tinha a esperança de que a essa altura já teriam conseguido copiar todo o material que a polícia de Malmö tinha sobre Björn Fredman.

Wallander deixou o carro diante da delegacia e foi a pé até a Kungsgatan. Entrou numa loja de roupas e comprou uma camisa, que vestiu imediatamente. Relutante, jogou fora a camisa manchada que Baiba lhe dera de presente. Saiu novamente ao sol e ficou sentado num banco por alguns minutos. Então caminhou até o edifício onde Hjelm morava. A porta tinha um código de entrada, mas Wallander teve sorte. Após alguns minutos um homem idoso saiu com seu cachorro. Wallander lhe fez um meneio de cabeça amigável e entrou pela porta da frente. Viu que Hjelm morava no quarto andar. Quando estava prestes a abrir a porta do elevador, seu telefone tocou. Era Forsfält.

"Onde você está?", perguntou o outro.

"Na frente do elevador no prédio de Hjelm."

"Eu tinha esperança de que você ainda não tivesse chegado aí."

"Aconteceu alguma coisa?"

"Eu entrei em contato com o médico. Nós nos conhecemos. Eu tinha esquecido totalmente."

"O que foi que ele disse?"

"Algo que provavelmente não deveria ter dito. Prometi que não mencionaria o nome dele. Então você também não pode fazê-lo."

"Prometo."

"Ele acha que a pessoa de quem nós estamos falando — também não vou mencionar o nome, já que nós estamos em telefones celulares — foi internada numa clínica psiquiátrica."

Wallander prendeu a respiração.

"Isso explica por que ela foi embora", ele disse.

"Não, não explica", disse Forsfält. "Ela está lá faz três anos."

Wallander ficou parado, em silêncio. Alguém chamou o elevador e este subiu ruidosamente.

"Vamos conversar depois", Forsfält disse. "Boa sorte com Hjelm." E desligou.

Wallander ficou um longo tempo pensando sobre o que acabara de ouvir. Então começou a subir as escadas rumo ao quarto andar.

25

Wallander sabia já ter ouvido antes a música que vinha do apartamento de Hjelm. Escutou com o ouvido contra a porta, e lembrou-se de que Linda costumava ouvi-la e que a banda se chamava Grateful Dead. Tocou a campainha e recuou um passo. A música estava muito alta. Tocou novamente, e em seguida bateu forte na porta. Finalmente, o volume foi diminuído, ele ouviu som de passos e a porta foi escancarada. Wallander deu mais um passo para trás para não ser atingido na face. O homem que abriu a porta estava nu. Wallander também percebeu que ele estava sob efeito de algo. Seu corpo enorme balançava imperceptivelmente. Wallander apresentou-se e mostrou o distintivo. O homem nem sequer se deu ao trabalho de olhar. Permaneceu encarando Wallander.

"Eu já vi você", ele disse. "Na televisão. E nos jornais. Na verdade nunca leio jornal, de modo que deve ter sido na primeira página. O policial que estavam procurando. Aquele que atira nas pessoas sem pedir permissão. Como você disse que se chama? Wahlgren?"

"Wallander. Você é Peter Hjelm?"

"Sou."

"Quero falar com você."

O homem nu fez um gesto sugestivo apontando o interior do apartamento. Wallander presumiu que isso significava que ele tinha companhia feminina.

"Não dá para fazer nada", disse Wallander. "Em todo caso, não deve levar muito tempo."

Hjelm o deixou entrar, relutante.

"Vá vestir alguma roupa", Wallander ordenou com firmeza.

Hjelm deu de ombros, pegou um sobretudo num gancho e vestiu. Como se também a pedido de Wallander, enterrou um velho chapéu na cabeça até as orelhas. Wallander o seguiu pelo longo corredor. Hjelm morava num apartamento antigo, espaçoso. Wallander às vezes sonhava em achar um apartamento desses em Ystad. Uma vez tinha chegado a se informar acerca dos apartamentos acima da livraria no prédio vermelho da praça. Mas ficara chocado com os valores dos aluguéis.

Quando chegaram à sala de estar, Wallander ficou atônito ao descobrir outro homem enrolando-se num lençol. Wallander não estava preparado para isso. Um homem nu gesticulando sugestivamente devia estar com uma mulher, não com outro homem. Para ocultar seu embaraço, assumiu um tom formal. Sentou-se numa cadeira e acenou para que Hjelm se sentasse à sua frente.

"Quem é você?", perguntou ao outro homem, que era muito mais jovem que Hjelm.

"Geert não entende sueco", disse Hjelm. "Ele é de Amsterdã. Está só de visita."

"Diga-lhe que quero ver alguma identificação dele", disse Wallander. "Agora."

Hjelm falava um inglês péssimo, pior que o de Wallander. O homem embrulhado no lençol desapareceu e voltou com uma carteira de motorista holandesa. Como de hábito, Wallander não tinha nada com que escrever, de modo que memorizou o sobrenome do sujeito, Van Loenen, e lhe devolveu o documento. Então fez algumas rápidas perguntas em inglês. Van Loenen disse que era garçom num café em Amsterdã e que conhecera Hjelm lá. Era a terceira vez que vinha a Malmö. Voltaria a Amsterdã de trem dali a poucos dias. Quando ele terminou, Wallander pediu-lhe que saísse da sala. Hjelm estava sentado no chão, trajando seu sobretudo com o chapéu enterrado na testa. Wallander sentiu que estava ficando muito irritado.

"Tire essa porra desse chapéu!", berrou. "E sente-se numa cadeira. Senão, mando chamar uma viatura e levo você para a delegacia."

Hjelm obedeceu. Atirou no ar o chapéu, que descreveu um arco e pousou entre dois vasos de plantas no parapeito de uma das janelas. A raiva de Wallander fez com que começasse a suar.

"Björn Fredman morreu", ele disse brutalmente. "Mas imagino que você já esteja sabendo."

O sorriso de Hjelm desapareceu. Ele não sabia, Wallander percebeu.

"Ele foi assassinado", Wallander continuou. "Alguém jogou ácido nos olhos dele. E cortou parte do couro cabeludo. Isto aconteceu três dias atrás. Agora estamos procurando a pessoa que fez isso. O assassino já matou outras duas pessoas. Um ex-político chamado Gustaf Wetterstedt e um negociante de arte chamado Arne Carlman. Mas talvez você saiba disso."

Hjelm assentiu lentamente com a cabeça. Wallander tentou interpretar suas reações, sem êxito.

"Agora eu entendo por que Björn não atendia o telefone", ele disse após algum tempo. "Tentei falar com ele ontem o dia todo. E hoje de manhã tentei de novo."

"O que você queria dele?"

"Pensei em convidá-lo para jantar."

Wallander imediatamente percebeu que era mentira. E, por ainda estar furioso com a atitude arrogante de Hjelm, foi fácil para ele fechar o cerco. Em todos os seus anos de polícia, Wallander só havia perdido o controle duas vezes e batido nos indivíduos que estava interrogando. Geralmente conseguia conter a raiva.

"Não minta para mim", disse. "O único jeito de você me ver sair por aquela porta é dando respostas claras e verdadeiras para minhas perguntas. Do contrário, faço o inferno cair sobre sua cabeça. Estamos lidando com um *serial killer*, o que significa que a polícia tem poderes especiais."

A última parte obviamente não era verdade. Mas impressionou Hjelm.

"Eu telefonei por causa de um lance que a gente tinha junto."

"Que tipo de lance?"

"Importação e exportação. Ele me devia dinheiro."

"Quanto?"

"Pouca coisa. Cem mil, por aí. Não mais que isso."

Essa "pouca coisa" era equivalente ao salário de vários meses de Wallander. Isso o deixou ainda mais irado.

"Podemos voltar para seu negócio com o Fredman mais tarde", ele disse. "É uma coisa que vai ser tratada pela polícia de Malmö. O que eu quero saber é se você pode me dizer quem o matou."

"Eu não fui, pode estar certo."

"Não sugeri que tenha sido você. Quem mais?"

Wallander viu que Hjelm estava tentando se concentrar.

"Eu não sei", disse ele finalmente.

"Você parece hesitante."

"Björn estava metido num monte de coisas."

"Tais como?"

"Eu não sei."

"Me dê uma resposta direta!"

"Tudo bem, que merda! Eu simplesmente não sei. A gente fazia alguns negócios. O que Fredman fazia com o resto do tempo dele, eu não posso dizer. Neste tipo de negócio a gente não deve saber muito. E também não pode saber pouco demais. Mas aí já é outra coisa."

"No que você acha que Fredman podia estar metido?"

"Eu acho que ele estava metido até o pescoço em cobranças."

"Quer dizer, ele era o executor das cobranças?"

"Mais ou menos isso."

"Quem era o patrão dele?"

"Sei lá."

"Não minta!"

"Eu não estou mentindo. Simplesmente não sei."

Wallander quase acreditou.

"O que mais?"

"Ele era um cara cheio de segredos. Viajava um bocado. E quando voltava sempre estava queimado de sol. E trazia suvenires."

"De onde?"

"Ele nunca disse. Mas depois das viagens geralmente ele tinha dinheiro de sobra."

O passaporte de Björn Fredman, Wallander pensou. Nós não o encontramos.

"Quem mais conhecia Fredman, fora você?"

"Um monte de gente."

"Quem o conhecia tão bem como você?"

"Ninguém."

"Ele tinha uma mulher?"

"Que pergunta! É claro que ele tinha mulheres!"

"Havia alguma em especial?"

"Ele trocava o tempo todo."

"Por que trocava?"

"Por que as pessoas trocam? Por que eu troco? Porque conheço uma pessoa em Amsterdã num dia e uma pessoa de Bjärred no dia seguinte."

"Bjärred?"

"É só um exemplo, porra! Halmstad, se você preferir!"

Wallander parou de fazer perguntas. Franziu o cenho para Hjelm. Sentia uma animosidade instintiva em relação a ele. Em relação a um ladrão que considerava cem mil coroas "pouca coisa".

"Gustaf Wetterstedt", disse finalmente. "E Arne Carlman. Você sabe que eles foram mortos."

"Eu assisto TV."

"Fredman alguma vez mencionou seus nomes?"

"Não."

"Acha possível que você tenha esquecido? Seria possível ele tê-los conhecido?"

Hjelm ficou sentado em silêncio por mais de um minuto. Wallander esperou.

"Eu tenho certeza", Hjelm respondeu finalmente. "Mas pode ser que ele não tenha me contado."

"Esse homem que está por aí à solta é perigoso", disse Wallander. "Ele é frio e calculista. E louco. Ele derramou ácido nos olhos de Fredman. Deve ter sido extremamente doloroso. Você está entendendo aonde eu quero chegar?"

"Sim, estou."

"Eu quero que você faça um trabalho para mim. Espalhe por aí que a polícia está procurando uma conexão entre os três homens. Imagino que você esteja de acordo que precisamos tirar esse lunático das ruas. Um homem que joga ácido nos olhos dos outros."

Hjelm fez uma careta.

"OK."

Wallander levantou-se.

"Ligue para o detetive Forsfält", ele disse. "Ou ligue para mim em Ystad. Qualquer coisa que você consiga pode ser importante."

"Björn tinha uma namorada chamada Marianne", disse Hjelm. "Ela mora lá no Triângulo."

"Qual é o sobrenome dela?"

"Erikson, acho."

"No que ela trabalha?"

"Não sei."

"Você tem o número do telefone dela?"

"Posso dar uma olhada."

"Faça isso."

Wallander esperou enquanto Hjelm saiu da sala. Pôde ouvir vozes cochichando, e pelo menos uma delas parecia estar aborrecida. Hjelm retornou e deu um pedaço de papel a Wallander. Então o acompanhou até a porta.

Hjelm já estava sóbrio, mas ainda assim parecia totalmente indiferente ao que tinha acontecido com seu amigo. Wallander sentiu extremo desconforto com a frieza demonstrada por ele. Achava isso incompreensível.

"O cara louco...", começou Hjelm, sem terminar a frase. Wallander compreendeu a pergunta não formulada.

"Ele está atrás de indivíduos específicos. Se você não se vê em nada que tenha ligação com Wetterstedt, Carlman e Fredman, não tem motivo para se preocupar."

"Por que vocês não o pegaram?"

Wallander encarou Hjelm, sentindo a raiva voltar.

"Uma das razões é que pessoas como você têm dificuldade de responder a simples perguntas", ele retrucou.

Quando desceu para a rua, parou, olhou em direção ao sol e fechou os olhos. Pensou na conversa que acabara de ter com Hjelm, e a ansiedade com o fato de que a investigação pudesse estar na trilha errada retornou. Abriu os olhos e caminhou ao longo da lateral do prédio, na sombra. Não conseguia se livrar da sensação de que estava conduzindo toda a investigação às cegas. Lembrou-se da ideia meio vaga que tivera, de que algo que ouvira era significativo. *Há algo faltando*, pensou. *Há um elo entre Wetterstedt, Carlman e Fredman que estou deixando passar.* O homem que eles estavam buscando podia atacar novamente, e uma coisa Wallander sabia com certeza sobre o caso. Eles não tinham a menor ideia de quem era o homem. E não sabiam sequer onde procurá-lo. Ele sentiu a sombra da parede e fez um sinal para um táxi parar.

Passava do meio-dia quando ele desceu diante da delegacia de Malmö. Ao chegar à sala de Forsfält, recebeu um recado para telefonar para Ystad. Mais uma vez teve a terrível sensação de que algo sério acontecera. Ebba atendeu. Ela o acalmou e em seguida transferiu a ligação para Nyberg. Tinham encontrado uma impressão digital na pálpebra de Fredman. Estava borrada, mais ainda assim suficientemente boa para confirmar uma combinação com as impressões que já haviam encontrado. Não havia mais dúvida de que estavam atrás de um único assassino. O exame forense confirmou que Fredman fora assassinado menos de doze horas antes de o corpo ter sido descoberto, e o ácido fora derramado nos seus olhos enquanto ele ainda estava vivo.

Em seguida, Ebba transferiu a ligação para Martinson,

que recebera uma confirmação positiva da Interpol, dizendo que o pai de Dolores María Santana tinha reconhecido o pingente. O objeto de fato pertencia a ela. Martinson também mencionou que a embaixada sueca na República Dominicana estava mostrando extrema má vontade em pagar pelo transporte dos restos mortais da moça para Santiago.

Wallander escutava, mas não estava totalmente atento. Quando o colega terminou suas queixas em relação à embaixada, ele lhe perguntou no que Svedberg e Höglund estavam trabalhando. Martinson disse que nenhum dos dois tinha descoberto muita coisa. Wallander disse que estaria de volta a Ystad naquela tarde e desligou. Forsfält estava fora no saguão, espirrando.

"Alergia", explicou, assoando o nariz. "No verão fica pior."

Saíram para o sol ofuscante rumo a um restaurante onde Forsfält gostava de comer espaguete. Depois que o inspetor lhe contou seu encontro com Hjelm, Forsfält começou a falar sobre sua casa de verão, ao norte, perto de Älmhult. Wallander imaginou que ele não queria estragar o almoço falando da investigação. Normalmente, isso o teria deixado impaciente, mas ele escutou com crescente fascínio enquanto o velho detetive descrevia como estava restaurando uma velha ferraria. Só quando estavam tomando o café retornaram à investigação. Forsfält tentaria interrogar Marianne Erikson nesse mesmo dia. Porém o mais importante fora a revelação de que Louise Fredman era paciente num hospital psiquiátrico havia três anos.

"Não tenho certeza", disse Forsfält. "Mas eu chutaria que ela está em Lund. No hospital St. Lars. É lá que ficam os casos mais sérios, acho."

"É difícil superar todos os obstáculos quando se quer a ficha de um paciente", disse Wallander. "E isso é uma coisa boa, claro. Mas penso que precisamos saber tudo sobre Louise Fredman. Especialmente pelo fato de a família não ter contado a verdade."

"Doença mental não é algo de que as pessoas gostam de falar", lembrou Forsfält. "Tive uma tia que entrou e saiu de instituições a vida inteira. Nós quase nunca falávamos a respeito dela com estranhos. Era uma desgraça."

"Vou pedir a um dos promotores em Ystad para entrar em contato com Malmö", disse Wallander.

"Que motivo você vai alegar?"

Wallander pensou por um momento.

"Não sei", respondeu. "Tenho uma suspeita de que Fredman pode ter abusado dela."

"Isso não basta", Forsfält contrapôs firmemente.

"Eu sei", concordou Wallander. "Preciso arranjar um jeito de mostrar que é crucial para toda a investigação do assassinato obter informações sobre Louise Fredman. Sobre ela e diretamente dela."

"No que você acha que ela poderia ajudar?"

Wallander abriu os braços. "Não sei. Talvez não se esclareça nada descobrindo o que a mantém internada. Talvez ela seja incapaz de manter uma conversa com quem quer que seja."

Forsfält balançou a cabeça, imerso em pensamentos. Wallander sabia que as objeções do velho detetive eram razoáveis, mas não podia ignorar seu próprio palpite de que Louise Fredman era importante. Ele pagou o almoço. Quando voltaram para a delegacia, Forsfält foi até a recepção e pegou um saco plástico.

"Eis aqui alguns quilos de papel sobre a vida atribulada de Björn Fredman", ele disse, sorrindo. Mas então ficou sério, como se o sorriso tivesse sido inadequado. "Aquele pobre-diabo", prosseguiu. "A dor deve ter sido insuportável. O que ele pode ter feito para merecer aquilo?"

"É exatamente isso", disse Wallander. "O que foi que ele fez? O que foi que Wetterstedt fez? Ou Carlman? E para quem?"

"Couro cabeludo arrancado e ácido nos olhos. Para que tipo de inferno nós estamos indo?"

"De acordo com o Comando Nacional de Polícia, para

uma sociedade onde um distrito policial como Ystad não precisa funcionar absolutamente nos fins de semana."

Forsfält manteve-se em silêncio por um momento. "Não consigo acreditar que essa seja a resposta", disse por fim.

"Fale com o comissário nacional de polícia."

"O que é que ele pode fazer? Ele tem uma diretoria nas costas. E acima dos diretores estão os políticos."

"Sempre há a possibilidade de ele recusar", disse Wallander. "Ou poderia renunciar, se acha que as coisas estão demasiadamente fora de controle."

"Talvez", Forsfält retrucou, distraído.

"Obrigado pela ajuda. E especialmente pela história sobre a ferraria."

"Você está convidado a vir me visitar uma hora dessas", disse Forsfält. "Não sei se a Suécia é tão fantástica quanto todas as revistas dizem. Mas mesmo assim é um grande país. Lindo. E surpreendentemente pouco deteriorado. Se você se der ao trabalho de olhar."

"Você não vai se esquecer de Marianne Erikson?"

"Vou ver se consigo encontrá-la agora", disse Forsfält. "Eu ligo para você mais tarde."

Wallander abriu o carro e jogou o saco plástico dentro. Depois saiu da cidade e pegou a E65. Baixou a janela e deixou a brisa de verão soprar contra seu rosto. Ao chegar a Ystad parou no supermercado e comprou verduras. Já estava no caixa quando descobriu que teria de voltar para pegar sabão em pó. Voltou para casa e levou as sacolas para cima, mas descobriu que tinha perdido as chaves.

Desceu novamente e procurou-as dentro do carro, em vão. Telefonou para Forsfält e lhe informaram que ele havia saído. Um dos colegas dele foi até sua sala verificar se as chaves estavam sobre a mesa. Não estavam. Ligou para Peter Hjelm, que atendeu quase de imediato. Voltou instantes depois, dizendo que não as tinha achado.

Wallander pescou o pedaço de papel com o número de Fredman em Rosengård. O filho atendeu, procurou as chaves, mas tampouco as encontrou. Wallander se perguntou se deveria lhe dizer que agora sabia que sua irmã Louise estava internada havia vários anos, mas decidiu não falar nada.

Pensou por um instante. Podia ter deixado cair as chaves no lugar onde tinha almoçado com Forsfält, ou na loja onde comprara a camisa nova. Aborrecido, voltou para o carro e rumou para a delegacia. Ebba sempre mantinha um jogo de chaves de reserva para ele. Ele disse o nome da loja de roupas e do restaurante em Malmö. Ela disse que verificaria se alguém as tinha encontrado. Wallander deixou a delegacia e voltou para casa sem falar com os colegas. Precisava pensar em tudo que tinha acontecido naquele dia. Em particular, queria planejar sua conversa com Åkeson. Carregou as verduras para dentro e as guardou. Ele perdera o horário que tinha reservado na lavanderia. Pegou a caixa de sabão em pó e juntou a imensa pilha de roupa suja. Ao descer, a lavanderia ainda estava vazia. Escolheu as roupas da pilha, tentando adivinhar que tipos de roupas requeriam a mesma temperatura da água. Um tanto desajeitado, conseguiu finalmente botar duas máquinas em funcionamento. Satisfeito, voltou para o apartamento.

Mal tinha acabado de fechar a porta, o telefone tocou. Era Forsfält, dizendo-lhe que Marianne Erikson estava na Espanha. Continuaria tentando falar com ela no hotel em que, segundo informara a agência de viagens, estava hospedada. Wallander desembrulhou o conteúdo do saco plástico preto. As pastas cobriam toda a mesa da cozinha. Ele tirou uma cerveja da geladeira e sentou-se na sala. Pôs um CD do tenor Jussi Björling no estéreo e um pouco depois esparramou-se no sofá com a lata de cerveja ao seu lado, no chão. Logo adormeceu.

Acordou sobressaltado quando a música terminou. Deitado no sofá, tomou o resto da lata de cerveja. O telefone tocou. Era Linda. Será que ela podia ficar na casa dele por alguns dias? Os pais da amiga estavam voltando. Wallander subitamente sentiu-se revitalizado. Juntou os papéis espalhados sobre a mesa da cozinha e os levou para seu quarto. Depois, arrumou a cama no quarto onde Linda dormia. Abriu todas as janelas e deixou entrar no apartamento a morna brisa noturna. Desceu até a lavanderia e tirou a roupa lavada das máquinas. Para sua surpresa, nenhuma das cores tinha desbotado. Pendurou a roupa para secar nos varais na área ao lado. Linda havia dito que não ia querer comida nenhuma, então ele cozinhou algumas batatas e grelhou um pedaço de carne para o jantar. Enquanto comia, perguntou-se se deveria telefonar para Baiba. Também pensou nas chaves perdidas. E em Louise Fredman. E em Peter Hjelm. E na pilha de papéis à sua espera no quarto. E pensou no homem que estava em algum lugar lá fora naquela noite de verão. O homem que teriam de capturar logo. Quando terminou de comer, ficou parado junto à janela até ver Linda descendo a rua.

"Eu amo você", ele disse em voz alta.

Jogou as chaves pela janela e ela as agarrou com uma mão.

26

Wallander passou metade da noite sentado conversando com Linda, mas mesmo assim forçou-se a levantar às seis de manhã. Ficou um longo tempo no chuveiro antes de conseguir espantar o cansaço. Moveu-se silenciosamente pelo apartamento, e lhe ocorreu que somente quando Baiba ou Linda se hospedavam lá é que ele se sentia realmente como num lar. Quando estava só, o apartamento dava a sensação de ser um pouco mais do que apenas um teto temporário sobre sua cabeça. Preparou café e desceu para a área onde a roupa estava secando. Uma das vizinhas chamou sua atenção porque ele não havia limpado a lavanderia depois de usar as máquinas na véspera. Era uma senhora de idade que vivia sozinha, e ele costumava cumprimentá-la quando se cruzavam por acaso, mas não sabia o nome dela. Ela lhe mostrou uma mancha no chão, onde havia sido derramado um pouco de sabão em pó. Wallander se desculpou e prometeu tomar mais cuidado no futuro. Que mulher chata, ele pensou enquanto subia as escadas. Porém sabia que ela estava certa, ele fora preguiçoso demais para limpar.

Jogou a roupa limpa em cima da cama e então levou para a cozinha a papelada que Forsfält lhe dera. Sentiu-se culpado por não tê-los lido na noite anterior. Mas a conversa com Linda fora importante. Haviam ficado sentados no terraço, na gostosa noite de verão. Escutando-a, tinha se dado conta pela primeira vez de que ela já era adulta. Ela lhe contou que Mona estava pensando em se casar de novo. Wallander ficou deprimido com a notícia. Sabia que havia pedido a Linda que lhe contasse. Mas pela primeira vez ele falou sobre por que achava que o casamento tinha fracassado. Pela reação dela, percebeu que Mona via as coisas de forma bem diferente. Então, Linda lhe perguntou a respeito de Baiba, e ele procurou responder da maneira mais honesta possível, embora ainda houvesse muita coisa não resolvida no relacionamento entre eles. E, quando finalmente entraram, teve certeza de que ela não o culpava pelo acontecido e que agora conseguia ver o divórcio dos pais como algo que fora necessário.

Sentou-se à mesa da cozinha e olhou para o extenso material que descrevia a vida de Björn Fredman. Levou duas horas só para dar uma primeira passada de olhos. De vez em quando fazia alguma anotação. Quando empurrou para o lado a última pasta e se espreguiçou já passava das oito horas. Serviu-se de outra xícara de café e parou junto da janela aberta. Desenhava-se um belo dia. Ele já não se lembrava da última vez que chovera.

Tentou pensar sobre tudo que tinha acabado de ler. Björn Fredman fora uma figura deplorável desde o início. Tivera uma infância difícil e atribulada, e seu primeiro esbarrão com a polícia, por causa de uma bicicleta roubada, ocorrera quando ele tinha sete anos. Desde então, sempre vivera metido em confusão. Björn Fredman havia se vingado de uma vida que nunca lhe dera o menor prazer. Wallander pensou em quantas vezes na sua carreira já tinha lido essas sagas sombrias e insípidas, em que ficava claro desde a primeira frase que a história terminaria mal.

A Suécia conseguira se livrar da pobreza material, graças, em grande parte, aos seus próprios recursos. Quando Wallander era criança, ainda existiam pessoas desesperadamente pobres, embora já naquela época fossem bem poucas em número. Mas com o outro tipo de pobreza, ele pensou, nós nunca chegamos a lidar. E agora que o progresso parecia estar temporariamente interrompido, e o estado de bem-estar, erodido, a pobreza espiritual, que sempre estivera ali, estava começando a se manifestar.

Fredman não era o único. Nós não criamos uma sociedade em que pessoas como ele pudessem se sentir acolhidas, pensou Wallander. Quando nos livramos da velha sociedade, em que as famílias permaneciam juntas, esquecemos de colocar alguma coisa no lugar. A grande solidão resultante era um preço que não sabíamos que seríamos obrigados a pagar. Ou talvez tenhamos optado por ignorá-la.

Ele pôs as pastas de volta no saco plástico preto, depois chegou junto à porta do quarto de Linda e ficou escutando. Ela dormia. Não resistiu à tentação de abrir uma fresta da porta e dar uma espiada lá dentro. Ela estava dormindo toda enrolada, virada para a parede. Ele deixou um bilhete na mesa da cozinha e se perguntou o que fazer com as chaves. Telefonou para a delegacia. Ebba estava em casa. Ele procurou seu número de telefone particular e ligou. Nem o restaurante nem a loja de roupas haviam encontrado as chaves. Acrescentou no bilhete que Linda deveria pôr as chaves sob o capacho. Então saiu para a delegacia.

Hanson estava sentado em sua sala, com aparência mais desolada que nunca. Wallander sentiu pena dele e perguntou-se quanto tempo ele aguentaria. Foram juntos até a cantina tomar um café. Não havia quase nenhum sinal de que a maior caçada humana na história da polícia de Ystad estava em andamento. Wallander lhe disse que agora percebia que necessitavam de reforços. E que Hanson precisava de um descanso. Eles tinham gente suficiente para o trabalho de campo, mas Hanson precisava de apoio na frente doméstica. O colega tentou protestar, mas Wallander se manteve irredutível. A face sombria de Hanson e seus olhos inchados eram evidência suficiente. Por fim, Hanson cedeu e prometeu falar com o chefe de polícia do condado na segunda-feira. Teriam de pegar um sargento emprestado de algum outro distrito.

A equipe tinha uma reunião marcada para as dez horas. Wallander deixou Hanson, que já parecia mais aliviado. Foi até sua sala e telefonou para Forsfält, que não foi localizado. Passaram-se quinze minutos antes de Forsfält ligar de volta. Wallander perguntou sobre o passaporte de Björn Fredman.

"Deve estar no apartamento dele, é claro", disse Wallander. "Mas quero descobrir mais sobre aquelas viagens que Peter Hjelm mencionou."

"Os países da União Europeia dificilmente usam carimbos de entrada e saída agora", Forsfält ressaltou.

"Acho que Hjelm estava falando de viagens para mais longe", replicou Wallander. "Mas posso estar enganado."

Forsfält disse que começariam a procurar o passaporte de Fredman imediatamente.

"Falei com Marianne Erikson ontem à noite", prosseguiu. "Pensei em telefonar para você, mas achei que já era muito tarde."

"Onde você a encontrou?"

"Em Málaga. Ela nem sabia que Fredman tinha morrido."

"O que ela tinha para dizer?"

"Não muita coisa, preciso confessar. Ficou chocada, é óbvio. Infelizmente não pude poupá-la dos detalhes. Eles andaram se encontrando uma vez ou outra nos últimos seis meses. Tive a sensação de que ela realmente gostava de Fredman."

"Nesse caso, é a primeira pessoa", disse Wallander. "Sem contar Hjelm."

"Ela achava que ele era empresário", continuou Forsfält. "Não tinha a menor ideia de que estava envolvido em atividades ilegais. E também não sabia que ele era casado e tinha três filhos. Ela ficou muito chateada. É uma pena, mas despedacei a imagem que ela tinha de Fredman com um simples telefonema."

"Como é que você percebeu que ela gostava dele?"

"Ela estava magoada por ele ter mentido para ela."

"E você ficou sabendo de mais alguma coisa?"

"Na verdade, não. Mas ela está voltando para a Suécia. Quando chegar, na sexta-feira, vou conversar com ela."

"E aí você sai de férias?"

"É o que estou planejando. Você também não deveria estar começando as suas?"

"Eu não quero nem pensar em férias."

"Uma vez que as coisas comecem a andar, tudo pode correr depressa."

Wallander não comentou essa última observação de Forsfält. Eles se despediram. Wallander ligou para a recepção e pediu para a telefonista localizar Åkeson. Passado pouco mais de um minuto ela lhe disse que Åkeson estava em casa. Wallander olhou o relógio. Passava um pouco das nove. Tomou uma decisão rápida e saiu. Deu de cara com Svedberg no saguão, ainda usando seu ridículo boné.

"Como estão as queimaduras?", perguntou.

"Melhoraram. Mas não me atrevo a sair sem o boné."

"Você acha que os chaveiros estão abertos no sábado?"

"Duvido. Mas há chaveiros que podem ser chamados em casa."

"Eu preciso fazer cópias de umas chaves."

"Você se trancou do lado de fora?"

"Eu perdi as chaves de casa."

"Estavam com seu nome e endereço?"

"É óbvio que não."

"Então pelo menos você não precisa trocar a fechadura."

Wallander disse a Svedberg que talvez se atrasasse um pouco para a reunião. Ele tinha de se encontrar com Åkeson para discutir uma coisa importante. Este morava num bairro residencial perto do hospital. Wallander já estivera lá e sabia o caminho. Ao chegar, desceu do carro e o viu aparando a grama. Åkeson parou ao ver Wallander.

"Aconteceu alguma coisa?", ele perguntou quando se encontraram no portão.

"Sim e não", respondeu Wallander, entrando. "Alguma coisa está sempre acontecendo. Mas nada crucial. Eu preciso de sua ajuda numa parte da investigação."

Foram para o jardim. Wallander pensou melancolica

mente que ele se parecia com todos os outros jardins que tinha visto. Recusou o café que lhe foi oferecido. Sentaram-se à sombra de uma área coberta.

"Se minha mulher aparecer, eu agradeceria muito se você não mencionasse que estou indo para a África neste outono. Ainda é um tema muito sensível", explicou Åkeson.

Wallander garantiu que não diria nada. Falou da situação de Louise Fredman e de suas suspeitas de que ela poderia ter sido abusada pelo pai. Foi honesto e disse que isso podia muito bem ser uma pista falsa e não acrescentar nada à investigação. Explicou em linhas gerais o novo rumo que estavam tentando, que se baseava no fato de Fredman ter sido assassinado pela mesma pessoa que matara Wetterstedt e Carlman. "Björn Fredman foi a ovelha negra da 'família' escalpelada", disse, percebendo imediatamente como sua descrição era inadequada.

Como é que ele se encaixava no quadro? Em que ele não se encaixava? Talvez pudessem achar a conexão começando com Fredman em algum ponto onde o elo não fosse de maneira alguma óbvio. Åkeson escutou atentamente.

"Eu conversei com Ekholm", ele disse quando Wallander terminou. "Um bom sujeito, pensei. Competente. Realista. A impressão que ele me passou foi de que o homem que estamos procurando pode atacar de novo."

"Eu penso nisso o tempo todo."

"Que tal pedir reforços?", Åkeson perguntou.

Wallander contou-lhe sobre a conversa com Hanson, pouco antes nessa manhã.

"Acho que você está enganado", replicou Åkeson. "Não basta conseguir apoio só para Hanson. Acho que você tem uma tendência a superestimar o trabalho de que você e os seus colegas conseguem dar conta. Este é um caso grande, na verdade grande demais. Quero ver mais gente trabalhando nele. Mais força humana significa que mais coisas podem ser feitas ao mesmo tempo. Estamos lidando com um homem que pode voltar a matar. Isso quer dizer que não temos tempo a perder."

"Eu sei", disse Wallander. "Me preocupa que talvez já seja tarde demais."

"Reforços", repetiu Åkeson. "O que você acha?"

"Por enquanto, esse ainda não é o problema."

A tensão entre ambos cresceu.

"Digamos que eu, como líder da investigação, não aceite isso", disse Åkeson. "Mas você não quer mais homens. E então, como nós ficamos?"

"É uma situação difícil."

"Muito difícil. E desagradável. Se eu solicitar mais gente contra a vontade da polícia, meu argumento precisa ser de que a atual equipe de investigação não está à altura da tarefa. Eu teria de declarar sua equipe incompetente, ainda que pudesse usar termos mais delicados. E eu não quero fazer isso."

"Presumo que você fará isso, se tiver de fazer", disse Wallander. "E é aí que eu me demito da força policial."

"Porra, Kurt!"

"Foi você que começou esta discussão, não eu."

"Você tem seus regulamentos. Eu tenho os meus. De modo que encaro como negligência para com meu dever não solicitar que você tenha mais gente à sua disposição."

"E cães", disse Wallander, sarcástico. "Quero cães policiais. E helicópteros."

A discussão chegara a um impasse. Wallander lamentou ter deixado o caldo entornar. Não sabia com certeza por que se opunha tanto a ter reforços. Sabia que problemas de cooperação podiam prejudicar e atrasar uma investigação. Mas não conseguia contestar a opinião de Åkeson de que, com mais gente, mais coisas podiam ser investigadas ao mesmo tempo.

"Fale com Hanson", Wallander disse. "É ele quem toma as decisões."

"Hanson não faz nada sem consultar você. E aí faz o que você manda."

"Eu vou me recusar a dar minha opinião. Pode contar com meu silêncio."

Åkeson levantou-se e fechou o registro da ducha do jardim com uma chave verde. Em seguida, voltou a sentar-se. "Vamos esperar até segunda-feira", disse.

"Certo", concordou Wallander. Depois, voltou a falar de Louise Fredman. Reiterou que não havia prova de que Fredman houvesse abusado da filha. Mas podia ser verdade; ele não podia descartar nada, e era por isso que precisava da ajuda de Åkeson.

"É possível que eu esteja cometendo um grande erro", Wallander concluiu. "E não seria a primeira vez. Mas não posso me dar ao luxo de ignorar qualquer indício. Quero saber por que Louise Fredman está num hospital psiquiátrico. E, quando descobrir, vamos decidir se há algum motivo para darmos o passo seguinte."

"Que seria...?"

"Falar com ela."

Åkeson assentiu. Wallander estava seguro de poder contar com sua cooperação. Eles se conheciam bem. Åkeson respeitava os instintos de Wallander, mesmo quando careciam de evidência sólida.

"Pode ser complicado", disse Åkeson. "Mas vou tentar fazer alguma coisa durante o fim de semana."

"Eu ficaria muito grato. Você pode me telefonar na delegacia ou em casa sempre que quiser."

Åkeson entrou na casa para se certificar de que tinha todos os números de telefone de Wallander. A tensão entre ambos havia se evaporado. Åkeson o acompanhou até o portão.

"Parece que o verão começou bem", ele disse. "Mas acho uma pena que você não tenha tido muito tempo para pensar nisso."

Wallander sentiu que Åkeson estava sendo solidário.

"Não, mesmo. Mas a avó de Ann-Britt predisse que o tempo bom vai durar bastante."

"Em vez disso, ela não poderia prever onde nós devemos procurar o assassino?", disse Åkeson.

Wallander sacudiu a cabeça, resignado. "Nós recebemos um monte de dicas o tempo todo. Os profetas e médiuns de costume têm telefonado e se apresentado. Temos estagiários fazendo triagem das informações. Depois Höglund e Svedberg repassam tudo, mas até agora não apareceu nada de aproveitável. Ninguém viu nada, seja na casa de Wetterstedt ou na fazenda de Carlman. Não há muitos indícios em torno do buraco na estação de trem nem no furgão do aeroporto."

"O homem que vocês estão caçando é cuidadoso", disse Åkeson.

"Cuidadoso, astuto e totalmente destituído de emoções humanas", disse Wallander. "Não consigo imaginar como a mente dele funciona. Até Ekholm parece embasbacado. Pela primeira vez na vida eu tenho a sensação de termos um monstro à solta."

Åkeson pareceu ponderar momentaneamente sobre o que Wallander dissera.

"Ekholm me disse que está colocando todos os dados no computador. Ele está usando o programa do FBI. Pode dar algum resultado."

"Vamos esperar que sim", disse Wallander, sem acrescentar mais nada. Mas Åkeson entendeu muito bem o que estava implícito. Antes que ele ataque de novo.

Wallander voltou para a delegacia. Entrou na sala de reuniões alguns minutos atrasado. Para animar a equipe, Hanson fora até a padaria Fridolf e comprara doces e biscoitos. Wallander sentou-se em seu lugar habitual e olhou em volta. Martinson estava de bermuda pela primeira vez nesse verão. Höglund mostrava os primeiros indícios de um bronzeado. Wallander perguntou-se como ela tinha arranjado tempo para tomar sol. O único apropriadamente vestido era Ekholm, que estabelecera sua base no outro canto da mesa.

"Um de nossos jornais vespertinos teve o bom gosto de fornecer aos leitores as referências históricas da arte de escalpelar", disse Svedberg com ar sombrio. "Só nos resta esperar que essa não seja a próxima loucura contagiosa, dados os malucos que andam por aí."

Wallander bateu com o lápis na mesa.

"Vamos começar", ele disse. "Nós estamos atrás do pior assassino com que já tivemos que defrontar. Ele cometeu os três crimes. Mas isso é tudo que sabemos. Exceto o fato de existir um risco real de ele atacar novamente."

Sussurros abafados em torno da mesa. Wallander não tivera a intenção de criar uma atmosfera opressiva. Sabia por experiência que as coisas eram mais fáceis com um tom mais leve, mesmo quando os crimes investigados eram brutais. Todo mundo na sala estava tão abatido quanto ele. A sensação de que estavam à caça de um monstro, cuja degeneração emocional era inimaginável, atormentava cada um deles.

Foi uma das reuniões mais desanimadoras de que Wallander já tinha participado. Do lado de fora, o verão estava quase que provocativamente bonito, os docinhos de Hanson derretiam, ficando pegajosos com o calor, e sua própria repulsa lhe causava enjoo. Embora prestasse atenção a tudo que era dito, ao mesmo tempo perguntava-se como suportava continuar sendo policial. Não teria chegado ao ponto em que deveria perceber que já havia cumprido sua parte? Devia haver outras coisas na vida. Mas também sabia que o que o deixava desanimado era o fato de que não enxergava a menor perspectiva de avanço, nenhuma fenda na parede pela qual pudessem forçar a passagem. Ainda tinham uma grande quantidade de pistas a seguir, mas careciam de uma direção específica. Na maioria dos casos existia um norte invisível pelo qual podiam corrigir a rota. Dessa vez não havia um ponto fixo. Estavam começando mesmo a duvidar da existência de uma conexão entre os homens assassinados.

Três horas depois, encerrada a reunião, eles sabiam que a única coisa a fazer era continuar tentando. Wallander observou as faces exaustas à sua volta e disse a todos que procurassem descansar um pouco. Cancelou todas as reuniões de domingo. Eles se reuniriam novamente na segunda-feira de manhã. Não precisou mencionar a única exceção: a menos que ocorresse algo sério. A menos que o homem que estava por ali, em algum ponto desse verão, resolvesse atacar de novo.

Wallander voltou para casa à tarde. Achou um bilhete de Linda, dizendo-lhe que ia sair à noite. Ele estava cansado e dormiu algumas horas. Ao acordar, telefonou duas vezes para Baiba, sem conseguir encontrá-la. Conversou com Gertrud, que lhe disse que tudo estava bem com o pai. Ele falava o tempo todo sobre a viagem à Itália. Wallander circulou pelo apartamento e consertou o trinco de uma janela. O tempo todo o assassino desconhecido ocupou seu pensamento. Às sete da noite, preparou um jantar com filé de bacalhau e batatas cozidas. Sentou-se no terraço com uma xícara de café e folheou distraidamente um exemplar velho de uma revista semanal. Quando Linda chegou, tomaram chá juntos na cozinha. No dia seguinte Wallander teria permissão de assistir a um ensaio da revista que ela e Kajsa estavam montando, mas Linda fez muito mistério e não quis lhe contar do que se tratava. Às onze e meia os dois foram para a cama.

Wallander adormeceu quase de imediato. Linda permaneceu acordada em seu quarto, escutando as aves noturnas. Então também adormeceu, deixando a porta do quarto entreaberta.

Nenhum dos dois se mexeu quando a porta da frente se abriu lentamente, às duas da manhã. Hoover estava descalço. Ficou parado, imóvel, no hall de entrada, escutando. Pôde ouvir um homem roncando no quarto à esquerda da sala. Entrou no apartamento. A porta do outro quarto estava entreaberta. Uma moça que poderia ter a idade de sua irmã estava lá dormindo. Ele não conseguiu resistir à tentação de entrar e parar bem ao lado dela. Seu poder sobre a adormecida era absoluto. Ele seguiu em direção ao quarto de onde vinham os roncos. O policial chamado Wallander estava dormindo de costas e tinha se livrado de tudo, exceto um pedacinho de lençol. Ele dormia pesadamente. O peito se mexia com sua respiração profunda.

Hoover ficou totalmente imóvel, observando-o. Pensou na irmã, que em breve estaria livre de todo esse mal. Que logo voltaria à vida. Olhou para o homem adormecido e pensou na moça no quarto ao lado, que devia ser filha dele. Ele tomou sua decisão. Em alguns dias, iria retornar.

Saiu do apartamento tão silenciosamente quanto entrara, trancando a porta com as chaves que havia tirado do paletó do policial. Alguns momentos depois o silêncio foi quebrado pelo som de partida de uma bicicleta motorizada. Depois, tudo voltou ao silêncio, exceto as aves noturnas cantando.

27

Quando Wallander acordou no domingo de manhã, já passava das oito horas. Ele sentiu que, pela primeira vez em muito tempo, havia dormido o suficiente. Por uma fresta na cortina, pôde ver uma nesga de céu azul. Ficou na cama procurando escutar algum som de Linda. Então levantou-se, vestiu o roupão recém-lavado e espiou no quarto dela. Ela ainda dormia. Ele sentiu-se transportado para a infância da filha. Sorriu com a lembrança e foi para a cozinha fazer café. O termômetro do lado de fora junto à janela da cozinha mostrava 19ºC. Quando o café ficou pronto, ele preparou uma bandeja de desjejum para Linda. Lembrou-se do que ela gostava: um ovo cozido por três minutos, torradas, algumas fatias de queijo e um tomate cortado. Para beber, apenas água.

Tomou seu café e esperou mais um pouco. Ela despertou sobressaltada quando ele a chamou. Ao ver a bandeja, caiu na risada. Ele se sentou ao pé da cama enquanto ela comia. Não tinha pensado na investigação, a não ser rapidamente, desde que acordara.

Linda pôs a bandeja de lado, recostou-se na cama e se espreguiçou.

"O que você estava fazendo acordado na noite passada?", ela perguntou, bocejando. "Teve dificuldade de dormir?"

"Eu dormi como uma pedra", Wallander respondeu. "Nem mesmo me levantei para ir ao banheiro."

"Então devo ter sonhado", ela disse. "Pensei que você tinha aberto minha porta e entrado no meu quarto."

"Deve ter sonhado mesmo", ele disse. "Uma vez na vida eu consegui dormir a noite inteira direto."

Combinaram de se encontrar na praça Österport às sete da noite. Linda perguntou se ele sabia que nessa hora a Suécia estaria enfrentando a Arábia Saudita pelas quartas de final. Wallander respondeu que não dava a mínima, apesar de ter apostado que a Suécia ganharia por 3 a 1, tendo adiantado a Martinson mais cem coroas. As garotas tinham conseguido uma loja vazia emprestada para os ensaios.

Depois que ela se foi, Wallander tirou a tábua de passar e começou a passar as camisas limpas. Após ter feito um serviço razoável em duas delas, sentiu-se entediado e resolveu ligar para Baiba. Pelo que percebeu, ela ficou contente com o telefonema. Contou-lhe que Linda estava de visita e que ele estava se sentindo descansado pela primeira vez em muitas semanas. Baiba estava ocupada terminando seu trabalho na universidade antes das férias de verão. Ela falou da viagem a Skagen com ansiedade quase infantil. Depois que desligaram, Wallander foi até a sala e pôs para tocar um disco da *Aída*, em alto volume.

Sentia-se feliz e cheio de energia. Sentou-se no terraço e deu uma lida nos jornais dos últimos dias, saltando as partes que falavam dos assassinatos. Concedeu a si mesmo meio dia de folga, fuga total até o meio-dia. Depois voltaria a se angustiar. Porém Åkeson telefonou às 11h15. Estivera em contato com o promotor em Malmö e haviam discutido a solicitação de Wallander. Åkeson julgava que Wallander conseguiria respostas para algumas de suas questões referentes a Louise Fredman dentro dos próximos dias. Mas tinha uma ressalva.

"Não seria mais simples obter com a mãe dela as respostas de que você precisa?", ele perguntou.

"Não estou certo de que conseguirei a verdade", respondeu Wallander.

"Por quê?"

"A mãe está protegendo a filha", explicou. "É bastante natural. Eu faria a mesma coisa. Não importa o que ela dissesse, seria tingido pelo fato de ela a estar protegendo. Registros e relatórios médicos falam outra linguagem."

"Você é quem sabe", disse Åkeson, prometendo que entraria em contato assim que tivesse algo de concreto para lhe dizer.

A conversa com Åkeson fez Wallander recomeçar a pensar no caso. Resolveu pegar um caderno e sentar-se no terraço para repassar o plano da investigação para a próxima semana. Todavia, estava ficando com fome e pensou em dar-se ao luxo de almoçar fora. Pouco antes do meio-dia saiu de casa, vestido todo de branco como um jogador de tênis, e de sandálias. Pegou o rumo leste saindo da cidade ao longo de Österleden, pensando em dar um pulo na casa do pai mais tarde. Se não tivesse a investigação pairando sobre sua cabeça, poderia levar Gertrud e o pai para almoçar em algum lugar. Mas nesse momento precisava de tempo para si mesmo. Nas últimas semanas estivera constantemente cercado de gente, envolvido em reuniões da equipe e em discussões com outras pessoas. Agora queria ficar só.

Mal prestando atenção aonde ia, pegou o caminho todo até Simrishamn. Estacionou na marina e deu uma caminhada. Achou uma mesa de canto na Taverna do Porto e sentou-se, observando os domingueiros em volta. Uma dessas pessoas poderia ser o homem que estou procurando, pensou. Se a teorias de Ekholm estiverem certas, que o assassino leva uma vida perfeitamente normal, sem qualquer sinal externo de infligir a suas vítimas a pior violência imaginável, então ele poderia muito bem estar por aqui almoçando. E nesse instante o belo dia de verão se lhe escorregou por entre as mãos. Ele repassou tudo novamente em pensamento. Sem saber por quê, começou com a garota que morrera na plantação de colza. Ela não tinha nada a ver com os outros acontecimentos, fora um suicídio, provocado por uma causa até agora desconhecida. No entanto, era aí que Wallander principiava toda vez que começava uma de suas revisões do caso.

Mas nesse domingo em particular, na Taverna do Porto em Simrishamn, algo começou a martelar em seu subconsciente. Ocorreu-lhe que alguém lhe dissera alguma coisa relacionada com a morte da garota. Ficou ali sentado com o garfo na mão, tentando trazer o pensamento à tona. Quem havia dito? O que fora dito? Por que era importante? Após algum tempo, desistiu. Cedo ou tarde haveria de se lembrar do que era. Seu subconsciente sempre exigia paciência. Como que para provar que de fato possuía essa paciência, pediu sobremesa. Com satisfação notou que a bermuda que vestira pela primeira vez nesse verão não estava tão apertada como no ano anterior. Comeu sua torta de maçã e pediu café.

Tentou seguir seus pensamentos da mesma maneira que um ator consciencioso lê seu papel pela primeira vez. Onde estavam os vazios? Onde estavam as falhas? Onde ele havia combinado o fato e a circunstância de forma muito displicente, tirando a conclusão errada? Percorreu mentalmente a casa de Wetterstedt mais uma vez, passando pelo jardim, até a praia; imaginou Wetterstedt à sua frente, e Wallander tornou-se o assassino atacando Wetterstedt como uma sombra silenciosa. Subiu no telhado da garagem e leu o gibi rasgado enquanto esperava Wetterstedt sentar-se à sua escrivaninha e talvez folhear sua coleção de fotografias pornográficas.

Então fez o mesmo com Carlman; guardou uma bicicleta motorizada atrás da cabana dos operários da estrada e seguiu a trilha do trator morro acima, de onde tinha a vista da fazenda de Carlman. Vez ou outra fazia alguma anotação no bloco. *O telhado da garagem. O que ele esperava ver? O morro de Carlman. Binóculo?* Repassou tudo que havia acontecido, surdo ao barulho ao seu redor. Fez outra visita a Hugo Sandin, conversou mais uma vez com Sara Björklund e anotou um lembrete para entrar novamente em contato com ela. Talvez as mesmas perguntas resultassem em respostas diferentes, mais completas. Qual seria a diferença? Pensou longamente na filha de Carlman.

Pensou em Louise Fredman e em seu educado irmão. Estava descansado, a fadiga se fora, e os pensamentos surgiam com facilidade e banhavam a aridez que estivera antes em sua cabeça.

Olhou de relance o que rabiscara no bloco, como se houvesse sido escrita mágica, automática. Saiu da Taverna do Porto e sentou-se num dos bancos do parque em frente ao Hotel Svea, contemplando o mar. Soprava uma brisa morna, suave. A tripulação de um iate de bandeira dinamarquesa lutava com uma vela rebelde. Wallander leu suas anotações mais uma vez.

A conexão não parava de oscilar, de pais para filhos. Pensou na filha de Carlman e em Louise Fredman. Seria apenas coincidência que uma delas tentara cometer suicídio depois da morte do pai e a outra estivera por longo tempo numa clínica psiquiátrica?

Wetterstedt era exceção. Ele tinha dois filhos adultos. Wallander lembrou-se de algo que Rydberg dissera uma vez. *O que acontece primeiro não é necessariamente o início.* Poderia ser verdade nesse caso? Tentou imaginar que o assassino que estavam procurando era uma mulher. Mas era impossível. Pensou na força física necessária para escalpelar, nos golpes de machado e no ácido nos olhos de Fredman. Tinha de ser um homem. Um homem que mata homens. Enquanto as mulheres se suicidam ou sofrem de doença mental.

Levantou-se e passou para outro banco, como que para registrar o fato de que havia outras explicações concebíveis. Gustaf Wetterstedt estava envolvido em negócios escusos. Havia uma vaga, porém ainda inexplicada, ligação entre ele e Carlman. Tinha a ver com arte, roubo de obras de arte, talvez falsificação. E tudo tinha a ver com dinheiro. Não era inconcebível que Björn Fredman pudesse estar envolvido na mesma área. Wallander não encontrara nada de proveitoso no dossiê sobre sua vida, mas ainda não podia descartar a possibilidade. Nada ainda podia ser descartado; isso representava tanto um problema como uma oportunidade.

Wallander observou o iate dinamarquês. A tripulação começara a recolher a vela. Tirou o bloco de anotações e olhou para a última palavra que tinha escrito. *Mistério*. Havia um toque de ritual nos assassinatos. Ele próprio tinha reparado nisso, e Ekholm assinalara o fato na última reunião. Os escalpos eram um ritual, como sempre acontecia com o ato de colecionar troféus. A importância disso era a mesma que a de uma cabeça de cervo pregada na parede de um caçador. Era uma prova. Prova de quê? Para quem? Somente para o assassino, ou também para mais alguém? Para um deus ou um demônio conjurado numa mente doentia? Para outra pessoa, cuja conduta era exatamente tão inconspícua quanto a do assassino?

Wallander pensou no que Ekholm dissera sobre ritos de invocação e iniciação. Fazia-se um sacrifício para que outro pudesse obter a graça. Tornar-se rico, fazer fortuna, ficar bem? Havia muitas possibilidades. Havia gangues de motocicleta com regras sobre como novos membros provavam ser dignos de integrá-las. Nos Estados Unidos não era incomum ter de matar alguém, escolhido ao acaso ou especialmente selecionado, para ser considerado merecedor de participar de certos grupos. Esse rito macabro havia se difundido até mesmo para a Suécia. Wallander pensou nas gangues de moto em Skåne, e lembrou-se da cabana dos operários da rodovia no sopé do morro perto da fazenda de Carlman. O pensamento foi perturbador de que os rastros poderiam conduzir a polícia para gangues de motociclistas. Wallander deixou essa ideia de lado por um momento, apesar de saber que nada podia ser descartado.

Retornou para o banco onde estivera sentado antes. Estava de volta ao ponto de partida. Percebeu que não conseguiria avançar mais sem discutir o assunto com alguém. Pensou em Ann-Britt Höglund. Será que poderia incomodá-la num domingo? Levantou-se e foi até o carro para lhe telefonar. Ela estava em casa. Ele seria bem-vindo caso desse uma passada lá. Com sentimento de culpa, adiou a visita ao pai. Precisava confrontar suas ideias com as de mais alguém e, se esperasse muito, havia boas chances de se perder em múltiplas linhas de pensamento. Pegou a estrada de volta para Ystad, mantendo-se ligeiramente acima do limite de velocidade. Não ouvira falar em nenhum comando especial para excesso de velocidade nesse domingo.

Eram três da tarde quando estacionou diante da casa de Höglund. Ela usava um vestido leve de verão. Os dois filhos estavam brincando no jardim do vizinho. Ofereceu a cadeira de balanço da varanda enquanto ela própria se sentou numa cadeira de vime.

"Eu realmente não queria incomodar você", ele começou. "Você podia ter dito não."

"Ontem eu estava cansada", ela retrucou. "Como todos nós estávamos. Aliás, *estamos*. Mas hoje me sinto melhor."

"Ontem, decididamente, foi a noite dos policiais exaustos", disse Wallander. "Chega um ponto em que não dá mais para forçar. Só se consegue um cansaço vazio, desolado. Nós chegamos a esse ponto."

Ele lhe contou sobre sua viagem a Simrishamn, como tinha passado de um banco a outro, ida e volta, no parque perto do cais. "Repassei tudo de novo na minha cabeça. Às vezes é possível fazer descobertas inesperadas. Mas disso você já sabe."

"Eu tenho esperança de que surja algo do trabalho de Ekholm", disse ela. "Computadores programados de forma correta podem cruzar referências de material da investigação e revelar ligações com as quais ninguém sonharia. Os computadores não *pensam*. Mas às vezes eles *fazem combinações* melhor do que nós."

"Minha desconfiança de computadores é em parte porque estou ficando velho", Wallander explicou. "Mas isso não quer dizer que eu não queira que Ekholm tenha êxito com seu método comportamental. Para mim, é claro, não tem importância quem joga a rede que pega o assassino, contanto que isso realmente venha a acontecer. E logo."

Ela lhe deu um olhar sombrio. "Você acha que ele vai atacar de novo?"

"Acho. Mesmo não sendo capaz de captar exatamente por quê, acho que há alguma coisa *inacabada* nesse, com perdão da palavra, cenário assassino. Há algo faltando. E isso me apavora. E, sim, isso me faz pensar que ele vai atacar de novo."

"Como vamos descobrir onde Fredman foi morto?", ela perguntou.

"A não ser que tenhamos sorte, não vamos descobrir", respondeu Wallander. "A menos que alguém tenha ouvido algo."

"Tenho verificado se houve telefonemas de pessoas dizendo que ouviram gritos", ela disse. "Mas não achei nada."

O grito não ouvido pairou sobre eles. Wallander balançava a cadeira lentamente para a frente e para trás.

"É raro que uma solução apareça do nada sem mais nem menos", disse ele quando o silêncio já durava um bom tempo. "Fiquei andando de um banco a outro no parque, perguntando a mim mesmo se já teria me ocorrido a ideia que me desse a solução. Eu podia ter acertado em algum ponto sem me dar conta disso."

Ela pensou no que ele tinha acabado de dizer. Vez ou outra dava uma olhada para o jardim do vizinho.

"Nós não aprendemos nada na academia de polícia sobre alguém que tire o couro cabeludo e derrame ácido nos olhos das vítimas", ela disse. "A vida realmente se revela tão imprevisível quanto eu imaginava."

Wallander assentiu sem responder. Então, em dúvida se conseguiria ou não desenrolar toda a linha de pensamento, começou a relatar tudo que estivera pensando perto do mar. Sabia que o fato de contar a alguém lançaria uma luz diferente sobre as ideias. Mas, embora Ann-Britt escutasse atentamente, quase como uma aluna aos pés do mestre, ela não o interrompeu nenhuma vez para dizer que ele tinha cometido um erro ou chegado a uma conclusão equivocada. Tudo que disse quando ele terminou foi que ela estava fascinada pela sua capacidade de dissecar e resumir toda a investigação, que parecia tão angustiante. Mas não teve nada a acrescentar. Mesmo que as equações de Wallander estivessem corretas, careciam dos componentes cruciais. Höglund não podia ajudá-lo, ninguém podia.

Ela entrou e trouxe algumas xícaras e uma garrafa térmica. A filha mais nova se aproximou e se aboletou junto a Wallander na cadeira de balanço. Não era parecida com a mãe, então ele presumiu que se parecia com o pai, que estava na Arábia Saudita. Wallander se deu conta de que ainda não o conhecera.

"Seu marido é uma incógnita", ele disse. "Estou me perguntando se ele realmente existe. Ou se é só alguém com quem você sonhou."

"Eu mesma me faço essa pergunta às vezes", ela respondeu, rindo.

A menina entrou na casa.

"E quanto à filha do Carlman?", indagou Wallander, observando a menina. "Como ela está?"

"Svedberg ligou ontem para o hospital. A fase crítica ainda não passou. Mas tive a impressão de que os médicos estavam mais otimistas."

"Ela não deixou nenhum bilhete?"

"Nada."

"O que importa mais é ela como ser humano", disse Wallander. "Mas não consigo deixar de pensar nela como testemunha."

"De quê?"

"De algo que possa ter algum significado na morte do pai. Não acredito que o momento da tentativa de suicídio tenha sido mera coincidência."

"O que é que me faz pensar que você não está convencido do que está dizendo?"

"Não estou mesmo", admitiu Wallander. "Estou tateando e apalpando, tentando achar o caminho. Só existe um único fato indiscutível nesta investigação, e é o fato de não termos nenhuma evidência concreta para continuar."

"Então não temos como saber se estamos na trilha certa?"

"Ou se estamos andando em círculos."

Ela hesitou antes de fazer a pergunta seguinte.

"Você acha que talvez nós estejamos precisando de mais gente?"

"Até agora tenho fincado o pé nessa questão", disse Wallander. "Mas estou começando a ter minhas dúvidas. A questão vai ser levantada amanhã."

"Com Per Åkeson?"

Wallander fez que sim com a cabeça.

"O que nós temos a perder?", ela disse.

"Pequenas unidades movem-se com mais facilidade do que as grandes, mas também se pode argumentar que duas cabeças pensam melhor do que uma. O argumento de Åkeson é que podemos trabalhar numa frente mais ampla. A infantaria se espalha e cobre uma área maior."

"Como se estivéssemos varrendo a área."

Wallander fez que sim com a cabeça. A imagem dela era reveladora. O problema era que a varredura estava sendo feita num terreno em que eles mal tinham capacidade de se orientar. E não tinham a mínima ideia de quem estavam procurando.

"Há alguma coisa que todos nós estamos falhando em considerar", disse Wallander. "Ainda estou procurando algo que alguém disse logo depois que Wetterstedt foi assassinado. Não consigo me lembrar de quem disse. Só sei que foi importante, mas era cedo demais para eu reconhecer a importância."

"Você gosta de dizer que o trabalho policial frequentemente é uma questão de paciência."

"E é mesmo. Mas a paciência tem seus limites. Mais alguém pode ser morto. Jamais podemos fugir do fato de que nossa investigação não é só uma questão de resolver crimes que já foram cometidos. Neste momento, a sensação é que nossa tarefa é impedir outros assassinatos."

"Não podemos fazer mais do que já estamos fazendo."

"Como podemos saber?", questionou Wallander. "Como podemos saber se estamos usando nossos recursos da melhor forma possível?"

Ela não tinha resposta.

Ele ficou ali sentado por mais algum tempo. Às quatro e meia recusou um convite para ficar e jantar com eles.

"Obrigada por ter vindo", ela disse enquanto o acompanhava até o portão. "Você vai assistir ao jogo?"

"Não. Vou me encontrar com minha filha. Mas acho que nós vamos ganhar, 3 a 1."

Ela lhe lançou um olhar intrigado.

"Foi o que eu apostei também."

"Então, ou ambos ganhamos, ou ambos perdemos."

"Obrigada por vir", ela disse novamente.

"Por quê?, ele indagou, surpreso. "Por perturbar seu domingo?"

"Por pensar que eu talvez tivesse algo a dizer que valesse a pena."

"Eu já disse antes e vou dizer de novo: acho que você é uma policial talentosa. Você acredita na habilidade dos computadores não só para facilitar seu trabalho, mas também para melhorá-lo. Eu, não, e talvez você possa mudar minha opinião."

Wallander pegou o carro e zarpou para o centro. Parou numa mercearia que abria aos domingos e comprou alguns comestíveis. Chegando em casa, sentou-se na espreguiçadeira no terraço. Estava com uma enorme necessidade de dormir e acabou cochilando. Pouco antes das sete, estava na praça Österport. Linda foi recebê-lo e o levou para a loja vazia nas proximidades. Elas haviam instalado algumas luzes e arrumado uma cadeira para ele. Imediatamente sentiu-se constrangido. Poderia não entender ou rir na hora errada. As moças sumiram numa sala contígua. Wallander aguardou. Passaram-se mais de quinze minutos. Quando elas finalmente voltaram, tinham trocado de roupa e agora estavam ambas exatamente com a mesma aparência. Depois de acertar as luzes e o cenário simples, começaram. A apresentação, de uma hora, era sobre um par de gêmeas. Wallander estava nervoso por ser o único espectador. Acima de tudo, temia que Linda não estivesse bem no papel. Mas não demorou muito para perceber que as duas haviam escrito um roteiro espirituoso, que apresentava uma visão crítica da Suécia com humor negro. Às vezes, elas perdiam o fio da meada, às vezes ele achava que a atuação não estava convincente. Mas elas acreditavam no que faziam, e isso lhe deu prazer. Ao terminar, perguntaram-lhe o que tinha achado, e ele lhes disse que estava surpreso, que a peça era engraçada e que provocava a reflexão. Notou que Linda o observava para ver se ele estava dizendo a verdade. Quando ela percebeu que sim, ficou muito feliz. Ela o acompanhou até a rua.

"Eu não sabia que você era capaz desse tipo de coisa", ele comentou. "Achava que você queria trabalhar com móveis e estofados."

"Nunca é tarde", ela disse. "Vou fazer uma tentativa."

"É claro que você tem que tentar", ele a incentivou. "Quando você é jovem, tem todo o tempo do mundo. Não é a mesma coisa quando se é um velho policial como eu."

Elas tinham planejado ensaiar por mais algumas horas. Ele iria esperá-la em casa. A noite de verão estava linda. Estava andando lentamente rumo à Mariagatan, pensando na apresentação das duas, quando percebeu o grande movimento de carros, com buzinas tocando e pessoas gritando entusiasmadas. A Suécia devia ter vencido. Perguntou a um homem que encontrou no caminho qual fora o resultado: 3 a 1 para a Suécia. Ele caiu na gargalhada. Depois, o pensamento voltou-se para a filha, como ele a conhecia pouco. Ainda nem sequer lhe perguntara se tinha um namorado.

Acabara de fechar a porta de casa quando o telefone tocou. Imediatamente sentiu uma pontada de medo. Ao ouvir a voz de Gertrud, porém, a sensação foi de alívio. Mas Gertrud estava perturbada. De início, Wallander não conseguiu entender o que ela dizia. Pediu-lhe que falasse mais devagar.

"Você precisa vir aqui", ela disse. "Agora."

"O que aconteceu?"

"Seu pai começou a queimar os quadros dele. Está queimando tudo no estúdio. E trancou a porta. Você precisa vir já."

Wallander escreveu um rápido bilhete para Linda e o colocou sob o capacho. Momentos depois estava a caminho de Löderup.

28

Gertrud foi encontrá-lo no quintal da casa de campo. Ele percebeu que ela tinha chorado, mas respondeu com calma às suas perguntas. O colapso do pai, se é que podia ser chamado de colapso, começara de maneira inesperada. Haviam jantado normalmente, e não tinham bebido nada. Depois do jantar, o pai saíra para o celeiro para pintar, como de hábito. De repente, ela ouvira um tremendo alarido. Ao sair para a varanda, viu o velho arremessando latas de tinta velhas no quintal. De início, tinha pensado que ele estivesse fazendo uma limpeza no caótico estúdio. Mas, quando ele começou a jogar fora molduras novas, ela havia chegado perto e perguntado o que ele estava fazendo. Ele não respondera. Dava a impressão de não estar absolutamente ali, de não estar escutando. Quando ela agarrara seu braço, ele tinha se soltado e se trancado dentro do celeiro. Pela janela, ela o tinha visto acender o fogo do forno, e quando ele começou a rasgar as telas e enfiá-las nas chamas, ela telefonara para Kurt.

Eles atravessaram o pátio enquanto ela falava. Wallander viu fumaça saindo pela chaminé. Foi até a janela e espiou para dentro. Seu pai parecia enlouquecido, alucinado. Cabelo totalmente despenteado, sem óculos, e o estúdio destroçado. Ele vagava de um lado para o outro descalço, entre latas e jarros de tinta derramados, e telas amarrotadas e estraçalhadas por todo lado. Estava rasgando uma tela e metendo os pedaços no fogo. Wallander teve a impressão de ver um sapato queimando no forno. Bateu na janela, mas não houve resposta. Experimentou a porta. Trancada. Golpeou a porta com força, gritando que viera visitá-lo. Nada de resposta, mas a algazarra lá dentro continuava. Wallander olhou em volta à procura de algo para arrebentar a porta. Mas o pai mantinha todas as ferramentas no estúdio.

Wallander examinou a porta, que ele tinha ajudado a construir. Tirou o paletó e o deu a Gertrud. Em seguida, bateu o ombro contra a madeira, com o máximo de força que podia. Toda a armação cedeu, e Wallander entrou aos trambolhões, batendo a cabeça contra um carrinho de mão. Seu pai o fitou com olhar vazio e continuou rasgando as telas.

Gertrud quis entrar também, mas Wallander lhe fez um sinal para que se afastasse. Ele já vira o pai desse jeito uma vez, uma estranha combinação de alienação e confusão maníaca. Naquela ocasião, encontrara-o de pijama vagando por um terreno lamacento com uma mala na mão. Agora, aproximou-se dele, pegou-o pelos ombros e começou a lhe falar com delicadeza. Perguntou se havia algo de errado. Disse que as pinturas estavam ótimas, as melhores que ele já tinha feito, que o galo estava magnificamente pintado. Tudo estava bem. Qualquer pessoa podia ter um dia ruim de vez em quando. Mas ele tinha de parar de queimar as coisas sem motivo. Aliás, qual era o sentido de fazer uma fogueira em pleno verão? Eles podiam fazer uma limpeza e conversar sobre a viagem para a Itália. Wallander continuou falando, segurando os ombros do pai com firmeza, enquanto o velho o observava com seu olhar míope. Enquanto Wallander prosseguia na sua conversa tranquilizadora, descobriu os óculos despedaçados, transformados em cacos no chão. Perguntou a Gertrud, que espreitava na porta, se ele tinha um par de óculos sobressalentes. Ela correu até a casa para pegá-los e os entregou a Wallander, que os limpou na manga e os colocou no nariz do pai. Continuou falando num tom suave, repetindo as palavras como se estivesse lendo os versos de uma oração. De início, o pai o encarou absolutamente estarrecido, depois com espanto, e por fim pareceu voltar a si. Wallander afrouxou o toque. O pai olhou cautelosamente para a destruição.

"O que aconteceu aqui?", ele perguntou. Wallander pôde perceber que ele havia se esquecido de tudo. Gertrud começou a chorar. Wallander lhe disse com firmeza que saísse e fosse fazer um café. Ele estaria lá em um minuto. Finalmente o velho homem pareceu compreender que estivera envolvido na devastação.

"Fui eu que fiz tudo isso?", perguntou, fitando o filho com os olhos inquietos, como se temesse a resposta.

"Quem não enjoa e se cansa das coisas?", disse Wallander. "Mas agora acabou. Logo, logo, vamos limpar toda essa bagunça."

Seu pai olhou para a porta destruída.

"Quem precisa de portas em pleno verão?", indagou Wallander. "Em Roma, não há portas fechadas no verão. Você vai ter de se acostumar com isso."

Seu pai caminhou lentamente pelos destroços do frenesi que nem ele nem mais ninguém podia explicar. Wallander sentiu um nó na garganta. Havia algo de impotente em seu pai, e ele não sabia como lidar com isso. Ergueu a porta quebrada e a encostou contra a parede. Começou a arrumar o recinto, descobrindo que muitas das telas tinham sobrevivido. Seu pai sentou-se num banquinho junto à sua mesa de trabalho e ficou a observá-lo. Gertrud veio lhes dizer que o café estava pronto. Wallander lhe fez um gesto para que levasse o pai para dentro de casa. Então, limpou o grosso da bagunça.

Antes de ir para a cozinha, ligou para casa. Linda estava lá. Ela queria saber o que tinha acontecido; mal conseguira decifrar seu bilhete rabiscado às pressas. Wallander não quis deixá-la preocupada, então simplesmente disse que o avô não havia se sentido muito bem, mas que agora já estava tudo em ordem. Por segurança, ele resolvera pernoitar em Löderup. Em seguida, foi para a cozinha. Seu pai estava se sentindo cansado e fora se deitar. Wallander permaneceu com Gertrud por algumas horas, ambos sentados à mesa da cozinha. Não havia como explicar o que acontecera, exceto que era um sintoma da doença. Mas quando Gertrud disse que esse ataque excluía a viagem para a Itália no outono, Wallander protestou. Não tinha medo de assumir a responsabilidade. Ele daria um jeito. A viagem iria acontecer, enquanto o pai quisesse ir e fosse capaz de se manter de pé.

Nessa noite, ele dormiu na sala, numa cama de armar. Ficou deitado olhando por um bom tempo para fora, para a leve noite de verão, antes de adormecer.

Pela manhã, durante o café, seu pai parecia ter esquecido todo o episódio. Não conseguia entender o que havia acontecido com a porta do estúdio. Wallander lhe contou a verdade, que fora ele quem a havia quebrado. O estúdio precisava de uma porta nova, e, de qualquer forma, ele próprio a construiria.

"Quando você vai poder fazer isso?", o pai perguntou. "Você não tem tempo nem de me telefonar antes para avisar que vem me visitar."

Wallander percebeu então que tudo tinha voltado à normalidade. Deixou Löderup pouco depois das sete da manhã. Não seria a última vez que uma coisa dessas iria acontecer, ele sabia, e teve um arrepio ao pensar o que poderia ter ocorrido se Gertrud não estivesse lá.

Foi direto para a delegacia. Todo mundo falava do jogo. Estava cercado de pessoas em roupas de verão, com exceção daqueles que eram obrigados a usar uniforme, os únicos com aparência de policiais. Wallander achou que, nas suas roupas brancas, parecia ter saído de uma das produções dinamarquesas de ópera italiana a que havia assistido. Ao passar pela recepção, Ebba lhe acenou, indicando que havia um telefonema para ele. Era Forsfält. Tinham encontrado o passaporte de Fredman, bem escondido no apartamento, juntamente com uma bolada de dinheiro em moeda estrangeira. Wallander perguntou sobre os carimbos no passaporte.

"Sinto desapontá-lo", disse Forsfält. "Ele tinha o passaporte há quatro anos, e tem carimbos da Turquia, do Marrocos e do Brasil. Isso é tudo."

Wallander realmente ficou desapontado, apesar de não ter certeza do que estava esperando. Forsfält prometeu enviar os detalhes do passaporte por fax. Então disse que tinha outra informação, algo sem nenhuma ligação direta com a investigação.

"Quando estávamos procurando o passaporte, encontramos a chave do sótão. E lá, entre um monte de cacarecos, havia uma caixa contendo alguns ícones antigos. Conseguimos determinar com bastante rapidez que eram roubados. Adivinhe de onde."

Wallander pensou por um momento, mas não conseguiu imaginar nada. "Eu desisto."

"Cerca de um ano atrás, houve um assalto numa casa perto de Ystad. A casa estava sob administração de um executor porque fazia parte do inventário de um falecido advogado chamado Gustaf Torstenson."

Wallander lembrou-se dele. Um dos dois advogados assassinados no ano anterior. Wallander tinha visto no porão da casa uma coleção de ícones que pertenciam ao mais velho dos dois. Até ganhara um desses ícones, agora pendurado na parede de seu quarto, de presente da secretária do advogado morto. Lembrou-se também do assalto; fora um caso de Svedberg. "Então agora sabemos", disse.

"Você vai receber um relatório", completou Forsfält.

"Eu não", contestou Wallander. "Svedberg."

Forsfält quis saber como estava a situação com Louise Fredman.

"Com um pouco de sorte vamos ter alguma novidade hoje, mais à tarde." Wallander contou sobre sua última conversa com Åkeson.

"Mantenha-me informado."

Depois de desligar, ele checou sua lista de perguntas não respondidas. Podia riscar algumas delas, ao passo que outras teria de trazer à baila na reunião da equipe. Mas primeiro precisava falar com os dois estagiários que estavam recebendo as informações vindas do público. Havia chegado alguma coisa que pudesse indicar com exatidão onde Fredman fora assassinado? Wallander sabia que isso podia ser altamente significativo para a investigação.

Um dos estagiários usava o cabelo cortado bem curto e chamava-se Tyrén. Tinha um olhar inteligente e era considerado competente. Wallander explicou em poucas palavras o que estava buscando.

"Alguém que tenha ouvido gritos?", repetiu Tyrén. "E tenha visto um furgão Ford? Na noite de terça-feira, 28 de junho?"

"Isso mesmo."

Tyrén sacudiu a cabeça.

"Eu teria me lembrado", disse. "Uma mulher gritou num apartamento em Rydsgård. Mas isso foi na quarta-feira. E ela estava bêbada."

"Me informe imediatamente se surgir alguma novidade", recomendou.

Ele desceu para a sala de reuniões. Hanson conversava com um repórter na recepção. Wallander lembrava-se de tê-lo visto antes. Trabalhava num dos grandes jornais nacionais vespertinos. O grupo esperou alguns minutos até Hanson livrar-se dele, e aí fecharam a porta. Hanson sentou-se e deu imediatamente a vez a Wallander. Quando este estava prestes a começar, Åkeson entrou e sentou-se na outra ponta da mesa, perto de Ekholm. Wallander ergueu as sobrancelhas e lhe dirigiu um olhar inquiridor. Åkeson meneou a cabeça. Wallander compreendeu que isso significava que ele tinha notícias sobre Louise Fredman. Com dificuldade, conteve a curiosidade e voltou-se para Höglund. Ela relatou as novidades do hospital. A filha de Carlman estava em condição estável. Seria possível falar com ela dentro de vinte e quatro horas. Ninguém fez nenhuma objeção a que Höglund e Wallander a visitassem no hospital.

Wallander percorreu rapidamente a lista de perguntas não respondidas. Nyberg estava bem preparado, como sempre, para completar muitos espaços em branco com os resultados do laboratório. Mas nada foi significativo o bastante para provocar alguma discussão. Em sua maior parte, eram confirmações de conclusões às quais já haviam chegado. A única informação nova era que havia tênues vestígios de algas nas roupas de Fredman. Isso podia ser um indício de que ele estivera perto do mar no seu último dia de vida. Wallander refletiu por um instante. "Onde estão localizados os vestígios de algas?", perguntou.

Nyberg verificou suas anotações. "Na parte de trás da jaqueta."

"Ele pode ter sido morto perto do mar. Pelo que me lembro, havia uma leve brisa naquela noite. Se o ruído do mar estivesse suficientemente forte, isso poderia explicar por que ninguém ouviu os gritos."

"Se aconteceu na praia, teríamos encontrado traços de areia", disse Nyberg.

"Talvez tenha sido num barco", sugeriu Svedberg.

"Ou num ancoradouro", emendou Höglund.

A pergunta ficou pairando no ar. Seria impossível checar os milhares de barcos e ancoradouros de recreação. Wallander ressaltou que deveriam prestar atenção a informações de pessoas que morassem à beira-mar. Em seguida, passou a palavra a Åkeson.

"Consegui juntar alguma informação sobre Louise Fredman", ele começou. "Quero lembrá-los de que isto é altamente confidencial e não pode ser mencionado a ninguém fora da equipe de investigação."

"Nós compreendemos", disse Wallander.

"Louise Fredman está no Hospital St. Lars, em Lund", prosseguiu Åkeson. "Está lá há mais de três anos. O diagnóstico é psicose severa. Ela parou de falar, às vezes precisa ser alimentada à força e não dá sinal de melhora. Tem dezessete anos. A julgar por uma fotografia que vi, ela é muito bonita."

O grupo permaneceu em silêncio.

"Psicose geralmente é causada por alguma coisa", disse Ekholm.

"Ela foi internada em 9 de janeiro de 1991", prosseguiu Åkeson depois de correr os olhos pelos seus papéis. "Sua doença parece ter atacado como um raio vindo do nada. A garota tinha sumido de casa havia uma semana. Estava tendo sérios problemas na escola e frequentemente matava aula. Havia sinais de uso abusivo de drogas. Não narcóticos pesados, basicamente anfetaminas e talvez cocaína. Foi encontrada no Parque Pildamm completamente fora de si."

"Havia sinais de ferimentos externos?", perguntou Wallander, que ouvia atentamente.

"Não, segundo o material que recebi."

Wallander pensou nisso por um momento. "Bem, não podemos falar com ela", disse por fim. "Mas quero saber se ela tinha ferimentos. E quero conversar com a pessoa que a encontrou."

"Isso foi há três anos", disse Åkeson. "Mas talvez seja possível localizar as pessoas envolvidas."

"Vou falar com Forsfält em Malmö", disse Wallander. "Provavelmente ela foi encontrada por policiais fardados. Deve haver algum relatório sobre o acontecido."

"Por que você está curioso para saber se ela tinha ferimentos?", indagou Hanson.

"Eu simplesmente quero formar um quadro o mais completo possível", respondeu Wallander.

Deixaram de falar sobre Louise Fredman e passaram para outros assuntos. Uma vez que Ekholm ainda estava à espera do programa do FBI para cruzar informações sobre o material da investigação, Wallander levou a discussão para a questão dos reforços. Hanson já obtivera uma resposta positiva do chefe de polícia do condado quanto à possibilidade de um sargento de Malmö se juntar à equipe. Ele chegaria a Ystad na hora do almoço.

"Quem é ele?", perguntou Martinson, que até então ficara em silêncio.

"Seu nome é Sture Holmström", disse Hanson.

"Nós sabemos alguma coisa a respeito dele?", indagou Martinson.

Ninguém o conhecia. Wallander prometeu ligar para Forsfält para obter informações. Então virou-se para Åkeson.

"A questão agora é se devemos pedir reforços adicionais", ele começou. "Qual é o ponto de vista geral? Eu quero a opinião de todos. E me comprometo a me curvar à vontade da maioria. Mesmo sem estar convencido de que pessoal extra possa melhorar a qualidade do nosso trabalho. Tenho medo de que possamos perder o ritmo da investigação. Pelo menos a curto prazo. Mas quero saber a opinião de vocês."

Martinson e Svedberg eram a favor de solicitar pessoal extra. Höglund alinhou-se com Wallander, e Hanson e Ekholm não opinaram. Wallander percebeu que outro pesado manto de responsabilidade havia sido jogado sobre seus ombros. Åkeson propôs que adiassem a decisão por mais alguns dias.

"Se houver outro assassinato, será inevitável", ele disse. "Mas por enquanto vamos manter as coisas como têm sido até aqui."

A reunião terminou pouco antes das dez da manhã. Wallander foi para sua sala. Tinha sido uma reunião boa, muito melhor que a anterior, embora não tivessem feito nenhum progresso. Haviam mostrado uns aos outros que a energia e a garra permaneciam fortes.

Wallander estava prestes a ligar para Forsfält quando Martinson surgiu na porta.

"Há mais uma coisa que me ocorreu", ele disse, apoiando o corpo contra o batente. "Louise Fredman foi encontrada vagando por uma trilha no parque. Há uma semelhança com a moça correndo pelo campo de colza."

Martinson estava certo. Havia uma semelhança, ainda que muito remota.

"Concordo", disse Wallander. "É uma pena que não haja ligação."

"Mesmo assim, é esquisito", insistiu Martinson. E ficou parado na porta. "Você apostou certo desta vez."

Wallander assentiu com a cabeça. "Eu sei", disse. "E Ann-Britt também."

"Vocês vão ter de dividir mil coroas."

"Quando é o próximo jogo?"

"Eu aviso você", disse Martinson, afastando-se.

Wallander ligou para Malmö. Enquanto aguardava, olhou pela janela aberta. Mais um dia lindo. Então Forsfält veio ao telefone, e o inspetor deixou de lado todos os pensamentos sobre o verão.

Ele levou um longo tempo para escolher o machado certo entre os que jaziam polidos sobre o pedaço de seda negra. Finalmente se decidiu pelo menor deles, aquele que ainda não havia sido usado. Enfiou o machado no largo cinturão de couro e baixou o capacete sobre a cabeça.

Como das outras vezes, estava descalço quando trancou a porta atrás de si. A noite estava quente. Ele dirigiu a bicicleta motorizada pelas estradas secundárias que havia selecionado ao consultar o mapa. A viagem levaria quase duas horas. Chegaria ao destino pouco antes das onze.

Ele fora obrigado a mudar seus planos. O homem que tinha viajado para o exterior de repente voltara. Ele decidiu não correr o risco de que ele viajasse novamente. Escutara o coração de Gerônimo. O bater rítmico dos tambores em seu peito lhe enviara a mensagem. Não devia esperar. Devia aproveitar a oportunidade.

A paisagem de verão vista de dentro do capacete assumia uma coloração azulada. Podia ver o mar à sua esquerda, as luzes dos navios piscando e a costa da Dinamarca. Sentiu-se eufórico e feliz. Não haveria de demorar muito até poder trazer à irmã o último sacrifício que a libertaria do nevoeiro que a envolvia. Ela retornaria à vida na época mais deliciosa do verão.

Chegou à cidade pouco depois das onze, e quinze

minutos mais tarde parou numa rua perto de uma enorme mansão, oculta em meio a um jardim cheio de árvores altas e protetoras. Acorrentou a bicicleta motorizada num poste de luz e fechou o cadeado. Na trilha do lado oposto um velho casal levava o cão para passear. Ele esperou até o casal desaparecer antes de erguer o capacete e enfiá-lo na mochila. Protegido pelas sombras, correu até os fundos da propriedade, que dava para um pequeno campo de futebol. Escondeu a mochila no meio da grama alta e enfiou-se pela cerca viva, num ponto onde havia algum tempo preparara uma abertura. As plantas arranharam seus braços e pés descalços. Mas ele se enrijeceu contra toda dor. Gerônimo não toleraria fraquezas. Ele tinha uma missão sagrada, conforme estava escrito no livro que recebera da irmã. A missão exigia toda a sua força, que ele estava disposto a sacrificar com devoção.

Agora estava dentro do jardim, mais perto do monstro do que jamais estivera. Todo o andar inferior estava às escuras, mas havia luz no andar de cima. Lembrou-se com raiva de como a irmã estivera ali antes dele. Ela descrevera a casa, e um dia ele a incendiaria até ruir. Mas não agora. Cautelosamente, correu até a parede da casa e empurrou a janela do porão, da qual havia removido a trava anteriormente. Foi fácil arrastar-se para dentro. Sabia que estava num depósito de maçãs, cercado pelo leve aroma de maçãs azedas. Aguçou os ouvidos. Tudo quieto. Subiu lentamente as escadas do porão, entrando na grande cozinha. Tudo ainda quieto. A única coisa que ouvia era o débil ruído nos canos de água. Abriu a porta do forno e o ligou. Então abriu caminho para cima. Havia tirado o machado do cinto. Estava absolutamente calmo.

A porta do banheiro estava entreaberta. Na escuridão do hall, captou de relance uma visão do homem que ia matar. Estava de pé em frente ao espelho, passando creme no rosto. Hoover deslizou para trás da porta, à espera. Quando o homem apagou a luz do banheiro, ele ergueu o machado. Foi um único golpe. O homem caiu no chão sem um som. Com o machado, ele cortou um pedaço do couro cabeludo no alto da cabeça. Enfiou o escalpo no bolso. Então arrastou o homem escada abaixo. O homem estava de pijama. A calça escorregou pelo corpo, sendo arrastada por um dos pés. Evitou olhar para o homem.

Ele o puxou para dentro da cozinha e o fez ficar de joelhos, o tronco apoiado sobre a porta do forno. Então enfiou a cabeça do homem dentro do forno. Quase imediatamente sentiu o cheiro do creme facial começando a derreter. Deixou a casa da mesma forma que entrara.

Enterrou o escalpo sob a janela da irmã à luz do amanhecer. Agora só faltava um sacrifício extra que lhe ofertaria. Enterraria mais um último escalpo. Depois estaria tudo acabado.

Pensou no homem que observara dormindo. O homem que estivera sentado no sofá à sua frente, sem entender nada da sagrada missão que ele devia executar. Ainda não havia decidido se devia incluir a moça que dormia no quarto ao lado. Tomaria a decisão final no dia seguinte, mas agora precisava repousar.

SKÅNE

5-8 DE JULHO DE 1994

29

Waldemar Sjösten era um detetive criminal de Helsingborg que dedicava todo o seu tempo livre durante o verão a um barco de mogno dos anos 1930 que tinha encontrado por acaso. E era exatamente o que ele planejava fazer nessa manhã de terça-feira, 5 de julho, quando ergueu a persiana do quarto com um rápido estalo pouco antes das seis. Ele morava num bloco de apartamentos recém-restaurado no centro da cidade. Uma rua, a linha férrea e as docas era tudo que o separava do mar. O tempo estava maravilhoso, exatamente como as previsões meteorológicas haviam prometido. Suas férias não começariam antes do fim de julho, mas sempre que podia passava algumas horas matinais no barco, ancorado numa marina a poucos minutos de bicicleta. Sjösten iria comemorar seu quinquagésimo aniversário nesse outono. Fora casado três vezes, tinha seis filhos e estava planejando o quarto casamento. A mulher compartilhava seu amor pelo barco, o *Rei do Mar II*. Ele pegara o nome do belo barco a bordo do qual passara seus verões da infância junto com os pais, o *Rei do Mar I*. Seu pai o vendera a um norueguês quando ele tinha dez anos, e ele jamais o esquecera. Com frequência perguntava-se se o barco ainda existiria, ou se havia afundado ou apodrecido.

Tinha acabado de tomar uma xícara de café e estava se aprontando para sair quando o telefone tocou. Ficou surpreso de ouvir o toque tão cedo de manhã. Tirou o fone do gancho.

"Waldemar?" Era o sargento detetive Birgerson.

"Sim."

"Espero não tê-lo acordado."

"Eu estava justamente de saída."

"Então foi sorte pegar você aí. É bom dar um pulo aqui agora mesmo."

Birgerson não teria telefonado, a menos que fosse algo sério.

"Eu vou já", disse. "O que é que houve?"

"Havia fumaça saindo de uma das velhas mansões em Tågaborg. Quando o corpo de bombeiros chegou, descobriram um homem na cozinha."

"Morto?"

"Assassinado. Você vai entender por que eu liguei quando o vir."

Sjösten viu seus planos matinais evaporarem, mas era um policial responsável, de modo que não teve problema em mudá-los. Em vez da chave do cadeado da bicicleta, pegou as chaves do carro e saiu imediatamente. Levou apenas alguns minutos para chegar até a delegacia. Birgerson estava na escadaria à sua espera. Entrou no carro e deu as instruções.

"Quem morreu?", perguntou Sjösten.

"Åke Liljegren."

Sjösten soltou um assobio. Åke Liljegren era bem conhecido, não só na cidade mas em toda a Suécia. Ele se autodenominava "o Auditor" e ganhara notoriedade como eminência parda por trás de alguns grandes negócios de empresas de fachada realizados durante os anos 1980. Além de uma pena de seis meses suspensa, a polícia não tivera êxito em processar a operação ilegal que ele dirigia. Liljegren se tornara sinônimo do pior tipo de fraude financeira, e o fato de ter saído livre demonstrava como o sistema judiciário estava mal equipado para lidar com criminosos como ele. Era de Båstad, mas nos últimos anos tinha morado em Helsingborg sempre que estava na Suécia. Sjösten recordava-se de um artigo de jornal que se propusera a descobrir quantas casas Liljegren tinha ao redor do mundo.

"Você pode me dar alguma referência de tempo?", pediu Sjösten.

"Um praticante de jogging viu fumaça saindo da casa de manhã cedo. Ele tocou o alarme. O corpo de bombeiros chegou lá às 5h15.

"Onde foi o incêndio?"

"Não houve incêndio."

Sjösten lançou um olhar intrigado a Birgerson.

"Liljegren estava com a cabeça enfiada no forno aceso", explicou Birgerson. "Ele estava literalmente sendo assado."

Sjösten fez uma careta. Estava começando a ter uma ideia daquilo que teria de olhar.

"Foi suicídio?"

"Não. Alguém enfiou um machado na cabeça dele."

Sjösten pisou involuntariamente no freio. Olhou para Birgerson, que fez um meneio.

"A face e o cabelo estavam completamente torrados. Mas, segundo o médico, dá para afirmar que alguém cortou parte do seu couro cabeludo."

Sjösten nada disse. Estava pensando no que havia ocorrido em Ystad. Era a grande notícia do verão. Um *serial killer* que matava as pessoas com um machado e levava os escalpos com ele.

Chegaram à mansão de Liljegren na Aschebergsgatan. Um caminhão dos bombeiros estava estacionado diante dos portões juntamente com alguns carros de polícia e uma ambulância. A enorme propriedade estava cercada por um cordão de isolamento. Sjösten saiu do carro e dispensou um repórter com um gesto. Ele e Birgerson passaram por baixo do cordão e subiram até a casa. Quando entraram, Sjösten notou um cheiro enjoativo e percebeu que era do cadáver queimado de Liljegren. Pediu um lenço emprestado a Birgerson e o segurou cobrindo o nariz e a boca. Birgerson apontou com a cabeça para a cozinha. Um policial uniformizado muito pálido estava de guarda junto à porta. Sjösten espiou para dentro. Foi saudado por uma visão grotesca. O homem seminu estava de joelhos, o tronco sobre a porta do forno. A cabeça e o pescoço não se viam, enfiados no forno. Sjösten recordou com desagrado o conto de fadas de João e Maria com a bruxa. Um médico estava ajoelhado ao lado do corpo, iluminando o interior do forno com uma lanterna. Sjösten procurou respirar pela boca. O médico lhe fez um sinal com a cabeça. Sjösten se agachou e olhou para dentro. Sentiu-se como diante de um bife que virou carvão. "Jesus", disse.

"Ele levou um golpe na parte de trás da cabeça", explicou o médico.

"Aqui na cozinha?"

"Não, lá em cima", respondeu Birgerson, de pé atrás dele.

Sjösten se pôs de pé.

"Tirem-no do forno", disse. "O fotógrafo já terminou?"

Birgerson fez que sim. Sjösten o seguiu escada acima, evitando pisar no rastro de sangue. O outro parou na frente da porta do banheiro.

"Como você viu, ele estava de pijama", disse. "Deve ter acontecido provavelmente assim: Liljegren estava no banheiro. O assassino estava à sua espera. Ele o atingiu com um machado na parte de trás da cabeça e então arrastou o corpo até a cozinha. Isso poderia explicar por que a calça do pijama estava pendurada numa das pernas. Aí ele pôs o corpo na frente do forno, ligou e foi embora. Nós ainda não sabemos como ele entrou na casa e depois saiu. Achei que você pudesse dar conta disso."

Sjösten não disse nada. Estava pensando. Desceu de volta para a cozinha. O corpo estava num lençol de plástico no chão.

"É ele?", perguntou.

"É Liljegren", respondeu o médico. "Mesmo que não tenha sobrado muito da cara dele."

"Não foi isso que eu quis dizer. É o homem que escalpela as vítimas?"

O médico puxou o plástico que cobria a face enegrecida.

"Eu estou convencido de que ele cortou ou arrancou o cabelo na parte dianteira da cabeça", disse o médico.

Sjösten assentiu. Então virou-se para Birgerson.

"Quero que você telefone para a polícia de Ystad. Entre em contato com Kurt Wallander. Quero falar com ele. Agora."

Finalmente Wallander tinha conseguido preparar um café da manhã decente. Fritara alguns ovos e estava sentado à mesa com seu jornal quando o telefone tocou. A pessoa que ligou apresentou-se como sargento Sture Birgerson, da polícia de Helsingborg. O que ele temia finalmente acontecera. O assassino tinha atacado de novo. Ele praguejou em voz baixa, um praguejar que continha partes iguais de raiva e horror. Waldermar Sjösten veio ao telefone. No início da década de 1980 haviam trabalhado em colaboração numa investigação de uma rede de drogas que se estendia por todo o condado de Skåne. Embora fossem muito diferentes, haviam se dado bem trabalhando juntos e iniciado uma amizade.

"Kurt?"

"Sim, sou eu."

"Faz bastante tempo."

"Então, o que aconteceu? É verdade o que me disseram?"

"Infelizmente, é. Seu assassino apareceu por aqui."

"Já está confirmado?"

"Não há nada que indique algo diferente. Uma machadada na cabeça. E aí arrancaram couro cabeludo da vítima."

"Quem foi?"

"Åke Liljegren. O nome lhe diz alguma coisa?"

Wallander pensou por um momento. "Aquele que chamam de 'o Auditor'?"

"Precisamente. Um ex-ministro da Justiça, um comerciante de arte e agora um criminoso de colarinho-branco."

"E também um receptador", emendou Wallander. "Não se esqueça dele."

"Você deveria vir para cá. Nossos superiores podem ter um pouco de flexibilidade, de modo que a gente possa entrar um na jurisdição do outro."

"Vou imediatamente", disse Wallander. "Poderia ser uma boa ideia eu levar Sven Nyberg, nosso técnico-chefe forense."

"Traga quem você quiser. Não sou eu quem vai atrapalhar você. Só não estou gostando que o assassino tenha dado as caras por aqui."

"Estarei em Helsingborg em duas horas. Se você puder me dizer se existe alguma ligação entre Liljegren e os outros que foram mortos, nós podemos ganhar tempo. O assassino deixou alguma pista?"

"Não diretamente, apesar de podermos ver como aconteceu. Desta vez ele não jogou ácido nos olhos da vítima. Ele assou a vítima. Pelo menos a cara e metade do pescoço."

"Assou?"

"Num forno. Fique contente de não ter que olhar isso."

"E o que mais?"

"Acabei de chegar aqui, de modo que ainda não tenho realmente nada."

Depois de desligar, Wallander consultou o relógio. Era bem cedo. Ligou para Nyberg, que imediatamente atendeu. Wallander lhe contou o que havia acontecido, e Nyberg prometeu estar no prédio de Wallander em quinze minutos. Então Wallander discou o número de Hanson, mas mudou de ideia e acabou ligando para Martinson. Como sempre, a esposa dele atendeu. Foram necessários alguns minutos até o marido vir ao telefone.

"Ele matou de novo", disse Wallander. "Desta vez em Helsingborg. Um escroque chamado Åke Liljegren, que chamam de 'o Auditor'."

"O gângster empresarial?", perguntou Martinson.

"Esse mesmo."

"O assassino tem bom gosto."

"Besteira", replicou Wallander. "Estou indo para lá com

Nyberg. Eles pediram que a gente fosse. Quero que você informe ao Hanson. Dou uma ligada para você assim que souber algo mais."

"Isso significa que o Comando Nacional de Polícia vai ser chamado", disse Martinson. "Talvez seja o melhor."

"O melhor seria capturar esse assassino", retrucou Wallander. "Eu ligo mais tarde."

Ele já estava na porta do prédio quando Nyberg chegou, em seu velho Amazon. A manhã estava linda. Nyberg dirigia depressa. Em Sturup eles fizeram a conversão para Lund e entraram na rodovia para Helsingborg. Wallander lhe contou o que sabia. Depois de passarem por Lund, Hanson telefonou. Estava ofegante. Ele estava com mais medo disso do que eu, pensou Wallander.

"É terrível", Hanson disse. "Isso muda tudo."

"Por enquanto não muda absolutamente nada", retrucou Wallander. "Depende inteiramente do que de fato aconteceu."

"É hora de o Comando Nacional de Polícia assumir", disse Hanson.

Wallander pôde perceber pela voz de Hanson que o que ele mais queria era se ver livre de sua responsabilidade. Ficou aborrecido. Não podia ignorar o indício de descrédito em relação ao trabalho da equipe investigativa. "Isso é responsabilidade sua e de Åkeson. O que ocorreu em Helsingborg é problema deles. Mas eles me pediram para ir lá. Vamos conversar mais tarde sobre o que fazer", disse secamente e desligou.

Nyberg não abriu a boca. Mas Wallander sabia que ele tinha escutado cuidadosamente.

Foram recebidos por uma viatura nos limites de Helsingborg. Wallander deu-se conta de que provavelmente fora em algum lugar das redondezas que Sven Anderson tinha parado para dar carona a Dolores María Santana em sua derradeira viagem. Seguiram o carro até Tågaborg e estacionaram diante da mansão. Wallander e Nyberg passaram pelo cordão de isolamento e foram recebidos por

Sjösten no pé da escada que levava até o interior da mansão, que Wallander supôs ter sido construída por volta da virada do século. Cumprimentaram-se e trocaram algumas palavras. Sjösten apresentou Nyberg ao técnico forense de Helsingborg. Ambos entraram juntos.

Sjösten apagou o cigarro e enfiou o toco no cascalho com o salto do sapato. "Foi seu homem que fez isso", disse.

"O que você sabe da vítima?"

"Åke Liljegren tinha fama."

"Era infame, você quer dizer."

Sjösten fez que sim. "Provavelmente há muita gente que sonhou em matá-lo", disse. "Com um sistema judiciário que funcionasse melhor, com menos brechas na legislação referente a fraudes financeiras, ele estaria trancafiado."

Sjösten conduziu Wallander para o interior da casa, cujo ar estava espesso com o fedor de carne queimada. Deu uma máscara a Wallander, que a pôs no rosto com relutância. Entraram na cozinha, onde o corpo ainda jazia sob o lençol de plástico. Wallander fez um sinal para que Sjösten o deixasse ver, achando que podia aguentar muito bem. Não sabia o que estava esperando, mas recuou involuntariamente. A face de Liljegren tinha sumido. Não havia pele e grandes partes do crânio estavam visíveis. No lugar dos olhos, havia apenas dois buracos. O cabelo e as orelhas também tinham desaparecido com as queimaduras. Wallander fez um sinal a Sjösten para pôr o plástico de volta. Sjösten descreveu rapidamente como Liljegren fora encontrado de quatro com a cabeça dentro do forno. Wallander pegou algumas fotos instantâneas com o fotógrafo. Ver as fotos era quase pior. Ele sacudiu a cabeça com uma careta e as devolveu. Sjösten o levou para cima, apontando o sangue e descrevendo a aparente sequência dos fatos. Wallander fazia ocasionalmente alguma pergunta acerca de algum detalhe, mas o cenário descrito pelo colega parecia convincente.

"Houve testemunhas?", indagou Wallander. "Pistas deixadas pelo assassino? Como foi que ele entrou na casa?"

"Por uma janela no porão."

Voltaram para a cozinha e desceram até o porão, que se estendia sob toda a área da casa. Havia uma pequena janela entreaberta num recinto onde Wallander sentiu um leve cheiro de maçãs armazenadas para o inverno.

"Nós achamos que ele entrou por aqui", explicou Sjösten. "E também saiu por este caminho. Se bem que poderia ter saído direto pela porta da frente. Liljegren morava sozinho."

"Ele esqueceu alguma coisa, deixou algo?", perguntou Wallander. "Até agora ele tem tido o cuidado de não deixar pistas. Por outro lado, não tem sido excessivamente meticuloso. Nós conseguimos todo um conjunto de impressões digitais. Segundo Nyberg, falta somente o dedinho esquerdo."

"Impressões que ele sabe que a polícia não tem nos arquivos", disse Sjösten.

Wallander assentiu. O colega tinha razão.

"Nós encontramos uma marca de pé na cozinha, perto do forno."

"Então ele estava novamente descalço", disse Wallander.

"Descalço?"

Wallander contou-lhe sobre a marca de pé que achara no sangue dentro do furgão de Fredman. Ele teria de fornecer a Sjösten todo o material que possuíam dos três primeiros assassinatos.

Wallander examinou a janela do porão. Pensou distinguir pequenas marcas de arranhões perto de um dos fechos, que havia sido quebrado. Ao se abaixar descobriu o fecho, embora fosse difícil enxergá-lo contra o piso escuro. Ele não tocou no objeto.

"Dá a impressão de que o fecho poderia ter sido arrebentado antecipadamente", disse.

"Você acha que ele se preparou para a visita?"

"É concebível. Combina com o padrão dele. Ele coloca as vítimas sob vigilância. Ele as cerca. Por que e por quanto tempo, nós não temos ideia. Nosso psicólogo de

Estocolmo, Mats Ekholm, alega que isso é característico dos *serial killers*."

Foram para o aposento seguinte. As janelas eram iguais. As fechaduras estavam intactas.

"Nós deveríamos procurar pegadas na grama do lado de fora, perto da janela", disse Wallander, e imediatamente se arrependeu de suas palavras. Não tinha o direito de dizer a um investigador experiente como Sjösten o que fazer.

Retornaram para a cozinha. O corpo de Liljegren estava sendo removido.

"O que tenho buscado o tempo todo é a conexão", explicou Wallander. "Primeiro procurei uma ligação entre Gustaf Wetterstedt e Arne Carlman. Finalmente encontrei. Aí procurei uma entre Björn Fredman e os outros dois. Ainda não fomos capazes de descobrir nenhum elo, mas eu estou convencido de que ele existe. Talvez essa devesse ser uma das primeiras coisas a fazer aqui: é possível achar alguma ligação entre Åke Liljegren e os outros três? De preferência com todos os outros, mas ao menos com um deles."

"De certa forma já temos uma conexão bastante clara", disse Sjösten baixinho.

Wallander lhe deu um olhar inquiridor.

"O que quero dizer é que o assassino é um elo identificável", prosseguiu Sjösten. "Mesmo que não saibamos quem ele é."

Sjösten indicou a porta para o jardim. Wallander percebeu que ele queria conversar em particular. No jardim, ambos semicerraram os olhos devido à claridade. Seria outro dia quente. Sjösten acendeu um cigarro e levou Wallander para um conjunto de mesa e cadeiras um pouco afastado da casa. Cada um pegou uma cadeira e a trouxe para a sombra.

"Não faltam boatos sobre Åke Liljegren", Sjösten começou. "Suas empresas de fachada são apenas uma parte das suas operações. Aqui em Helsingborg ouvimos falar de um monte de outras coisas. Aviões bimotores voando baixo e soltando cargas de cocaína, heroína e maconha. Muito difícil provar, e eu tenho dificuldade de associar esse tipo de atividade com Liljegren. É claro que pode ser apenas minha imaginação limitada. Continuo achando que é difícil dividir crimes em categorias. Supostamente os criminosos deveriam se manter dentro de limites e não invadir o território dos outros, pois isso acaba com a nossa classificação."

"Às vezes penso nessa mesma linha", admitiu Wallander. "Mas esses dias se acabaram. O mundo em que vivemos está se tornando mais abrangente e mais caótico ao mesmo tempo."

Sjösten apontou o cigarro para o enorme palacete. "Tem havido também outros boatos", prosseguiu. "Estes são mais concretos. Sobre festas alucinadas na casa. Mulheres, prostituição."

"Alucinadas?", perguntou Wallander. "Você precisou ser chamado alguma vez?"

"Nunca", respondeu Sjösten. "Na verdade, não sei por que chamei as festas de 'alucinadas'. Mas as pessoas costumavam vir muito aqui. E desaparecer com a mesma rapidez com que vinham."

Wallander não respondeu. Uma imagem fugaz lampejou pela sua mente. Ele viu Dolores María Santana parada no trevo de saída de Helsingborg. Poderia haver alguma relação? Prostituição? Mas afastou o pensamento. Não havia evidência disso, ele estava misturando duas investigações distintas.

"Nós vamos ter de trabalhar juntos", disse Sjösten. "Você e seus colegas estão várias semanas na nossa frente. Agora que acrescentamos Liljegren ao quadro, o que podemos ver? O que mudou? O que parece mais claro?"

"O Comando Nacional de Polícia certamente agora vai querer se envolver", Wallander respondeu. "Isso é bom, claro. Mas tenho medo de que tenhamos problemas trabalhando juntos, que as informações possam não chegar à pessoa certa."

"Eu tenho a mesma preocupação", concordou Sjösten. "É por isso que quero sugerir uma coisa. Que você e eu nos tornemos uma equipe informal, de modo a podermos nos afastar do resto para tratar do caso sempre que precisarmos."

"Por mim, está ótimo."

"Nós dois nos lembramos dos tempos da velha comissão nacional de homicídios", Sjösten continuou. "Uma estrutura que funcionava com muita eficiência e que foi desmantelada. E as coisas nunca mais foram as mesmas desde então."

"A época era diferente. A violência tinha uma face diferente, e havia menos assassinatos. Os criminosos operavam dentro de padrões que eram reconhecíveis de uma maneira que hoje não são. Não tenho certeza de que a comissão pudesse ser eficiente atualmente."

Sjösten se pôs de pé. "Mas estamos de acordo?"

"Claro que sim", respondeu Wallander. "Sempre que julgarmos necessário, vamos conversar."

"Você pode ficar na minha casa", disse Sjösten, "se precisar pernoitar aqui. Não é nada prazeroso ter de ficar num hotel."

"Eu apreciaria sim", Wallander agradeceu. Mas ele não se incomodava de ficar num hotel quando estava viajando. Precisava ter ao menos algumas horas para si mesmo todo dia.

Caminharam de volta para a mansão. À esquerda havia uma grande garagem com duas portas. Enquanto Sjösten entrava na casa, Wallander resolveu dar uma olhada ali. Ergueu com dificuldade uma das portas. Dentro havia um Mercedes preto. As janelas eram escuras. Wallander ficou ali parado, pensando.

Então entrou na casa, ligou para Ystad e pediu para falar com Höglund. Contou-lhe em poucas palavras o que havia acontecido.

"Quero que você entre em contato com Sara Björklund", ele disse. "Você se lembra dela?"

“A faxineira de Wetterstedt?”

“Isso mesmo. Quero que você a traga a Helsingborg. O mais rápido que você puder.”

“Por quê?”

“Quero que ela dê uma olhada num carro. E eu vou estar parado bem ao lado dela, na esperança que ela o reconheça.”

Höglund não perguntou mais nada.

30

Sara Björklund ficou um longo tempo olhando o carro preto. Wallander permaneceu recuado. Ele queria que sua presença lhe desse confiança, mas não queria ficar perto demais para não ser um fator de perturbação. Ele podia dizer que ela estava fazendo o melhor possível para ter certeza absoluta. Tinha sido esse o carro que ela vira quando fora à casa de Wetterstedt na sexta-feira de manhã, pensando ser quinta-feira? A aparência era semelhante? Podia até ser exatamente o mesmo carro que ela vira se afastando da casa onde morava o velho ministro da Justiça?

Sjösten concordou com Wallander quando este explicou sua ideia. Mesmo que a "mulher da limpeza" tão menosprezada por Wetterstedt dissesse que podia ser um carro do mesmo estilo, isso não provaria nada. Tudo que obteriam era um indício, uma possibilidade. Mas ainda assim era importante; ambos compreendiam isso.

Sara Björklund hesitava. Como as chaves estavam na ignição, Wallander pediu a Sjösten que desse uma volta com o carro em torno do quarteirão. Se ela fechasse os olhos e escutasse, conseguia reconhecer o som do motor? Carros têm sons diferentes. Ela aguçou os ouvidos.

"Pode ser", ela disse depois. "Parece o carro que vi naquela manhã. Mas, se foi o mesmo, não posso dizer. Eu não vi o número da placa."

Wallander meneou a cabeça. "Eu não esperava que você tivesse visto", disse. "Sinto muito ter lhe pedido para fazer todo o caminho até aqui."

Höglund trouxera Norén junto, e ele agora levaria Sara

Björklund de volta para Ystad. Höglund queria ficar. Ainda não era meio-dia e o país inteiro parecia já saber o que tinha acontecido. Sjösten deu uma entrevista coletiva improvisada no meio da rua, enquanto Wallander e Höglund pegaram o carro e foram até o terminal das balsas para almoçar. Ele lhe contou tudo que havia descoberto.

"Åke Liljegren apareceu no nosso material de investigação sobre Alfred Harderberg", ela disse quando ele terminou seu relato. "Você está lembrado?"

Wallander deixou a mente vagar de volta para o ano anterior. Lembrou-se com desgosto do empresário e patrono das artes que vivia atrás dos muros do castelo Farnholm. O homem que acabaram conseguindo impedir de deixar o país numa cena dramática no aeroporto de Sturup. O nome de Liljegren efetivamente viera à tona durante a investigação, mas apenas na periferia. Jamais haviam considerado a possibilidade de interrogá-lo.

Wallander permaneceu sentado com sua terceira xícara de café, contemplando o canal, repleto de balsas e iates.

"Nós não queríamos isso, mas obtivemos", ele disse. "Outro homem morto, escalpelado. Segundo Ekholm, nossas chances de identificar o assassino agora vão crescer drasticamente. Isso conforme os modelos do FBI. Agora as semelhanças e diferenças devem ficar muito mais claras."

"Eu penso que de alguma maneira o nível de violência aumentou", ela disse, hesitante. "Se é que é possível graduar assassinatos com machado e escalpelamentos."

"Wetterstedt estava deitado debaixo de um barco a remo virado", ela continuou. "Foi atingido uma vez, por trás. Seu escalpo foi cortado à faca, como se o assassino tivesse se esmerado para feri-lo cuidadosamente. Ou talvez houvesse alguma incerteza. O primeiro escalpo. Carlman foi morto pela frente. Ele deve ter visto o assassino. Seu cabelo foi arrancado, não cortado à faca. Isso parece indicar um frenesi maior, ou talvez fúria, quase descontrolada. Então Fredman. Aparentemente estava deitado de costas. Provavelmente amarrado, ou teria resistido. Teve ácido derramado nos olhos. O assassino manteve as pálpebras abertas à força. O golpe na cabeça foi tremendo. E agora Liljegren, com a cabeça enfiada num forno. Alguma coisa está ficando pior. Será ódio? Ou a agitação de uma pessoa doente demonstrando seu poder?"

"Enfatize isso para Ekholm", sugeriu Wallander. "Que ele ponha esse dado no computador. Eu concordo com você. Certas mudanças no comportamento do assassino são evidentes. Algo está se modificando. Mas o que isso nos diz? Às vezes parece que estamos tentando interpretar pegadas com milhares de anos de idade. O que mais me preocupa é a cronologia, que se baseia no fato de termos encontrado as vítimas numa certa ordem, já que foram mortas numa certa ordem. De modo que para nós se criou uma cronologia natural. Mas a questão é se existe alguma outra ordem entre eles que nós não conseguimos ver. Será que algum assassinato é mais importante que os outros?"

Ela pensou por um instante. "Será que um deles era mais próximo do assassino do que os outros?"

"Sim, é isso mesmo", disse Wallander. "Será que Liljegren estava mais perto do cerne da questão do que Carlman, por exemplo? E qual deles está mais distante? Ou será que todos têm a mesma relação com ele?"

"Uma relação que talvez só exista na cabeça dele?"

Wallander afastou a xícara vazia. "Pelo menos podemos ter certeza de que esses homens não foram escolhidos ao acaso", disse.

"Fredman é diferente", ela disse depois que se levantaram.

"Sim, é", concordou Wallander. "Mas você também pode inverter as coisas e dizer que os outros três é que são diferentes."

Retornaram a Tågaborg, onde receberam o recado de que Hanson estava a caminho para se encontrar com o chefe de polícia em Helsingborg.

"Amanhã o Comando Nacional de Polícia vai estar aqui", disse Sjösten.

"Alguém falou com Ekholm?", perguntou Wallander. "Ele deveria vir para cá o mais rápido possível."

Enquanto Höglund tomava providências para que Ekholm fosse avisado, Wallander fez mais um exame na mansão junto com Sjösten. Nyberg estava ajoelhado na cozinha com os outros técnicos. Enquanto subiam as escadas para o andar superior, Höglund os alcançou, dizendo que Ekholm estava a caminho com Hanson. Eles continuaram a inspeção. Ninguém falou nada. Cada um seguia sua própria linha de raciocínio.

Wallander tentava sentir a presença do assassino, como fizera na casa de Wetterstedt e no jardim de Carlman. Menos de doze horas antes o homem subira as mesmas escadas. Wallander movia-se mais devagar que os outros. Frequentemente parava, às vezes sentava-se para fitar uma parede, um tapete ou uma porta, como se estivesse num museu, profundamente imerso nos objetos expostos. Ocasionalmente refazia seus passos.

Ao observá-lo, Höglund teve a sensação de que Wallander agia com se estivesse caminhando sobre gelo. E, num certo sentido, ele realmente estava. Cada passo envolvia um risco, um jeito novo de ver as coisas, um reexame de um pensamento que acabara de ter. Ele se movia tanto mentalmente quanto através dos quartos. Nunca sentira a presença do homem que estava caçando na casa de Wetterstedt. Isso o convencera de que o assassino jamais estivera dentro da casa. O mais perto que chegara fora o telhado da garagem, onde havia aguardado lendo *O Fantasma* e depois rasgado a revista em pedaços. Mas ali na casa de Liljegren era diferente.

Wallander voltou às escadas e olhou do hall em direção ao banheiro. Dali podia ver o homem que estava prestes a matar. Quer dizer, se a porta do banheiro estivesse aberta. E por que haveria de estar fechada se Liljegren estava sozinho em casa? Wallander andou em direção à porta do banheiro e ficou junto à parede. Então entrou no banheiro e assumiu o papel de Liljegren. Saiu pela porta, imaginando o golpe do machado atingindo-o com toda a força por trás, obliquamente. Viu-se caindo por terra. Voltou a seguir para o outro papel, o homem segurando o machado na mão direita. Não na esquerda; ao examinarem o corpo de Wetterstedt, haviam determinado que ele era destro. Wallander desceu lentamente as escadas, arrastando o corpo invisível atrás de si. Entrou na cozinha, foi até o forno. Continuou porão abaixo e parou diante da janela, que era estreita demais para ele passar por ela. Só um homem muito esguio poderia usar aquela janela como meio de entrar na casa de Liljegren. O assassino devia ser magro.

Voltou para a cozinha e saiu para o jardim. Perto da janela do porão, nos fundos da casa, os técnicos estavam à procura de pegadas. Wallander poderia ter lhes dito de antemão que não encontrariam nada. O homem estivera descalço, como antes. Olhou em direção à sebe, a distância mais curta entre a janela do porão e a rua, perguntando-se por que o assassino estaria descalço. Ele havia perguntado isso a Ekholm diversas vezes, mas ainda não obtivera uma resposta satisfatória. Andar descalço significava correr o risco de se ferir. De escorregar, perfurar o pé, ter um corte. E, no entanto, ele o fazia. Por que andava descalço? Por que optar por tirar os sapatos? Esse era mais um dos detalhes inexplicáveis que ele precisava guardar na cabeça. O homem escalpelava. Usava um machado. Andava descalço. Wallander parou subitamente. Ocorreu-lhe num lampejo. Seu subconsciente chegara a uma conclusão e enviara a mensagem.

Um índio americano, ele disse a si mesmo. Um guerreiro. Ele sabia que estava certo. O homem que procuravam era um guerreiro solitário movendo-se ao longo de uma trilha invisível. Ele imitava alguém. Usava um machado para matar, cortava o couro cabeludo, andava descalço. Mas por que um índio americano haveria de circular pela Suécia em pleno verão matando gente? Quem estava de fato cometendo os assassinatos? Um índio ou alguém representando esse papel?

Wallander apegou-se com firmeza a esse pensamento, de modo a não perdê-lo antes de tê-lo seguido até o fim. O assassino percorria grandes distâncias. Devia ter um cavalo. Uma motocicleta. Que tinha ficado encostada na parede da cabana dos operários da estrada. Você guia um carro, mas *monta* uma motocicleta.

Caminhou de volta para a casa. Pela primeira vez tivera um lampejo do homem que buscava. A excitação pela descoberta foi imediata. Sua atenção ficou aguçada. No entanto, por enquanto manteria a ideia só para si.

Uma janela no piso superior se abriu. Sjösten se debruçou para fora. "Suba até aqui", gritou.

Wallander entrou, perguntando-se o que teriam achado. Sjösten e Höglund estavam parados diante de uma maleta numa sala que devia ter sido o escritório de Liljegren. Sjösten segurava um saco plástico na mão.

"Estou achando que é cocaína", disse. "Pode ser heroína."

"Onde estava?", perguntou Wallander.

Sjösten apontou para uma gaveta aberta.

"Pode haver mais", disse Wallander.

"Vou providenciar para que tragam um cachorro", disse Sjösten.

"Talvez você devesse mandar algumas pessoas conversar com os vizinhos", disse Wallander. "Perguntar se notaram um homem de motocicleta. Não só na noite passada, mas antes também. Nas últimas semanas."

"Ele veio de moto?"

"Acho que sim. Me parece que é o jeito de ele se locomover. Você vai encontrar no material da investigação."

Sjösten saiu da sala.

"Não há nada sobre motocicleta no material da investigação", Höglund disse, surpresa.

"Deveria haver", Wallander replicou, com ar distraído. "Nós não confirmamos que uma motocicleta esteve parada atrás da cabana dos trabalhadores da estrada?"

Wallander espiou pela janela. Ekholm e Hanson se

aproximavam da casa com outro homem, que Wallander presumiu tratar-se do chefe de polícia de Helsingborg. Birgerson foi encontrar-se com eles no meio do caminho.

"É melhor descermos", Wallander disse. "Você achou alguma coisa?"

"A casa me lembra a de Wetterstedt", ela respondeu. "A mesma sombria respeitabilidade burguesa. Mas pelo menos aqui há algumas fotos de família. Se elas tornam o ambiente mais alegre, eu não sei. Liljegren parece ter tido antepassados que eram oficiais de cavalaria, Dragões Escanianos, se dá para acreditar."

"Eu não vi as fotos", desculpou-se Wallander. "Mas acredito em você. As investidas dele tinham muito em comum com guerra primitiva."

"Há uma foto de um velho casal na frente de um chalé", ela disse. "Se eu consegui entender direito o que estava escrito no verso, é o retrato de seus avós maternos na ilha de Öland."

Eles desceram. Partes da escada estavam cercadas pelo cordão para proteger os vestígios de sangue.

"Velhos solteirões", comentou Wallander. "As casas deles todos se parecem porque eles eram todos parecidos. Aliás, qual era a idade de Liljegren? Tinha mais de setenta?"

Höglund não soube dizer.

Uma sala de reuniões foi improvisada na sala de jantar. Ekholm, que não precisava participar, teve um policial designado para acompanhá-lo. Quando todos tinham se apresentado e sentado, Hanson surpreendeu Wallander sendo absolutamente claro e decidido acerca do que deveria acontecer. Durante a viagem de Ystad para Helsingborg, havia conversado com Åkeson e com o Comando Nacional de Polícia em Estocolmo.

"Seria um erro afirmar que nossa situação mudou significativamente por causa deste assassinato", Hanson começou. "A situação já tem estado suficientemente dramática desde que percebemos que estamos lidando com um *serial killer*. Agora poderíamos dizer que cruzamos uma fronteira. Não há nada que indique que nós efetivamente podemos interromper esses assassinatos. Mas precisamos ter esperança. No que diz respeito ao Comando Nacional de Polícia, eles estão preparados para nos dar o que quer que solicitemos. As formalidades envolvidas tampouco devem apresentar qualquer dificuldade séria. Eu presumo que ninguém tenha nada contra a designação de Kurt para chefiar a nova equipe investigativa interdistrital."

Ninguém tinha qualquer objeção. Sjösten, do seu lugar na mesa, fez um meneio de aprovação.

"Kurt tem uma certa notoriedade", Hanson prosseguiu, sem qualquer traço de ironia. "O chefe do Comando Nacional de Polícia encarou como óbvio o fato de que ele deveria continuar liderando a investigação."

"Eu concordo", disse o chefe de polícia de Helsingborg na única vez em que se manifestou durante a reunião.

"Foram traçadas algumas diretrizes sobre como uma colaboração desse tipo deve ser implementada da forma mais rápida possível", continuou Hanson. "Os promotores têm os próprios procedimentos deles para seguir. O aspecto-chave é concordar quanto ao tipo de assistência que vamos efetivamente solicitar de Estocolmo."

Wallander estivera escutando o que Hanson dizia com um misto de orgulho e ansiedade. Ao mesmo tempo era autoconfiante o suficiente para compreender que não havia ninguém mais qualificado para chefiar a investigação.

"Alguma coisa parecida com esta série de assassinatos já ocorreu alguma vez na Suécia?", indagou Sjösten.

"De acordo com Ekholm, nunca", disse Wallander.

"É que seria bom ter alguns colegas com experiência nesse tipo de crime", Sjösten explicou.

"Nós teríamos que trazê-los do continente, ou dos Estados Unidos", disse Wallander. "E eu não acho que seja uma ideia tão boa. Ainda não, em todo caso. O que precisamos, obviamente, são investigadores de homicídio experientes, que tenham algo a acrescentar ao nosso conhecimento geral."

Eles levaram menos de vinte minutos para tomar as decisões necessárias. Quando terminaram, Wallander saiu apressadamente da sala à procura de Ekholm. Encontrou--o no andar superior e o levou a um quarto de hóspedes que cheirava a mofo. Abriu a janela para arejar o quarto cheio de objetos. Sentou-se na beira de uma cama e contou ao psicólogo o que havia lhe ocorrido nessa manhã.

"Você pode estar certo", disse Ekholm. "Uma pessoa com psicose grave que assumiu o papel de guerreiro solitário. Há muitos exemplos disso, embora não na Suécia. Uma pessoa dessas geralmente se metamorfoseia em outra antes de sair para exercer sua vingança. O disfarce a livra da culpa. O ator não sente as crises de consciência pelos atos executados por sua personagem. Mas não se esqueça de que há um tipo de psicopata que mata sem outro motivo além de seu próprio e intenso prazer."

"Isso não parece se encaixar no caso."

"A dificuldade reside no fato de que o papel que o assassino adotou não nos diz nada sobre o motivo dos assassinatos. Se admitirmos que você está certo — um guerreiro descalço que escolheu seu disfarce por razões que nós desconhecemos —, então ele poderia com a mesma facilidade ter escolhido transfigurar-se num samurai japonês ou num *tonton macoute* do Haiti. Há somente uma pessoa que conhece os motivos da escolha. O próprio assassino."

Wallander recordou-se de uma das primeiras conversas que tivera com Ekholm.

"Isso significaria que os escalpos são uma pista falsa", ele disse. "Que ele está escalpelando as vítimas como ato ritual para desempenhar o papel que escolheu para si. Não que esteja colecionando troféus para alcançar algum objetivo que sirva como base para todos os assassinatos cometidos."

"É possível."

"O que significa que estamos de volta à estaca zero."

"As combinações precisam ser testadas repetidamente, sempre", disse Ekholm. "Nós nunca voltamos ao ponto de partida uma vez que ele foi deixado para trás. Nós temos que nos mover do mesmo jeito que o assassino se move. Ele não fica parado. O que aconteceu na noite passada confirma o que eu estou dizendo."

"Você formou alguma opinião?"

"O forno é interessante."

Wallander retraiu-se diante da escolha de palavras de Ekholm.

"De que forma?"

"A diferença entre o ácido e o forno é impressionante. Num caso ele usa um agente químico para torturar um homem que ainda está vivo. É um elemento do assassinato em si. No segundo caso, serve mais como uma saudação para nós."

Wallander fitou Ekholm intensamente, tentando interpretar o que acabara de ouvir.

"Uma saudação para a polícia?"

"Isso na verdade não me surpreende. O assassino não é imune a suas ações. Sua autoimagem está crescendo. Pode chegar a um ponto em que ele precise começar a buscar contato. Ele está terrivelmente satisfeito consigo mesmo. Tem que buscar confirmação do mundo externo de quão esperto ele é. A vítima não pode aplaudi-lo. Às vezes ele se volta para as próprias pessoas que o estão caçando. Isso pode assumir várias formas. Telefonemas anônimos ou cartas. Ou, por que não?, um homem morto colocado numa posição grotesca."

"Ele está nos provocando?"

"Não creio que ele veja as coisas dessa maneira. Ele vê a si mesmo como invulnerável. Se é verdade que escolheu o papel de um guerreiro descalço, a invulnerabilidade poderia ser uma de suas razões. Povos guerreiros tradicionalmente se untam de unguentos para se tornarem imunes a espadas e flechas. Na nossa época a polícia pode simbolizar essas espadas."

Wallander ficou sentado em silêncio por um momento.

"Qual é nosso próximo movimento?", perguntou. "Ele está nos desafiando ao meter a cabeça de Liljegren no forno. E da próxima vez? Se houver uma próxima vez."

"Há muitas possibilidades. Assassinos psicopatas às vezes buscam contato com indivíduos dentro da força policial."

"Por quê?"

Ekholm hesitou. "Policiais têm sido mortos, você sabe disso."

"Você quer dizer que esse louco está de olho em nós?"

"É possível. Sem que saibamos, ele pode estar se divertindo chegando bem perto de nós. E aí ele some de novo. Algum dia isso pode não bastar para dar emoção a ele."

Wallander lembrou-se da sensação que tivera junto ao cordão de isolamento na fazenda de Carlman, quando pensara ter reconhecido um dos rostos entre os curiosos. Alguém que também estivera na praia do lado de fora do cordão quando viraram o barco revelando o corpo de Wetterstedt.

Ekholm o encarou com gravidade. "É você quem precisa estar mais consciente disso", disse. "De qualquer maneira, eu estava pensando em falar com você."

"Por que eu?"

"Entre nós, você é quem tem mais visibilidade. A busca do homem que cometeu esses quatro assassinatos envolve um monte de gente. Mas o nome e o rosto que mais aparecem são os seus."

Wallander fez uma careta. "Você não espera que eu leve isso a sério, não é?"

"É você quem decide."

Quando Ekholm saiu, Wallander permaneceu no quarto, tentando avaliar sua verdadeira reação à advertência do psicólogo. Era como um vento frio soprando pelo quarto, pensou. Mas nada além disso.

Naquela tarde Wallander voltou de carro para Ystad junto com os outros. Ficou decidido que a investigação continuaria sendo conduzida de Ystad. Wallander ficou sentado em silêncio durante toda a viagem, dando apenas respostas vagas quando Hanson fazia alguma pergunta. Quando chegaram, tiveram uma breve reunião com Svedberg, Martinson e Åkeson. Svedberg contou-lhes que já era possível falar com a filha de Carlman. Decidiram que Wallander e Höglund fariam uma visita a ela no hospital na manhã seguinte. Quando a reunião terminou, Wallander telefonou para o pai. Gertrud atendeu. Tudo estava de volta ao normal. O pai não tinha a menor lembrança do que havia acontecido.

Wallander também ligou para casa. Ninguém atendeu. Linda não estava. Ao sair da delegacia, perguntou a Ebba se havia descoberto alguma coisa sobre suas chaves. Nada. Conduziu o carro até o cais e caminhou pelo píer, depois sentou-se no café para tomar uma cerveja. Ficou sentado, observando as pessoas que passavam. Deprimido, levantou-se e voltou para o píer, sentando-se num banco próximo à cabana dos salva-vidas.

Era um fim de tarde quente, sem vento. Alguém tocava uma sanfona num barco. Uma das balsas da Polônia ia entrando no porto. Sem realmente ter consciência, começou a estabelecer uma ligação em sua mente. Ficou sentado, absolutamente imóvel, deixando os pensamentos trabalhar. Começava a discernir os contornos do drama. Ainda havia muitos buracos, mas podia ver onde deviam concentrar a investigação.

Não achava que deviam jogar a culpa na forma como tinham trabalhado até então. O problema eram as conclusões tiradas. Pegou o carro e voltou para casa. Ao chegar, escreveu um resumo na mesa da cozinha. Linda chegou pouco antes da meia-noite. Ela tinha visto os jornais.

"Quem está fazendo isso? Do que uma pessoa dessas é feita?", ela indagou.

Wallander pensou por um instante antes de responder.

"Ele é como você e eu", disse finalmente. "De forma geral, exatamente como você e eu."

31

Wallander acordou sobressaltado.

Seus olhos se abriram totalmente e ele permaneceu na cama imóvel. A luz da noite de verão era cinza. Alguém estava se movendo pelo apartamento. Ele deu uma olhada rápida para o relógio no criado-mudo. Eram duas e quinze da manhã. Sentiu um terror instantâneo. Sabia que não era Linda. Uma vez que adormecesse, ela não acordava de novo até de manhã. Prendeu a respiração e apurou os ouvidos. Era um som muito débil.

A pessoa que circulava pelo apartamento estava descalça.

Wallander saiu da cama sem fazer nenhum ruído. Procurou algo com que pudesse se defender. Ele havia trancado seu revólver de serviço na gaveta da escrivaninha da delegacia. A única coisa no quarto que podia ser usada era o braço quebrado de uma cadeira. Ele o pegou e escutou novamente o som, que parecia vir da cozinha. Saiu do quarto e espiou pela sala. Passou pela porta do quarto de Linda. Estava fechada. Ela dormia. Agora ele estava apavorado. Os sons realmente *vinham* da cozinha. Parou na entrada da sala de estar e escutou mais uma vez. Afinal, Ekholm estava certo. Preparou-se para dar de encontro com alguém muito forte. O braço da cadeira não serviria para muita coisa. Lembrou-se de que tinha uma réplica de um par de soqueiras de bronze antigas numa das gavetas da estante. Havia sido o prêmio de um sorteio na polícia. Concluiu que seus punhos eram uma proteção melhor do que o braço da cadeira. Ainda ouvia sons na cozinha. Moveu-se cautelosamente pelo piso de madeira e abriu a gaveta. As soqueiras estavam sob uma cópia da sua devolução do imposto de renda. Calçou uma delas na mão direita. No mesmo instante deu-se conta de que os sons na cozinha tinham parado. Virou-se subitamente e ergueu os braços.

Linda estava na porta, fitando-o com uma mistura de espanto e medo. Ele a encarou de volta.

"O que você está fazendo?", ela perguntou. "O que é isso na sua mão?"

"Pensei que alguém tinha invadido a casa", ele disse, tirando a soqueira.

Ela percebeu que ele estava aturdido.

"Era eu. Não conseguia dormir."

"A porta do seu quarto estava fechada."

"Devo ter fechado quando saí. Me deu vontade de tomar água."

"Mas você nunca acorda no meio da noite."

"Esse tempo já passou há muito. Às vezes eu não durmo bem. Quando tenho muita coisa na cabeça."

Wallander sabia que devia se sentir um bobo. Mas o alívio foi muito grande. Sua reação confirmara uma coisa: ele tinha levado as palavras de Ekholm muito mais a sério do que pensava. Sentou-se. Linda ainda estava de pé olhando para ele.

"Muitas vezes eu estranhei como você consegue dormir tão bem", ela disse. "Quando penso nas coisas que você precisa encarar, nas coisas que é obrigado a fazer."

"A gente se acostuma", Wallander replicou, sabendo que não era absolutamente verdade.

Ela sentou-se ao seu lado.

"Eu dei uma olhada num jornal vespertino enquanto Kajsa comprava cigarros", ela prosseguiu. "Havia muita informação sobre o que aconteceu em Helsingborg. Não sei como você aguenta."

"Os jornais exageram."

"Como se exagera dizendo que alguém teve a cabeça enfiada no forno?"

Wallander procurou evitar as perguntas dela. Não sabia se fazia isso por ela ou por ele próprio. "Essa é uma questão para o médico", disse. "Eu examino a cena e tento entender o que aconteceu."

Ela balançou a cabeça, resignada. "Você nunca conseguiu mentir para mim. Para a mamãe, talvez, mas para mim nunca."

"Eu nunca menti para Mona, menti?"

"Você nunca disse a ela o quanto a amava. O que você não diz pode ser uma afirmação falsa."

Ele a encarou, surpreso. Sua escolha das palavras o deixou atônito.

"Quando eu era pequena, costumava olhar disfarçadamente para os papéis que você trazia para casa à noite. Eu também convidava meus amigos, às vezes, quando você estava trabalhando em alguma coisa que nós achávamos excitante. A gente ficava sentado no meu quarto e lia as transcrições dos depoimentos das testemunhas."

"Eu não fazia ideia disso."

"Não era mesmo para você saber. Então, quem você achava que estava aqui no apartamento?"

Ele resolveu contar-lhe ao menos parte da verdade. Explicou que às vezes, porém muito raramente, policiais na sua posição, cujos retratos apareciam bastante nos jornais ou na TV, podiam atrair a atenção de criminosos, que então desenvolviam uma fixação por eles. Talvez "fascínio" fosse um termo melhor. Normalmente não havia nada com que se preocupar. Mas era conveniente reconhecer o fenômeno e ficar alerta.

Ela não acreditou nele sequer por um segundo.

"Quem estava ali não era simplesmente alguém com a soqueira, mostrando como estava consciente", ela disse por fim. "O que eu vi foi o meu pai, que é policial. E ele estava apavorado."

"Talvez eu tenha tido um pesadelo." O tom dele não

foi convincente. "Me conte por que você não consegue dormir."

"Estou preocupada com o que fazer da minha vida", ela disse.

"Você e a Kajsa estavam muito bem na revista."

"Não tão bem quanto deveríamos."

"Vocês têm tempo para sentir o caminho certo."

"Mas e se eu quiser fazer algo totalmente diferente?"

"Como o quê?"

"É nisso que eu fico pensando quando acordo no meio da noite. Eu abro os olhos e penso que ainda não sei."

"Você sempre pode me acordar", ele disse. "Como policial, pelo menos eu aprendi a escutar, mesmo que você obtenha respostas melhores de outra pessoa."

Ela recostou a cabeça em seu ombro.

"Você é um bom ouvinte. Bem melhor que mamãe. Mas tenho que achar as respostas sozinha."

Eles conversaram longamente. Só voltaram para a cama quando começou a surgir a luz do dia. Uma coisa que Linda disse fez Wallander se sentir bem: ele escutava melhor que Mona. Em alguma vida futura ele não se importaria de fazer tudo melhor que Mona. Mas não agora, quando havia Baiba.

Wallander acordou um pouco antes das sete. Linda ainda dormia. Tomou uma xícara de café rapidamente e saiu. O tempo estava lindo, mas o vento tinha começado a soprar. Ao chegar à delegacia, deu um encontrão com um agitado Martinson, que lhe contou que todo o cronograma de férias havia virado um caos. As férias da maioria do pessoal haviam sido adiadas indefinidamente.

"Agora provavelmente não vou conseguir nenhuma folga até setembro", ele se queixou, zangado. "Quem é que quer férias nessa época do ano?"

"Eu", disse Wallander. "Posso ir para a Itália com meu pai."

Já era quarta-feira, 6 de julho. Ele deveria se encontrar com Baiba no aeroporto de Kastrup dali a três dias. Pela primeira vez deparou-se com o fato de que suas férias teriam de ser canceladas, ou pelo menos adiadas. Tinha evitado pensar nisso durante as últimas agitadas semanas, mas não podia continuar a fazê-lo. Teria de cancelar os voos e as reservas de hotel. Temeu a reação de Baiba. Sentou-se à sua mesa sentindo o estômago começar a doer de tensão. Deve haver alguma alternativa, pensou. Baiba pode vir para cá. Quem sabe a gente ainda consiga capturar logo esse maldito assassino. Esse homem que mata pessoas e as escalpela.

Ficou aterrorizado com a reação de decepção que ela teria. Mesmo tendo sido casada com um policial, provavelmente imaginava que na Suécia tudo fosse diferente. Mas ele não podia esperar mais para lhe dizer que não iriam a Skagen. Ele deveria pegar o telefone e ligar para Riga imediatamente. Mas adiou a desagradável conversa. Ainda não estava pronto. Pegou o caderno e fez uma lista de todas as ligações que tinha que fazer.

Aí virou novamente um policial. Pôs o resumo que fizera na véspera sobre a mesa à sua frente e leu tudo. As anotações faziam sentido. Pegou o telefone e pediu a Ebba que entrasse em contato com Sjösten em Helsingborg. Após alguns minutos, ela ligou de volta. "Parece que ele passa as manhãs raspando craca do casco de um barco", disse. "Mas ele estava a caminho. Liga para você nos próximos dez minutos."

Quando Sjösten telefonou de volta, contou que haviam localizado testemunhas, um casal que afirmava ter visto uma motocicleta na Aschebergsgatan na noite em que Liljegren foi morto.

"Verifique com cuidado", disse Wallander. "Pode ser muito importante."

"Pensei em entrevistá-los eu mesmo."

Wallander debruçou-se sobre a mesa, como se tivesse que se sustentar antes de abordar a questão seguinte.

"Eu gostaria de lhe pedir para fazer mais uma coisa", disse. "Uma coisa que deve ter prioridade máxima. Eu quero que você encontre algumas das mulheres que trabalhavam nas festas dadas na mansão de Liljegren."

"Por quê?"

"Acho que é importante. Nós temos de descobrir quem frequentava essas festas. Você vai entender quando der uma lida no material da investigação."

Wallander sabia muito bem que a resposta à pergunta de Sjösten não estava no material que haviam juntado nos três outros assassinatos. Mas precisava caçar sozinho por mais algum tempo.

"Você quer que eu vá pegar uma puta", disse Sjösten.

"É isso mesmo. Se é que havia alguma nessas festas."

"Corriam boatos de que havia."

"Quero que você volte a entrar em contato comigo o mais depressa possível. Aí eu vou até Helsingborg."

"Se eu achar uma, devo trazê-la para cá?"

"Eu só quero conversar com ela, só isso. Deixe claro que ela não tem nada com que se preocupar. Uma pessoa com medo, que diz aquilo que acha que eu quero ouvir, não vai me adiantar nada."

"Vou tentar", disse Sjösten. "Incumbência interessante no meio do verão."

Eles desligaram. Wallander concentrou-se nas suas anotações da noite anterior até Höglund telefonar. Encontraram-se na recepção e caminharam até o hospital, de modo a poderem planejar o que diriam à filha de Carlman. Wallander nem sequer sabia o nome daquela moça que lhe dera um tapa na cara.

"Erika", disse Höglund. "Que não combina com ela."

"Por que não?", perguntou Wallander, surpreso.

"Eu tenho a imagem de um tipo robusto quando ouço esse nome", ela explicou. "A gerente de um bufê de hotel ou uma operadora de guindaste."

"Tudo bem que o meu nome seja Kurt?", ele perguntou.

Ela assentiu alegremente. "É claro que não faz sentido querer combinar um nome com uma personalidade", ela disse. "Mas isso me diverte. E você não imaginaria um gato chamado Totó, ou um cachorro de nome Bichano."

"Provavelmente deve existir algum", disse Wallander. "Então, o que sabemos sobre Erika Carlman?"

Tinham o vento pelas costas enquanto caminhavam até o hospital. Höglund lhe disse que Erika Carlman tinha vinte e sete anos. Que fora durante algum tempo comissária de bordo numa pequena linha de aviação britânica. Que havia se dedicado a muitas coisas diferentes sem nunca se fixar em nenhuma por muito tempo. Que tinha viajado ao redor do mundo inteiro, sem dúvida sustentada pelo pai. Um casamento com um jogador de futebol peruano fora rapidamente desfeito.

"Uma moça rica normal", disse Wallander. "Que teve tudo numa bandeja de prata desde o começo."

"Sua mãe diz que quando adolescente ela era histérica. Foi a palavra que ela usou, histérica. Provavelmente seria mais preciso descrever como predisposição neurótica."

"Ela já tentou o suicídio antes?"

"Não que alguém saiba, e não creio que a mãe estivesse mentindo."

"Ela realmente queria morrer", disse Wallander.

"Também tenho essa impressão."

Wallander sabia que precisava contar a Ann-Britt que Erika lhe tinha dado um tapa. Era bem possível que ela mencionasse o incidente. E não haveria explicação para ele não ter comentado o fato, a não ser orgulho masculino, talvez. Ao chegarem ao hospital, Wallander parou e lhe contou. Ele pôde ver que ela ficou surpresa.

"Não acho que tenha sido mais do que uma manifestação da histeria que a mãe citou", ele disse.

"Isso poderia causar um problema", Ann-Britt disse. "Ela pode estar em mau estado. Ela deve estar sabendo que quase morreu. Nós nem sabemos se ela está lamentando o fato de não ter conseguido se matar. Se você entrar no quarto, o ego frágil dela pode ruir. Ou ela pode ficar agressiva, assustada, não receptiva."

Wallander sabia que ela tinha razão. "Você deveria falar com ela sozinha. Eu espero na cafeteria."

"Primeiro temos de repassar o que realmente queremos saber dela."

Wallander indicou um banco ao lado do ponto de táxi. Ambos se sentaram.

"Nós sempre esperamos que as respostas sejam mais interessantes que as perguntas", ele disse. "O que a tentativa de suicídio dela teve a ver com a morte do pai? Como você vai chegar a essa pergunta depende de você. Você precisa traçar seu próprio mapa. As respostas dela vão gerar mais perguntas."

"Vamos admitir que ela diga que estava tão arrasada de dor que não quis mais seguir vivendo."

"Então ficaremos sabendo disso."

"Mas o que mais efetivamente nós sabemos?"

"É aí que você tem que fazer outras perguntas, que não podemos predizer. Era um relacionamento amoroso normal entre pai e filha? Ou era alguma outra coisa?"

"E se ela negar que era alguma outra coisa?"

"Então no começo você vai ter de não acreditar nela. Sem dizer isso a ela."

"Em outras palavras", disse Höglund devagar, "uma negação significaria que eu deveria me interessar pelas razões que ela poderia ter para não dizer a verdade?"

"Mais ou menos", respondeu Wallander. "Mas há uma terceira possibilidade, é claro. Que ela tentou se suicidar porque sabia de alguma coisa sobre a morte do pai com a qual não era capaz de lidar de nenhuma outra maneira a não ser levando a informação consigo para o túmulo."

"Será que ela pode ter visto o assassino?"

"É possível."

"E não quer que ele seja capturado?"

"Também é concebível."

"Por que não?"

"Mais uma vez, há pelo menos duas possibilidades. Ela quer protegê-lo. Ou quer proteger a memória do pai."

Höglund deu um suspiro impotente. "Não sei se sou capaz de dar conta disso."

"É claro que é. Eu vou estar na cafeteria. Ou aqui fora. Demore o tempo que precisar."

Wallander a acompanhou até a mesa da recepção. Algumas semanas antes ele estivera nesse mesmo lugar para descobrir que Salomonson tinha morrido. Como poderia ter imaginado na época que tamanha devastação o aguardava? Höglund desapareceu pelo saguão. Wallander se encaminhou para a cafeteria, mas mudou de ideia e saiu novamente para sentar-se no banco. Mais uma vez repassou seus pensamentos da noite anterior. Foi interrompido pelo telefone celular tocando no bolso do paletó. Era Hanson, e parecia aflitíssimo.

"Dois investigadores do Comando Nacional de Polícia estão chegando em Sturup esta tarde. Ludwigson e Hamrén. Você os conhece?"

"Só de nome. Devem ser bons. Hamrén esteve envolvido na solução do caso do homem do laser, não foi?"

"Você poderia ir buscá-los?"

"Acho que não", disse Wallander. "Preciso voltar para Helsingborg."

"Birgerson não mencionou isso. Falei com ele há pouco."

"Provavelmente eles têm os mesmos problemas de comunicação que nós", disse Wallander pacientemente. "Acho que seria um belo gesto você mesmo ir buscá-los."

"O que você quer dizer com 'belo gesto'?"

"Um gesto de respeito. Quando fui a Riga, foram me buscar de limusine. Era uma limusine velha, russa, mas mesmo assim uma limusine. É importante que as pessoas sintam que estão sendo bem recebidas e cuidadas."

"Tudo bem", disse Hanson. "Eu vou. Onde você está agora?"

"No hospital."

"Você está doente?"

"A filha de Carlman, esqueceu?"

"Para dizer a verdade, esqueci."

"Devemos ficar satisfeitos de todos não esquecermos as mesmas coisas." Wallander não sabia se Hanson havia percebido que ele estava sendo irônico. Pôs o telefone sobre o banco e observou um pardal pousado na borda de uma lata de lixo. Ann-Britt entrara no hospital já fazia quase meia hora. Ele fechou os olhos e ergueu a face em direção ao sol, ensaiando o que diria a Baiba. Um homem de perna engessada sentou-se ao seu lado com um baque surdo. Cinco minutos depois um táxi chegou. O homem engessado se foi. Wallander ficou caminhando de um lado a outro na frente do hospital. Sentou-se novamente.

Depois de mais de uma hora, Ann-Britt saiu e se sentou ao seu lado. Pela sua expressão, Wallander não foi capaz de dizer como ela tinha se saído.

"Acho que deixamos de considerar um motivo que leva uma pessoa a querer se suicidar", ela disse. "Estar cansada da vida."

"Foi essa a resposta dela?"

"Eu nem precisei perguntar. Ela estava sentada num quarto branco, com uma camisola do hospital, o cabelo despenteado, pálida, alheia. Ainda mergulhada numa mistura de sua crise e da medicação pesada. 'Por que continuar vivendo?', foi essa a saudação dela. Para ser honesta, acho que ela vai tentar se matar de novo. Pela simples vontade de se matar."

Wallander havia desconsiderado o motivo mais comum para o suicídio. Simplesmente não querer seguir vivendo.

"Mas vocês conversaram sobre o pai dela?"

"Ela o desprezava, mas tenho certeza quase absoluta de que ela não sofreu abuso por parte dele."

"Ela disse isso?"

"Algumas coisas não precisam ser efetivamente ditas."

"E quanto ao assassinato?"

"Ela estava estranhamente desinteressada dele. Estava curiosa por eu ter vindo. Eu lhe contei a verdade. Que nós estamos procurando o assassino. Ela disse que provavelmente havia um monte de gente que queria ver seu pai morto. Por causa do comportamento inescrupuloso dele nos negócios. Por causa do seu jeito de ser."

"Ela não disse nada sobre ele ter outra mulher?"
"Não."
Wallander observou o pardal displicentemente.
"Bem, ao menos sabemos isso", disse. "Sabemos que não sabemos nada."
Quando estavam a meio caminho da delegacia, o telefone de Wallander tocou. Ele se desviou do vento para atender. Era Svedberg.
"Acho que encontramos o lugar onde Fredman foi morto", ele disse. "Num ancoradouro a oeste da cidade."
Wallander sentiu-se mais animado. "Grande notícia", disse.
"Uma dica telefônica", Svedberg prosseguiu. "A pessoa que ligou mencionou manchas de sangue. Pode ter sido alguém limpando peixe, é claro. Mas eu não creio. O sujeito que ligou era técnico de laboratório. Ele trabalhou com amostras de sangue por mais de trinta e cinco anos. E disse que havia marcas de pneus por perto. Um veículo tinha estacionado por ali. Por que não um furgão Ford?"
"Podemos pegar o carro e ir até lá e examinar o local em breve", disse Wallander.
Continuaram a subir a ladeira, agora bem mais depressa. Wallander contou a novidade a Höglund. Nenhum dos dois estava mais pensando em Erika Carlman.

Hoover desceu do trem em Ystad pouco depois das onze horas da manhã. Resolvera deixar sua bicicleta motorizada em casa. Quando saiu da estação e viu que o cordão em torno do buraco onde jogara seu pai tinha sumido, sentiu uma ponta de decepção e raiva. Os policiais que o estavam caçando eram fracos demais. Jamais teriam passado pelo mais fácil exame de admissão para a academia do FBI. Sentiu o coração de Gerônimo começar a bater dentro de si. Compreendeu a mensagem, simples e clara. Ele iria cumprir a missão para a qual fora escolhido. Levaria para a irmã dois sacrifícios derradeiros antes de ela retornar à vida. Dois escalpos sob sua janela. E o coração da moça. Como presente. Então entraria no hospital para pegá-la e iriam embora juntos. A vida seria bem diferente. Um dia poderiam até mesmo ler juntos o diário dela, lembrando-se dos acontecimentos que a tinham trazido de volta das trevas.

Estava de sapatos para não chamar a atenção, mas seus pés não estavam gostando. Virou à direita na praça e foi até a casa onde o policial vivia com a moça que provavelmente era sua filha. A ação em si ele estava planejando para o anoitecer. Ou, no mais tardar, para o dia seguinte. Não mais que isso. Sua irmã não deveria ficar no hospital por mais tempo. Ele se sentou na escada de um dos edifícios da redondeza. Praticou o ato de esquecer o tempo. Ficar simplesmente sentado, vazio de pensamento, até se imbuir novamente de sua missão. Ainda tinha muito que aprender antes de dominar a arte com perfeição, mas não tinha dúvida de que um dia conseguiria.

A espera demorou duas horas. Então ela saiu pela porta da frente, obviamente apressada, e se dirigiu para o centro. Ele a seguiu e nunca a perdeu de vista.

32

Assim que chegaram ao ancoradouro, dez quilômetros a oeste de Ystad, Wallander ficou convencido de que se tratava do lugar certo. Era exatamente como ele imaginara. Tinham vindo pela estrada ao longo da costa e parado no ponto onde um homem de bermuda e camiseta com propaganda do campo de golfe de Malmberget lhes acenara e os conduzira para uma estradinha de terra que mal se podia ver. Pararam pouco antes de se aproximar do ancoradouro para não interferir nas marcas de pneus.

O técnico de laboratório Erik Wiberg lhes contou que passava o verão numa cabana na parte norte da estrada costeira. Frequentemente descia até esse ancoradouro para ler seu jornal matinal, como fizera em 29 de junho. Ele havia notado as marcas de pneus e as manchas escuras na madeira marrom, mas não chegara a pensar sobre isso. Naquele mesmo dia partira para a Alemanha com a família, e apenas após sua volta, quando viu no jornal que a polícia estava à procura de um local de assassinato, provavelmente perto do mar, foi que se lembrou das manchas escuras. Já que trabalhava num laboratório, sabia que aquilo que havia no ancoradouro pelo menos parecia sangue. Nyberg, que tinha chegado pouco depois de Wallander e dos outros, estava ajoelhado junto às marcas de pneus. Estava com dor de dente e mais irritadiço do que nunca. Wallander era o único com quem ele conseguia falar.

"Pode ser o furgão de Fredman", ele disse, "mas vamos ter de fazer um exame meticuloso."

Caminharam juntos até o ancoradouro. Wallander sabia que tinham tido sorte. O verão seco ajudara. Se houvesse chovido não existiriam marcas. Ele buscou confirmação de Martinson, que tinha a melhor memória no que se referia ao clima.

"Choveu desde 28 de junho?", perguntou.

"Caiu um chuvinha fina na manhã do feriado do Solstício", ele disse. "Desde então tem feito tempo bom."

"Mande isolar todo o local", disse Wallander, fazendo um sinal com a cabeça para Höglund. "E tome cuidado onde põe os pés."

Ficou parado ao lado do ancoradouro, espiando as manchas de sangue. Estavam concentradas no meio da estrutura, que tinha quatro metros de comprimento. Virou-se e olhou para cima, para a estrada. Podia ouvir o barulho, mas não podia ver os carros, apenas o teto de um caminhão alto que passava correndo. Teve uma ideia. Höglund estava ao telefone, falando com Ystad.

"E peça-lhes que tragam um mapa", ele disse. "Um mapa que inclua Ystad, Malmö e Helsingborg." Então caminhou até a extremidade do ancoradouro e espiou dentro da água. O fundo era rochoso. Wiberg estava parado na praia.

"Onde fica a casa mais próxima?", perguntou Wallander.

"A algumas centenas de metros daqui", Wiberg respondeu. "Do outro lado da estrada."

Nyberg tinha vindo até o ancoradouro. "Devemos chamar mergulhadores?", perguntou.

"Sim", disse Wallander. "Comecem com um raio de 25 metros em torno do ancoradouro."

Então apontou para os anéis enfiados na madeira. "Digitais", disse. "Se Fredman foi morto aqui, deve ter sido amarrado. Nosso assassino anda descalço e não usa luvas."

"O que os mergulhadores devem procurar?"

Wallander refletiu por alguns instantes. "Não sei", disse. "Vamos ver se eles descobrem alguma coisa. Mas acho que você vai encontrar vestígios de algas na descida, desde o lugar onde as marcas de pneus se interrompem até o ancoradouro."

"O furgão não deu meia-volta", disse Nyerg. "Subiu de marcha a ré todo o caminho até a estrada. Não podia ver se vinham carros ou não. Então há apenas duas possibilidades. A menos que ele seja totalmente louco."

Wallander ergueu as sobrancelhas.

"Ele *é* louco", disse.

"Não dessa maneira", replicou Nyberg.

Wallander compreendeu o que ele quis dizer. O assassino não teria sido capaz de guiar de ré até a estrada, a não ser que tivesse um cúmplice sinalizando quando a estrada estivesse livre. Ou então tudo ocorrera à noite. Quando ele poderia ver os faróis e saber quando era seguro ir de ré até a estrada.

"Ele não tem cúmplice", disse Wallander. "E nós sabemos que o crime deve ter acontecido à noite. A única questão é: por que ele teria levado o corpo de Fredman até o buraco defronte à estação ferroviária de Ystad?"

"Ele é louco", replicou Nyberg. "Foi você mesmo que disse."

Quando um carro chegou com o mapa, Wallander pediu a Martinson uma caneta e sentou-se numa rocha ali perto. Desenhou círculos em volta de Ystad, Bjäresjö e Helsingborg. Então marcou o local do ancoradouro. Escreveu números ao lado dos pontos assinalados. Fez um aceno para Höglund, Martinson e Svedberg, que chegou por último, usando um velho chapéu de sol em lugar do seu habitual quepe de policial. Wallander apontou para o mapa aberto sobre os joelhos. "Temos aqui os movimentos dele", disse. "E os locais dos assassinatos. Como todo o resto, eles formam um padrão."

"Um caminho", disse Svedberg. "Com Ystad e Helsingborg nas extremidades. O assassino escalpelador da planície sul."

"Isso não tem a menor graça", interrompeu Martinson.

"Não estou tentando fazer graça", protestou Svedberg. "É assim que as coisas são."

"Olhando o quadro geral, você provavelmente está certo", disse Wallander. "A área é limitada. Um dos assassinatos ocorre em Ystad. Outro ocorre aqui — talvez, ainda não temos certeza —, e o corpo é levado para Ystad. Um outro assassinato ocorre nas cercanias de Ystad, em Bjäresjö, onde o corpo também é descoberto. E aí temos Helsingborg."

"A maioria se concentra em torno de Ystad", disse Höglund. "Será que isso significa que o homem que estamos procurando mora aqui?"

"Com exceção de Fredman, as vítimas foram encontradas perto ou dentro de suas casas", prosseguiu Wallander. "Este é o mapa das vítimas, não do assassino."

"Então Malmö também deveria ser incluída", disse Svedberg. "É lá que Fredman vivia."

Wallander desenhou um círculo em torno de Malmö. A brisa sacudia o mapa.

"Agora o quadro fica diferente", disse Höglund. "Temos um ângulo, não uma linha reta. Com Malmö no meio."

"É sempre Fredman que é diferente", constatou Wallander.

"Talvez a gente deva desenhar mais um círculo", sugeriu Martinson. "Em volta do aeroporto. O que temos então?"

"Uma área de movimento", disse Wallander. "Girando em torno do assassinato de Fredman." Ele sabia que estavam caminhando rumo a uma conclusão crucial. "Corrijam-me se eu estiver errado", prosseguiu. "Fredman mora em Malmö. Junto com o homem que o mata, estando cativo ou não, ele é conduzido para leste no furgão. Eles vêm aqui, onde Fredman morre. A viagem continua até Ystad. O corpo é jogado num buraco debaixo de uma lona em Ystad. Mais tarde, o furgão volta para oeste. É estacionado no aeroporto, mais ou menos a meio caminho entre Malmö e Ystad. Aí as pistas desaparecem."

"Há vários jeitos de sair de Sturup", disse Svedberg. "Táxi, ônibus do aeroporto, carro de aluguel. Um outro carro estacionado lá anteriormente."

"Então o assassino provavelmente não mora em Ystad", afirmou Wallander. Malmö é uma boa possibilidade. Mas também pode muito bem ser Lund. Ou Helsingborg. Ou, por que não?, Copenhague."

"A não ser que ele esteja nos conduzindo para uma caçada a esmo", disse Höglund. "E ele de fato more em Ystad."

"Isso é possível, claro", concordou Wallander, "mas eu não acredito."

"O que significa que deveríamos nos concentrar em Sturup mais do que fizemos até agora", disse Martinson.

Wallander fez que sim com a cabeça. "Eu acredito que o homem que procuramos tem uma motocicleta", ele disse. "Nós já falamos sobre isso antes. Há testemunhas que podem ter visto uma na frente da casa de Helsingborg. Sjösten está trabalhando nisso neste momento. Já que vamos receber reforços esta tarde, podemos nos permitir um exame cuidadoso das opções de transporte de Sturup. Estamos procurando um homem que estacionou o furgão lá na noite de 28 de junho. E foi embora de algum jeito. A não ser que trabalhe no aeroporto."

"Há uma pergunta que ainda não podemos responder", interveio Svedberg. "A pergunta é: como é a aparência desse monstro?"

"Nós não sabemos nada sobre o rosto dele", respondeu Wallander. "Mas sabemos que é forte, e uma janela de porão em Helsingborg nos diz que é magro. Estamos lidando com um sujeito em boa forma física, que anda descalço."

"Você acabou de mencionar Copenhague", disse Martinson. "Acha que ele é estrangeiro?"

"Duvido", respondeu Wallander. "Acho que estamos lidando com um *serial killer* cem por cento sueco."

"Isso não é muito para irmos adiante", disse Svedberg.

"Nós não encontramos algum fio de cabelo? Será que ele tem cabelo claro ou escuro?"

"Não sabemos. Segundo Ekholm, ele provavelmente tenta não chamar atenção. E não podemos dizer nada sobre a forma como ele se veste quando comete os assassinatos."

"E quanto à idade?", indagou Höglund.

"Suas vítimas eram homens na casa do setenta anos, exceto Fredman. Mas ele está em boa forma, anda descalço e talvez pilote uma motocicleta, e esses fatos não indicam que seja um homem mais velho. Simplesmente não podemos saber."

"Mais de dezoito", disse Svedberg. "Se anda de motocicleta."

"Não podemos começar por Fredman?", sugeriu Höglund. "Ele difere dos outros, que são consideravelmente mais velhos. Talvez possamos presumir que Fredman e o assassino tenham a mesma idade. Então estamos falando de um homem com menos de cinquenta anos. E há alguns em boa forma física."

Wallander lançou um olhar sombrio para os colegas. Todos tinham menos de cinquenta; Martinson, o mais jovem, mal chegara aos trinta. Nenhum deles estava particularmente em boa forma física.

"Ekholm está elaborando o perfil psicológico", disse Wallander, pondo-se de pé. "É importante que todos nós o leiamos diariamente. Pode nos dar algumas ideias."

Norén aproximou-se do inspetor com um telefone na mão. Wallander se agachou, protegendo-se do vento. Era Sjösten. "Acho que tenho alguém para você", disse. "Uma mulher que esteve em festas na mansão de Liljegren."

"Bom trabalho. Quando posso me encontrar com ela?"

"A qualquer hora."

Wallander olhou o relógio. "Vou estar aí no máximo às três da tarde. Aliás, nós achamos que descobrimos o lugar onde Fredman morreu."

"Já ouvi dizer", Sjösten replicou. "Também fiquei sabendo que Ludwigson e Hamrén estão chegando de Estocolmo. São gente boa, os dois."

"Como estão as coisas com as testemunhas que viram um homem de motocicleta?"

"Eles não viram um homem", respondeu Sjösten. "Mas de fato viram uma moto. Estamos tentando estabelecer que tipo de moto era. Mas não é fácil. Ambas as testemunhas são velhas. E também são fanáticos por boa saúde que desprezam todos os veículos movidos a gasolina. No final, pode ser que não passe de um cortador de grama a motor."

O telefone emitiu um ruído rascante. A conversa se desvaneceu no vento. Nyberg olhava na direção do ancoradouro, massageando a bochecha inchada.

"Como está indo?", Wallander perguntou em tom animado.

"Estou esperando os mergulhadores."

"Está doendo muito?"

"É um dente de siso."

"Mande arrancar."

"Vou mandar. Mas primeiro quero os mergulhadores aqui."

"As manchas no ancoradouro são de sangue?"

"É quase certeza que sim. Hoje à noite você já vai estar sabendo se ele circulava dentro do corpo de Fredman."

A caminho do carro, Wallander lembrou-se de algo e voltou.

"Louise Fredman", ele disse a Svedberg. "Åkeson trouxe mais alguma coisa sobre ela?"

Svedberg não sabia, mas disse que falaria com Åkeson.

Wallander pegou o desvio de Charlottenlund, pensando que, se efetivamente tivessem encontrado o lugar onde Fredman fora assassinado, esse local havia sido escolhido com grande cuidado. A casa mais próxima ficava longe demais para os gritos serem ouvidos. Pegou a E65 e seguiu rumo a Malmö. O vento sacudia o carro, mas o céu ainda estava totalmente limpo. Ele pensou no mapa. Havia um bom número de razões para pensar que o assassino vivia em Malmö. Ele não vivia em Ystad, era praticamente certo. Mas por que se dera ao trabalho de jogar o corpo de Fredman num buraco defronte à estação ferroviária? Será que Ekholm tinha razão, ele estaria provocando a polícia? Wallander pegou a estrada para Sturup e por um instante pensou em parar no aeroporto. Mas de que adiantaria? A entrevista em Helsingborg era mais importante.

O nome dela era Elisabeth Carlén. Eles estavam na sala de Sjösten na delegacia de Helsingborg. Quando Wallander apertou sua mão, pensou na vigária que conhecera na semana anterior. Talvez porque ela estivesse vestida de preto, com uma maquiagem pesada. Tinha cerca de trinta anos. A descrição de Sjösten fora bastante precisa. Ele dissera que a mulher era atraente porque olhava o mundo com uma expressão fria, desdenhosa. Wallander teve a impressão de que ela resolvera desafiar todo homem que se aproximasse dela. Nunca vira olhos como os dela antes. Irradiavam provocação e interesse ao mesmo tempo. Ele repassou mentalmente o relato de Sjösten enquanto ela acendia um cigarro.

"Elisabeth Carlén é uma puta", dissera o investigador. "Duvido que tenha sido alguma outra coisa desde os vinte anos. Largou o ensino médio e passou a trabalhar como garçonete numa das balsas que cruzam o canal. Cansou-se disso e abriu uma butique com uma amiga. Foi um fiasco. Seus pais lhe garantiram um empréstimo, que ela usou para montar o negócio. Depois que o dinheiro acabou, ela não fez outra coisa a não ser brigar com eles, e zanzou um bocado por aí. Copenhague por algum tempo, depois Amsterdã. Quando tinha dezessete anos, foi para lá transportando um lote de anfetaminas. Provavelmente ela própria também usava, mas parece que foi capaz de manter o controle. Essa foi a primeira vez que a vi. Então ela sumiu por alguns anos, um buraco negro do qual não sei nada, antes de surgir novamente em Malmö, trabalhando numa rede de bordéis."

Wallander teve de interromper. "Ainda existem bordéis?", perguntou, surpreso.

"Puteiros, se você preferir", Sjösten respondeu. "Chame como quiser. Mas, sim, ainda há puteiros aos montes. Vocês não têm em Ystad? Espere para ver."

Wallander não voltou a interromper.

"Ela nunca rodou bolsa na rua, é óbvio. Ela formou uma clientela exclusiva. Tinha algo de muito atraente e elevou seu valor de mercado às alturas. Ela nem mesmo precisa pôr aqueles anúncios classificados em revistas pornográficas. Você pode lhe perguntar o que a torna tão especial. Seria interessante descobrir. Durante os últimos anos ela apareceu em certos círculos ligados a Liljegren. Foi vista em restaurantes com vários dos diretores das empresas dele. Estocolmo tem um registro de diversas ocasiões em que a polícia esteve interessada no homem que a estava acompanhando. Essa, em suma, é Elisabeth Carlén. Uma prostituta sueca muito bem-sucedida."

"Por que você a escolheu?"

"Ela é divertida. Já conversamos muitas vezes. Ela não é medrosa. Se eu lhe digo que ela não é suspeita de nada, ela acredita em mim. E também porque imagino que ela tenha um senso de autopreservação típico das putas. Ela percebe as coisas. Ela não gosta da polícia. Um bom jeito de nos deixar fora do caminho dela e se manter em bons termos conosco."

Wallander pendurou o paletó e afastou um punhado de papéis em cima da mesa. Elisabeth Carlén seguiu todos os seus movimentos com os olhos. Lembrou a Wallander um pássaro desconfiado.

"Você sabe que não é suspeita de nada", ele começou.

"Åke Liljegren foi assado na cozinha dele", ela disse. "Eu cheguei a ver seu forno. Muito sofisticado. Mas não fui eu que liguei o forno."

"Nem nós achamos que tenha sido você", explicou Wallander. "O que estou buscando é informação. Estou tentando montar um quadro. E tenho uma moldura vazia. Quero colocar um foto nela. Tirada numa das festas de Liljegren. Quero que você nos aponte os convidados dele."

"Não", ela disse, "não é isso que você quer. Você quer que eu lhe diga quem o matou. E eu não posso fazer isso."

"O que você pensou quando soube que Liljegren morreu?"

"Não pensei nada. Eu caí na risada."

"Por quê? Nenhuma morte é engraçada."

"Ele tinha outros planos para a própria morte. O mausoléu no cemitério nos arredores de Madri? Era lá que ele ia ser enterrado. Uma virtual fortaleza construída de acordo com seus projetos. Feita de mármore italiano. Mas acabou morrendo no seu próprio forno. Acho que ele mesmo daria risada disso."

"As festas dele", insistiu Wallander. "Vamos voltar a elas. Fiquei sabendo que eram frenéticas."

"Com toda certeza eram."

"De que maneira?"

"De todas as maneiras."

"Você pode ser um pouco mais específica?"

Ela deu algumas tragadas profundas no cigarro enquanto pensava no assunto, o tempo todo olhando Wallander nos olhos.

"Liljegren gostava de juntar pessoas que viviam a vida com toda a intensidade", ela disse. "Pessoas insaciáveis, digamos. Insaciáveis em relação a poder, riqueza e sexo. E Liljegren tinha a reputação de ser discreto. Ele criava uma zona de segurança em torno de seus convidados. Nada de câmeras escondidas, nada de espionagem. Nunca vazou nada sobre suas festas. E ele também sabia que mulheres podia convidar."

"Mulheres como você?"

"Sim, mulheres como eu."

"E quem mais?"

A princípio ela pareceu não ter entendido a pergunta.

"Que outras mulheres iam lá?"

"Dependia dos desejos deles."
"Desejos de quem?"
"Dos convidados. Dos homens."
"E quais seriam esses desejos?"
"Alguns queriam que *eu* estivesse lá."
"Isso eu já entendi. E quem mais?"
"Não vou dar nomes."
"Quem eram elas?"
"Garotas, algumas muito jovens, loiras, morenas, negras. Às vezes mulheres mais velhas, algumas bem corpulentas. Variava."
"Você as conhecia?"
"Nem sempre. Em geral, não."
"Como ele fazia contato com elas?"
Ela apagou o cigarro e acendeu outro antes de responder. Não deixou de encará-lo nem enquanto apertava o toco do cigarro.
"Como é que uma pessoa como Liljegren consegue o que quer? Ele tinha dinheiro a rodo. Tinha auxiliares. Tinha contatos. Podia trazer uma garota da Flórida para participar de uma festa. Ela provavelmente não tinha ideia de que estava viajando para a Suécia. Para não falar em Helsingborg."
"Você disse que ele tinha auxiliares. Quem eram eles?"
"Seus motoristas. Seu assistente. Frequentemente levava um dos mordomos junto. Inglês, é claro."
"Qual era o nome dele?"
"Nada de nomes."
"Nós vamos descobrir de qualquer jeito."
"Provavelmente, sim. Mas isso não significa que os nomes vão partir de mim."
"O que aconteceria se você me desse alguns nomes?"
Ela pareceu absolutamente impassível ao responder.
"Eu poderia ser morta. Talvez não com a cabeça no forno, mas de modo igualmente desagradável, tenho certeza."
"Muitos dos convidados eram figuras públicas?"

"Muitos."
"Políticos?"
"Sim."
"Gustaf Wetterstedt?"
"Eu disse nada de nomes."
De repente ele percebeu que ela estava lhe enviando uma mensagem. Suas respostas tinham um subtexto. Ela sabia quem era Wetterstedt, mas ele não estivera nas festas.
"Empresários?"
"Sim."
"Arne Carlman, o comerciante de arte?"
"Ele tinha quase o mesmo sobrenome que eu?"
"Sim."
"Vou dizer pela última vez. Não me force a dar nomes, ou me levanto e vou embora."
Ele tampouco estivera nas festas, pensou Wallander. Os sinais dela eram claros.
"Artistas? Celebridades?"
"De vez em quando. Mas raramente. Acho que Åke não confiava neles. Provavelmente por bons motivos."
"Você falou de garotas. Garotas morenas. Estava se referindo a moças de cabelo escuro ou de pele escura?"
"De pele escura."
"Você se lembra de alguma vez ter encontrado uma moça chamada Dolores María?"
"Não."
"Uma moça da República Dominicana."
"Eu nem sei onde fica isso."
"Você se lembra de uma moça chamada Louise Fredman? Uma adolescente. Loira."
"Não."
Wallander desviou a conversa para outra direção. Ela ainda parecia disposta a continuar.
"Você disse que as festas eram muito loucas."
"Eram, sim."
"Me fale dessa loucura."

"Você quer detalhes?"

"Por favor."

"Descrições de corpos nus?"

"Não necessariamente."

"Eram orgias. Você pode imaginar o resto."

"Será que posso?", disse Wallander. "Não tenho certeza."

"Se eu tirasse a roupa e deitasse na sua mesa seria algo completamente inesperado", ela disse. "Eram coisas assim."

"Fatos inesperados?"

"É isso que acontece quando pessoas insaciáveis se juntam, não é?"

"Homens insaciáveis?"

"Exatamente."

Wallander traçou mentalmente um esboço apressado. Ainda estava arranhando a superfície. "Eu tenho uma proposta", disse. "E mais uma pergunta."

"Ainda estou aqui."

"Minha proposta é que você me dê a oportunidade de nos encontrarmos mais uma vez. Em breve, dentro de alguns dias."

Ela assentiu com a cabeça. Wallander teve uma sensação agradável de que estava chegando a uma espécie de acordo.

"Minha pergunta é simples", ele disse. "Você falou dos motoristas de Liljegren. E dos mordomos. Mas você disse que ele tinha um assistente. Não no plural. Está correto?"

Ele viu uma leve mudança em sua expressão. Ela sabia que tinha falado demais mesmo sem citar nomes.

"Esta conversa é estritamente para minha memória", Wallander disse. "Eu ouvi corretamente ou não?"

"Você ouviu errado. É óbvio que ele tinha mais de um assistente."

Então eu estava certo, pensou Wallander. "Bem, por hoje é só isso", disse, levantando-se.

"Eu saio quando acabar meu cigarro", ela disse. Pela primeira vez na conversa ela o liberou de seu olhar.

Ele abriu a porta. Sjösten estava sentado do lado de fora, lendo uma revista náutica. Wallander fez um sinal com a cabeça. Ela apagou o cigarro, levantou-se e lhe deu a mão. Depois que Sjösten a acompanhou até a saída e voltou, encontrou Wallander parado diante da janela, observando-a a entrar no carro.

"Correu tudo bem?"

"Talvez", Wallander disse. "Ela concordou em se encontrar comigo mais uma vez."

"O que foi que ela disse?"

"Na verdade, nada."

"E você considera que foi tudo bem?"

"O que me interessou foi o que ela não sabia", respondeu Wallander. "Quero uma vigilância de vinte e quatro horas na casa de Liljegren, e quero que você mande alguém grudar em Carlén. Cedo ou tarde vai aparecer alguém com quem nós vamos querer falar."

"Isso soa como um motivo inadequado para vigilância", disse Sjösten.

"Eu assumo a responsabilidade por essa decisão", disse Wallander delicadamente, "como chefe da investigação."

"Estou contente por não ter sido eu o escolhido", replicou Sjösten. "Você vai pernoitar aqui?"

"Não, vou para casa."

Ambos desceram as escadas até o térreo.

"Você leu sobre uma garota que se incendiou até morrer numa plantação perto daqui?", Wallander perguntou pouco antes de se despedir.

"Sim. Uma história terrível."

"Ela tinha pegado uma carona daqui de Helsingborg", Wallander prosseguiu. "E estava apavorada. Só estou pensando se ela poderia ter alguma coisa a ver com os jogos e divertimentos de Liljegren. Embora seja um tiro a esmo."

"Havia boatos de que Liljegren traficava garotas", disse Sjösten. "Entre milhares de outros boatos."

Wallander o olhou atentamente. "Tráfico de garotas?"

"Houve rumores de que a Suécia estava sendo usada como país de trânsito para moças pobres da América do Sul a caminho de bordéis no sul da Europa e nos países do antigo bloco socialista. Nós encontramos algumas garotas que conseguiram escapar, mas nunca descobrimos quem dirigia as operações. E não fomos capazes de montar um caso convincente."

Wallander encarou Sjösten.

"E você esperou até agora para me contar?"

Sjösten sacudiu a cabeça, surpreso.

"Você nunca me perguntou sobre isso."

Wallander permaneceu imóvel. A moça começou a correr de novo pela sua cabeça.

"Mudei de ideia", ele disse. "Vou pernoitar aqui."

Ambos pegaram o elevador de volta para a sala de Sjösten.

33

Naquela deliciosa noite de verão Wallander e Sjösten pegaram a balsa para Helsinger, do lado dinamarquês, e jantaram num restaurante de que Sjösten gostava. Ele distraiu o colega, enquanto comiam, com histórias sobre o barco que estava restaurando, seus numerosos casamentos e seus ainda mais numerosos filhos. Só começaram a falar da investigação quando estavam tomando o café. Wallander escutava-o com prazer, pois era um fascinante contador de histórias. Wallander estava muito cansado. Após o excelente jantar, sentiu-se sonolento, mas com a mente relaxada. Sjösten bebera algumas doses de *aquavit* com cerveja, enquanto Wallander ficara apenas na água mineral.

Quando o café chegou, trocaram de papéis. Sjösten passou a escutar, enquanto Wallander falava. Ele relatou de novo tudo que havia acontecido. Falava com Sjösten de um modo que o obrigava a esclarecer simultaneamente as coisas para si mesmo. Pela primeira vez deixou que a moça que se incendiara até morrer servisse como prelúdio para os assassinatos. Até então, parecera-lhe improvável que pudesse haver alguma relação entre eles e a morte dela. Agora admitia que fora uma conclusão descuidada. Sjösten era um ouvinte atento, que insistia para que ele fosse mais objetivo toda vez que se mostrava vago demais.

Mais tarde Wallander recordaria essa noite em Helsinger como o ponto em que a investigação mudara de tom. O padrão que julgara ter descoberto sentado no banco do cais foi confirmado. Lacunas foram preenchidas, buracos tampados; perguntas foram respondidas, ou ao menos formuladas com mais clareza e dispostas em ordem. Ele caminhava para diante e para trás pela paisagem do caso e pela primeira vez sentiu ter uma visão panorâmica. Mas tinha também um inoportuno sentimento de culpa, de que devia ter visto aquilo tudo antes, que se deixara desviar do rumo, em vez de perceber que devia ter tomado uma direção totalmente diferente. Embora evitasse mencionar isso a Sjösten, uma pergunta se manteve presente na sua cabeça. Poderia algum desses assassinatos ter sido evitado? Ou pelo menos o último — se é que era o último —, o de Liljegren? Não podia deixar de se perguntar. E sabia que a pergunta o incomodaria por um bom tempo; talvez nunca conseguisse uma resposta com a qual pudesse conviver.

O problema era que não tinham um suspeito, nem sequer um grupo de pessoas entre as quais pudessem jogar a rede. Tampouco havia pistas sólidas que levassem a uma direção específica.

Mais cedo naquele dia, quando Sjösten mencionara de passagem que a Suécia, e especialmente Helsingborg, serviam como rota de trânsito para moças destinadas a bordéis, a reação de Wallander fora imediata. Sjösten tinha ficado espantado com sua súbita explosão de energia. Sem pensar, ele se sentara atrás da escrivaninha, de maneira que o colega tivera de se contentar com a cadeira de visitas em seu próprio escritório. Wallander havia lhe contado tudo que sabia sobre Dolores María Santana, que ela parecia estar fugindo quando pegara carona na saída de Helsingborg.

"Um carro preto ia uma vez por semana à casa de Gustaf Wetterstedt", Wallander disse. "Por mero acaso, a faxineira ficou sabendo disso. Ela achou que podia reconhecer o carro na garagem de Liljegren. Que conclusão você tira disso?"

"Nenhuma", disse Sjösten. "Há um bocado de Mercedes pretos com janelas escuras."

"Junte isso com os boatos sobre Liljegren. Os boatos

sobre tráfico de garotas. Há alguma coisa que pudesse impedi-lo de dar festas em outros lugares além da sua casa? Por que ele não poderia também gerenciar um serviço de entregas em domicílio?"

"Não havia nada que impedisse", respondeu Sjösten. "Mas não parece haver base nenhuma para acreditar nisso."

"Eu quero saber se aquele carro deixava a casa de Liljegren às quintas-feiras", disse Wallander. "E voltava às sextas."

"Como podemos descobrir isso?"

"Há vizinhos. Quem dirigia o carro? Parece existir um vácuo em torno de Liljegren. Ele tinha empregados pessoais. Tinha um assistente. Onde estão essas pessoas?"

"Estamos trabalhando nisso", disse Sjösten.

"Vamos estabelecer nossas prioridades", disse Wallander. "A motocicleta é importante. O assistente de Liljegren também é. E o carro às quintas-feiras. Comece por aí. Determine a todo o seu pessoal disponível que comece procurando nessas áreas."

Sjösten tomou providências para colocar o esquema em funcionamento. Ao voltar, disse a Wallander que a vigilância sobre Elisabeth Carlén já tinha começado.

"O que ela está fazendo?"

"Está no apartamento dela", disse Sjösten. "Sozinha."

Wallander ligou para Ystad e conversou com Åkeson. "Agora eu preciso falar com Louise Fredman", disse.

"Você vai ter que vir com um motivo muito forte para conseguir", Åkeson disse. "Do contrário, não vou ter como ajudá-lo."

"Pode ser crucial."

"Tem que ser algo concreto, Kurt."

"Sempre há um jeito de contornar a bobagem burocrática."

"O que você acha que ela pode lhe dizer?"

"Se alguma vez teve as plantas dos pés cortadas com uma gilete, por exemplo."

"Meu Deus. Por que uma coisa dessas teria acontecido com ela?"

Wallander não se sentiu animado a lhe contar. "A mãe dela não pode dar autorização?", perguntou. "A viúva de Fredman?"

"Era nisso que eu estava pensando", disse Åkeson. "É assim que nós vamos ter de proceder."

"Vou até Malmö amanhã. Preciso de algum tipo de mandado seu?"

"Não se ela lhe der a autorização", disse Åkeson. "Mas você não deve pressioná-la."

"E eu costumo fazer isso?", Wallander perguntou, surpreso. "Eu não tinha percebido."

"Só estou lhe dizendo quais são as regras. Só isso."

Sjösten tinha sugerido que pegassem a balsa para a Dinamarca para jantar, de modo que pudessem conversar, e Wallander concordara. Ainda era cedo demais para ligar para Baiba. Talvez não cedo demais na opinião dela, mas certamente cedo demais na dele. Ocorreu-lhe que Sjösten, com todos os seus casamentos na bagagem, talvez fosse capaz de lhe dar algum conselho sobre como apresentar o dilema a Baiba. Eles pegaram a balsa para atravessar o Öresund, Wallander desejando que a viagem fosse mais longa. Jantaram, e Sjösten insistiu em pagar. Então voltaram ao terminal das balsas passeando. Sjösten parou diante de uma porta.

"Aqui mora um homem que aprecia os suecos", ele disse, sorrindo.

Wallander leu numa placa de bronze que era a clínica de um médico.

"Ele prescreve receitas de drogas dietéticas que estão proibidas na Suécia", disse Sjösten. "Diariamente aqui há uma fila enorme de suecos acima do peso."

Continuaram caminhando até o terminal, quando o telefone celular de Sjösten tocou. Ele continuou andando enquanto escutava.

"Era Larson, um dos meus colegas. Ele descobriu o que pode ser uma verdadeira mina de ouro." Sjösten guardou o telefone. "Um vizinho de Liljegren que viu muita coisa."

"O que foi que ele viu?"

"Carros pretos, motocicletas. Vamos conversar com ele amanhã."

"Vamos falar com ele hoje", retrucou Wallander. "Quando chegarmos de volta a Helsingborg ainda serão apenas dez horas."

Sjösten balançou a cabeça, sem responder. Então ligou para a delegacia e pediu a Larson que fosse encontrá-los no terminal das balsas. O jovem policial que o aguardava fez Wallander lembrar-se de Martinson. Entraram no carro e tomaram o rumo de Tågaborg. Wallander notou uma flâmula do time de futebol local pendurada no retrovisor. Larson lhes deu o relatório.

"O nome dele é Lennart Heineman, é um diplomata aposentado", disse o rapaz, com um sotaque de Skåne tão forte que Wallander precisou fazer força para entendê-lo. "Tem quase oitenta anos, mas é bem lúcido. Parece que a esposa dele está fora. O jardim de Heineman fica bem na frente da entrada principal do terreno do Liljegren. Ele observou muita coisa."

"Ele sabe que estamos indo para lá?", perguntou Sjösten.

"Eu liguei avisando", disse Larson. "Ele falou que tudo bem. Diz que raramente vai para a cama antes das três da manhã. Me contou que estava escrevendo um estudo crítico da administração do Ministério do Exterior da Suécia."

Wallander recordou-se com desagrado de uma mulher intrometida do Ministério do Exterior que os visitara anos antes em Ystad, ligada à investigação que o levara até a Letônia, onde conhecera Baiba. Tentou lembrar-se do nome da mulher. Algo a ver com rosas. Deixou o pensamento de lado quando estacionaram defronte à casa de Heineman. Um carro de polícia estava parado diante da mansão de Liljegren, do outro lado da rua. Um homem alto, de cabelo branco e curto, veio andando na direção deles. Tinha um aperto de mão firme e imediatamente ganhou a confiança de Wallander. A simpática mansão para onde ele os conduziu era do mesmo período que a de Liljegren, porém tinha uma aura de vitalidade, reflexo do velho cheio de energia que ali morava. Ele os convidou a sentar e lhes ofereceu algo para beber. Todos declinaram. Wallander sentiu que ele estava acostumado a receber pessoas que não conhecia.

"Coisas terríveis acontecendo", disse Heineman.

Sjösten fez um meneio de cabeça quase imperceptível para Wallander a fim de que este conduzisse a conversa.

"Foi por isso que não pudemos adiar esta conversa para amanhã", disse Wallander.

"Adiar por quê?", disse Heineman. "Nunca entendi por que os suecos vão para a cama tão cedo. O hábito continental de fazer a sesta é muito mais saudável. Se eu fosse para a cama cedo, já teria morrido há muito tempo."

Wallander refletiu por um momento sobre a forte crítica de Heineman ao horário de dormir sueco.

"Estamos interessados em quaisquer observações que o senhor possa ter feito em relação ao tráfego de entrada e saída da mansão de Liljegren", ele disse. "Mas há algumas coisas que são de particular interesse para nós. Vamos começar perguntando sobre o Mercedes preto de Liljegren."

"Ele devia ter pelo menos dois", disse Heineman.

Wallander ficou surpreso com a resposta. Não tinha imaginado mais de um carro, embora a grande garagem de Liljegren pudesse abrigar dois ou três.

"O que o faz achar que ele tinha mais de um carro?"

"Eu não estou só achando", disse Heineman. "Eu sei que ele tinha. Às vezes dois carros saíam da casa ao mesmo tempo. Ou voltavam ao mesmo tempo. Quando Liljegren estava fora, os carros ficavam aqui. Do andar de cima da minha casa posso ver parte da área interna dele. Havia dois carros ali."

Está faltando um, pensou Wallander. Onde ele está agora?

Sjösten tirou um bloco do bolso.

"Consegue se lembrar se um dos carros, ou talvez os

dois, saía regularmente da casa no final da tarde ou começo da noite de quinta-feira?", perguntou Wallander. "E retornava durante a noite ou na manhã seguinte?"

"Não sou muito bom para lembrar datas", disse Heineman. "Mas é fato que um dos carros costumava sair da casa à tardinha. E voltava na manhã seguinte."

"É crucial que tenhamos certeza de que era às quintas-feiras", insistiu Wallander.

"Minha esposa e eu nunca observamos a tradição sueca idiota de tomar sopa de ervilhas às quintas-feiras", disse Heineman.

Wallander aguardou enquanto Heineman tentava se lembrar. Larson ficou sentado olhando para o teto e Sjösten batia levemente o bloco sobre o joelho.

"É possível", disse Heineman de súbito. "Talvez eu consiga juntar elementos para uma resposta. Eu me lembro com certeza de que a irmã de minha mulher esteve aqui certa ocasião no ano passado quando o carro saiu numa de suas viagens regulares. Não sei por que tenho tanta certeza disso, mas tenho. Ela mora em Bonn e não nos visita com muita frequência."

"Por que acha que foi numa quinta-feira?", perguntou Wallander. "Alguma anotação na agenda?"

"Eu nunca fui de usar agendas", respondeu Heineman com ar de desagrado. "Em todos os meus anos no Ministério do Exterior, nunca anotei a data de uma única reunião. Mas tampouco perdi uma nos meus quarenta anos de serviço, ao contrário de pessoas que não faziam outra coisa a não ser anotar compromissos na agenda."

"Por que quinta-feira?", repetiu Wallander.

"Não sei se foi numa quinta-feira", disse Heineman. "Mas era a data da padroeira com o nome da minha cunhada. Tenho certeza disso. O nome dela é Frida."

"Que mês?", indagou Wallander.

"Fevereiro ou março."

Wallander apalpou o bolso do paletó. Seu calendário de bolso não mostrava o ano anterior. Sjösten balançou a cabeça. Larson não tinha como ajudar.

"Será que o senhor tem algum calendário velho em casa?", perguntou Wallander.

"É possível que ainda haja um dos calendários de Natal dos meus netos no sótão", disse Heineman. "Minha mulher tem o péssimo hábito de guardar tudo quanto é velharia. Eu sou o oposto disso. Também é uma característica que eu adquiri no Ministério. No primeiro dia de cada mês eu jogava fora tudo que não precisava ser guardado. Minha regra era: melhor jogar fora de mais do que de menos. Nunca dei por falta de nada que tivesse eliminado."

Wallander virou-se para Larson. "Ligue para alguém e descubra qual é o dia do nome Frida", pediu. "E em que dia da semana ele caiu em 1993."

"Quem poderia saber isso?", perguntou Larson.

"Cacete!", exclamou Sjösten. "Vire-se. Ligue para a delegacia. Você tem cinco minutos para vir com a resposta."

"Há um telefone no hall", disse Heineman.

Larson saiu da sala.

"Devo dizer que aprecio quando são dadas ordens claras", Heineman disse com ar satisfeito. "É uma habilidade que parece ter se perdido."

Para passar o tempo, Sjösten perguntou onde Heineman tinha estado a serviço no exterior. Descobriram que ele fora designado para muitos lugares.

"Foi melhorando no final", ele contou. "Mas, no começo da carreira, as pessoas que eram enviadas para o outro lado do oceano para representar este país muitas vezes eram de calibre deploravelmente baixo."

Quando Larson reapareceu haviam se passado quase dez minutos. Ele segurava um pedaço de papel.

"Frida tem seu nome no dia 17 de fevereiro", ele disse. "Em 1993 caiu numa quinta-feira."

O trabalho policial é simplesmente uma questão de recusar-se a desistir até um detalhe crucial ser confirmado por escrito, Wallander pensou.

Resolveu fazer as outras perguntas que tinha para Heineman posteriormente, mas, em nome das aparências, levantou mais algumas questões: se ele tinha observado que algo pudesse indicar um "possível tráfico de garotas".

"Havia festas", Heineman respondeu em tom formal. "Do nosso andar de cima, era inevitável enxergar dentro de alguns dos quartos. É óbvio que havia mulheres envolvidas."

"O senhor chegou a conhecer Åke Liljegren"

"Sim", informou Heineman. "Eu o encontrei uma vez em Madri. Foi durante um dos meus últimos anos como membro ativo no Ministério do Exterior. Ele tinha solicitado apresentações para algumas grandes construtoras espanholas. Nós sabíamos muito bem quem Liljegren era, claro. O esquema dele de empresas de fachada estava a todo o vapor. Nós o tratamos o mais polidamente possível, mas ele não era um homem agradável de se tratar."

"Por que não?"

Heineman fez uma breve pausa. "Para falar francamente, ele chegava a ser desagradável. Tratava todo mundo em volta com indisfarçável agressividade."

Wallander encerrou a entrevista.

"Meus colegas voltarão a entrar em contato", ele disse, pondo-se de pé.

Heineman os acompanhou até o portão. O carro de polícia ainda se encontrava lá. A casa estava às escuras. Depois de se despedir de Heineman, Wallander atravessou a rua. Um dos policiais do carro saiu para cumprimentá-lo. O inspetor ergueu a mão em resposta a uma deferência exagerada.

"Alguma coisa acontecendo?", ele perguntou.

"Tudo calmo por aqui. Alguns curiosos e só."

Larson os deixou na delegacia. Wallander começou por telefonar a Hanson, que lhe disse que Ludwigson e Hamrén, do Comando Nacional de Polícia, tinham chegado. Ele os havia instalado no Hotel Sekelgården.

"Parecem ser gente boa", disse Hanson. "Nem um pouco arrogantes, como eu receava."

"Por que haveriam de ser arrogantes?"

"Gente de Estocolmo", explicou Hanson. "Você sabe como eles são. Lembra-se daquela promotora que substituiu Per? Como era o nome dela? Bodin?"

"Brolin", disse Wallander. "Mas eu não me lembro dela."

Na verdade ele se lembrava muito bem. Ficava tomado de vergonha quando se recordava de ter perdido totalmente o controle quando, bêbado, tentara dar-lhe uma cantada. Era uma das coisas de que mais se envergonhava. E não ajudara em nada o fato de ela ter passado a noite com ele em Copenhague.

"Eles vão começar a trabalhar o aeroporto amanhã", disse Hanson.

Wallander lhe contou o que havia acontecido na casa de Heineman.

"Então temos novidade", disse Hanson. "Você acha que Liljegren mandava uma prostituta para Wetterstedt uma vez por semana?"

"Acho."

"Será que poderia ter acontecido a mesma coisa com Carlman?"

"Talvez não da mesma maneira. Mas tendo a pensar que os círculos de Carlman e Liljegren de alguma forma se sobrepunham. Ainda não sabemos onde."

"E Fredman?"

"Ele é a exceção. Não se encaixa em lugar nenhum. Muito menos nos círculos de Liljegren. A não ser que fosse um dos executores. Vou voltar a Malmö amanhã para conversar com a família dele. Quero especialmente conhecer a filha."

"Åkeson me falou sobre a conversa de vocês. Você vai ter de ir com cuidado. Não queremos que termine de um jeito ruim como foi seu encontro com Erika Carlman, certo?"

"Claro que não."

"Vou entrar em contato com Höglund e com Svedberg ainda hoje", disse Hanson. "Você finalmente encontrou uma pista de verdade."

"Não se esqueça de Ludwigson e Hamrén. Agora eles também fazem parte da equipe", disse, e desligou.

Sjösten fora pegar um café. Wallander discou seu próprio número em Ystad. Linda atendeu logo.

"Acabei de chegar", ela disse. "Onde você está?"

"Em Helsingborg. Vou passar a noite aqui."

"Aconteceu alguma coisa?"

"Nós fomos até Helsinger e jantamos lá."

"Não foi isso que eu quis dizer."

"Estamos trabalhando."

"Nós também", contou Linda. "Ensaiamos a coisa toda de novo esta noite. E também tivemos público."

"Quem?"

"Um rapaz que pediu para assistir. Estava parado do lado de fora, na rua, e disse que tinha ouvido falar que estávamos trabalhando numa peça. Acho que o pessoal da barraquinha de cachorro-quente contou para ele."

"Então não era um conhecido seu?"

"Ele era só um turista aqui na cidade. Depois, veio comigo até em casa."

Wallander sentiu uma pontada de ciúme.

"Ele está aí no apartamento?"

"Ele me acompanhou até a Mariagatan. Depois tomou o rumo dele."

"Eu só estava curioso."

"Ele tem um nome engraçado. Disse que é Hoover. Mas ele foi bem legal. Acho que gostou do que nós estamos fazendo. Ele disse que voltará amanhã se tiver tempo."

"Tenho certeza de que ele vai voltar", disse Wallander.

Sjösten entrou com dois copos de café. Wallander lhe pediu o número do telefone de sua casa e o deu para Linda.

"Minha filha", explicou, depois de desligar. "É minha única filha. Em breve vai para Visby para fazer um curso de teatro."

"Filhos dão um brilho de significado para a vida", disse Sjösten, estendendo o copo de café para Wallander.

Eles repassaram a conversa com Heineman. Wallander

percebeu que Sjösten não estava convencido de que a conexão entre Wetterstedt e Liljegren significava que estavam mais próximos de achar o assassino.

"Amanhã quero que você encontre o material sobre tráfico de garotas que menciona Helsingborg. De todo modo, por que aqui? Como chegaram até aqui? Deve haver uma explicação. Além disso, é inacreditável o vácuo que cerca Liljegren. Não consigo entender."

"Aquela coisa de tráfico de garotas é basicamente especulação", disse Sjösten. "Nós nunca fizemos uma investigação sobre o assunto. Simplesmente não tivemos motivo para isso. Uma vez Birgerson levantou a questão com um dos promotores, mas ele disse que tínhamos coisas mais importantes para fazer. Ele também tinha razão."

"Mesmo assim, quero que você verifique", insistiu Wallander. "Prepare um resumo para mim para amanhã. Mande por fax para Ystad logo que puder."

Já era tarde quando se dirigiram para o apartamento de Sjösten. Wallander sabia que precisava ligar para Baiba. Não havia escapatória. Ela estaria arrumando as malas. Não podia mais adiar o momento de contar-lhe as novidades.

"Tenho que dar um telefonema para a Letônia", ele disse. "São só dois minutos."

Sjösten lhe mostrou onde ficava o telefone. Wallander esperou até Sjösten ir ao banheiro antes de discar o número. Ao primeiro toque, ele desligou. Não tinha ideia do que dizer. Não ousava contar a ela. Esperaria até a noite seguinte e então inventaria uma história: que tudo tinha acontecido de repente e que agora ele queria que ela viesse para Ystad. Não conseguiu pensar numa solução melhor. Ao menos para si mesmo.

Eles conversaram por mais uma meia hora, tomando um copo de uísque. Sjösten deu um telefonema para checar se Elisabeth Carlén ainda estava sendo vigiada.

"Ela está dormindo", ele disse. "Talvez seja melhor também irmos para a cama."

Sjösten lhe deu lençóis e Wallander arrumou a cama

para si num quarto com desenhos de crianças nas paredes. Apagou a luz e imediatamente adormeceu.

Acordou encharcado de suor. Devia ter tido um pesadelo, mas não se lembrava de nada. Tinha dormido apenas algumas horas. Estranhou ter acordado e virou-se para voltar a dormir. Mas estava muito desperto. Não tinha ideia de onde vinha a sensação. Foi tomado pelo pânico.

Ele deixara Linda sozinha em Ystad. Ela não devia ter ficado ali sozinha. Ele precisava ir para casa. Sem pensar duas vezes, levantou-se, vestiu-se e rabiscou às pressas um bilhete para Sjösten. Pegou o carro e saiu da cidade. Talvez devesse telefonar para ela. Mas o que diria? Só a deixaria assustada. Dirigiu o mais rápido que pôde através da clara noite de verão. Não entendia de onde vinha o pânico. Mas decididamente ele estava lá, e não iria embora.

Já estava clareando quando estacionou na Mariagatan. Destrancou a porta com todo cuidado. O terror não diminuíra. Foi só quando ele abriu delicadamente a porta do quarto de Linda, viu sua cabeça no travesseiro e ouviu sua respiração que conseguiu se acalmar.

Sentou-se no sofá. Agora o medo estava sendo substituído pelo constrangimento. Escreveu-lhe um bilhete e o deixou na mesinha de centro, caso ela se levantasse. Disse que mudara de planos e que viera para casa. Ajustou o despertador para as cinco horas, sabendo que Sjösten se levantava cedo para trabalhar no seu barco. Não tinha ideia de como iria explicar sua partida no meio da noite. Deitou-se na cama pensando no que estaria por trás de seu pânico, mas não conseguiu encontrar resposta. Ele demorou muito para adormecer.

34

Quando a campainha da porta soou, ele logo soube que era Baiba. Estranhamente, não estava nem um pouco nervoso, mesmo sabendo que não seria nada divertido explicar-lhe por que não lhe contara que suas férias tinham sido adiadas. Então ele teve um sobressalto e sentou-se na cama. Obviamente ela não estava lá. Era simplesmente o despertador tocando, os ponteiros posicionados como uma boca vertical às 5h03 da manhã. A confusão passou, ele apertou o botão para cessar o alarme e ficou sentado, imóvel. A realidade foi se instalando aos poucos. A cidade estava quieta. Poucos sons além do canto dos passarinhos penetravam no quarto. Não conseguia se lembrar se havia sonhado com Baiba ou não. A fuga do quarto de crianças no apartamento de Sjösten parecia agora loucamente irracional. Não era absolutamente do seu feitio.

Com um bocejo, levantou-se e foi até a cozinha. Sobre a mesa, achou um bilhete de Linda. Eu me comunico com minha filha por meio de uma série de bilhetes, pensou. Quando ela faz uma de suas paradas ocasionais em Ystad. Leu o que ela escrevera e percebeu que o fato de ter acordado acreditando que Baiba estava parada do lado de fora da porta do apartamento continha um aviso. O bilhete de Linda dizia que Baiba telefonara e ligaria de novo logo em seguida. Podia-se reconhecer a irritação de Baiba pelo bilhete.

Não podia ligar para ela, não agora. Ligaria à noite, ou talvez no dia seguinte. Ou deveria mandar Martinson ligar?

Bem podia ser ele a dar a Baiba a infeliz notícia de que o homem com quem ela tencionava ir a Skagen, o homem que ela imaginava estar aguardando o momento de ir recebê-la no aeroporto de Kastrup, estava atolado até o pescoço numa caçada atrás de um maníaco que enfiava machados na cabeça de outros seres humanos, seus semelhantes, e em seguida lhes arrancava o couro cabeludo. O que podia pedir para Martinson dizer era verdade e, no entanto, não tão verdade. Jamais poderia explicar ou desculpar o fato de que ele era fraco demais para fazer a coisa certa e ligar ele próprio para Baiba.

Pegou o telefone, não para ligar para Baiba, mas para Sjösten em Helsingborg, a fim de explicar por que viera embora durante a noite. O que poderia dizer? A verdade era uma opção: preocupação súbita com a filha, uma preocupação que todos os pais sentem sem serem capazes de explicar. Mas quando Sjösten atendeu ele disse algo bem diferente: que havia se esquecido de um encontro marcado com o pai para essa manhã bem cedo. Era uma coisa que jamais poderia ser acidentalmente desmentida, já que Sjösten e seu pai nunca se cruzariam. Combinaram de se falar mais tarde, depois que Wallander tivesse ido a Malmö.

A partir daí as coisas pareceram muito mais fáceis. Não era a primeira vez na vida que ele começava o dia com um punhado de mentiras deslavadas, fugindo e enganando a si mesmo. Tomou um banho de chuveiro, bebeu um café, escreveu outro bilhete para Linda e saiu do apartamento pouco depois das seis e meia. Tudo estava calmo na delegacia. Era nessa sua primeira e solitária hora, quando o melancólico e extenuante turno da noite ia terminando e ainda era cedo demais para a chegada da equipe diurna, que Wallander tinha prazer. A vida adquiria um significado especial nessa solidão. Ele nunca entendera o motivo disso, mas podia recordar esse sentimento vindo das profundezas do passado, talvez de vinte anos antes.

Rydberg, seu velho amigo e mentor, também era assim.

Todo mundo tem momentos pequenos mas extremamente sagrados do ponto de vista pessoal, Rydberg lhe dissera numa das raras ocasiões em que se sentavam na sala de um dos dois dividindo uma garrafa de uísque atrás de uma porta trancada. Não era permitido beber álcool na delegacia, mas às vezes tinham algo para comemorar. Ou então para lamentar. Wallander sentia uma falta tremenda desses momentos breves e estranhamente filosóficos. Haviam sido momentos de amizade, de intimidade insubstituível.

Wallander leu rapidamente uma pilha de recados. Por um memorando, ficou sabendo que o corpo de Dolores María Santana fora liberado para sepultamento e agora repousava numa cova no mesmo cemitério que Rydberg. Isso o trouxe de volta para a investigação: arregaçou as mangas como se estivesse prestes a sair para uma batalha e passou os olhos o mais depressa que pôde pelas cópias do material de investigação que seus colegas haviam preparado. Havia papéis de Nyberg, relatórios laboratoriais nos quais o técnico forense rabiscara pontos de interrogação e comentários, e tabelas contendo informações que haviam chegado do público. Tyrén deve ser um jovem extraordinariamente zeloso, pensou o inspetor, sem conseguir concluir se isso significava que seria um bom policial de campo no futuro ou se já mostrava sinais de pertencer aos quadros da burocracia. Wallander lia depressa, mas nada de valioso lhe escapava. O mais importante parecia ser que haviam estabelecido que Fredman fora realmente assassinado no ancoradouro abaixo da estrada secundária para Charlottenlund.

Empurrou para o lado as pilhas de papel e recostou-se na cadeira, pensativo. O que esses homens de fato *têm* em comum? Fredman não se encaixa no quadro, mas de todo modo pertence a ele. Um ex-ministro da Justiça, um negociante de arte, um fraudador criminoso e um ladrãozinho à toa. Todos mortos pelo mesmo assassino, que lhes tira o couro cabeludo. Wetterstedt, o primeiro, é escondido de forma superficial, simplesmente tirado do campo de visão.

Carlman, o segundo, é morto no meio de uma festa de verão no seu próprio bosque. Fredman é raptado, levado para um ancoradouro afastado e depois largado no meio de Ystad, como se fosse posto em exibição. Está deitado num buraco com uma lona sobre a cabeça, como uma estátua esperando para ser descoberta. Finalmente o assassino se muda para Helsingborg e mata Liljegren. Agora precisamos dos elos entre os outros. Depois que soubermos qual é a ligação entre eles, teremos de descobrir quem poderia ter tido motivo para matá-los. E por que os escalpos? Quem é o guerreiro solitário?

Wallander permaneceu um longo tempo sentado pensando em Fredman e Liljegren. Havia aí uma semelhança. O rapto e o ácido nos olhos de um deles, e a cabeça no forno no caso do outro. Não fora suficiente matar esses dois. Por quê? Ele deu mais um passo. A água ao seu redor ficou mais funda. O fundo era escorregadio. Era fácil perder o pé. Havia uma diferença entre Fredman e Liljegren, uma diferença bem clara. Fredman tivera ácido hidroclorídrico derramado nos olhos enquanto ainda estava vivo. Liljegren já estava morto antes de ter a cabeça enfiada no forno. Wallander tentou novamente conjurar o assassino. Magro, em boa forma, descalço, insano. Se ele caça homens maus, Fredman deve ter sido o pior. Depois Liljegren. Carlman e Wetterstedt, mais ou menos na mesma categoria.

Wallander levantou-se e foi até a janela. Havia algo na sequência que o incomodava. Fredman era o terceiro. Por que não o primeiro? Ou o último pelo menos até então? A raiz do mal, o primeiro ou último a ser punido, por um assassino insano mas meticuloso e bem organizado. O ancoradouro devia ter sido escolhido por ser conveniente. *Quantos ancoradouros ele verificou antes de escolher aquele?* Será um homem que está sempre perto do mar? Um homem bem-comportado; um pescador, ou alguém da guarda costeira? Por que não um membro do serviço de salvamento marítimo, que tem o melhor banco para meditar em toda Ystad? Alguém que também tinha consegui do atrair Fredman para longe, em seu próprio furgão. Por que dar-se a todo esse trabalho? Por ser o único jeito de chegar a ele? Eles haviam se encontrado em algum lugar. Eles se conheciam. Peter Hjelm fora bastante claro. Fredman viajava um bocado e sempre tinha bastante dinheiro depois das viagens. Os boatos diziam que ele era um cobrador. Mas Wallander apenas conhecia partes da vida dele. Precisavam trazer à luz o passado desconhecido.

Wallander sentou-se novamente. A sequência não fazia sentido. Qual poderia ser a explicação? Foi pegar um café. Svedberg e Höglund haviam chegado. Svedberg exibia um boné novo e suas bochechas estavam rubras. Höglund estava mais bronzeada, e Wallander era o mais branco. Hanson chegou com Mats Ekholm a tiracolo. Até Ekholm tinha conseguido pegar uma cor. Hanson tinha os olhos injetados de cansaço. Olhou para Wallander estarrecido, ao mesmo tempo que parecia buscar algum mal-entendido. Wallander não tinha dito que estaria em Helsingborg? Não eram sequer sete e meia da manhã. Havia acontecido alguma coisa? Wallander sacudiu a cabeça quase imperceptivelmente. Não houvera mal-entendido nenhum. Eles não haviam planejado ter uma reunião da equipe. Ludwigson e Hamrén já tinham pegado a estrada para Sturup, Höglund ia ao encontro deles, enquanto Svedberg e Hanson estavam ocupados com o trabalho de acompanhamento dos casos de Wetterstedt e Carlman. Alguém se intrometeu e disse que havia uma ligação de Helsingborg para Wallander. Ele atendeu num telefone perto da máquina de café. Era Sjösten, que lhe disse que Elisabeth Carlén ainda estava dormindo. Ninguém a visitara e ninguém, exceto alguns curiosos, havia sido visto perto da mansão de Liljegren.

"Liljegren não tinha família?", perguntou Martinson, irritado, como se o morto, por não casar, tivesse se comportado inadequadamente.

"Ele deixou apenas algumas companhias destruídas, espoliadas", disse Svedberg.

"Eles estão trabalhando no caso de Liljegren em Helsingborg", disse Wallander. "Nós vamos ter a informação na hora certa."

Wallander sabia que Hanson fora meticuloso ao transmitir os avanços recentes da investigação. Eles concordaram que era provável que Liljegren tivesse fornecido mulheres a Wetterstedt com regularidade.

"Ele está fazendo jus ao velho boato a seu respeito", disse Svedberg.

"Temos de encontrar um elo semelhante com Carlman", prosseguiu Wallander. "O elo está aí, eu sei que está. Vamos esquecer Wetterstedt por enquanto, e nos concentrar em Carlman."

Todo mundo estava com pressa. A ligação que fora estabelecida funcionou como uma injeção na veia de toda a equipe. Wallander levou Ekholm para sua sala. Contou-lhe o que estivera pensando um pouco mais cedo naquela manhã. O psicólogo, como sempre, foi um ouvinte atento.

"O ácido e o forno", disse Wallander. "Estou tentando interpretar a linguagem do assassino. Ele fala consigo mesmo e fala com suas vítimas. O que está efetivamente dizendo?"

"Sua ideia sobre a sequência é interessante", disse Ekholm. "Assassinos psicopatas muitas vezes têm um componente de pedantismo na execução de sua obra sanguinária. Algo deve ter acontecido para perturbar os planos dele."

"Algo como o quê?"

"Ele é o único que pode responder."

"Mesmo assim, temos de tentar."

Ekholm permaneceu calado. Wallander ficou com a sensação de que ele não tinha muito a dizer nesse momento.

"Vamos numerá-los", insistiu o inspetor. "Wetterstedt é o número um. O que veremos se nós mudarmos a ordem?"

"Fredman primeiro ou último", disse Ekholm. "Liljegren imediatamente antes ou depois, dependendo da alternativa correta. Wetterstedt e Carlman em posições que os liguem aos outros."

"Podemos presumir que ele terminou?

"Não tenho ideia."

"O que o seu programa diz? Que combinações ele conseguiu apresentar?"

"Na verdade, nenhuma." Ekholm pareceu surpreso com a própria resposta.

"Como você interpreta isso?", indagou Wallander.

"Nós estamos lidando com um *serial killer* diferente de seus predecessores em aspectos cruciais."

"E o que isso nos diz?"

"Que ele vai nos fornecer dados totalmente novos. Se conseguirmos pegá-lo."

"Temos que pegá-lo", disse Wallander, sabendo como soava frágil.

Ele se levantou e ambos saíram da sala.

"Psicólogos criminais, tanto do FBI quanto da Scotland Yard, têm mantido contato", contou Ekholm. "Eles estão acompanhando nosso trabalho com grande interesse."

"E eles têm alguma sugestão? Nós precisamos de toda ajuda que pudermos conseguir."

"Estão esperando que eu os informe se surgir alguma coisa."

Separaram-se na recepção. Wallander dedicou alguns instantes a trocar algumas palavras com Ebba. Em seguida, pegou o carro e foi diretamente para Sturup. Encontrou Ludwigson e Hamrén no escritório da polícia do aeroporto. Ficou desconcertado ao se deparar com um jovem policial que havia desmaiado no ano anterior quando estavam prendendo um homem que tentava deixar o país. Mas apertou a mão dele e tentou fingir que lamentava o que havia acontecido.

Wallander deu-se conta de que conhecera Ludwigson antes, durante uma visita a Estocolmo. Era um homem grande, corpulento, com uma pele avermelhada por causa da pressão sanguínea, não do sol. Hamrén era diametralmente oposto: pequeno e esguio, de óculos com lentes grossas. Wallander os saudou em tom ligeiramente casual e perguntou como iam as coisas.

"Parece haver um bocado de rivalidade entre as diversas companhias de táxi por aqui", disse Ludwigson. "Exatamente como em Arlanda. Até agora não conseguimos determinar todas as formas como ele poderia ter deixado o aeroporto durante o horário em questão. E ninguém notou a presença de nenhuma motocicleta. Porém mal começamos."

Wallander pegou um copo de café e respondeu a numerosas perguntas feitas pelos dois homens. Depois, foi-se embora para Malmö. Estacionou diante do edifício em Rosengård. Estava muito quente. Pegou o elevador para o quinto andar e tocou a campainha. Dessa vez não foi o filho, e sim a viúva de Björn Fredman quem abriu a porta. Ela cheirava a vinho. A seus pés, encolhido, estava o filho pequeno, que parecia extremamente tímido. Ou, quem sabe, assustado. Quando Wallander se curvou para cumprimentá-lo, ele pareceu aterrorizado. Uma memória fugaz penetrou na mente de Wallander. Ele não conseguiu retê-la, porém registrou o pensamento. Era algo que havia acontecido antes, ou algo que alguém tinha dito, que ficara impresso em seu subconsciente.

Ela o convidou a entrar. O garoto se agarrava às suas pernas. O cabelo dela estava despenteado e ela não usava maquiagem. O cobertor no sofá lhe dizia que ela passara a noite ali. Sentaram-se, Wallander na mesma cadeira pela terceira vez. Stefan, o filho mais velho, entrou, os olhos tão desconfiados quanto da última vez que Wallander os visitara. Ele se aproximou e apertaram-se as mãos, mais uma vez de maneira adulta. Ele se sentou perto da mãe no sofá. Tudo estava igual a antes. A única diferença era a presença do irmão mais novo, encolhido no colo da mãe. Alguma coisa não parecia em ordem com o garoto. Ele não tirava os olhos do visitante.

"Vim por causa de Louise", disse Wallander. "Sei que

é difícil falar de um membro da família que está num hospital psiquiátrico. Mas é necessário."

"Por que ela não pode ser deixada em paz?", perguntou a mulher. Sua voz soava hesitante e atormentada, como se ela duvidasse de sua capacidade de proteger a filha.

Wallander teria gostado de evitar essa conversa mais do que tudo. Estava inseguro de como conduzi-la. "É claro que ela vai ser deixada em paz", afirmou. "Mas infelizmente é parte do dever da polícia reunir toda informação possível para ajudar a solucionar um crime brutal."

"Ela não via o pai havia muitos anos", disse a mulher. "Não pode lhe contar nada de importante."

"Louise sabe que o pai morreu?"

"Por que haveria de saber?"

"Seria bem razoável, não é?"

Wallander viu que ela estava a ponto de desabar. Seu desprazer com o que estava fazendo aumentava a cada pergunta e resposta. Sem ter essa intenção, ele a colocara sob uma pressão que ela mal podia aguentar. Stefan não dizia nada.

"Antes de tudo, é preciso entender que Louise não tem mais qualquer contato com a realidade", disse a mulher, numa voz tão débil que Wallander precisou se inclinar para a frente para ouvi-la. "Ela deixou tudo para trás. Está vivendo no próprio mundo dela. Ela não fala, não escuta. Está fingindo que não existe."

Wallander pensou com cuidado antes de continuar.

"Mesmo assim, poderia ser importante para a polícia saber por que ela ficou doente. Na verdade, eu vim aqui para pedir sua permissão para me encontrar com ela. Falar com ela. Percebo agora que pode não ser apropriado, mas então você terá de responder às minhas perguntas."

"Eu não sei o que lhe dizer", ela insistiu. "Ela adoeceu. A doença veio do nada."

"Ela foi encontrada no Parque Pildamm", Wallander a incentivou.

O filho e a mãe enrijeceram. Até mesmo o menininho no colo pareceu reagir, afetado pelos outros.

"Como sabe disso?", ela perguntou.

"Há um relatório sobre como e quando ela foi levada para o hospital", explicou Wallander. "Mas isso é tudo que sei. Tudo que tenha a ver com a doença dela é confidencial. Eu entendo que ela estava tendo alguma dificuldade na escola antes de ficar doente."

"Ela nunca teve problema algum, mas sempre foi muito sensível."

"Tenho certeza que sim. No entanto, geralmente acontecimentos específicos detonam crises agudas de doença mental."

"Como você sabe disso? Você é médico?"

"Não, sou um oficial de polícia. Mas sei do que estou falando."

"Não aconteceu nada."

"Mas vocês devem ter achado estranho. Da noite para o dia."

"Eu praticamente não pensei em outra coisa."

Wallander sentiu a atmosfera ficar tão intolerável que desejou poder interromper a conversa e ir embora. As respostas que estava recebendo não levavam a nada, apesar de achar que eram verdadeiras, pelo menos em parte.

"Vocês têm alguma foto dela para eu dar uma olhada?"

"É necessário?"

"Por favor."

O rapaz começou a dizer algo, mas conteve-se imediatamente. Wallander tentou imaginar por quê. Será que ele não queria que Wallander visse a irmã? Por que não?

A mulher se levantou com o menininho pendurado nela. Abriu uma gaveta e lhe entregou algumas fotografias. Louise era loira, sorridente e se parecia com Stefan, mas não havia nada daquela desconfiança que o inspetor agora sentia na sala, ou que vira na foto de família no apartamento de Fredman. Ela sorria para a câmera de forma aberta e confiante. Era bonita.

"Uma bela moça", ele disse. "Vamos torcer para que ela melhore algum dia."

"Eu já parei de ter esperança", a mãe disse. "Por que haveria de ter?"

"Atualmente os médicos podem fazer milagres", Wallander respondeu.

"Um dia Louise vai sair do hospital", interveio o rapaz subitamente. E sorriu para Wallander.

"E é vital que quando isso acontecer ela tenha uma família que a apoie", Wallander replicou, aborrecido por se expressar de forma tão rígida.

"Nós a apoiamos de todas as maneiras", o rapaz prosseguiu. "A polícia precisa procurar a pessoa que matou nosso pai. E não ir perturbá-la."

"Se eu a visitar no hospital, não será para perturbá-la. Faz parte da investigação."

"Nós preferimos que a deixem em paz."

Wallander sacudiu a cabeça. O rapaz era bastante determinado.

"Se o promotor, o chefe da investigação preliminar, decidir, então terei que visitá-la", disse Wallander. "E presumo que isso vá acontecer. Em breve. Hoje ou amanhã. Mas lhes dou minha palavra de que não direi a ela que o pai morreu."

"Então qual é o sentido de ir até lá?"

"Para vê-la", disse Wallander. "Um foto ainda é só uma foto. Embora eu tenha que levar esta aqui comigo."

"Por quê?" A reação do rapaz foi imediata.

Wallander ficou surpreso com a animosidade na voz dele. "Tenho de mostrá-la a algumas pessoas", explicou. "Para ver se a reconhecem. Só isso."

"Você vai dar a foto para os jornais", disse o rapaz. "O rosto dela vai aparecer em todo o país."

"Por que eu faria isso?"

O rapaz saltou do sofá, debruçou-se sobre a mesa e agarrou as fotografias. Tudo aconteceu com tanta rapidez que Wallander mal teve tempo de reagir. Recuperou a compostura, mas estava furioso.

"Vou ser forçado a voltar aqui com um mandado para

fazer você me entregar esses retratos", ameaçou, embora isso não fosse verdade. "Há o risco de alguns repórteres ouvirem e me seguirem até aqui. Eu não posso impedi-los. Se eu conseguir uma foto emprestada agora, isso não terá necessariamente de acontecer."

O rapaz olhou para Wallander. Sua desconfiança anterior havia agora evoluído para algo diferente. Sem uma palavra, entregou a Wallander uma das fotos.

"Tenho só mais uma pergunta", disse o inspetor. "Vocês sabem se Louise alguma vez conheceu um homem chamado Gustaf Wetterstedt?"

A mãe pareceu perplexa. O rapaz se levantou e ficou parado olhando para fora pela porta do terraço, de costas para eles.

"Não", ela disse.

"O nome Arne Carlman significa algo para vocês?"

Ela sacudiu a cabeça.

"Åke Liljegren?"

"Não."

Ela não lê jornal, pensou Wallander. Debaixo daquela coberta certamente há uma garrafa de vinho. E naquela garrafa está a vida dela. Ele se levantou da cadeira. O rapaz se virou.

"Você vai visitar Louise?", ele perguntou.

"É uma possibilidade."

Wallander se despediu e saiu. Ao chegar à rua, sentiu-se aliviado. O rapaz estava parado na janela do quinto andar olhando para baixo, para ele. Quando entrou no carro, resolveu que por enquanto deixaria de lado a ideia de visitar Louise Fredman, mas verificaria imediatamente se Elisabeth Carlén a reconhecia. Baixou o vidro e ligou para Sjösten. O rapaz saíra da janela. Enquanto o telefone tocava, Wallander buscou uma explicação para o desconforto que sentira ao ver o garotinho assustado. Mas não conseguiu encontrar nenhuma. Disse a Sjösten que estava a caminho de Helsingborg com algo que queria que Elisabeth Carlén visse.

"Segundo o último relatório, ela está deitada no terraço tomando sol", disse Sjösten.

"Como estão as coisas com os empregados de Liljegren?"

"Estamos trabalhando para localizar o sujeito que devia ser seu braço direito. O nome é Hans Logård."

"Liljegren tinha família?"

"Aparentemente não. Nós conversamos com o advogado dele. É muito estranho, mas ele não deixou testamento e não há indícios de herdeiros diretos. Liljegren parece ter vivido no seu próprio universo."

"Isso é bom", disse Wallander. "Vou estar aí em Helsingborg em menos de uma hora."

"Devo trazer Elisabeth Carlén?"

"Faça isso, mas seja gentil. Tenho a sensação de que vamos precisar dela por algum tempo. Ela pode deixar de cooperar se não for mais conveniente para ela."

"Eu mesmo vou buscá-la", disse Sjösten. "Como está seu pai?"

"Meu pai?"

"Você ia se encontrar com ele esta manhã."

"Ah, tudo bem com ele", disse Wallander. "Mas foi importante eu ter ido vê-lo."

Desligou. Olhou para cima, para a janela do quinto andar. Não havia ninguém.

Hoover entrou no porão pouco depois da uma da tarde. O frescor do chão de pedra permeava todo o seu corpo. A luz do sol brilhava tenuemente através de algumas fendas na tinta que ele pusera sobre a janela. Sentou-se e olhou sua face nos espelhos.

Não podia permitir que o policial visitasse sua irmã. Agora estavam tão próximos de seu objetivo, o momento sagrado, quando os espíritos malignos na cabeça dela seriam expulsos de vez. Ele não podia deixar ninguém se aproximar dela.

A visita do policial fora um sinal que agora era a hora de agir. Pensou na moça e como lhe fora fácil encontrar-se com ela. De alguma forma, ela lembrava-lhe sua irmã. Esse também era um bom sinal. Louise necessitaria de toda a força que ele pudesse lhe dar.

Tirou a jaqueta e olhou em volta pelo porão. Tudo que precisava estava ali. Os machados e facas reluziam, dispostos sobre o pano de seda preta. Então pegou um dos largos pincéis e desenhou um único traço na testa.

O tempo estava se esgotando.

35

Wallander colocou a fotografia de Louise Fredman virada para baixo sobre a mesa à sua frente. Elisabeth Carlén seguiu seus movimentos com os olhos. Ela trajava um vestido branco de verão, que Wallander imaginou ser bastante caro. Estavam no escritório de Sjösten, este ao fundo, apoiado contra o batente da porta. Elisabeth Carlén na cadeira das visitas. O forte calor penetrava pela janela aberta. Wallander sentiu que estava suando.

"Eu vou lhe mostrar uma fotografia", ele disse. "E simplesmente quero que você me diga se reconhece a pessoa da foto."

"Por que os policiais precisam ser tão dramáticos?", ela indagou.

Seu modo insolente, imperturbável, deixou Wallander irritado, mas ele se controlou.

"Nós estamos tentando capturar um homem que matou quatro pessoas", disse. "E, além disso, também arranca o couro cabeludo das vítimas. E derrama ácido nos olhos. E enfia cabeças em fornos."

"Bem, obviamente vocês não podem deixar um maníaco desses por aí à solta, não é?", ela replicou calmamente. "Vamos olhar a foto?"

Wallander deslizou o retrato para ela e observou sua fisionomia. Ela pegou a foto e pareceu estar refletindo. Quase meio minuto se passou, então ela sacudiu a cabeça. "Não", disse. "Eu nunca a vi antes. Pelo menos, não que eu lembre."

"É muito importante", disse Wallander.

"Eu tenho boa memória para rostos", ela retrucou. "Tenho certeza de nunca tê-la encontrado. Quem é?"

"Isso não importa por enquanto", respondeu Wallander. "Pense com cuidado."

"Onde você quer que eu a tenha visto? Na casa de Åke Liljegren?"

"Sim."

"Ela pode ter estado lá em alguma hora que eu não estive."

"Isso acontecia muito?"

"Recentemente não."

"De quantos anos nós estamos falando?"

"Talvez quatro."

"Mas ela pode ter estado lá?"

"Garotas novinhas têm muita popularidade com alguns homens. Os verdadeiros asquerosos."

"Que asquerosos?"

"Aqueles que têm uma única fantasia. Ir para a cama com as próprias filhas."

O que ela disse era verdade, é claro, mas sua indiferença irritou Wallander novamente. Ela era parte desse mercado que sugava crianças inocentes e arruinava suas vidas.

"Se você não pode me dizer se ela alguma vez esteve em alguma das festinhas de Liljegren, quem poderia?"

"Uma outra pessoa."

"Me dê uma resposta direta. Quem? Eu quero nome e endereço."

"Tudo sempre foi completamente anônimo", disse Elisabeth Carlén pacientemente. "Era um das regras para essas festinhas. De vez em quando você reconhecia um rosto. Mas ninguém trocava cartões de visita."

"De onde vinham as garotas?"

"De toda parte. Dinamarca, Estocolmo, Bélgica, Rússia."

"Elas vinham e depois desapareciam?"

"Mais ou menos isso."

"Mas você mora em Helsingborg?"

"Eu era a única que morava aqui."

Wallander olhou para Sjösten, como que buscando confirmação de que a conversa não saíra totalmente dos trilhos antes de continuar.

"O retrato é de uma moça chamada Louise Fredman", ele disse. "Esse nome significa alguma coisa para você?"

Ela lhe deu um olhar intrigado.

"Esse não era o nome *dele*? Daquele que foi assassinado? Fredman?"

Wallander fez que sim. Ela olhou a foto novamente. Por um instante pareceu comovida com a conexão.

"Esta é a filha dele?"

"É."

Ela sacudiu a cabeça outra vez.

"Eu nunca a vi antes."

Wallander sabia que ela estava dizendo a verdade, ainda que fosse simplesmente por não ter nada a ganhar mentindo. Pegou a foto de volta e a virou de novo para baixo, como que para poupar Louise Fredman de continuar participando daquilo.

"Você alguma vez esteve na casa de um homem chamado Gustaf Wetterstedt?", ele perguntou. "Em Ystad?"

"O que eu estaria fazendo lá?"

"A mesma coisa que você normalmente faz para ganhar a vida. Ele era seu cliente?"

"Não."

"Tem certeza?"

"Tenho."

"Certeza absoluta?"

"Sim."

"Você alguma vez esteve na casa de um negociante de arte chamado Arne Carlman?"

"Não."

Wallander teve uma ideia. Talvez nomes tampouco fossem usados nessas situações.

"Eu vou lhe mostrar algumas outras fotos", disse, pondo-se de pé.

Ele levou Sjösten para fora. "O que você acha?", perguntou.

Sjösten deu de ombros. "Ela não está mentindo."

"Nós precisamos de fotos de Wetterstedt e Carlman", Wallander disse. "E também de Fredman. Estão no material da investigação."

"Birgerson está com as pastas", disse Sjösten. "Vou pegá-las."

Wallander retornou à sala e perguntou se ela queria café.

"Eu prefiro um gim-tônica", ela disse.

"O bar ainda não abriu."

Ela riu. Tinha gostado da resposta de Wallander. Ele saiu para o saguão. Elisabeth Carlén era muito bonita. Seu corpo estava claramente visível através do vestido. Sjösten saiu da sala de Birgerson com um fichário plástico. Voltaram juntos para a sala. Elisabeth Carlén estava fumando. Wallander pôs uma foto de Wetterstedt à sua frente.

"Eu o reconheço", ela disse. "Da TV. Não era o tal que andava com putas em Estocolmo?"

"Ele bem pode ter continuado com isso posteriormente."

"Não comigo", ela respondeu, impassível.

"E você nunca esteve na casa dele?"

"Nunca."

"Conhece alguém que tenha estado?"

"Não."

Wallander substituiu a foto por um retrato de Carlman. Ele estava de pé ao lado de uma pintura abstrata, sorrindo largamente para a câmera.

"Este aqui eu vi", ela disse com firmeza.

"Na casa de Liljegren?"

"Sim."

"Quando foi isso?"

Elisabeth Carlén pensou por um momento. Wallander estudou seu corpo sub-repticiamente. Sjösten tirou um bloco do bolso.

"Cerca de um ano atrás", ela disse.

"Você tem certeza?"

"Tenho."

Wallander balançou a cabeça. Outra conexão, pensou. Agora só nos falta achar a caixa certa para colocar Fredman.

Mostrou-lhe Björn Fredman. Ele estava tocando violão. Era uma foto da prisão, e devia ser antiga: Fredman de cabelo comprido e com calça boca de sino; as cores estavam desbotadas.

Ela sacudiu novamente a cabeça. Nunca o tinha visto.

Wallander deixou as mãos cair sobre a mesa com um ruído. "Isso é tudo que eu queria por enquanto", disse. "Vou trocar de lugar com Sjösten."

Ele assumiu o posto junto à porta. Também pegou o bloco de Sjösten.

"Como é que você pode viver uma porra de vida como a sua?", começou Sjösten, de forma surpreendente. Ele fez a pergunta com um largo sorriso. Parecia bastante amistoso, mas Elisabeth Cárlen não baixou a guarda nem por um instante.

"E qual é a sua, agora?"

"Curiosidade, só isso. Como você aguenta olhar para si mesma no espelho toda manhã?"

"E você, o que você pensa quando se olha no espelho?"

"Que pelo menos eu não ganho a vida me deitando com qualquer um que por acaso tenha grana suficiente. Você aceita cartão de crédito?"

"Vá para o inferno."

Ela fez um movimento de se levantar e sair. Wallander estava aborrecido pela forma como Sjösten a estava espezinhando. Ela ainda poderia ser útil.

"Por favor, me desculpe", disse Sjösten, ainda em tom amigável. "Vamos esquecer nossa vida privada. Hans Logård. Esse nome lhe é familiar?"

Ela olhou para ele sem responder. Então, virou-se e olhou para Wallander.

"Eu lhe fiz uma pergunta", disse Sjösten.

Wallander compreendeu o olhar dela. Ela daria a resposta somente a ele. Fez um sinal ao colega para que ele o seguisse até o saguão. Ali, explicou que Sjösten havia destruído a confiança de Elisabeth Carlén.

"Então vamos prendê-la", disse Sjösten. "Seria o cúmulo eu deixar uma puta me criar problemas."

"Prendê-la por que motivo?", perguntou Wallander. "Espere aqui, vou entrar e obter a resposta. Acalme-se, porra!"

Sjösten deu de ombros. Wallander voltou a entrar e sentou-se atrás da escrivaninha.

"Logård costumava circular com Liljegren", ela disse.

"Você sabe onde ele mora?"

"Em algum lugar no campo."

"Você sabe onde?"

"Só sei que ele não mora na cidade."

"O que ele faz?"

"Também não sei."

"Mas frequentava as festas?"

"Sim."

"Como convidado ou anfitrião?"

"Como anfitrião. E como convidado."

"Você sabe como posso entrar em contato com ele?"

"Não."

Wallander ainda acreditava que ela dizia a verdade. Provavelmente não conseguiriam encontrar Logård por seu intermédio.

"Como eles se davam?"

"Logård sempre tinha dinheiro à vontade. O que quer que fizesse para Liljegren, era muito bem pago."

Ela pegou outro cigarro. Wallander sentia como se ela tivesse lhe concedido uma audiência particular.

"Estou indo", ela disse, pondo-se de pé.

"Deixe-me acompanhá-la", disse Wallander.

Sjösten veio caminhando com ar displicente pelo saguão. Ela olhou através dele ao passarem. Wallander esperou na escada até ver alguém começar a segui-la, depois voltou para o escritório.

"Por que você a estava espezinhando?", perguntou.

"Ela representa algo que eu desprezo", Sjösten disse.

"Nós precisamos dela. Podemos desprezá-la mais tarde."

Pegaram café e sentaram-se para verificar o que sabiam. Sjösten trouxe Birgerson para ajudar.

"O problema é Fredman", disse Wallander. "Ele não se encaixa. Fora isso, nós temos agora alguns elos que parecem se encaixar, frágeis pontos de contato."

"Ou talvez sejam frágeis só aparentemente", Sjösten disse pensativo.

Wallander podia notar que Sjösten estava preocupado com alguma coisa. Esperou que ele prosseguisse, mas ele não o fez.

"No que você está pensando?", perguntou.

Sjösten continuou olhando pela janela. "Por que não haveria de ser possível?", disse. "Que ele tenha sido morto pelo mesmo homem, mas por razões completamente diferentes?"

"Isso não faz sentido", disse Birgerson.

"Nada faz sentido nesse caso."

"Então você está querendo dizer que deveríamos procurar dois motivos diferentes?", indagou Wallander.

"Mais ou menos isso. Mas posso estar enganado. Não passou de uma ideia, só isso."

Wallander balançou a cabeça. "Não devemos desconsiderar essa possibilidade."

"É uma pista falsa", disse Birgerson. "Um beco sem saída. Não parece provável."

"Não podemos descartar isso", insistiu Wallander. "Não podemos descartar nada. Mas nesse momento precisamos encontrar Logård. Essa é a prioridade."

"A mansão de Liljegren é um lugar muito estranho", disse Sjösten. "Não havia um único pedaço de papel ali. Nenhum caderno de endereços. Nada. E ninguém teve a oportunidade de entrar e fazer uma limpeza."

"O que significa que não procuramos com suficiente afinco", replicou Wallander. "Sem Logård não chegaremos a lugar nenhum."

Depois de um rápido almoço num restaurante perto da delegacia, Sjösten e Wallander se dirigiram à mansão de Liljegren. Os cordões de isolamento ainda estavam lá. Um policial abriu os portões e os deixou entrar. A luz do sol filtrava-se através das árvores. De súbito o caso pareceu irreal. Monstros pertenciam ao reino do frio e das trevas. Não cabiam num verão como esse. Wallander lembrou-se da piada de Rydberg. *É melhor caçar assassinos insanos no outono. No verão, me dê um velho e bom colocador de bombas.* Ele riu com a lembrança. Sjösten lançou-lhe um olhar engraçado, mas Wallander não deu explicações.

Dentro da enorme mansão, os técnicos forenses haviam terminado seu trabalho. Wallander deu uma olhada na cozinha. A tampa do forno estava fechada. Ele pensou na ideia de Sjösten acerca de Björn Fredman. Um assassino com dois motivos? Existiriam tais espécimes? Telefonou para Ystad e Ebba buscou colocá-lo em contato com Ekholm. Quase cinco minutos se passaram até o psicólogo vir ao telefone. Wallander observou Sjösten vagando pelas salas do piso térreo, puxando as cortinas das janelas. A luz do sol estava muito intensa.

Wallander fez a pergunta a Ekholm. Na verdade, era dirigida ao programa do computador. Houvera antes *serial killers* combinando motivos muito diferentes? A psicologia criminal tinha alguma opinião genérica sobre isso? Como sempre, Ekholm achou a pergunta de Wallander interessante. Wallander se perguntou se de fato o homem sempre ficava tão encantado com tudo que ele lhe dizia. Isso estava começando a lembrar-lhe das canções satíricas sobre a incompetência absurda da polícia de segurança sueca. Recentemente apoiavam-se mais e mais em especialistas de diversas áreas. E ninguém conseguia realmente explicar por quê.

Wallander não quis ser injusto com Ekholm. Durante sua temporada em Ystad ele vinha se mostrando um bom ouvinte. Nesse sentido, Wallander aprendera algo básico sobre o trabalho policial. A polícia tinha de saber escutar, bem como perguntar. Precisavam escutar atentos a significados e motivos ocultos, a impressões invisíveis deixadas pelos criminosos. Exatamente como nessa casa. Sempre se deixa alguma coisa para trás depois que um crime é cometido. Um detetive experiente deveria ser capaz de escutar detectando o caminho para qual era essa coisa. Wallander desligou e foi se juntar a Sjösten, que estava sentado à escrivaninha. Não disse nada. Nem Sjösten. A mansão convidava ao silêncio. O espírito de Liljegren, se ele tivesse um, pairava inquieto em torno deles.

Wallander dirigiu-se ao piso superior e ficou vagando de quarto em quarto. Não havia papéis em lugar nenhum. Liljegren vivera numa casa onde a característica mais notável era o vazio. Wallander pensou nas coisas que haviam tornado Liljegren um infame famoso. Os esquemas de empresas de fachada, a pilhagem de finanças corporativas. Ele abrira seu caminho pelo mundo escondendo seu dinheiro. Teria feito a mesma coisa em sua vida privada? Tinha casas ao redor do mundo todo. A mansão era um de seus numerosos esconderijos. Wallander parou diante de uma porta que dava para o sótão. Quando criança, ele fizera um esconderijo para si no sótão. Abriu a porta. A escada era estreita e muito inclinada. Buscou o interruptor e acendeu a luz. O recinto principal, com suas vigas expostas, estava quase vazio. Havia apenas alguns pares de esquis e poucas peças de mobília. Wallander sentiu o mesmo cheiro do resto da casa. Os técnicos forenses também haviam estado aqui. Olhou em volta. Nenhuma porta secreta. Sob o telhado fazia muito calor.

Ele voltou e deu início a uma busca mais sistemática. Afastou as roupas nos grandes armários de Liljegren. Nada. Sentou-se na beira da cama e procurou pensar. Liljegren não podia ter mantido tudo na cabeça. Devia existir um caderno de endereços em algum lugar. Também havia alguma outra coisa faltando. De início, Wallander não conseguiu definir o quê. Quem era Åke Liljegren, “o Auditor”? Liljegren era um homem que viajava, mas não havia malas na casa. Nem sequer uma maleta de mão. Wallander desceu para falar com Sjösten.

"Liljegren deve ter tido outra casa", disse. "Ou ao menos um escritório."

"Ele tem casas no mundo todo", Sjösten disse, distraído.

"Estou me referindo a uma casa aqui em Helsingborg. Este lugar está vazio demais."

"Nós teríamos sabido."

Wallander aquiesceu sem dizer mais nada. Tinha certeza de que seu palpite estava certo. Prosseguiu na sua busca. Mas agora foi mais persistente. Desceu até o porão. Numa das salas havia um aparelho de ginástica e pesos. Também havia um guarda-roupa, que continha algumas peças esportivas e apetrechos de chuva. Wallander observou as roupas pensativamente. Então subiu de novo para falar com Sjösten.

"Liljegren tinha um barco?"

"Tenho certeza que sim. Mas não aqui. Eu teria sabido disso."

Wallander balançou a cabeça silenciosamente. Estava a ponto de sair quando uma ideia lhe ocorreu. "Talvez estivesse registrado em outro nome. Por que não em nome de Hans Logård?"

"Por que você acha que Liljegren tinha um barco?"

"Há roupas no porão que parecem apropriadas para velejar."

Sjösten seguiu Wallander até o porão. Pararam na frente do armário aberto.

"Talvez você tenha razão", disse Sjösten.

"Vale a pena dar uma olhada", disse Wallander. "A casa está vazia demais para ser normal."

Eles deixaram o porão. Wallander abriu as portas do terraço e saiu para o sol. Pensou novamente em Baiba e sentiu um nó no estômago. Por que não telefonava para ela? Será que ainda pensava que seria possível se encontrarem? Não se sentiria bem pedindo a Martinson que mentisse por ele, mas agora era a única saída. Voltou para dentro, para a penumbra, com um sentimento de absoluto desprezo por si mesmo. Sjösten estava ao telefone. Wallander se perguntou quando o assassino atacaria novamente. Sjösten desligou e discou outro número. Wallander foi até a cozinha e tomou um pouco de água, tentando evitar olhar para o forno. Ao voltar, Sjösten tinha acabado de desligar o telefone.

"Você estava certo", ele disse. "Há um barco em nome de Logård no Iate Clube. O mesmo clube do qual sou sócio."

"Vamos lá", disse Wallander, sentindo a tensão crescer.

Um vigia do cais lhes mostrou onde o barco de Logård estava ancorado. Wallander percebeu que era um barco lindo, muito bem conservado. O casco era de fibra de vidro, mas o convés era todo de madeira.

"Uma Konfortina", disse Sjösten. "Muito bonita. E também tem um bom desempenho."

Ele saltou a bordo como um marinheiro. A entrada para a cabine estava trancada.

"Você conhece Hans Logård?", Wallander perguntou ao vigia. O homem tinha uma face maltratada pelo tempo, e usava uma camiseta com propaganda de bolinhos de peixe enlatados da Noruega.

"Ele não é de falar muito, mas nós nos cumprimentamos quando ele aparece por aqui."

"Quando foi a última vez?"

"Na semana passada, acho. Mas é alto verão, sabe, nossa época de negócios, então eu posso estar enganado."

Sjösten tinha dado um jeito de alcançar a fechadura da cabine. Por dento, abriu as duas meias-portas. Wallander subiu a bordo desajeitadamente, como se caminhasse sobre uma superfície lisa de gelo. Agachou-se diante da porta e entrou na cabine. Sjösten fora previdente e tivera a ideia de trazer uma lanterna. Eles vasculharam a cabine sem encontrar nada.

"Não entendo", Wallander disse quando saíram de volta para o convés. "Liljegren devia dirigir os negócios dele de algum lugar."

"Nós estamos checando os telefones celulares dele", disse Sjösten. "Talvez isso resulte em alguma coisa."

Prepararam-se para ir embora. O homem de camiseta os seguiu.

"Imagino que vocês também queiram dar uma olhada no outro barco", ele disse ao pisarem fora do longo cais. Wallander e Sjösten reagiram em uníssono.

"Logård tinha outro barco?", Wallander perguntou.

O homem apontou para o píer mais distante.

"O barco branco, bem lá na ponta. Classe Storö. Chama-se *Rosmarin*.

"Claro que queremos dar uma olhada nele", disse Wallander.

Acabaram diante de uma lancha comprida, potente, luzidia.

"Essas custam dinheiro", disse Sjösten. "Montes e montes de dinheiro."

Subiram a bordo. A porta da cabine estava trancada. O homem no cais os observava.

"Ele sabe que eu sou da polícia", Sjösten comentou.

"Nós não temos tempo para esperar", disse Wallander. "Arrombe a fechadura. Mas faça do jeito mais barato."

Sjösten conseguiu arrombar sem quebrar mais do que um pedacinho do batente. Entraram na cabine. Wallander viu imediatamente que haviam acertado o alvo. Ao longo de uma das paredes havia uma prateleira de pastas e fichários de plástico.

"Procure o endereço de Hans Logård", disse Wallander. "Podemos examinar o resto mais tarde."

Em poucos minutos encontraram uma carteirinha de sócio de um clube de golfe nos arredores de Ängelholm com o nome e o endereço de Logård.

"Bjuv", disse Sjösten. "Não é longe daqui."

Quando estavam deixando o barco, Wallander abriu um armário. Para sua surpresa, havia roupas de mulher no interior.

"Talvez também houvesse festas a bordo", disse Sjösten.

"Não estou tão certo disso", Wallander retrucou, pensativo.

Saíram do barco e voltaram ao cais.

"Quero que você me ligue se Logård aparecer por aqui", Sjösten disse ao vigia, dando-lhe um cartão com seu número de telefone.

"Mas não devo deixar que ele perceba que vocês estão à sua procura, certo?", o homem perguntou, excitado.

Sjösten sorriu. "Certíssimo", respondeu. "Finja que está tudo normal. E aí me telefone. Não importa a que horas."

"Não fica ninguém aqui à noite", o homem disse.

"Então vamos esperar que ele venha de dia."

"Posso perguntar o que ele fez?"

"Pode, mas não vai ter a resposta."

No caminho até o carro, Sjösten perguntou a Wallander se não deviam levar mais homens com eles.

"Ainda não", disse Wallander. "Primeiro temos que achar a casa dele e ver se ele está lá."

Pegaram o carro e foram para Bjuv. Estavam numa parte de Skåne que Wallander não conhecia. O tempo tinha ficado nublado. Haveria tempestade essa noite.

"Quando foi a última vez que choveu?", ele perguntou.

"Perto do Solstício", disse Sjösten depois de pensar um pouco. "E não choveu muito."

Tinham acabado de chegar ao entroncamento de Bjuv quando o celular de Sjösten tocou. Ele reduziu a velocidade e atendeu.

"É para você", disse, estendendo o telefone para Wallander.

Era Ann-Britt Höglund. Ela foi direto ao assunto. "Louise Fredman fugiu do hospital."

Passaram-se alguns segundos até Wallander captar o que ela tinha dito.

"Você pode repetir isso?"

"Louise Fredman fugiu do hospital."

"Quando?"

"Cerca de uma hora atrás."

“”Como foi que você descobriu?”

“O hospital entrou em contato com Åkeson. Ele ligou para mim.”

Wallander refletiu por um instante.

“Como foi que aconteceu?”

“Alguém foi lá e a levou.”

“Quem?”

“Ninguém viu. De repente, ela tinha sumido.”

“Puta que o pariu!”

Sjösten pisou no freio.

“Eu ligo para você em um minuto”, Wallander disse. “Nesse meio-tempo, descubra absolutamente tudo que puder. Acima de tudo, quem foi que a levou.”

“Louise Fredman fugiu do hospital”, ele disse a Sjösten.

“Como?”

Wallander pensou um pouco antes de responder. “Não sei”, disse finalmente. “Mas isso tem algo a ver com nosso assassino. Tenho certeza disso.”

“Devo voltar?”

“Não. Vamos seguir adiante. Agora é mais importante do que nunca achar Logård.”

Entraram no vilarejo e pararam. Sjösten baixou o vidro e pediu indicações sobre a rua. Perguntou a três pessoas e obteve a mesma resposta. Nenhuma delas conhecia o endereço que estavam procurando.

36

Eles estavam a ponto de desistir quando finalmente acharam a pista para Hans Logård e seu endereço. Alguns chuviscos esporádicos haviam começado a cair sobre Bjuv nessa hora. Mas a tempestade principal estava passando a oeste.

O endereço que vinham procurando era "Hördestigen". Tinha o código postal de Bjuv, mas não conseguiam encontrá-lo. O próprio Wallander entrou na agência de correios para verificar. Logård tampouco tinha caixa postal, pelo menos não em Bjuv. Finalmente não havia mais nada a fazer a não ser concluir que o endereço era falso. Àquela altura, Wallander entrou numa padaria e entabulou uma conversa com as duas senhoras atrás do balcão enquanto comprava pãezinhos de canela. Uma delas sabia a resposta. Hördestigen não era uma rua. Era o nome de uma fazenda ao norte do vilarejo, um lugar difícil de achar para quem não conhecia o caminho.

"Há um homem que mora lá chamado Hans Logård", Wallander lhes disse. "Vocês o conhecem?" As duas se entreolharam como que buscando uma memória comum, depois sacudiram a cabeça ao mesmo tempo.

"Quando eu era criança, tinha um primo distante que morava em Hördestingen", uma delas disse. "Quando ele morreu a fazenda foi vendida a um estranho. Mas Hördestigen é o nome da fazenda, eu sei disso. Porém, deve ter um código postal diferente."

Wallander pediu-lhe que desenhasse um mapa. Ela rasgou um saco de papel e desenhou a rota para ele. Eram quase seis da tarde. Saíram da cidade pegando a estrada para Höganäs. Wallander servia de navegador usando o saco de pão. Chegaram a uma área onde as fazendas escasseavam. Foi aí que erraram a entrada pela primeira vez. Acabaram numa encantadora floresta de faia, mas era o lugar errado.

Wallander disse a Sjösten para dar meia-volta e retornaram à estrada principal para recomeçar o trajeto. Pegaram a estrada secundária seguinte à esquerda, depois à direita, depois à esquerda. O caminho terminava num campo. Wallander praguejou, saiu do carro e olhou em volta, à procura de uma torre de igreja que as mulheres haviam mencionado. Ali, em campo aberto, sentiu-se como alguém flutuando no mar em busca de um farol pelo qual se orientar. Viu a torre da igreja e então compreendeu, após conferir o saco de pão, por que tinham se perdido. Sjösten foi orientado a voltar; começaram de novo, e dessa vez encontraram o lugar.

Hördestigen era uma fazenda velha, não como a de Arne Carlman, e ficava num local isolado, sem vizinhos, cercada de bosques de faia de dois lados, e de campos ligeiramente inclinados dos outros. A estrada terminava na casa da fazenda. Não havia caixa de correio. A correspondência devia ir para algum outro lugar.

"O que podemos esperar?", perguntou Wallander.

"Você quer dizer que ele é perigoso?"

"Pode ter sido ele que matou Liljegren. Ou todos. Nós não sabemos absolutamente nada sobre ele."

A resposta de Sjösten surpreendeu Wallander. "Há uma espingarda na mala do carro. E munição. Você fica com ela. Eu tenho o meu revólver de serviço." Sjösten meteu a mão debaixo do banco. "Contra os regulamentos", disse, sorrindo. "Mas, se você fosse seguir todos os regulamentos que existem, o trabalho policial teria sido proibido há muito tempo pelos fiscais de saúde e segurança."

"Esqueça a espingarda", Wallander disse. "Você tem licença para o revólver?"

"Claro que tenho", retrucou Sjösten. "O que é que você está pensando?"

Saíram do carro. Sjösten enfiou o revólver no bolso da jaqueta. Ficaram parados, escutando. Ouviu-se um trovão ao longe. Em torno deles tudo estava quieto e extremamente úmido. Nenhum sinal de carro nem de alma viva. A fazenda parecia abandonada. Subiram até a casa, que tinha forma de L.

"A terceira ala deve ter pegado fogo", disse Sjösten. "Ou então foi derrubada. Mas é uma bela casa. Bem conservada, como o barco."

Wallander se adiantou e bateu na porta. Nenhuma resposta. Então golpeou com força. Nada. Espiou para dentro por uma das janelas. Sjösten ficou parado atrás, com a mão no bolso da jaqueta. Wallander não gostava de estar tão perto de uma arma. Eles caminharam em volta da casa. Ainda nenhum sinal de vida. Wallander parou, perdido em pensamentos.

"Há adesivos por toda parte avisando que as janelas e portas têm alarme", disse Sjösten. "Mas levaria um tempo enorme para alguém chegar se o alarme disparasse. Nós temos tempo de entrar e sair antes disso."

"Alguma coisa aqui não está se encaixando", disse Wallander, como se não tivesse ouvido Sjösten.

"E o que é?"

"Eu não sei."

Eles se encaminharam para a ala que servia de galpão. A porta estava trancada com um enorme cadeado. Pela janela puderam avistar toda espécie de equipamento e entulho.

"Não há ninguém aqui", disse Sjösten secamente. "Vamos ter que colocar a fazenda sob vigilância."

Wallander olhou ao redor. Alguma coisa estava errada, tinha certeza. Caminhou mais uma vez em torno da casa e olhou para dentro através de diversas janelas, escutando. Sjösten o seguiu. Depois de terem circundado a casa pela segunda vez, Wallander parou junto a alguns sacos pretos de lixo próximos à casa. Estavam displicentemente atados com barbante, e moscas zumbiam em volta. Ele abriu um deles. Restos de comida, pratos de papel. Pegou um saco plástico da Scan Deli entre o polegar e o indicador. Sjösten ficou parado ao seu lado, observando. Wallander olhou as várias datas de validade. Podia sentir o cheiro da carne. Os sacos não estavam ali fazia muito tempo. Não nesse calor. Ele abriu mais um saco. Também estava cheio de embalagens de comida congelada. Era muita comida para comer em poucos dias.

Sjösten ficou parado ao lado de Wallander, olhando os sacos.

"Ele deve ter dado uma festa."

Wallander procurou refletir. O calor abafado estava aumentando a pressão dentro de sua cabeça. Em breve estaria com dor de cabeça, ele podia sentir. "Nós vamos entrar", disse. "Quero dar uma olhada pela casa. Não existe algum jeito de evitar o alarme?"

"Talvez descendo pela chaminé."

"Então eu acho que vamos ter de nos arriscar."

"Eu tenho um pé de cabra no carro", disse Sjösten.

Wallander examinou a porta de entrada da frente. Pensou na porta que havia arrebentado no estúdio da casa do pai, em Löderup. Foi até os fundos da casa com Sjösten carregando o pé de cabra. A porta ali parecia menos sólida. Wallander decidiu arrombá-la. Enfiou o pé de cabra entre as dobradiças. Olhou para Sjösten, que olhou o relógio.

"Vai", ele disse.

Wallander se preparou e empurrou o pé de cabra com toda a sua força. As dobradiças quebraram, junto com pedaços de tijolo e massa de parede. Wallander pulou para o lado para que a porta não caísse em cima dele

Por dentro a casa parecia-se ainda mais com a de Carlman, se é que isso era possível. Paredes haviam sido derrubadas, o espaço fora aberto. Móveis modernos, piso de madeira recém-colocado. Mais uma vez, aguçaram os ouvidos.

Tudo quieto. Quieto demais, pensou Wallander. Como se a casa estivesse prendendo a respiração. Sjösten apontou para o telefone e a máquina de fax sobre uma mesa. A luz da secretária eletrônica estava piscando. Wallander fez um sinal com a cabeça. Sjösten apertou o botão play. A máquina estalou e clicou. Então ouviu-se uma voz. Wallander viu Sjösten dar um salto. Uma voz de homem pedia a Hans para ligar o mais breve possível. Então fez-se silêncio novamente. A fita parou.

"Era Liljegren", disse Sjösten, obviamente perturbado. "Maldição!"

"Então sabemos que a mensagem já está aí há um bom tempo."

"O que significa que Logård não tem estado aqui desde então."

"Não necessariamente", Wallander retrucou. "Ele pode ter ouvido a mensagem, mas não apagado. E se tiver faltado energia elétrica depois, quando ela voltou a luz começou a piscar novamente. Pode ter havido uma tempestade com trovões e raios por aqui. Nós não sabemos."

Eles percorreram a casa. Um estreito saguão levava para a parte que ficava no ângulo do L. Ali a porta estava fechada. Wallander subitamente ergueu a mão. Sjösten parou logo atrás dele. Wallander ouviu um som. De início não soube dizer o que era. Soava como um animal grunhindo, depois um murmúrio. Ele olhou para Sjösten, que também ouvira. Tentou abrir a porta. Estava trancada. O murmúrio tinha parado.

"Que diabos está acontecendo?", Sjösten sussurrou.

"Não sei", disse Wallander. "Não posso arrombar essa porta com o pé de cabra."

"Nós vamos ter a firma de segurança aqui em cerca de quinze minutos."

Wallander pensou febrilmente. Não sabia o que havia do outro lado, exceto que era pelo menos uma pessoa, talvez mais. Estava se sentindo enjoado. Sabia que precisava abrir aquela porta. "Me dê seu revólver", disse.

Sjösten tirou a arma do bolso.

"Afaste-se da porta", Wallander gritou o mais alto que pôde. "Vou dar um tiro para abri-la."

Olhou para a fechadura, recuou um passo, apontou o revólver e atirou. O estrondo foi ensurdecedor. Ele deu outro tiro, e mais um. Os ricochetes atingiram a parede no canto do saguão. Ele devolveu o revólver a Sjösten e chutou a porta, o som ressoando em seus ouvidos.

O quarto era grande. Não tinha janelas. Havia certo número de camas e uma divisão formando um banheiro. Uma geladeira, copos, xícaras, algumas garrafas térmicas. Num canto do quarto, obviamente aterrorizadas, estavam quatro jovens agarrando-se umas às outras. Duas fizeram Wallander se lembrar da garota que ele vira a vinte metros na plantação de colza de Salomonson. Por um breve momento, ainda com o estrondo dos tiros ressoando em seus ouvidos, Wallander imaginou ver tudo à sua frente, um fato após o outro, como tudo se encaixava e como tudo subitamente fazia sentido. Mas na verdade não viu nada. Era apenas uma sensação fluindo através dele, como um trem passando por um túnel a alta velocidade, deixando atrás de si apenas um leve tremor do chão.

"Que diabos está acontecendo?", perguntou Sjösten.

"Temos que conseguir apoio de Helsingborg", disse Wallander. "O mais depressa possível."

Ele se ajoelhou, e Sjösten fez o mesmo. Wallander tentou conversar em inglês com as garotas assustadas, mas elas pareciam não entender a língua, ou pelo menos seu jeito de falar. Uma ou outra não podia ser muito mais velha que Dolores María Santana.

"Você sabe alguma coisa de espanhol?", ele perguntou a Sjösten. "Eu não sei uma única palavra."

"O que você quer que eu diga?"

"Você sabe espanhol ou nao?"

"Eu não sei falar espanhol! Merda! Sei algumas palavras. O que você quer que eu diga?"

"Qualquer coisa. Simplesmente diga a elas que fiquem calmas."

"Devo dizer que sou da polícia?"

"Não! Faça o que quiser, mas não diga isso!"

"*Buenos dias*", Sjösten começou, hesitante.

"Sorria", disse Wallander. "Você não vê que elas estão apavoradas?"

"Estou fazendo o melhor que posso", queixou-se Sjösten.

"Diga novamente", prosseguiu Wallander. "Desta vez, em tom amigável."

"*Buenos dias*", repetiu Sjösten.

Uma das moças respondeu. Sua voz estava hesitante. Wallander sentia que agora estava obtendo a resposta que tanto buscara, desde o dia em que a garota ficara parada no meio da plantação, fitando-o com os olhos aterrorizados.

No mesmo momento, ouviram um som atrás da casa, talvez uma porta se abrindo. As moças também ouviram e se juntaram de novo.

"Devem ser os guardas de segurança", disse Sjösten. É melhor irmos até lá para recebê-los. Senão, vão ficar imaginando o que está se passando aqui e aprontar a maior confusão."

Wallander fez um sinal às moças para que permanecessem quietas. Então os dois voltaram pelo estreito saguão, dessa vez com Sjösten na frente.

Isso quase lhe custou a vida. Quando adentraram a sala aberta, ouviram-se vários tiros, numa sucessão tão rápida que pareciam ter sido disparados de uma arma semiautomática. A primeira bala atingiu o ombro esquerdo de Sjösten, esmigalhando sua clavícula. Ele foi lançado para trás pelo impacto, chocando-se com Wallander. O segundo, terceiro e talvez quarto tiros se alojaram em algum ponto acima de suas cabeças.

"Não atirem! Polícia!", berrou Wallander.

Quem quer que estivesse atirando disparou mais uma rajada. Sjösten foi atingido novamente, dessa vez na orelha direita. Wallander se jogou atrás de uma das paredes, arrastando consigo o colega, que gritou e desmaiou. Wallander achou seu revólver e disparou para dentro da sala. Sabia que devia haver apenas mais duas ou três balas.

Não houve resposta. Ele esperou com o coração batendo forte, revólver erguido e pronto para atirar. Então ouviu o som de um carro dando partida. Soltou Sjösten e, abaixado, correu até a janela. Viu a traseira de um Mercedes preto desaparecer pela estrada da fazenda, sumindo no meio do bosque. Voltou para Sjösten, que sangrava inconsciente. Achou seu pulso. Estava acelerado. Era bom sinal. Melhor do que estar lento. Ainda de revólver na mão, pegou o telefone e discou 90-000.

"Policial ferido", ele berrou quando atenderam. Então conseguiu se acalmar, dizer-lhes quem era, o que havia ocorrido e onde estavam. Retornou para Sjösten, que havia recuperado a consciência.

"Vai ficar tudo bem", Wallander ficou repetindo sucessivamente. "O socorro está a caminho."

"O que aconteceu?"

"Não fale", disse Wallander. "Vai ficar tudo bem."

Ele buscou ansiosamente os ferimentos. Havia pensado que Sjösten fora atingido pelo menos por três balas, mas por fim percebeu que eram apenas duas. Fez dois torniquetes simples, perguntando-se o que teria acontecido com a firma de segurança e por que estava demorando tanto tempo para o socorro chegar. Pensou também no Mercedes, sabendo que não descansaria até capturar o homem que havia atirado em Sjösten.

Finalmente ouviu as sirenes. Levantou-se e saiu para recepcionar os carros de Helsingborg. Primeiro chegou a ambulância, depois Birgerson e duas outras viaturas, e por fim o carro do corpo de bombeiros. Todos ficaram chocados ao ver Wallander. Ele não tinha percebido como estava coberto de sangue. E ainda segurava o revólver de Sjösten.

"Como ele está?", perguntou Birgerson.

"Ele está lá dentro. Acho que vai ficar bem."

"O que raios aconteceu?"

"Há quatro moças trancadas lá", disse Wallander. "Provavelmente são algumas das que estão sendo trazidas através de Helsingborg para bordéis do sul da Europa."

"Quem atirou em vocês?"

"Nem cheguei a ver. Mas imagino que tenha sido Logård. Esta casa pertence a ele."

"Um Mercedes bateu num carro da firma de segurança lá embaixo, na rodovia principal", disse Birgerson. "Não houve vítimas, mas o motorista do Mercedes roubou o carro dos guardas."

"Então eles o viram", disse Wallander. "Devia ser ele. Os guardas estavam a caminho daqui. O alarme disparou quando nós invadimos a casa."

"Vocês invadiram?"

"Isso não importa agora. Envie um aviso de busca para aquele carro da firma de segurança. E mande os técnicos virem para cá imediatamente. Quero que eles procurem impressões digitais. Elas vão ter de ser comparadas com as das outras cenas de assassinato. Wetterstedt, Carlman, todas elas."

Birgerson ficou branco. Pela primeira vez ele pareceu se dar conta da conexão.

"Você quer dizer que foi ele?"

"Pode ter sido, mas nós não sabemos. Agora mexa-se. E não esqueça as moças. Leve todas elas. Trate-as bem. E arranje alguns intérpretes de espanhol."

"É impressionante o quanto você já sabe", disse Birgerson.

Wallander o encarou. "Eu não sei nada", respondeu. "Agora mexa-se."

Sjösten foi carregado para fora. Wallander o acompanhou na ambulância até a cidade. Um dos motoristas da ambulância lhe deu uma toalha. Ele se enxugou e limpou o melhor que pôde. Depois fez contato com Ystad. Passava pouco das sete da noite. Falou com Svedberg e explicou o que havia acontecido.

"Quem é esse Logård?", perguntou Svedberg.

"É isso que temos de descobrir. Louise Fredman ainda está desaparecida?"

"Sim."

Wallander sentiu necessidade de parar para refletir. O que pouco antes lhe parecera tão claro na cabeça agora já não fazia sentido.

"Eu entro em contato mais tarde", ele disse. "Mas você terá de passar tudo isso para a equipe da investigação."

"Ludwigson e Hamrén descobriram uma testemunha interessante em Sturup", disse Svedberg. "Um vigia noturno. Ele viu um homem numa bicicleta motorizada. A hora combina."

"Uma bicicleta motorizada?"

"É."

"Você não acha que nosso assassino está circulando numa bicicleta motorizada, acha? Isso é para crianças, pelo amor de Deus."

Wallander sentiu que estava começando a perder a calma. Não queria que isso acontecesse, muito menos com Svedberg. Despediu-se rapidamente e desligou.

Sjösten olhou para ele da maca.

Wallander sorriu. "Vai ficar tudo bem", disse.

"Foi como levar um coice de cavalo", gemeu Sjösten. "Dois coices."

"Não fale. Logo, logo estaremos no hospital."

A noite de 7 de julho foi uma das mais caóticas que Wallander já tinha vivido. Havia um ar de irrealidade em torno de tudo que aconteceu.

Ele jamais esqueceria aquela noite. Sjösten foi admitido no hospital e os médicos confirmaram que sua vida não corria perigo. Wallander foi levado à delegacia numa viatura.

O sargento Birgerson revelara-se um bom coordenador e entendera tudo que Wallander lhe dissera na casa da fazenda. Ele teve a presença de espírito de delimitar uma área dentro da qual o acesso de repórteres, que haviam começado a se juntar, não era permitido e onde a polícia efetivamente estava trabalhando.

Eram dez horas da noite quando Wallander chegou do hospital. Alguém lhe emprestara uma camisa limpa e uma calça, que ficou tão apertada na cintura que ele não conseguiu subir o zíper. Birgerson, percebendo o problema, ligou para os proprietários da mais elegante alfaiataria de Helsingborg e pôs Wallander na linha. Foi uma experiência estranha ficar ali no meio do caos tentando se lembrar da medida de cintura, mas num prazo surpreendentemente rápido várias calças foram enviadas para a delegacia e uma delas serviu.

Höglund, Svedberg, Ludwigson e Hamrén já tinham chegado e foram informados do trabalho em andamento. Ainda não havia notícia do carro da firma de segurança. Entrevistas eram conduzidas em diversas salas. As moças de fala espanhola foram supridas cada uma com um intérprete. Höglund conversava com uma delas, enquanto três outras policiais de Helsingborg cuidavam das outras. Os guardas cujo carro havia colidido com o Mercedes também foram entrevistados, enquanto técnicos forenses se ocupavam de comparar impressões digitais. Finalmente, vários policiais estavam debruçados sobre computadores, acessando todas as informações disponíveis sobre Hans Logård. A atividade era intensa. Birgerson concentrava-se em manter a ordem, de modo que o trabalho se mantivesse nos eixos.

Depois de ter recebido os relatórios, Wallander levou os colegas de Ystad para uma sala e fechou a porta. Ele obtivera a aprovação de Birgerson para fazê-lo. Birgerson era um policial excepcional, que executava suas tarefas de forma impecável, e não parecia sofrer do ciúme e da rivalidade que com tanta frequência degradavam o trabalho policial. Estava interessado apenas em capturar o homem que tinha atirado em Sjösten, elaborando exatamente o que havia acontecido e quem era o assassino.

Wallander narrou sua versão dos fatos, mas o que queria resolver era o motivo de seu incômodo. Muitas coisas não se encaixavam. O homem que atirara em Sjösten seria realmente o mesmo que assumira o papel de guerreiro solitário? Difícil de acreditar. O inspetor teria de raciocinar em voz alta, com todos juntos e com apenas uma fina porta separando-os do frenético trabalho investigativo. Ele queria que seus colegas permanecessem à parte e Sjösten também estaria ali, se não estivesse no hospital, de modo a poderem servir como uma espécie de contrapeso para o trabalho que estava sendo feito. Wallander olhou em volta e estranhou a ausência de Ekholm.

"Ele partiu para Estocolmo esta manhã", disse Svedberg.

"Justamente quando mais precisamos dele." O tom de Wallander era de desânimo.

"Ele deve voltar amanhã de manhã", informou Höglund. "Acho que um dos filhos dele foi atropelado por um carro. Nada sério, mas mesmo assim..."

Wallander assentiu com a cabeça. O telefone tocou. Era Hanson, querendo falar com Wallander.

"Baiba Liepa ligou várias vezes de Riga", ele começou. "Ela quer que você ligue imediatamente."

"Neste momento não posso", disse Wallander. "Explique a ela se ligar de novo."

"Se entendi direito, você deria ir se encontrar com ela em Kastrup no domingo, para saírem de férias juntos. Como você estava planejando fazer essa mágica?"

"Agora, não", disse Wallander. "Eu ligo para você depois."

Ninguém exceto Höglund pareceu notar que a conversa com Hanson fora sobre um assunto pessoal. Wallander captou seu olhar. Ela sorriu, mas não disse nada

"Vamos continuar", ele disse. "Estamos buscando um homem que atirou em Sjösten e em mim. Encontramos algumas moças trancadas numa casa de fazenda perto de Bjuv. Podemos presumir que Dolores María Santana tenha vindo com um desses grupos, passando pela Suécia a caminho de bordéis e o diabo sabe o que mais em outras partes da Europa. Moças atraídas para cá pelo pessoal associado a Liljegren. Em particular, um homem chamado Hans Logård, se é que esse é seu nome verdadeiro. Nós achamos que foi ele quem atirou em nós, mas não temos certeza. Não temos nenhum retrato dele. Talvez os guardas possam nos dar alguma descrição que seja proveitosa, mas eles também estão bastante abalados. Talvez não tenham visto mais nada além da arma de Logård. Agora o estamos caçando. Mas estamos de fato seguindo o rastro do nosso assassino? Aquele que matou Wetterstedt, Carlman, Fredman e Liljegren? Tenho minhas dúvidas. Precisamos capturar esse homem o mais depressa possível. Nesse meio-tempo, penso que devemos continuar trabalhando como se este fosse simplesmente um fato na periferia da investigação principal. E também estou muito interessado em saber o que aconteceu com Louise Fredman. E o que foi descoberto em Sturup. Mas primeiro, é claro, eu gostaria de saber se algum de vocês tem algum comentário sobre minha visão do caso."

A sala permaneceu em silêncio, e então Hamrén tomou a palavra. "Olhando de fora, e sem medo de ofender ninguém, a coisa toda parece um problema de abordagem. A polícia tem a tendência de focalizar uma coisa de cada vez, enquanto os criminosos caçados pensam em dez."

Wallander escutou com ar de aprovação, embora não tivesse certeza do que Hamrén estava querendo dizer.

"Louise Fredman desapareceu sem deixar rastro", disse Höglund. "Alguém foi visitá-la. Ela acompanhou o visitante quando este saiu do hospital. O nome escrito no livro de visitas estava ilegível. Como havia apenas funcionários temporários que trabalham durante o verão, o sistema normal estava praticamente desarticulado."

"Alguém deve ter visto a pessoa que entrou para pegá-la", disse Wallander.

"Sim", disse Höglund. "Uma assistente de enfermagem chamada Sara Petterson."

"Alguém conversou com ela?"

"Ela saiu de férias."

"Para onde?"

"Ela comprou um cartão de trem internacional, sem destino determinado. Pode estar em qualquer lugar."

"Maldição!"

"Podemos encontrá-la por meio da Interpol", sugeriu Ludwigson. "Provavelmente vai dar certo."

"Sim", concordou Wallander. "Acho que devemos fazer isso. E desta vez não vamos esperar. Quero que alguém fale com Åkeson sobre isso ainda esta noite."

"Isso é jurisdição de Malmö", ressaltou Svedberg.

"Não dou a mínima para que jurisdição é", retrucou Wallander. "Façam isso. Deixem Åkeson ter essa dor de cabeça."

Höglund se propôs a entrar em contato com Åkeson. Wallander virou-se para Ludwigson e Hamrén.

"Ouvi rumores sobre uma bicicleta motorizada", ele disse. "Uma testemunha que viu alguma coisa assim no aeroporto."

"Isso mesmo", respondeu Ludwigson. "O horário combina. Uma bicicleta motorizada que saiu do aeroporto rumo à E65 na noite em questão."

"Por que isso tem algum interesse?"

"Porque o vigia noturno tem certeza de que a bicicleta motorizada saiu praticamente na mesma hora que o furgão de Björn Fredman chegou."

Wallander reconheceu a importância disso.

"Estamos falando de uma hora da noite em que o aeroporto está fechado", prosseguiu Ludwigson. "Uma hora em que nada acontece. Nada de táxis, nem de trânsito. Tudo fica silencioso. Chega um furgão e para no estacionamento, e aí uma bicicleta motorizada vai embora."

A sala silenciou. Se houvesse momentos mágicos numa investigação criminal complexa, esse decididamente seria um deles.

"Um homem numa bicicleta motorizada", disse Svedberg. "Isso pode estar correto?"

"Há alguma descrição?", perguntou Höglund.

"Segundo o vigia, o homem usava um capacete que cobria a cabeça toda. Ele trabalha em Sturup há muitos anos. Foi a primeira vez que viu uma bicicleta motorizada parada ali à noite."

"Como ele pode ter certeza de que ela partiu rumo a Malmö?"

"Ele não tem. E eu também não disse isso."

Wallander prendeu a respiração. As vozes dos outros estavam muito distantes, como o distante e ininteligível ruído do universo. Ele sabia que agora estavam muito, muito perto.

37

Em algum lugar distante Hoover pôde ouvir trovoadas. Contou os segundos entre um relâmpago e o trovão. A tempestade estava passando ao longe. Não chegaria a Malmö. Ele observou a irmã dormindo no colchão. Gostaria de poder lhe oferecer algo melhor, mas tudo acontecera tão depressa. O policial que ele agora odiava, o coronel da cavalaria de calça azul, que ele batizara de "Perkins" e de "o Homem de Grande Curiosidade" quando enviaram por tambores sua mensagem a Gerônimo, exigira fotos de Louise. Também tinha ameaçado visitá-la.

Hoover percebera que precisava mudar seus planos imediatamente. Pegaria Louise mesmo antes que o conjunto de escalpos e a última oferenda, o coração da moça, estivessem enterrados. Foi por isso que conseguira levar apenas um colchão e um cobertor para o porão. Tinha planejado fazer algo bem diferente. Havia uma enorme casa vazia em Limhamn. A mulher que morava lá sozinha ia para o Canadá todo verão para ver a família. Fora sua professora e ele às vezes fazia pequenas tarefas para ela, de modo que sabia que ela estava fora. Há muito tempo, ele tinha tirado uma cópia da chave da porta da frente. Eles podiam morar na casa dela enquanto planejavam o futuro. Mas agora Perkins havia se metido no seu caminho. Até ele estar morto, e isso seria em breve, teriam de se contentar com o colchão no porão.

Ela dormia. Ele pegara medicamentos de um armário quando fora buscá-la. Ele fora sem pintura no rosto, mas levava consigo um machado e algumas facas, para o caso de alguém tentar impedi-lo. O hospital estava estranhamente quieto, com quase ninguém por perto. Tudo havia corrido de forma muito mais tranquila do que ele imaginara. De início, Louise não o havia reconhecido, mas ao ouvir sua voz ela não opusera resistência. Ele tinha levado algumas roupas para ela. Eles haviam caminhado pela área do hospital e depois pegado um táxi, sem qualquer problema. Ela não dissera uma palavra, não questionara o colchão no chão e adormecera quase de imediato. Ele havia se deitado e dormido um pouco ao seu lado. Estavam mais próximos do futuro do que nunca. O poder dos escalpos já começara a fazer efeito. Ela estava novamente de volta à vida. Logo tudo seria diferente.

Olhou para ela. Era noite, já passava das dez. Havia tomado sua decisão. Ao amanhecer retornaria a Ystad pela última vez.

Em Helsingborg, uma grande multidão de repórteres sitiava o perímetro externo de Birgerson. O chefe de polícia lá estava. Sob obstinada insistência de Wallander, a Interpol tentava localizar Sara Petterson. Haviam entrado em contato com os pais da moça, tentando imaginar um possível itinerário. Na delegacia foi uma noite agitada.

De volta a Ystad, Wallander incumbiu Höglund de ir a Malmö para conversar com a família de Fredman. Queria se certificar de que não haviam sido eles que tinham tirado Louise do hospital. Teria preferido ir ele próprio, mas não podia estar em dois lugares ao mesmo tempo. Ela partira às dez e meia da noite, depois de Wallander telefonar para a viúva. Calculava que ela estaria de volta à uma da manhã.

"Quem está cuidando das crianças enquanto você está fora?", ele perguntou.

"Você se lembra da minha vizinha que também tem filhos?", ela respondeu com outra pergunta. "Sem ela eu não poderia fazer esse serviço."

Wallander ligou para casa. Linda estava lá. Explicou da melhor forma possível o que havia acontecido. Não sabia quando estaria de volta, talvez a qualquer hora ainda nessa noite, talvez só pela manhã.

"Você vai estar aqui antes de eu ir embora?", ela perguntou.

"Ir embora?"

"Você esqueceu que eu vou para Gotland? Kajsa e eu. E que você vai para Skagen?"

"É claro que não esqueci", ele disse.

"Você falou com Baiba?"

"Sim", ele respondeu, na esperança de que ela não percebesse que estava mentindo.

Ele lhe deu o número do telefone em Helsingborg. Depois ficou pensando se deveria ligar para o pai, mas era tarde. Provavelmente eles já estavam na cama. Foi para o centro de comando onde Birgerson dirigia a caçada humana. Haviam se passado quatro horas, ninguém vira o carro roubado. Birgerson concordou com Wallander que isso queria dizer apenas que Logård, se fosse ele, tinha tirado o carro da estrada.

"Ele tinha dois barcos à disposição", disse Wallander. "E uma casa nos arredores de Bjuv que mal conseguimos localizar. Tenho certeza de que tem outros esconderijos."

"Há um homem verificando os barcos", disse Birgerson. "E Hördestigen. Eu disse a eles para procurar outras possibilidades."

"De qualquer modo, quem é esse maldito Logård?", perguntou Wallander.

"Eles começaram a verificar as impressões digitais", Birgerson respondeu. "Se algum dia ele teve algum problema com a polícia, saberemos em breve."

Wallander se dirigiu para onde as quatro moças estavam sendo interrogadas. Era um processo trabalhoso, já que tudo tinha de passar pelos intérpretes. Além disso, as garotas estavam aterrorizadas. Wallander disse às policiais para explicar que elas não estavam sendo acusadas de nenhum crime. Mas imaginava como deviam estar assustadas. Pensou em Dolores María Santana, no pior medo que ele já tinha visto em alguém. Mas agora, à meia-noite, finalmente um quadro tinha começado a se formar.

As moças eram todas da República Dominicana. Cada uma tinha deixado sua própria aldeia e ido para a cidade em busca de trabalho como empregada doméstica ou operária de fábrica. Haviam sido contatadas por homens, todos muito amigáveis, que lhes ofereceram trabalho na Europa. Foram mostradas a elas fotos de belas casas no Mediterrâneo, e prometidos salários dez vezes superiores aos que poderiam conseguir na terra natal. Todas tinham dito sim.

Foram-lhes fornecidos passaportes, mas elas nunca haviam tido a permissão de ficar com eles. Primeiro, tinham voado para Amsterdã — pelo menos achavam que era assim que se chamava a cidade. Depois, levadas de carro para a Dinamarca. Uma semana antes haviam sido transportadas de barco para a Suécia, à noite. Homens diferentes estavam envolvidos em cada estágio, e seus modos amigáveis foram diminuindo à medida que as garotas iam se afastando de casa. O pavor realmente tomara conta delas quando foram trancadas na fazenda. Recebiam comida, e um homem fora lhes explicar num espanhol ruim que em breve estariam fazendo o último trecho da viagem. Mas a essa altura tinham começado a compreender que nada aconteceria conforme o prometido. O medo se transformara em terror.

Wallander pediu às policiais que interrogassem as moças cuidadosamente acerca dos homens que tinham conhecido durante os dias na fazenda. Havia mais de um? Elas seriam capazes de dar uma descrição do barco que as trouxera para a Suécia? Como era a aparência do capitão? Havia alguma tripulação? Disse-lhes para levar uma das moças até o Iate Clube, para ver se ela reconhecia a lancha de Logård. Restava ainda uma porção de perguntas a serem feitas. Wallander precisava de uma sala vazia onde pudesse se trancar e pensar.

Ele estava impaciente pelo retorno de Höglund. E esperava as informações sobre Logård. Tentava fazer a ligação de uma bicicleta motorizada no aeroporto de Sturup com um homem que escalpelava e matava com um machado e outro que atirava nas pessoas com uma arma semiautomática. A miríade de detalhes nadava para a frente e para trás em sua mente. A dor de cabeça que sentira se aproximar algumas horas antes tinha chegado, e ele tentava combatê-la inutilmente com analgésicos. O tempo estava muito úmido. Havia temporais sobre a Dinamarca. Em menos de quarenta e oito horas ele devia estar no aeroporto de Kastrup.

Wallander estava de pé junto a uma janela, olhando a leve noite de verão e pensando que o mundo se dissolvera num caos, quando Birgerson chegou com passadas fortes pelo saguão, segurando triunfalmente um pedaço de papel.

"Você sabe quem é Erik Stureson?", ele perguntou.

"Não, quem?"

"Então você sabe quem é Sture Erikson?"

"Não."

"São a mesma pessoa. E depois ele mudou de nome mais uma vez. Dessa vez não se contentou em trocar nome e sobrenome. Escolheu um nome com um som mais aristocrático. Hans Logård."

"Maravilha", Wallander disse. "O que nós temos?"

"As digitais que achamos em Hördestigen e nos barcos estão em nossos registros, sob os nomes de Erik Stureson e Sture Erikson. Mas não há nenhum Hans Logård. Erik Stureson, começando por ele, já que é o nome real de Logård, tem quarenta e sete anos. Nasceu em Skövde, o pai foi soldado de carreira e a mãe, dona de casa. O pai era alcoólatra. Ambos morreram no final dos anos 1960. Erik se envolveu com más companhias, foi preso pela primeira vez aos catorze anos, e daí em diante só decaiu. Cumpriu pena nas prisões de Österåker, Kumla e Hall. E um período curto em Norrköping. Trocou de nome pela primeira vez ao sair de Österåker."

“Que tipo de crimes?”

“Desde pequenos servicinhos até coisa especializada, pode-se dizer. De início, arrombamentos e estelionato. Ocasionalmente, assaltos. Depois, crimes mais sérios. Narcóticos. Coisa pesada. Parece que ele trabalhou para gangues turcas e paquistanesas. No entanto, é só um apanhado geral. Vamos ter mais informações durante a noite.”

“Precisamos de um retrato dele”, disse Wallander. “E as impressões digitais precisam ser comparadas com as que encontramos nas casas de Wetterstedt e Carlman. E também com as que aparecem em Fredman. Não se esqueça daquelas que conseguimos na pálpebra esquerda.”

“Nyberg está cuidando disso”, disse Birgerson. “Mas ele dá a impressão de estar puto da vida o tempo todo.”

“É o jeito dele. Mas é bom no que faz.”

Sentaram-se numa mesa inundada de copos plásticos de café usados, telefones tocando por todo lado. Ergueram uma parede invisível à sua volta, admitindo apenas Svedberg.

“O interessante é que Logård de repente parou de fazer visitas a nossas prisões”, disse Birgerson. “A última vez em que ele esteve preso foi em 1989. Desde então, tem estado limpo. Como se tivesse encontrado a salvação.”

“Isso corresponde muito bem à época em que Liljegren montou uma casa para si aqui em Helsingborg.”

Birgerson fez um meneio de cabeça. “Ainda não temos isso muito claro. Mas parece que Logård comprou Hördestigen em 1991. Há um intervalo de dois anos. Mas nada impede que ele tenha morado em algum outro lugar durante esse tempo.”

“Vamos precisar de uma resposta para isso imediatamente”, disse Wallander, estendendo o braço para o telefone. “Qual é o número de Elisabeth Carlén? Está na mesa de Sjösten. Aliás, ela ainda está sob vigilância?”

Birgerson fez que sim. Wallander tomou uma decisão rápida.

“Mande tirar”, ele disse.

Alguém pôs um pedaço de papel à sua frente. Ele discou o número. Ela atendeu quase de imediato.

"Aqui é o inspetor Wallander", ele disse.

"Eu não vou para a delegacia a esta hora da noite", ela disse.

"Eu não quero que você venha. Tenho só uma pergunta: Hans Logård já estava circulando com Liljegren em 1989? Ou 1990?"

Ele pôde ouvi-la acender um cigarro e soprar fumaça dentro do aparelho.

"Sim", ela respondeu. "Acho que ele já estava por aí nessa época. Pelo menos em 1990."

"Ótimo", disse Wallander.

"Por que vocês estão me seguindo?", ela perguntou.

"Eu mesmo andei me perguntando isso", respondeu Wallander. Nós não queremos que aconteça nada com você, é claro. Mas estamos tirando a vigilância agora. Só não saia da cidade sem nos avisar. Eu posso ficar bravo."

"Muito justo", ela disse. "Aposto que você sabe ficar bravo." E desligou.

"Logård estava por aí", disse Wallander. "Parece que ele surgiu no ambiente de Liljegren em 1989 ou 1990. Aí comprou Hördestigen. Tudo indica que foi Liljegren que cuidou da salvação dele." Wallander tentava encaixar as diferentes peças. "E foi nessa época que vieram à tona os boatos de tráfico de mulheres. Não é isso?"

Birgerson assentiu.

"Logård tem uma história de violência?", quis saber Wallander.

"Algumas acusações de assalto violento", respondeu Birgerson. "Mas nunca atirou em ninguém, pelo menos que a gente saiba."

"Nada de machados?"

"Não, nada parecido com isso."

"Em todo caso, temos de encontrá-lo", disse Wallander, levantando-se.

"Nós vamos encontrá-lo", disse Birgerson. "Cedo ou tarde ele vai ter de sair da toca."

"Por que ele atirou em nós?"

"Você vai ter de perguntar a ele pessoalmente", Birgerson respondeu enquanto saía da sala.

Svedberg havia tirado o boné. "É ele realmente o homem que estamos procurando?", perguntou.

"Não sei", Wallander disse. "Francamente, eu duvido, mas posso estar errado. Tomara que eu esteja."

Svedberg deixou a sala. Wallander ficou sozinho novamente. Mais do que nunca, sentia a falta de Rydberg. *Sempre há mais uma pergunta a fazer.* As palavras de Rydberg, frequentemente repetidas. E então, qual era a pergunta que ele ainda não tinha feito? Ele fez uma busca e não achou nada. Todas as perguntas tinham sido formuladas. Só faltavam as respostas.

Por isso, foi um alívio quando Höglund entrou na sala. Faltava pouco para a uma da manhã. Sentaram-se juntos.

"Louise não estava lá", ela disse. "A mãe estava bêbada. Mas sua preocupação com a filha pareceu genuína. Não conseguia entender o que tinha acontecido. Acho que ela estava dizendo a verdade. Fiquei realmente com pena dela."

"Você está dizendo que ela não tinha mesmo a menor ideia?"

"Nenhuma pista. E ficou preocupada com a situação."

"Isso já aconteceu antes?"

"Nunca."

"E o filho dela?"

"O mais velho ou o pequeno?"

"O mais velho. Stefan."

"Não estava lá."

"Estava fora procurando a irmã?"

"Se eu entendi direito a mãe, ele às vezes passa um tempo fora. Mas há uma coisa que eu notei, sim. Pedi para dar uma olhada na casa. Só para o caso de Louise estar lá. E entrei no quarto de Stefan. A cama dele estava sem colchão. Havia só a colcha. Nada de travesseiro nem de cobertor."

"Você perguntou onde ele estava?"

"Não acho que ela fosse capaz de me dizer."

"Ela disse há quanto tempo ele estava fora?"

Höglund pensou e examinou suas anotações.

"Desde o meio-dia."

"Não muito antes de Louise ter desaparecido."

Ela olhou para Wallander, surpresa. "Você acha que ele é quem foi lá pegá-la? Então onde eles estão agora?"

"Duas perguntas, duas respostas. Não sei. Não sei."

Wallander sentiu um profundo mal-estar apoderar-se dele. Não conseguia identificar o significado disso.

"Você por acaso perguntou a ela se Stefan tem uma bicicleta motorizada?"

Ele viu que ela compreendeu imediatamente a sua intenção.

"Não."

Wallander apontou para o telefone.

"Ligue para ela", ele disse. "Pergunte. À noite ela fica bebendo. Você não vai acordá-la."

Demorou um bom tempo para que alguém atendesse. A conversa foi breve. Ela desligou novamente.

"Ele não tem uma bicicleta motorizada", disse. "Além disso, Stefan não tem nem quinze anos, tem?"

"Foi só uma ideia", Wallander disse. "Nós precisamos saber. Em todo caso, duvido que os jovens de hoje deem muita bola para o que é ou não é permitido."

"O menininho acordou quando eu estava quase indo embora", ela disse. "Ele estava dormindo no sofá perto da mãe. Foi isso que me deixou mais incomodada."

"O fato de ele ter acordado?"

"Eu nunca vi olhos tão assustados numa criança."

Wallander bateu o pulso na mesa. Ela deu um salto.

"Peguei!", ele gritou. "Peguei o que eu estava esquecendo o tempo todo. Maldição!"

"O quê?"

"Espere um minuto. Espere um minuto..."

Wallander esfregou as têmporas para espremer a imagem que o estivera incomodando por tanto tempo. Finalmente conseguiu captá-la.

"Você se lembra da médica que fez a autópsia de Dolores María Santana em Malmö?"

Ela procurou se lembrar.

"Uma mulher, isso mesmo!"

"Isso mesmo. Uma mulher. Como é o nome dela? Malm alguma coisa?"

"Svedberg tem boa memória", ela disse. "Vou chamá-lo."

"Não é necessário", disse Wallander. "Agora estou lembrado. O nome dela é Malmström. Precisamos entrar em contato com ela. E tem de ser imediatamente. Eu gostaria que você cuidasse disso. O mais rápido que puder."

"O que é?"

"Depois eu explico."

Ela se levantou e saiu da sala. Será que o garoto Fredman podia realmente estar metido nisso? Wallander pegou o telefone e ligou para Åkeson. Ele atendeu de imediato.

"Preciso que você me faça um favor", Wallander disse. "Agora. No meio da noite. Telefone para o hospital onde Louise Fredman era paciente. Diga-lhes para tirarem uma cópia da página do livro de visitas com a assinatura da pessoa que a levou embora. E diga para mandarem um fax aqui para Helsingborg."

"Como diabos você acha que eles vão poder fazer isso?"

"Não tenho a menor ideia", Wallander respondeu. "Mas pode ser importante. Eles podem riscar todos os outros nomes da página. Eu só quero ver essa assinatura específica."

"Que era ilegível?"

"Precisamente. Eu quero ver a assinatura ilegível."

Wallander enfatizou as últimas palavras. Åkeson compreendeu que ele estava em busca de algo que podia ser importante.

"Me dê o número do fax", disse Åkeson. "Vou tentar."

Wallander deu-lhe o número e desligou. O relógio na parede marcava 2h05 da manhã. Ela estava suando na sua camisa nova. Imaginou vagamente se o Estado havia pago pela camisa e pela calça. Höglund retornou e disse que Agneta Malmström estava de férias com a família num veleiro em algum ponto entre Landsort e Oxelösund.

"Qual é o nome do barco?"

"Deve ser um barco classe Maxi. O nome é *Sanborombon*. E também tem um número."

"Ligue para o rádio de Estocolmo", disse Wallander. "Eles devem ter um transmissor a bordo. Peça-lhes para contatarem o barco. Diga que é uma emergência policial. Fale com Birgerson. Quero entrar em contato com ela imediatamente."

Wallander tivera mais um insight. Höglund saiu à procura de Birgerson. Svedberg quase se chocou com ela na porta quando ia entrando para trazer o relato dos guardas de segurança sobre o roubo do carro.

"Você tem razão", ele começou. "Basicamente eles viram apenas a arma. E tudo aconteceu muito depressa. Mas ele tinha cabelo loiro, olhos azuis e vestia uma espécie de agasalho de corrida. Altura normal, falava com sotaque de Estocolmo. Deu a impressão de estar sob efeito de alguma coisa."

"O que eles querem dizer com isso?"

"Os olhos dele."

"Imagino que a descrição já esteja sendo enviada, não?"

"Vou verificar."

Quando Svedberg saiu, vozes excitadas chegaram do saguão. Wallander supôs que um repórter tentara cruzar a barreira estabelecida por Birgerson. Achou um caderno e rapidamente fez algumas anotações na sequência que as ia recordando. Agora estava suando profusamente, fiscalizando o relógio da parede, e na sua cabeça via Baiba sentada ao lado do telefone em seu espartano apartamento em Riga, à espera da ligação que ele devia ter feito há muito tempo.

Eram quase três horas. O carro da firma de segurança ainda não fora encontrado. Hans Logård estava se escondendo. A moça dominicana que fora levada ao Iate Clube não conseguira fazer uma identificação positiva do barco. Talvez fosse o mesmo, talvez não. O homem que manobrava o timão estava sempre na sombra. Ela não se recordava de nenhuma tripulação. Wallander disse a Birgerson que as moças agora precisavam dormir. Foram providenciados quartos de hotel. Uma delas sorriu timidamente para Wallander ao se encontrarem no saguão. O sorriso dela o fez se sentir bem, quase eufórico por um breve momento. A intervalos regulares Birgerson procurava Wallander para lhe passar informações sobre Logård. Às 3h15 Wallander ficou sabendo que Logård fora casado duas vezes e tinha um casal de filhos menores de dezoito anos. A filha morava com a mãe em Hagfors, e o menino, de nove anos, em Estocolmo. Depois Birgerson voltou relatando que Logård talvez tivesse mais um filho, mas não haviam conseguido confirmar essa informação.

Às 3h30 um policial exausto entrou na sala onde Wallander estava sentado com um copo de café na mão e os pés sobre a mesa, e lhe disse que a rádio de Estocolmo conseguira contatar o Maxi dos Malmström. Wallander deu um salto e o seguiu até o centro de comando, onde Birgerson berrava no receptor. Ele entregou o aparelho a Wallander.

"Eles estão em algum ponto entre dois faróis flutuantes chamados *Hävringe* e *Gustaf Dalén*", disse. Estou com Karl Malmström na linha."

Wallander rapidamente devolveu o fone a Birgerson.

"Eu preciso falar com a mulher deles. Tem de ser a mulher."

"Eu espero que você perceba que há centenas de barcos de lazer lá fora escutando esta conversa sendo transmitida pela rádio costeira."

Na sua afobação, Wallander se esquecera disso.

"Um telefone celular é melhor", ele disse. "Pergunte se eles têm um a bordo."

"Já fiz isso. Eles são do tipo de gente que acha que deve deixar os telefones celulares em casa quando sai de férias."

"Então vão ter de vir até a costa. E me ligar de lá."

"Quanto tempo você acha que isso vai levar?", disse Birgerson. "Você tem alguma ideia de onde fica o *Hävrin-*

ge? Além disso, estamos no meio da noite. Eles devem levantar âncora agora?"

"Estou pouco me lixando para onde fica o *Hävringe*", retrucou Wallander. "Além do mais, eles podem estar navegando à noite sem baixar a âncora. Talvez haja algum outro barco por perto com telefone celular. Simplesmente diga-lhes que eu preciso falar com ela dentro de uma hora. Com ela. Não com ele."

Birgerson sacudiu a cabeça. A seguir começou a berrar no fone novamente. Meia hora depois Agneta Malmström ligou de um telefone celular do pessoal de um barco com o qual tinham cruzado no canal.

Wallander foi direto ao assunto. "Você se lembra da moça que se incendiou até morrer numa plantação de colza algumas semanas atrás?"

"Claro que me lembro."

"Você se recorda de uma conversa telefônica que nós tivemos na época? Eu perguntei a você como uma pessoa jovem podia fazer uma coisa dessas a si mesma. Não me lembro das palavras exatas."

"Tenho uma vaga lembrança, sim", ela disse.

"Você respondeu dando o exemplo de uma coisa que havia vivenciado recentemente. Você falou de um menino, um menino pequeno, que tinha tanto medo do pai que tentou arrancar os próprios olhos."

"Sim", ela concordou. "Eu me recordo disso. Mas não foi uma coisa que eu mesma vivenciei. Foi um dos meus colegas que me contou."

"Quem foi?"

"Meu marido. Ele também é médico."

"Então tenho de falar com ele. Por favor, chame-o para mim."

"Vai demorar um pouco. Vou ter de remar até lá e trazê-lo no bote. Nós baixamos âncora a alguma distância daqui."

Wallander desculpou-se por incomodá-la. "Infelizmente, é necessário."

"Vai demorar um pouco", ela repetiu

"Com os diabos, onde fica o *Hävringe?*", perguntou Wallander.

"No Báltico, em mar aberto", ela respondeu. "Aqui onde estamos é lindo. Mas justo agora estamos fazendo uma navegação noturna para o sul. Apesar de o vento estar bem fraco."

Levou vinte minutos até o telefone tocar outra vez. Karl Malmström estava na linha. E Wallander fora informado de que ele era pediatra em Malmö. O inspetor retomou a conversa que tivera com a esposa.

"Eu me lembro do caso", ele disse.

"Você consegue se lembrar do nome do menino sem grande esforço?"

"Sim, consigo. Mas não suporto ficar aqui gritando num telefone celular."

Wallander entendeu seu motivo. Pensou febrilmente. "Então façamos o seguinte", propôs. "Eu vou lhe fazer uma pergunta. Você pode responder sim ou não. Sem citar nomes."

"Podemos tentar", disse Malmström.

"Tem alguma coisa a ver com Bellman?"

Malmström compreendeu de imediato a referência às *Epístolas de Fredman*, do famoso poeta sueco. "Sim, tem."

"Então eu lhe agradeço por sua ajuda", disse Wallander. "Espero não ter de incomodá-lo novamente. Tenha um bom verão."

Karl Malmström não pareceu aborrecido. "É bom saber que temos policiais que trabalham duro o tempo todo", foi tudo o que disse.

Wallander estendeu o fone a Birgerson.

"Vamos fazer uma reunião logo mais", disse. "Preciso de alguns minutos para pensar."

Wallander subitamente se sentiu cansado. Sua sensação de repulsa era como uma dor inoportuna pelo corpo. Ainda não queria acreditar que o que estava pensando podia ser verdade. Havia lutado contra essa conclusão por um longo tempo. Mas não podia continuar a fazê-lo. A verdade que o confrontava era insuportável. O terror do menininho em relação ao pai. Um irmão mais velho por perto. Que derrama ácido hidroclorídrico nos olhos do pai como vingança. Que executa uma desforra insana pela irmã, que de alguma forma foi abusada. Estava tudo muito claro. A coisa toda fazia sentido e o resultado era estarrecedor. Também se deu conta de que seu subconsciente já tinha visto isso há um bom tempo, mas ele tinha ignorado essa compreensão. Em vez disso, deixara-se levar por pistas falsas, ser desviado de sua meta.

Um policial bateu à porta.

"Acabamos de receber um fax de Lund", ele disse. "Do hospital."

Wallander pegou o papel. Åkeson agira depressa. Era uma cópia da página do livro de visitas do pavilhão psiquiátrico. Todos os nomes estavam riscados, exceto um. A assinatura estava realmente ilegível. Ele pegou uma lupa na gaveta de Birgerson e tentou decifrá-la. Ilegível. Pôs o papel sobre a mesa. O policial ainda estava parado na entrada.

"Diga a Birgerson para vir aqui", Wallander ordenou. "E meus colegas de Ystad. Aliás, como está Sjösten?"

"Dormindo. Removeram a bala do ombro."

Alguns minutos depois estavam todos reunidos na sala. Eram quase 4h30 da manhã. Todo mundo estava exausto. Ainda não havia sinal de Logård. Nenhum vestígio do carro da firma de segurança. Wallander lhes fez um sinal com a cabeça para que se sentassem.

A hora da verdade, ele pensou. É isso aí.

"Nós estamos atrás de Hans Logård", começou. "Temos de continuar atrás dele, é claro. Ele acertou uma bala no ombro de Sjösten e está metido no tráfico de garotas. Mas não foi ele quem cometeu quatro assassinatos e escalpelou as vítimas. Foi alguém completamente diferente."

Fez uma pausa.

"Stefan Fredman é a pessoa que fez tudo isso", disse. "Nós estamos procurando um rapaz de catorze anos que matou o pai, além dos outros."

Fez-se um silêncio na sala. Ninguém se moveu. Todos olhavam para ele. Quando o inspetor acabou sua explicação, não havia dúvida na cabeça de ninguém. A equipe resolveu voltar a Ystad. O que tinham acabado de discutir devia ser mantido em absoluto sigilo. Wallander não conseguia dizer que sentimento era mais forte entre seus colegas, o choque ou o alívio.

Ele ligou para Åkeson e lhe deu um resumo rápido de suas conclusões. Enquanto o fazia, Svedberg permaneceu ao seu lado observando o fax que chegara de Lund.

"Estranho", disse Svedberg.

Wallander virou-se para ele. "O que é estranho?"

"Esta assinatura. Dá a impressão que ele assinou 'Gerônimo'.

Wallander arrancou o fax das mãos de Svedberg. Ele estava certo.

38

Despediram-se todos ao raiar do dia na delegacia de Helsingborg. Pareciam abatidos, mas acima de tudo estavam abalados com o que agora percebiam ser a verdade acerca do assassino que estavam caçando há tanto tempo. Combinaram de se encontrar novamente às oito da manhã na delegacia de polícia de Ystad. Isso significava que teriam tempo de chegar em casa e tomar uma ducha, mas não muito mais que isso. Precisavam continuar trabalhando. Wallander fora direto ao explicitar suas conclusões. Ele acreditava que os assassinatos tinham ocorrido por causa da irmã enferma. Mas não podiam ter certeza. Era possível que ela própria estivesse correndo perigo. Só havia uma única abordagem possível: temer pelo pior.

Svedberg pegou carona com Wallander. Seria mais um dia lindo. Falaram muito pouco durante a viagem. Svedberg descobriu que devia ter esquecido as chaves em algum lugar. Isso fez com que o inspetor se lembrasse de que suas próprias chaves jamais haviam reaparecido. Disse ao colega que fosse junto com ele para sua casa. Chegaram à Mariagatan pouco antes da sete. Linda dormia. Depois de cada um ter tomado um banho de chuveiro e Wallander ter dado a Svedberg uma camisa limpa, sentaram-se na sala para tomar café.

Nenhum dos dois notou que a porta do armário perto do quarto de Linda, que estivera fechada quando chegaram, estava entreaberta.

Hoover havia chegado ao apartamento às 6h50. Estava prestes a entrar no quarto do policial com seu machado na mão quando ouviu uma chave girando na fechadura. Escondeu-se no armário. Ouviu duas vozes. Ao perceber que estavam sentados na sala, abriu um bocadinho a porta. Hoover presumiu que o outro homem também fosse policial. Ficou o tempo todo segurando o machado com força, escutando a conversa de ambos em voz baixa. A princípio, não entendeu do que estavam falando. O nome Hans Logård era mencionado repetidamente. O policial que ele viera matar obviamente tentava explicar alguma coisa ao outro. Hoover escutou com atenção e por fim compreendeu que fora a sagrada providência, o poder de Gerônimo, que começara a agir novamente. Hans Logård tinha sido o braço direito de Åke Liljegren. Havia traficado moças da República Dominicana, e talvez de outras partes do Caribe. Também fora ele quem provavelmente levava garotas para Wetterstedt e possivelmente até mesmo Carlman. Também ouviu os policiais predizerem que Logård fazia parte da lista fatal que estava na cabeça de Stefan Fredman.

Aí a conversa parou. Alguns instantes depois Wallander e Svedberg deixaram o apartamento. Hoover saiu do armário e permaneceu absolutamente imóvel. Depois se foi, sem qualquer ruído, como havia chegado. Estivera na loja vazia onde Linda e Kajsa tinham realizado seus ensaios. Sabia que elas não a usariam de novo, de modo que deixara Louise ali enquanto ia para o apartamento na Mariagatan para matar Perkins e sua filha. Mas ali dentro do armário, o machado pronto na mão, ao ouvir a conversa começou a ter dúvidas. Havia mais uma pessoa que ele devia matar. Um homem que ele não tinha considerado. Hans Logård. Quando o policial o descreveu, Hoover compreendeu que aquele devia ser o homem que brutalmente estuprara e abusara de sua irmã. Isso fora antes de ela ser drogada e levada tanto para Gustaf Wetterstedt como Arne Carlman — fatos que a haviam empurrado para as trevas. Tudo isso estava anotado no livro que ele pegara dela. O livro que continha as palavras que o controlavam. Ele havia imaginado que Hans Logård era alguém que não morava na Suécia. Um visitante estrangeiro, um homem mau. Agora sabia ter cometido um erro.

Foi fácil entrar na loja vazia. Pouco antes ele vira Kajsa esconder a chave. Uma vez que estava se movimentando à luz do dia, não pintara a face. Tampouco queria assustar Louise. Quando voltou, ela estava sentada numa cadeira, com o olhar vazio fitando o espaço. Ele já decidira mudá-la de lugar. E sabia muito bem para onde. Antes de ir para a Mariagatan, fora com sua bicicleta motorizada verificar se a situação estava como imaginara. A casa escolhida estava vazia. Mas não se mudariam para lá antes do anoitecer. Ele se sentou no chão ao lado da irmã e tentou conceber um meio de achar Logård antes da polícia. Voltou-se para dentro em busca de um conselho de Gerônimo. Mas nessa manhã seu coração estava estranhamente quieto. Os tambores eram tão débeis que ele não conseguiu ouvir a mensagem.

Às oito da manhã, todos se juntaram na sala de reuniões. Åkeson estava lá, assim como um sargento de Malmö. Birgerson participou via telefone viva voz de Helsingborg. Wallander olhou em torno da mesa e disse que deviam começar deixando todo mundo a par dos acontecimentos. O sargento de Malmö estava procurando um esconderijo ao qual presumiram que Stefan Fredman teria acesso. Ainda não haviam encontrado. Mas um dos vizinhos do prédio disse-lhes que diversas vezes vira Stefan Fredman numa bicicleta motorizada. O edifício onde a família morava estava sendo vigiado. Birgerson contou-lhes que Sjösten passava bem, embora seu ouvido fosse ficar permanentemente afetado.

"Cirurgiões plásticos podem fazer milagres", gritou Wallander em tom encorajador. "Dê um alô para ele por todos nós."

Birgerson prosseguiu dizendo que não eram de Logård as impressões digitais encontradas no gibi, no saco de papel, no forno de Liljegren e na pálpebra esquerda de Fredman. Essa confirmação foi crucial. A polícia de Malmö estava obtendo as impressões digitais de Stefan Fredman de objetos tirados de seu quarto no apartamento de Rosengård. Ninguém duvidava que elas combinariam, agora que as de Logård não haviam combinado.

Eles falaram de Logård. A caçada precisava continuar. Tinham de admitir que ele era perigoso, já que havia atirado em Wallander e Sjösten.

"Stefan Fredman tem só catorze anos, mas é perigoso", disse Wallander. "Deve ser louco, mas não é burro. Ele é muito forte e reage rápido. Temos de ser cuidadosos."

"Isso tudo é uma porra de tão desagradável!", explodiu Hanson. "Eu ainda não consigo acreditar que seja verdade."

"Nenhum de nós consegue", disse Åkeson. "Mas o que Kurt está dizendo é absolutamente correto. E nós temos de agir de acordo com isso."

"Fredman tirou a irmã, Louise, do hospital", Wallander continuou. "Estamos procurando a enfermeira que seria capaz de identificá-lo. Vamos admitir que a identificação seja positiva. Nós ainda não sabemos se ele tem a intenção de fazer mal à irmã. É crucial que nós o encontremos. Ele tem uma bicicleta motorizada e deve guiar com a garota na garupa. Eles não podem ir muito longe. Além disso, a menina é doente."

"Um maluco numa bicicleta motorizada com uma garota doente mental na garupa", disse Svedberg. "É macabro."

"Ele também sabe dirigir automóvel", assinalou Ludwigson. "Ele usou o furgão do pai. De modo que a essa altura é capaz de ter roubado algum carro."

Wallander virou-se para o detetive de Malmö.

"Carros roubados", ele disse. "Nos últimos dias. Especialmente em Rosengård. E perto do hospital."

O detetive dirigiu-se ao telefone.

"Stefan Fredman executa suas ações após meticuloso

planejamento", prosseguiu Wallander. "Naturalmente não temos como saber se o sequestro da irmã também foi planejado. Agora temos de tentar entrar na sua mente e adivinhar o que ele planeja fazer a seguir. Onde estarão eles? É uma pena que Ekholm não esteja aqui quando mais precisamos dele."

"Ele vai estar chegar em uma hora", disse Hanson, olhando de relance para o relógio. "Alguém vai buscá-lo no aeroporto."

"Como está a filha dele?", perguntou Höglund.

Wallander ficou envergonhado por ter esquecido o motivo da ausência de Ekholm.

"Está bem", disse Svedberg. "Quebrou o pé, só isso. Ela teve muita sorte."

"Neste outono teremos uma grande campanha de segurança no trânsito nas escolas", disse Hanson. "Há muitas crianças sendo mortas."

O detetive voltou para a mesa.

"Presumo que vocês também tenham procurado Stefan no apartamento do pai", disse Wallander.

"Já vasculhamos lá e em todo lugar que o pai costumava frequentar. Também pegamos Peter Hjelm e lhe pedimos para pensar em outros esconderijos que Fredman pode ter tido e de cuja existência o filho pudesse saber. Forsfält está cuidando disso."

A reunião se arrastou, mas Wallander sabia que na verdade estavam esperando algo acontecer. Stefan Fredman estava em algum lugar com a irmã. Logård também estava em alguma parte. Um amplo contingente de policiais estava à procura deles. As pessoas entravam e saíam da sala de reuniões, iam pegar café, mandavam vir sanduíches, cochilavam nas cadeiras, tomavam mais café. A polícia alemã localizou Sara Petterson em Hamburgo. Ela fora capaz de reconhecer Stefan Fredman de imediato. Ekholm chegou do aeroporto, ainda pálido e transtornado.

Por volta das onze horas tiveram a confirmação que estavam aguardando. As impressões digitais de Stefan Fredman haviam sido identificadas na pálpebra de seu pai, no gibi, no saco de papel com sangue e no forno de Liljegren. O único som na sala de reuniões era o chiado do viva voz conectado com Birgerson. Não havia mais como ignorar. Todas as pistas falsas, especialmente as que eles próprios haviam inventado, foram apagadas. Restava apenas a constatação da estarrecedora verdade: eles estavam atrás de um moleque de catorze anos que cometera quatro assassinatos atrozes, premeditados e a sangue-frio.

Finalmente Wallander quebrou o silêncio e voltou-se para Ekholm.

"O que ele está fazendo? O que ele está pensando?"

"Sei que isso é muito arriscado", Ekholm replicou, "mas não creio que ele tenha intenção de machucar a irmã. Existe um padrão, chame de lógico se quiser, para o comportamento dele. A meta é vingar o irmão menor e a irmã. Se ele se desviar dessa meta, então tudo que construiu tão laboriosamente vai desmoronar."

"Por que ele a tirou do hospital?", indagou Wallander.

"Talvez estivesse com medo de que você pudesse influenciá-la de alguma maneira."

"Como?" Wallander estava surpreso.

"Imagine um garoto confuso que assumiu o papel de guerreiro solitário. Suponha que haja homens que tenham causado um dano irreparável à sua irmã. É isso que o move. Admitindo que esta teoria esteja correta, isso significa que ele deseja manter todos os homens longe dela. A única exceção é ele. E você não pode descartar o fato de que ele tenha suspeitado de que você estava na pista dele. Ele certamente sabe que você é o encarregado da investigação."

Wallander lembrou-se de uma coisa. "As fotos que Norén tirou", disse. "Dos espectadores do lado de fora do cordão de isolamento. Onde estão?"

Nyberg, que durante a maior parte da reunião ficara sentado em silêncio e pensativo, foi buscá-las. Wallander as espalhou sobre a mesa. Alguém saiu para providenciar uma lupa. Eles se juntaram em torno das fotos. Foi Höglund quem o encontrou.

"Aí está ele", ela disse, apontando.

O rapaz estava quase oculto atrás de alguns outros espectadores, mas parte da sua bicicleta motorizada era visível, junto com sua cabeça.

"Maldição!", disse Hamrén.

"Deve ser possível identificar essa pequena moto", disse Nyberg. "Se ampliarmos os detalhes."

"Faça isso", disse Wallander.

Agora era óbvio que havia um bom motivo para a sensação que se insinuara no subconsciente de Wallander. Sombriamente, ele pensou que ao menos podia fechar o caso da sua própria ansiedade.

Exceto por uma coisa. Baiba. Svedberg dormia na sua cadeira e Åkeson falava ao telefone com tanta gente diferente que estavam totalmente inacessíveis. Wallander fez um gesto a Höglund para que o seguisse até o saguão. Sentaram-se na sua sala e fecharam a porta. Sem rodeios, ele lhe contou a trapalhada que tinha armado. E com isso quebrou uma de suas regras básicas: jamais confiar um problema pessoal a um colega. Ele tinha parado de fazer isso quando da morte de Rydberg. Agora voltava a fazê-lo. Estava inseguro quanto a poder desenvolver com Ann-Britt Höglund o mesmo tipo de relação de confiança que desfrutara com Rydberg, especialmente por ser mulher. Ela escutou com atenção.

"Que diabos eu vou fazer?"

"Nada", ela disse. "Você está certo. Já é tarde demais. Mas posso falar com ela se você quiser. Imagino que ela fale inglês. Me dê o número dela."

Wallander anotou num papel, mas quando ela estendeu a mão para pegar o telefone ele pediu que esperasse. "Mais umas horinhas", disse.

"Milagres não acontecem com frequência", ela retrucou.

Nesse momento Hanson irrompeu porta adentro.

"Acharam o esconderijo dele. Um porão num prédio escolar condenado. É bem perto do edifício onde ele mora."

"Eles estão lá?", Wallander perguntou, levantando-se.

"Não. Mas estiveram."

Todos retornaram à sala de reuniões. Mais um viva voz foi conectado. Wallander ouviu a voz amigável de Forsfält, que descreveu o que haviam encontrado. Espelhos, pincéis, maquiagem. Um gravador com uma fita cassete com sons de tambores. Ele tocou alguns segundos da fita. O som ecoou fantasmagoricamente pela sala. Pintura de guerra, pensou Wallander. Como era mesmo que ele tinha assinado no hospital? Gerônimo. Havia machados embrulhados num pedaço de pano, e também facas. Puderam sentir pela voz de Forsfält que ele estava aborrecido.

"Não achamos os escalpos", disse. "Ainda estamos procurando."

"Que porra, onde poderão estar?", disse Wallander.

"Ou ele está com os escalpos, ou então deixou como sacrifício em algum lugar", disse Ekholm.

"Onde? Ele tem um altar sacrifical próprio?"

"Pode ser."

A espera continuou. Wallander deitou-se no chão da sua sala e conseguiu dormir por meia hora. Ao despertar, sentia-se mais cansado do que antes. Seu corpo inteiro doía. Vez ou outra Höglund lhe dava um olhar inquiridor, mas ele sacudia a cabeça sentindo crescer a raiva de si mesmo.

Às seis da tarde, ainda não havia indício de Logård, Fredman ou a irmã. Haviam discutido extensivamente se deviam ou não emitir um alerta nacional em nome de Fredman. Todos relutaram em fazê-lo. O risco de acontecer algo com Louise era muito grande. Åkeson estava de acordo. Continuaram esperando.

Pouco depois das seis Hoover levou a irmã para a casa escolhida. Estacionou a bicicleta motorizada do lado da praia. Rapidamente arrebentou o cadeado do portão que dava para o jardim. A mansão de Wetterstedt estava deserta. Caminharam trilha acima até a porta de entrada.

Subitamente ele parou e reteve Louise. Havia um carro na garagem. O carro não estivera lá pela manhã. Cuidadosamente, ele forçou Louise a se sentar numa rocha atrás da parede da garagem. Pegou um machado e se pôs a escutar. Avançou um pouco e olhou o carro. Pertencia a uma firma de segurança. Uma das janelas dianteiras estava aberta. Ele espiou dentro do carro. Havia alguns papéis sobre o banco. Pegou os papéis e viu que entre eles havia uma receita, para Hans Logård. Colocou-a de volta no lugar e permaneceu imóvel, prendendo a respiração. Os tambores começaram a bater. Ele se lembrou da conversa que ouvira naquela manhã. Hans Logård também estava fugindo.

Então ele tivera a mesma ideia em relação à casa vazia. Ele estava em algum lugar ali dentro. Gerônimo não lhe falhara. Havia ajudado a seguir o monstro até seu covil. Ele não precisava mais procurar. As trevas geladas que haviam penetrado na alma de sua irmã em breve se desfariam. Retornou até onde ela estava e lhe disse para permanecer ali por algum tempo e ficar o mais quieta possível. Ele logo estaria de volta.

Foi até a garagem. Havia algumas latas de tinta, e ele abriu duas delas cuidadosamente. Com a ponta do dedo, desenhou dois traços cruzando a testa. Primeiro um vermelho, depois um preto. Pegou o machado e tirou os sapatos. Quando estava prestes a sair teve uma ideia. Prendeu novamente a respiração, algo que aprendera com Gerônimo. O ar comprimido em seus pulmões deixava as ideias mais claras. Ele sabia que a ideia era boa. Tornaria tudo mais fácil. Essa noite, ele enterraria o último escalpo do lado da janela do hospital, junto com os outros. Seriam dois escalpos. E enterraria também um coração. Aí tudo estaria acabado. No último buraco enterraria suas armas. Agarrou o cabo do machado e se encaminhou para a casa e para o homem que se ele preparava para matar.

Às seis e meia Wallander sugeriu a Hanson que podiam começar a mandar as pessoas para casa. Todos estavam exaustos. Todo mundo podia muito bem aguardar em casa, enquanto descansava. Ficariam a postos durante a noite.

"Então quem deve ficar aqui?", indagou Hanson.

"Ekholm e Höglund", Wallander respondeu. "E mais um. Quem estiver menos cansado."

Ludwigson e Hamrén ficaram.

Todos passaram para uma das pontas da mesa, em vez de se espalharem como de hábito.

"O esconderijo", começou Wallander. "O que poderia ser uma fortaleza secreta e inexpugnável? O que um rapaz maluco que se transforma num guerreiro solitário iria buscar?"

"Acho que os planos dele caíram por terra", disse Ekholm. "Senão eles teriam ficado naquela sala no porão."

"Animais astutos cavam saídas de emergência", disse Ludwigson, pensativo.

"Você quer dizer que ele pode ter um outro esconderijo de reserva?"

"Talvez. Com toda a probabilidade também é em Malmö."

A discussão morreu. Hamrén bocejou. Um telefone tocou no saguão e alguém apareceu no vão da porta, dizendo que havia um telefonema para Wallander. Ele se levantou, cansado demais para perguntar quem era. Não lhe ocorreu que podia ser Baiba, pelo menos até pegar o aparelho em sua sala. Mas aí já era tarde demais. Só que não era Baiba. Era um homem falando com um forte sotaque de Skåne.

"Quem é?", Wallander perguntou.

"Hans Logård."

Wallander quase deixou o fone cair.

"Preciso me encontrar com você. Agora."

Logård estava com uma voz aflita, como se estivesse com dificuldade de formar as palavras. Wallander se perguntou se ele estaria drogado.

"Onde você está?"

"Primeiro eu quero a garantia de que você virá. E que virá sozinho."

"De jeito nenhum. Você quase matou Sjösten e eu."

"Que porra! Você tem que vir!"

As últimas palavras soaram quase como um guincho. Wallander se tornou mais cauteloso. "O que você quer?"

"Eu posso lhe dizer onde está Stefan Fredman. E a irmã dele."

"Como posso ter certeza disso?"

"Não pode. Mas deve acreditar em mim."

"Eu vou. Você me conta o que sabe. E aí prendemos você."

"Tudo bem."

"Onde você está?"

"Você vem?"

"Vou."

"Na casa de Wetterstedt."

Uma sensação de que deveria ter pensado nessa possibilidade percorreu a mente de Wallander.

"Você está armado?"

"O carro está na garagem. O revólver está no porta-luvas. Vou deixar a porta da casa aberta. Você vai me ver assim que passar pela porta. Vou manter as mãos visíveis."

"Tudo bem. Estou indo."

"Sozinho?"

"Sim, sozinho."

Wallander desligou, o pensamento febril. Não tinha a menor intenção de ir sozinho. Mas não queria que Hanson começasse a organizar uma enorme força de ataque. Ann-Britt e Svedberg, pensou. Mas Svedberg estava em casa. Ligou para ele e disse-lhe para encontrá-lo diante do hospital em cinco minutos. Com seu revólver de serviço. Estava com ele? Estava. Wallander contou-lhe em poucas palavras que iam prender Hans Logård. Quando Svedberg tentou fazer perguntas, Wallander cortou a conversa. Cinco minutos, disse, na frente do hospital. Até lá, não use o telefone.

Wallander destrancou a gaveta da escrivaninha e pegou seu revólver. Detestava até mesmo levá-lo consigo. Carregou a arma e a enfiou no bolso do paletó, aí voltou para a sala de reuniões e fez um aceno para Höglund sair. Levou-a a sua sala e explicou o que havia ocorrido. Iriam se encontrar no estacionamento imediatamente. Wallander disse-lhe para trazer a arma de serviço. Iriam no carro de Wallander. Ele disse a Hanson que ia para casa tomar um chuveiro. Hanson bocejou e fez um gesto de despedida. Svedberg estava diante do hospital. Entrou no carro e sentou-se no banco traseiro.

"O que está acontecendo?", perguntou.

Wallander relatou o telefonema que recebera. Se o revólver de Logård não estivesse no carro eles desistiriam. Idem se a porta não estivesse aberta. Ou se Wallander suspeitasse de que algo estava errado. Os dois deveriam ficar fora da vista, porém alerta.

"Ele pode ter outra arma", disse Svedberg. "Pode tentar pegar você como refém. Não estou gostando disso. Como é que ele pode saber onde Stefan Fredman está? O que é que ele está querendo?"

"Talvez seja suficientemente imbecil para tentar fazer um acordo conosco. As pessoas acham que a Suécia é como os Estados Unidos."

Wallander pensou no tom de voz de Logård. Algo lhe dizia que ele realmente sabia onde o rapaz estava.

Estacionaram o carro fora do campo de visão da casa. Svedberg deveria observar o lado da praia. Ao chegar lá, estaria sozinho não fosse por uma moça sentada no barco sob o qual tinham encontrado o cadáver de Wetterstedt. Ela parecia estar completamente fascinada pelo mar e pela nuvem negra de chuva estendendo-se sobre a terra. Höglund assumiu um posto do lado de fora da garagem. Wallander viu que a porta da frente estava aberta. Moveu-se devagar. O carro estava na garagem. O revólver estava no porta-luvas. Pegou sua própria arma, soltou a trava de segurança e avançou cautelosamente rumo à porta. Tudo estava quieto.

Ele pisou no vão da porta. Hans Logård estava parado no hall às escuras. Estava com as mãos na cabeça. Wallander pressentiu o perigo. Mas entrou mesmo assim. Logård olhou para ele. Então tudo aconteceu muito depressa. Uma das mãos de Logård escorregou para baixo e Wallander viu um ferimento aberto na sua cabeça. O corpo de Logård tombou no chão. Atrás dele estava Stefan Fredman. Ele tinha traços pintados na face. Jogou-se furiosamente contra Wallander, um machado erguido no alto. Wallander ergueu o revólver para atirar, mas era tarde demais. Instintivamente abaixou-se e sentiu o tapete escorregar sob seus pés. O machado arranhou seu ombro. Ele disparou um tiro e uma pintura a óleo deu um salto numa das paredes. No mesmo instante Höglund surgiu na porta. Ficou agachada, pronta para atirar. Fredman a viu exatamente quando estava erguendo o machado para partir a cabeça de Wallander. Deu um pulo para a esquerda. Wallander ficou na linha de tiro.

Fredman desapareceu pela porta da varanda aberta. Wallander pensou em Svedberg. O lento Svedberg. Gritou para Höglund atirar. Mas o rapaz já tinha sumido. Svedberg, que ouvira o primeiro tiro, não soube o que fazer. Gritou para a moça sentada no barco para se proteger, mas ela não se mexeu. Ele correu em direção ao portão do jardim. O portão acertou sua cabeça ao se abrir. Ele viu um rosto que nunca mais esqueceria. Deixou cair o revólver. O homem tinha um machado na mão. Svedberg fez a única coisa que podia: saiu correndo gritando por socorro. Fredman pegou a irmã, ainda imóvel sobre o barco, e a arrastou até sua bicicleta motorizada. Eles saíram justamente quando Wallander e Höglund chegaram correndo.

"Peça apoio!", berrou Wallander. "Que inferno, onde está Svedberg? Vou tentar segui-los de carro."

Uma chuva forte começou a cair. Wallander correu até o carro, tentando adivinhar para onde teriam se dirigido. A visibilidade era pouca até mesmo com o limpador de para-brisa na velocidade máxima. Pensou tê-los perdido, mas de repente avistou novamente a bicicleta motorizada. Estavam descendo a estrada rumo ao Saltsjöbad Hotel. Wallander manteve uma distância segura atrás deles. A pequena moto ia muito rápido. Wallander tentou pensar freneticamente em como pôr um fim à perseguição. Estava prestes a se recolher quando a bicicleta oscilou. Wallander freou. A bicicleta estava indo direto para uma árvore. A garota foi jogada para longe, atingindo a árvore em cheio. Stefan Fredman aterrissou em algum ponto do lado da estrada.

"Droga!", disse Wallander. Parou o carro no meio da estrada e correu até a pequena moto.

Louise Fredman estava morta, ele pôde ver de imediato. Seu vestido branco parecia estranhamente brilhante contra o sangue que jorrava de sua face. Stefan parecia não ter se machucado. Wallander observou o garoto cair de joelhos junto à irmã. A chuva era torrencial. O garoto começou a chorar. Parecia estar uivando. Wallander ajoelhou-se ao seu lado.

"Ela morreu", disse.

Stefan o encarou, a fisionomia distorcida. Wallander levantou-se rapidamente, temendo que o rapaz saltasse sobre ele. Mas ele não o fez. Continuou uivando.

Em algum lugar atrás de si, no meio da chuva, o inspetor ouviu uma sirene. Foi só quando viu Hanson parado ao seu lado é que percebeu que ele mesmo estava chorando. Wallander deixou todo o trabalho para os outros. Contou brevemente a Höglund o que tinha acontecido. Ao ver Åkeson, levou-o até seu carro. A chuva batia com força na capota.

"Acabou", Wallander disse.

"Sim", concordou Åkeson, "acabou."

"Eu vou sair de férias", disse Wallander. "Sei que há uma pilha de relatórios que precisam ser redigidos. Mas pensei em sair de qualquer maneira."

A resposta de Åkeson veio sem hesitação.

"Faça isso", ele disse. "Vá mesmo."

Åkeson saiu do carro. Wallander pensou que deveria

ter lhe perguntado sobre sua viagem ao Sudão. Ou seria Uganda?

Dirigiu de volta para casa. Linda não estava lá. Ele tomou um banho e estava se enxugando quando a ouviu fechar a porta de entrada. Nessa noite contou-lhe o que realmente havia ocorrido. E como se sentia.

Então ligou para Baiba.

"Eu achei que você não ia telefonar nunca", ela disse, mantendo a raiva sob controle.

"Por favor, me desculpe", disse Wallander. "Tive tanta coisa para fazer ultimamente."

"Acho que essa é uma desculpa muito pobre."

"Sei que é. Mas é a única que eu tenho."

Nenhum dos dois disse mais nada. O silêncio viajava ida e volta entre Ystad e Riga.

"Vejo você amanhã", Wallander finalmente disse.

"Tudo bem", ela respondeu. "Acho que sim."

Desligaram. Wallander sentiu um nó no estômago. Talvez ela não viesse. Depois do jantar ele e Linda fizeram as malas. A chuva parou pouco depois da meia-noite. Havia um cheiro refrescante no ar quando saíram para o terraço.

"O verão está tão lindo", ela disse.

"É", concordou Wallander. "Muito lindo."

No dia seguinte pegaram o trem para Malmö juntos. Então Wallander pegou o hidrofólio para Copenhague. Observou a água correndo pelas laterais do barco. Distraído, pediu café e conhaque. O avião de Baiba aterrissaria em duas horas. Algo próximo ao pânico tomou conta dele. Subitamente desejou que a travessia para Copenhague demorasse muito mais. Mas, quando ela chegou ao aeroporto, ele estava esperando por ela.

Foi só então que a imagem de Louise Fredman, morta e despedaçada, enfim desapareceu de sua mente.

SKÅNE

16-17 DE SETEMBRO DE 1994

EPÍLOGO

Na sexta-feira, 16 de setembro, o outono subitamente se instalou em Skåne. Kurt Wallander acordou cedo nessa manhã. Seus olhos se arregalaram no escuro, como se tivesse sido violentamente arrancado de um sonho. Ficou deitado quieto, tentando se lembrar. Mas havia apenas o eco de algo que se fora e não voltaria jamais. Virou a cabeça e olhou o relógio ao lado da cama. Os ponteiros fluorescentes mostravam 4h45. Deitou-se de lado e procurou voltar a dormir. Mas a consciência de que dia era manteve-o desperto.

Levantou-se e foi até a cozinha. As lâmpadas da rua balançavam desesperadamente ao vento. Ele verificou o termômetro e viu que a temperatura caíra a 7 °C. Sorriu ao pensar que na noite seguinte estaria em Roma, onde ainda fazia calor. Ficou sentado na cozinha tomando café, repassando mentalmente os preparativos da viagem. Alguns dias antes consertara enfim a porta do estúdio do pai. Também dera uma olhada no passaporte novo dele. Trocara algum dinheiro por liras italianas no banco e comprara alguns cheques de viagem. Pretendia sair cedo do trabalho para buscar as passagens.

Agora precisava ir trabalhar mais um dia antes de suas novas férias. Deixou o apartamento e desceu até o carro. Puxou o zíper da jaqueta e estremeceu quando tomou o assento do motorista. A caminho da delegacia pensou na reunião que teria pela manha.

Eram exatamente oito horas quando bateu à porta de

Lisa Holgerson e abriu. Ela balançou a cabeça e pediu-lhe que se sentasse. Era a nova chefe havia apenas três semanas, mas Wallander achou que ela já tinha imprimido sua marca na atmosfera do departamento.

Muitos haviam se mostrado céticos em relação a uma mulher vinda de um distrito policial em Småland. E Wallander estava cercado de colegas que ainda acreditavam que as mulheres não serviam sequer para ser policiais. Como uma delas podia ser sua chefe? Porém Lisa Holgerson logo mostrou quanto era capaz. Wallander ficou impressionado pela sua integridade, seu destemor e pelas suas apresentações claras, não importava qual fosse o assunto.

No dia anterior ela o convocara para essa conversa. Agora Wallander estava sentado na cadeira de visitas, perguntando-se o que ela queria.

"Você vai sair de férias", ela disse. "Ouvi que vai para a Itália com seu pai."

"É o sonho dele", explicou Wallander. "Pode ser nossa última chance. Ele está com oitenta anos."

"O meu pai tem oitenta e cinco", ela disse. "Às vezes a mente dele é superclara. Às vezes ele nem me reconhece. Mas eu aceitei o fato de que você nunca escapa dos seus pais. Os papéis simplesmente se invertem. Você se torna pai dos seus pais."

"Exatamente."

Ela remexeu alguns papéis sobre a mesa.

"Eu não tenho uma agenda específica para esta conversa", ela prosseguiu. "Mas constatei que nunca tive uma oportunidade adequada de lhe agradecer pelo seu trabalho neste verão. Foi um trabalho investigativo exemplar."

Wallander lançou-lhe um olhar de surpresa. Isso era sério?

"Acho que é forçar um pouco as coisas", retrucou. "Cometi um monte de erros. Deixei toda a investigação ser desviada do rumo. Ela poderia ter resultado num enorme fracasso."

"A habilidade de conduzir uma investigação muitas vezes significa saber quando mudar de tática", ela disse. "Olhar para uma direção que você talvez tenha simplesmente eliminado. A investigação foi exemplar sob muitos aspectos, sobretudo pela sua tenacidade e disposição de pensar segundo linhas não convencionais. Eu quero que você saiba disso. Ouvi dizer que o chefe nacional de polícia expressou sua satisfação. Acho que você vai receber um convite para dar seminários sobre investigação na academia de polícia."

"Não consigo fazer isso", ele replicou. "Peçam a outra pessoa. Não sei falar para gente que não conheço."

"Vamos retomar esse assunto quando você voltar", ela disse, sorrindo. "Neste momento o mais importante é que eu tive a oportunidade de lhe dizer o que pensava."

Ela se levantou, indicando que a entrevista estava encerrada.

Wallander desceu o corredor pensando que ela tinha sido sincera. Tentou minimizar o que ouvira, mas seu elogio o fez sentir-se bem. Seria fácil trabalhar com ela no futuro.

Pegou um café na cantina e trocou algumas palavras com Martinson sobre uma de suas filhas, que estava com amidalite. Ao chegar à sua sala, marcou uma hora para cortar o cabelo. Na véspera tinha feito uma lista que estava sobre sua mesa. Planejava deixar a delegacia já ao meio-dia, de modo a poder cumprir todas as suas obrigações. Mas já eram quatro e quinze quando ele saiu para ir até a agência de viagens. Também parou na loja de bebidas e comprou uma garrafa de uísque. Ao chegar em casa, telefonou para Linda. Prometeu mandar-lhe um cartão-postal de Roma. Ela estava com pressa, e ele não perguntou a razão. A conversa terminou bem mais cedo do que ele gostaria.

Às seis da tarde ligou para Löderup e perguntou a Gertrud se estava tudo em ordem. Ela disse que o pai estava com tamanha febre de viagem que mal conseguia ficar sentado. Wallander caminhou pelo centro e jantou numa das pizzarias. Ao voltar para a Mariagatan serviu-se de um copo de uísque e abriu um mapa de Roma. Nunca estivera lá e não sabia uma palavra de italiano. Mas nós somos dois, ele pensou. Meu pai também nunca esteve lá, exceto nos seus sonhos. E também não fala italiano. Estamos embarcando nesse sonho juntos e vamos ter de guiar um ao outro.

Por impulso, ligou para a torre de controle em Sturup e perguntou a um dos controladores de tráfego aéreo, que ele conhecia de um caso antigo, como estava o tempo em Roma.

"Está quente. Neste momento, 21 °C, mesmo à noite. Ventos leves do sudeste. Também uma ligeira névoa. A previsão para as próximas vinte e quatro horas é ficar tudo na mesma."

Wallander agradeceu.

"Você vai viajar?"

"Vou sair de férias com meu pai."

"Parece uma boa ideia. Vai num voo da Alitalia?"

"Sim, no 10-45."

"Vou ficar pensando em você. Tenha uma boa viagem."

Wallander examinou sua bagagem mais uma vez, verificou o dinheiro e os documentos de viagem. Tentou telefonar para Baiba, depois lembrou-se de que ela estava visitando parentes.

Sentou-se com o copo de uísque na mão, escutando *La Traviata*. Pensou na viagem que fizera com Baiba durante o verão. Exausto e desgrenhado, esperara por ela em Copenhague, parado no aeroporto de Kastrup como um fantasma com a barba por fazer. Sabia que ela havia ficado decepcionada, apesar de nada dizer. Só quando chegaram a Skagen e ele recuperou o sono perdido foi que ele lhe contara tudo que acontecera. Depois disso, as férias tinham começado para valer.

Num dos últimos dias, ele lhe perguntou se ela se casaria com ele. Ela dissera que não. Ainda não, em todo caso, não agora. O passado ainda estava próximo demais. Seu marido, o capitão de polícia Karlis, com quem Wallander havia trabalhado, ainda estava muito vivo em sua memória. Sua morte violenta a seguia como uma sombra. E, acima tudo, ela duvidava que pudesse considerar a possibilidade de casar-se com outro policial. Ele entendeu. Mas quis algum tipo de garantia. Quanto tempo ela necessitaria para pensar sobre o assunto? Ela gostava dele, ele sabia. Mas isso bastava? E ele? Desejava mesmo viver com outra pessoa? Por meio de Baiba, escapara da solidão que o atormentava após divorciar-se de Mona. Já fora um grande passo, um grande alívio. Talvez ele devesse se contentar com isso. Ao menos por enquanto.

Já era tarde quando foi dormir, as perguntas girando em sua cabeça. Gertrud veio apanhá-lo na manhã seguinte. Ainda chovia. Seu pai estava sentado na frente, trajando seu melhor terno. Gertrud cortara seu cabelo.

"Estamos partindo para Roma", o pai disse, radiante de felicidade. "Só de pensar que estamos mesmo indo..."

Gertrud os deixou em Malmö no terminal. Na balsa o pai insistiu em circular pelo convés molhado de chuva. Ele apontou para o território sueco, para um ponto ao sul de Malmö.

"Foi ali que você cresceu. Você se lembra?"

"Como é que eu poderia esquecer?"

"Você teve uma infância muito feliz."

"Eu sei."

"Você teve tudo."

"Tudo."

Wallander pensou em Stefan Fredman. Em Louise. No irmão que tentara arrancar os próprios olhos. Em tudo que lhes faltara ou de que tinham sido privados. Mas afastou os pensamentos. Eles ainda ficariam lá, à espreita, no fundo da sua mente; eles voltariam. Mas agora ele estava de férias com o pai. Isso era o mais importante. Todo o resto podia esperar.

O avião decolou no horário marcado. O pai, que viajava de avião pela primeira vez, ocupou um lugar na janela. Wallander sentou-se ao seu lado. Observou-o pressionando a face contra a janela à medida que a aeronave ganhava velocidade e lentamente levantava voo. Pôde vê-lo sorrindo, o sorriso de um velho, que conseguira na vida uma última chance de sentir a alegria de uma criança.

Isto é um romance. Nenhuma de suas personagens é uma pessoa real.

No entanto, nem sempre é possível, ou mesmo necessário, evitar qualquer semelhança com pessoas. Sou grato a todos que me ajudaram durante o trabalho neste livro.

Paderne,
julho de 1995

Série policial

Réquiem caribenho
Brigitte Aubert

Bellini e a esfinge
Bellini e o demônio
Bellini e os espíritos
Tony Bellotto

Os pecados dos pais
O ladrão que estudava Espinosa
Punhalada no escuro
O ladrão que pintava como Mondrian
Uma longa fila de homens mortos
Bilhete para o cemitério
O ladrão que achava que era Bogart
Quando nosso boteco fecha as portas
O ladrão no armário
Lawrence Block

O destino bate à sua porta
Indenização em dobro
Serenata
James M. Cain

Post-mortem
Corpo de delito
Restos mortais
Desumano e degradante
Lavoura de corpos
Cemitério de indigentes
Causa mortis
Contágio criminoso
Foco inicial
Alerta negro
A última delegacia
Mosca-varejeira
Vestígio
Predador
Livro dos mortos
Patricia Cornwell

Edições perigosas
Impressões e provas
A promessa do livreiro
Assinaturas e assassinatos
O último caso da colecionadora de livros
John Dunning

Máscaras
Passado perfeito
Ventos de Quaresma
Leonardo Padura Fuentes

Tão pura, tão boa
Correntezas
Frances Fyfield

O silêncio da chuva
Achados e perdidos
Vento sudoeste
Uma janela em Copacabana
Perseguido
Berenice procura
Espinosa sem saída
Na multidão
Céu de origamis
Luiz Alfredo Garcia-Roza

Neutralidade suspeita
A noite do professor
Transferência mortal
Um lugar entre os vivos
O manipulador
Jean-Pierre Gattégno

Continental Op
Maldição em família
Dashiell Hammett

O talentoso Ripley
Ripley subterrâneo
O jogo de Ripley
Ripley debaixo d'água
O garoto que seguiu Ripley
A chave de vidro
Patricia Highsmith

Sala dos Homicídios
Morte no seminário
Uma certa justiça
Pecado original
A torre negra
Morte de um perito
O enigma de Sally
O farol
Mente assassina
Paciente particular
Crânio sob a pele
P. D. James

Música fúnebre
Morag Joss

Sexta-feira o rabino acordou tarde
Sábado o rabino passou fome
Domingo o rabino ficou em casa
Segunda-feira o rabino viajou
O dia em que o rabino foi embora
Harry Kemelman

Um drink antes da guerra
Apelo às trevas
Sagrado
Gone, baby, gone
Sobre meninos e lobos
Paciente 67
Dança da chuva
Coronado
Dennis Lehane

Morte em terra estrangeira
Morte no Teatro La Fenice
Vestido para morrer
Morte e julgamento
Acqua alta
Donna Leon

A tragédia Blackwell
Ross Macdonald

É sempre noite
Léo Malet

Assassinos sem rosto
Os cães de Riga
A leoa branca
O homem que sorria
O guerreiro solitário
Henning Mankell

Os mares do Sul
O labirinto grego
O quinteto de Buenos Aires
O homem da minha vida
A Rosa de Alexandria
Milênio
O balneário
Manuel Vázquez Montalbán

O diabo vestia azul
Walter Mosley

Informações sobre a vítima
Vida pregressa
Joaquim Nogueira

Revolução difícil
Preto no branco
No inferno
George Pelecanos

Morte nos búzios
Reginaldo Prandi

Questão de sangue
Os ressucitados
O enigmista
Ian Rankin

A morte também frequenta o Paraíso
Colóquio mortal
Lev Raphael

O clube filosófico dominical
Amigos, amantes, chocolate
Alexander McCall Smith

Serpente
A confraria do medo
A caixa vermelha
Cozinheiros demais
Milionários demais
Mulheres demais
Ser canalha
Aranhas de ouro
Clientes demais
A voz do morto
Rex Stout

Fuja logo e demore para voltar
O homem do avesso
O homem dos círculos azuis
Relíquias sagradas
Fred Vargas

A noiva estava de preto
Casei-me com um morto
A dama fantasma
Janela indiscreta
Cornell Woolrich

ESTA OBRA FOI COMPOSTA PELO GRUPO DE CRIAÇÃO EM GARAMOND E
IMPRESSA PELA GEOGRÁFICA EM OFSETE SOBRE PAPEL PAPERFECT
DA SUZANO PAPEL E CELULOSE PARA A EDITORA SCHWARCZ
EM MAIO DE 2010